분열

추명성 지음
장덕수 표지제목

분열

초판 1쇄 인쇄 2024년 03월 01일
초판 1쇄 발행 2024년 03월 07일

지은이	추명성
표지제목	장덕수
펴낸곳	도서출판 아우룸
주소	서울특별시 마포구 월드컵로8길 72
전화	02-383-9997
팩스	02-383-9996
홈페이지	www.aurumbook.com
E-메일	aurumbook@naver.com
ISBN	979-11-91184-95-2

- 저작권법에 의해 보호를 받는 저작물이므로 무단전재, 무단복제를 금합니다.
- 잘못 만들어진 도서는 교환 가능합니다.

분열

추명성 지음
장덕수 표지제목

아우룸

제7회 한국현대문화포럼 신춘문예(新春文藝) 대상 당선작
장편소설 「분열(分裂)」 추천사

성함 및 직함

AI(인공지능) 시대 본격적인 정치소설이 등장했다. 문화체육관광부 인가 사단법인 한국현대문화포럼(韓國現代文化Forum, Korea Modern Culture Forum) 중앙회장 겸 제7회 한국현대문화포럼 신춘문예(新春文藝) 심사위원장으로서, 추명성 교수의 장편소설 「분열(分裂)」을 장편소설 당선작으로 뽑았다.

어느 시대나 종합예술인 정치는 분열과 통합의 양상으로 진화해왔다.
 국내에는 22대 총선을 앞두고 제3지대에서 이준석, 이낙연 두 정치인이 중심이 된 개혁신당이 국민의힘과 더불어민주당 사이를 비집고 새로운 정치권력으로 들어서며 막이 올랐다. 새로운 지평선이 열린 것이다.

 여기서 AI(인공지능)이 대세가 된 세계사에서 갑작스런 분열이 왜 생겨났는지 의아해 하는 이들이 있을 수 있다. 구시대적인가? 꼭 그렇지만 않다. 인간

의 역사와 저작물로 AI(인공지능)를 학습하게 되자 나타나는 놀라운 현상을 우리는 목도하고 있다. 이미 AI(인공지능)가 인간을 추월해 버린 것이다.

AI(인공지능) 시대에 제7회 한국현대문화포럼 신춘문예(新春文藝) 대상 당선작 장편소설「분열(分裂)」은 본격적인 정치소설의 등장으로 기대감이 높다. 작가는 분열을 넘어서 통합의 시대를 열망하는 시대적 소명을 말하고 있다. 작가는 17권을 집필한 전직 교수이자 박사로 국내 소설의 미개척분야인 정치소설을 본격적으로 다룬 수작이다.

이 작품을 통해 이 시대를 관통하는 다양한 화두를 독자들에게 던져 잔잔한 호수에 거대한 돌을 던진 것처럼 대단한 반향이 일어날 것으로 예측된다.

나는 세계 유일 AI(인공지능) 연구가로서 이「분열」이 AI(인공지능) 시대에 다양한 관점을 독자에게 던져줄 것이라 믿으며 이 작품을 자신있게 독자들에게 추천한다.

2024년 2월 18일
문화체육관광부 인가 사단법인
한국현대문화포럼(韓國現代文化Forum. Korea Modern Culture Forum) 중앙회장,
극작가 및 소설가, 언론인, AI포털연구가 김장운

당선소감 겸 감사의 글

대상 당선작: 한국현대문화포럼 2024 신춘문예 장편소설분야 「분열」

당선작가 추명성

'한국현대문화포럼'에서 공모한 2024년 신춘문예 '장편소설분야에서 대상으로 당선된 소설 「분열」은 그야 말로 이 시대가 갖는 우리의 분열상을 소설로 승화시켜, 분열을 극복하고 다양한 가치를 기반으로 한 새로운 통합과 화합, 그리고 미래 번영의 길로 가자는 메시지를 담은 글이라고 할 수 있습니다.

당선 소감 이전에 가장 먼저, 이 글의 가치를 인정하고 당선작으로 선정해 주신 '한국현대문화포럼' 회장님이시면서 심사위원장이신 '김장운'님과 심사위원 및 관계되신 분들께 깊은 감사와 영광을 돌립니다.

이 소설을 쓴 작가 본인은 젊은 시절 소설가의 꿈을 키운적이 있지만, 여러 가지 이유로 인해 글을 쓰지 못한 기억을 가지고 있습니다. 1979년도 중앙대학교 예술대학 문예창작과(당시 편제 기준)에 합격했지만, 능력이 출중하지 못한 원인을 필두로 여러 요인들이 겹쳐 다니진 못했고, 이어 1980년대 초반 '한국방송공사(KBS)' 실시한 '드라마 작가 지망생' 연수과정에 응모해 지망생으로 선정되어 연수도 받았지만, 이 역시 본인의 길이 아니었는지 연수 후, 글쓰는 것과는 인연이 닿질 않았습니다.

그렇게 글을 쓸 수 기회가 있었던 두 번의 인연 이후, 글에 대한 미련을 접은 채 지난 수십년간 글과는 거리가 먼 길을 걷게 되었습니다. 그러다가 다른 사람들보다 이른 나이에 세상으로 부터의 은퇴라는 길을 밟게 되면서 그때서야 문득, 잊혀 졌던 글쓰는 것에 대한 미련이 되살아 났고, 그 후로부터 지금까지 나름대로 십여권의 중·단편과 장편소설을 써 온 바 있습니다. 하지만, 그런 가운데서도 일종의 버킷리스트처럼, 제 가슴 언저리에서는 공모를 통한 등단을 꿈꾸게 되었고, 여러번의 도전 끝에 늦깍이로 오늘의 당선이라는 영광스런 결과를 이루게 되었습니다.

이 소설 「분열」을 쓴 것은 지난 10여년 전이었습니다. 그때나 지금이나 우리나라의 정서가 시끄럽고, 지역이나 경제, 사회계층 등 여러 분야에서 쪼개지고 갈라지는 안타까운 현실에 저의 눈이 그냥 지나치질 않았습니다. 그래서 초고를 완성할 당시에는 여러 시각도 삽입하고, 작가가 가진 사회에 대한 관찰 현상도 접목해 보았지만, 그렇게 쓴 글이 세상의 빛이 될 것도 아닌데다 특별한 이유라고도 할 수 없는 이유로 그저 막연히 밀쳐 두고, 저 스스로도 잊혀져 간 글이 이 「분열」이었습니다.

그랬는데 또다시 우리 사회가 이런 저런 이유로 갈라지고, 그 깊이를 헤아릴 수 없는 나락으로 떨어질 듯 시끄러운 때가 도래해, 작가로서나 시민사회의 일원으로서도 그런 현상을 더 이상 방치해서는 안되겠다는 작은 생각으로 10여년 전에 써 두었던 초고를 꺼내, 다듬고 또 다듬어서 이 글을 완성하게 되었습니다.

또, 신춘문예 공모를 하는 기관이나 단체들이 많지만, 비교적 무거운 주제라고 할 수 있는 저의 이런 글을 인정 받을 수 있는 곳이 어딘가를 깊이 고민하다가, 저의 완성된 소설을 '한국현대문화포럼' 공모에 응모하기로 했던 것이 오늘의 영광스러운 결과를 가져 오게 되어, 다시 한번 깊은 감사를 올립니다.

그러나 저에게 주어진 이 당선이라는 영광이, 한편으로는 청운의 꿈을 안고 불철주야 글 쓰기에 도전하고 있는 '전도유망한 수 많은 젊은 문학 청년들에게 돌아 가야할 기회'를 빼앗은 것은 아닌지 걱정도 하게 됩니다. 또, 이번 기회를 통해 저 스스로를 다시한번 되새겨 보고, 앞으로 제 자신에 대한 존재의 길이 '소설'에 있다는 사실을 잊지 않는 것은 물론, 그 가운데 초심을 잃지 않고 작가로서의 영감이 퇴색하지 않도록 애쓰는 가운데 더욱 더 글 쓰는 일에 정진해야 겠다는 다짐도 해 봅니다.

끝으로 인생의 전환점마다 나 혼자만이 아니라 많은 분들의 응원과 성원에 힘입어 이 자리까지 오게 되었다는 것을 밝히며, 가족과 친지, 친구들 모두에게 감사의 말씀을 올립니다. 특히, 저의 부모와 같은 큰형님 큰형수님, 하나뿐인 여동생, 사랑하는 딸, 그 딸과 새로운 미래를 함께할 전도유망한 청년, 그리고 앞으로의 날들을 함께 할 수원의 그 사람, 미래 세대의 주역인 '해윤, 재인, 아윤, 가윤, 희재' 그리고 새로 잉태한 '아일린의 새생명' 모두에게 충만한 사랑을 전하며, 제가 살고 있는 단층 주택집의 주인이시면서 제 어머니와도 같으신 '멋쟁이 어머니', 또 한지붕 세가족인 '이창근님', 그리고 함께한 직장의 동료 임직원 여러분께도 감사의 마음을 올리면서, 주님의 사랑을 담아 당선소감과 감사의글로 갈음합니다.

2024년 03월 07일
한국현대문화포럼 2024년 신춘문예 장편소설분야 공모
대상 당선작 「분열」의 작가 추 명 성

서문

　이 소설 「분열(分裂)」은, 우리 사회의 첨예한 여러 갈등 구조 가운데 가장 큰 비중을 가진 망국적인 지역 갈등 현상을 '호남'이라는 관점에서 다루면서, 진정한 사회통합의 길이 어디에 있을 것인가를 모색해 본 '소설'이라고 할 수 있을 것이다. 지난 역사 속에서 우리의 지역 간 갈등 구조는 흔히 말하는 영·호남의 갈등을 보는 것이 통상적인 것으로 볼 수 있을 것입니다. 그러나 이 소설에서는 사회적·정치적 여러 분열 구조까지를 염두에 두고, 우리의 분열 현상을 극복해 나가면서 새로운 통합적 미래를 만들어갈 방법이 어떤 것인가 하는데 방점을 두고 순수 소설적 관점에서 접근을 했다는 데에 큰 의미를 두고자 합니다.

　가장 먼저, 2024년 신춘문예 장편소설 분야 공모에서 이 소설 「분열(分裂)」을 '당선작'으로 선정해 주신 '한국현대문화포럼 김장운 회장님'과 관계자 여러분께 진심으로 감사의 말씀을 드립니다. 아울러, 노심초사 저를 지켜 봐 주신 가족과 친지, 그리고 지인 여러분께 깊은 감사의 말씀을 올립니다.

처음 이 소설을 구상할 당시의 이 글 「분열(分裂)」은, 소설로 쓰기 위해 만들어진 것이 아니었습니다. 지금 이시간에도 세계 도처에서 '현재 진행형'으로 다양하게 전개되고 있는 사회적 민족적 독립을 요구하는 목소리들을 접하면서, 과거 암울했던 우리 역사 속에서 전개되었던 독립 운동의 과정들을 보다 구체적으로 살펴 보는 기회가 있었고, 그 과정에서 다른 나라들의 독립을 위한 여러 활동들을 살펴 보는 가운데, 우리나라의 경우는 과연 어땠는가를 생각해 보는 시각 중의 하나에 불과했던 글이었다. 그 가운데서도 특히, 우리의 일제에 의한 국권침탈과 일제 강점기의 독립 운동 과정을 되돌아 보고, 해방 이후 민족분열을 경험했던 우리가, 우리와 다른 여러 나라들의 독립을 위한 투쟁이나 흔히 말하는 그들의 독립을 위한 여러 활동들을 어떻게 봐야 할 것인가를 생각하면서도 아주 단편적인 생각에 불과했던 생각의 조각들이 정리되지 못한 채 '그저 그런 생각'에 불과했던 것이 이 글의 최초 탄생 동기였습니다.

그랬던 이 글이 저의 기억 속에서 한동안 잊혀져 있다가, 나름대로는 소설의 형태로 써 봐야겠다고 생각을 하게 되었고, 그에 따라 전체 줄거리를 만들어 간 것은 2013년쯤, 제가 어려운 환경에서 삶의 한 언저리를 견뎌내고 있던 때였습니다. 그렇지만, 여러 사정이 겹쳐 다시 묵혀 두었던 시간을 지나 2019년 언젠가, 새삼스럽게 원고를 만지작 거렸던 2013년의 그 때를 되돌아 보면서, 원고를 다시 손보게 되었고 드디어 오늘에서야 소설이라는 형식의 결실을 보게 되었습니다. 더욱이 이 글은 '소설'이라고는 하지만, 자칫 우리 사회에서 커다란 비판과 사회적 소용돌이에 휘말릴 소지가 있는 다루기 힘든 주제이기도 하고, 소설적이라고는 하지만, 보기에 따라서는 소설적이지 못한 정치 사회적으로 변질된 형태의 소설이 될 수도 있는 것이어서 조심스럽기도 한 것이 사실입니다. 그런 연유로 대중적이지 못한 소설로서의 한계를 가진 주제라고 할 수 있을 것이 이 「분열(分裂)」이어서, 더욱 글을 쓰는데 망설이지 않을 수 없었음에도 불구하고 소설이라는 가정을 통해 용기를 가지고 이 소설을 쓰게 되었다는 점을 밝힙니다.

2013년 처음 원고를 시작할 때의 여름 날은, 공식적으로 측정된 온도가 우리나라 기상관측 역사상 최고 가운데 하나인 40°C를 넘었다고 했습니다. 거기에 습도까지 더해져 뜨겁고도 습한 날이 계속되고 있었습니다. 완전한 유기농으로 짓고 있는 농지의 토마토와, 비닐하우스 안에서 키우고 있는 토마토가 거의 엇비슷하게 익어가고, 수확이 진행되고 있긴 했지만, 야외 노지에서 키우고 있는 토마토는 더위와 습기로 인해 갈라지고, 터지고, 벌레 먹고, 쭈글쭈글해져 거의 상품가치가 없어지고만 그런 뜨거운 여름이었습니다. 그나마 다행인 것은 비닐 하우스 안에서 재배되던 토마토는 그래도 비교적 기후를 잘 이겨낸 때문인지 상품으로 판매되어 나갈 만 할 수 있게 되기도 했던 기억이 아련합니다.

그런 하우스 안의 온도계는 47°C에서 48°C를 넘나들고 있었습니다. 온몸은 머리 끝부터 발끝까지 땀으로 범벅이었고, 나의 머리에서부터 솟아 나온 땀방울이 송송 맺혀 등줄기를 타고 흐르다 턱까지 차오른 숨막힘에 속옷까지 모두 땀으로 흥건히 젖어 있었습니다. 그런 하우스 안에 있다가 33°C를 가리키는 하우스 밖으로 나오면, 시원한 느낌마저 드니, 사람의 느낌이라는 것이 참으로 아이러하다는 생각입니다. 하우스보다는 야외 노지에서의 토마토 수확 작업이 33°C의 더운 날씨임에도 불구하고, 시원한 느낌마저 들 무렵, 하루 종일 땀에 찌든 옷들이 마치 수건을 짜면 물이 베어 나오는 것 처럼 온몸에 베어들 때야 작업을 마치고 돌아 왔습니다. 그야말로 '땀과의 전쟁'을 치러야 했던 때였습니다.

그렇게 돌아온 밤에는 또다시 열대야가 나를 기다렸습니다. 흠뻑 땀에 젖은 담요 위에서 뒤척이다 깜빡 잠든 새벽녘에 나는 또다시 하루를 열기 위해 습관처럼 잠에서 깨어 났습니다. 그렇게 '땀과의 전쟁'을 치른 때가 2013년의 7, 8월의 여름날들이었습니다.

새벽 3시!
세상은 잠들어 있고, 정적만이 고요 속에 쉬고 있는 이 시간, 또 다른 하루를 시작할 수 있게 해 준 주님의 은총에 감사기도를 드리면서 새벽을 열었습니다. 그리고 뜨거웠던 여름날 그 새벽에, 나는 드디어 「분열(分裂)」의 1차 초고를 마치고 나만의 새벽 하늘을 바라보았습니다.
「분열(分裂)」을 시작할 때는 새로운 희망의 봄이 찾아 온 때였는데, 그로부터 시작된 한 여름날의 더위가 엄습해 왔고, 뜨거웠던 더위와 씨름을 하면서 지새운 여름날의 끝자락에서 이 「분열(分裂)」을 끝냈을 땐, 더위도 한풀 꺾일 날이 멀지 않다는 소식이 들려 오고 있었습니다. 그리고 나서 불과 며칠이 지나지 않아 '언제 그랬냐'는 듯 아침, 저녁으로 선선한 기운이 들고, 한낮의 햇살도 따갑기만 할 뿐, 덥다는 느낌은 어디로 날아가고 없는 또 다른 새벽이 다가 왔습니다. 그런 날 새벽에 나는 이 글을 마무리하고 있는 것이었습니다.

「분열(分裂)」은 아직도 세계 각국에서 벌어지고 있는 소수민족의 독립욕구와 그들의 활동, 그리고 보다 많은 자치권과 자주권을 요구하는 지역들이나 민족들의 문제를 다룸으로서, 잊혀져 가고 있는 소수의 민족문제나 지역문제를 역사의 전면으로 이끌어 내고자 하는 거창한 의도가 아닙니다. 우리는 이제 독립국가로서 번영된 세계 국가의 반열에 올라선 유일한 전후(戰後) 국가이긴 하지만, 지금은 과거 그 독립의 의지와 열망은 거의 잊혀져 가는 듯 하고, 그래서 우리가 보는 그런 나라들의 시각이 우리와 다소 달라 보이기도 하고, 생소해보이기도 한 것이 현실이라고 할 수 있을 것입니다.

우리나라도 불과 100여년 전 일제에 나라를 빼앗겼고, 36년 이라는 긴 시간 동안 빼앗긴 국권을 찾기 위한 독립 운동에 수많은 사람들이 희생을 당해야 했던 아픈 역사를 가지고 있습니다. 그러면서 그 수많은 피의 흔적을 남기며 결국 독립을 쟁취한, 많지 않은 국가 중의 하나가 되었지만, 독립 후 불과 몇 년 만에 남과 북으로 나누어 진 국토는, 피로 얼룩진 동족상잔의 유린된 역사를 가졌습니다.

그러나 그런 시련을 이겨 온 우리는 눈부신 한강의 기적을 이루며 세계 10대 선진국을 넘나드는 대한민국을 만드는 멋지고 훌륭한 역사를 만들어 왔습니다. 그런 오늘의 우리는 수많은 고통과 어려움을 극복하고 일어선 세계에서 몇 안되는 나라임이 분명하고, 그런 관점에서 보면, 우리가 잊고 살고 있을지 모르지만, 지금도 전 세계 도처에서 진행되고 있는 독립을 위한 몸부림들을 이제는 그냥 지나치는 시각이 아닌, 또다른 관점에서 살펴볼 때가 된 듯도 해서 이 글을 쓰게 되었다고 한다면, 너무 거창한 변(辯)이 될지도 모른다는 생각을 하면서 이 글을 써 내려 갔습니다.

이 글에서 본 저자는 우리나라에서 역사적으로 소외되고 차별 받아 온 것으로 인식되고 있는 호남이, 한국이라는 틀 속에서, 독자적 문화와 전통을 간직한 지역으로 특화하기 위한 노력을 '자주화' 과정으로 가정하여 글을 써 내려갔다고 할 수 있을 것입니다. 그리고 다른 나라와 민족들에게서 일어나고 있는 독립운동들은 '독립'이라는 용어로 가정해 사용하면서 이 글을 썼습니다. 그런 연유로 이 글의 최초 제목은 「분열(分裂)」이 아니라 「독립전쟁」이었습니다. 그러나 독립이라는 말을 사용하기에는 가정 자체가 다소 어설프고, 글의 전개가 전체적으로 어울리지 않는 측면도 있었고, 소설로서는 다소 무겁고 어울리지 않는 주제임을 알고 우리 사회 내에서의 다양한 세력들이 '이합집산(離合集散)'하는 '분열과 그에 따른 사회적 통합'을 원하는 마음으로 이 책의 제목을 「분열(分裂)」로 정했습니다.

우리는 5천년이라는 유구한 역사를 만들어 왔고, 수많은 외침 속에서도 한번도 다른 나라를 침범하지 않는 역사적 전통을 간직해 왔다고 하는 것이 역사적 정설입니다. 또, 그런 5천년의 역사 속에서 하나의 나라를 유지해 오면서도, 하나의 통합된 국가만이 아니라 그 속에서는 삼국으로 분열되고, 또 다른 시대를 거치면서 그 분열이 통합으로 이어지는 아름다운 역사적 전통을 가져 온 것도 사실입니다.

그런 관점에서 오랜 역사적 시간은 차치하고라도, 최근세에 이르러서는 일제에 의한 강점 이후 통일된 나라가 어어지지 못하고 남·북으로 분열되었고, 그 이후 남한 내에서도 영·호남이라는 극단적 대립구조가 만들어 지기도 했습니다. 지금은 그런 분열의 양상들이 겉으로는 잦아 들고 있다고 보여 지지만, 최근에 이르러 처러지는 정치권의 행태와 광주사태로 불렸던 광주민주화 운동의 과정, 그리고 그 이후의 정치 사회가 갖는 바람직하지 못한 행동들을 볼 때, 아직도 영·호남을 중심으로 한 우리 사회의 지역 갈등은 물론, 지역간 계층 간 갈등 구조 또한 이 글을 쓰는데 많은 영향을 받았다고 할 수 있습니다.

한국에서 호남의 자주(自主)를 주장하는 단체인 호남회를 만든 초대 회장 이상철은 영세 중립국인 스위스로 건너가 독립을 요구하는 민족과 지역을 모아 '유아이(U.I. : United Independence)' 라는 독립 연합체를 만들게 됩니다. 그리고 이 기구를 통해 중국의 티벳과 신장위구르, 스페인의 스피코, 영국(U.K)의 웨일즈와 아일랜드, 캐나다의 퀘벡 등을 회원그룹으로 안고 가면서, 한국의 광주와 일본의 후꾸오까도 자주권과 자치권을 요구하는 유 아이 그룹으로 편입시켜 유아이의 수장이 됩니다. 그런 그는 미국의 알래스카와 인디안 원주민, 괌 등도 유아이(U.I.) 회원으로 끌어 안음으로서 유엔(U.N.)에 버금갈 만한 민족 연합체인 유아이를 키워갑니다. 그리고 그는 마지막 숙원 사업으로 한국 호남의 자주권 획득을 위해 헌신하는 것으로 그의 인생에 커다란 방점을 찍게 됩니다.

이 글은 이렇게 소수민족 문제와 함께 세계 도처에 산재한 각 지역과 민족들의 '독립과 자주'의 문제를 다루면서, 그 안에 있는 복잡한 민족간, 지역간 문제도 함께 다뤄보고자 했습니다. 그러나 아무리 소설이라고 하지만, 이런 무거운 주제들이 건드릴 수 없는 한계들이 있는 것이어서 조심스러운 측면도 없지 않았고, 다른 한편으로는 이 글을 쓰는 나 자신이 그런 주제를 깊이 있게 파고 들만한 지식과 능력이 부족해 그저 피상적인 일갈에 그친 경우도 많아 소설로서의 한계도 있었음도 솔직히 고백할 수 밖에 없습니다.

글을 쓴다는 것은 늘 고통을 수반하는 일이지만, 글에 대해 무지한 내가 글을 쓰고 있는 것은 더 심한 고통이 따라오고 있음을 느낍니다. 더구나 민족이라든가 세상에 대해서 잘 알지도 못한 내가 그런 주제를 다룬다는 것 자체가 어리석기도 하고 지적(知的) 한계를 느끼기도 합니다.
그럼에도 불구하고 그런 내용을 다룰 수 있다는 용기 하나만으로 이 글을 써 내려갔습니다. 그래서 전체적으로 글의 앞뒤 연결이 엉성하기도 하고, 글 전체가 드라마틱한 부분도 없는 것이 이 글이기도 합니다. 그러나 이 글을 통해서, 무언가 새로운 시대와 새로운 환경변화가 올 것을 가정하고, 그 중의 하나가 민족과 지역의 분리독립이라는 점을 가정해 글을 썼다는 점에서 큰 의의를 찾아 보고자 합니다. 그런 면에서 이 글을 쓴 나 자신도 크게 만족하진 못하지만, 그런 것에 대한 관심을 가지고 문제의식을 가졌다는 사실만으로도 그저 소박한 소설적 위안을 삼고자 합니다.

그렇게 완성된 이 글을 무려 7년간이나 묵혀 두었다가 2020년도에 「쌀의 전쟁」을 쓰고 나서, 그 「쌀의 전쟁」에 이어 이 글을 내는 것이 좋겠다는 생각을 했고, 그러면서 다시 그 때 써 두었던 원고를 꺼내 손을 보기 시작했습니다. 그간 묵혀 둔 이유를 딱히 뭐라 설명할 순 없지만, 그저 이 글을 세상에 내 놓을 자신도 없었을 뿐만아니라 본인 스스로도 글로서의 가치를 자신할 수 없어서 였다고 할 수 있을 것입니다.

이 글을 발표하면서, 어떤 면에서는 다소 황당하기도 하고, 아주 비판적 관점에서는 재미도 없고, 소설로서의 가치가 적은 이상한 글 같기도 하지만, 그럼에도 불구하고 이 글을 꺼내 들고 손을 보면서 가진 가장 큰 느낌은, 이제는 이런 글이 세상에 나와도 괜찮을 법하다는 생각을 하게 된 것이 아닌가 합니다.

2018년 여름은 이 글을 쓴 2013년 여름보다 더 더웠고, 2020년을 지나면서, 또 한번의 더위가 코로나와 함께 다가 왔습니다. 그래서인지 2020년의 겨울 또한 넘기기 쉽지 않은 시간들이 이어졌고, 2021년 백신이 들어오면서 또하나의 이정표를 찍은 해가 지나갔습니다.

그 후 또 한번의 정부가 바뀌고, 이제 코로나는 아무도 기억하지 않고 싶은 기억 속의 일처럼 변한지 오래인 지금, 오늘 이 새벽도 2013년 이 원고를 썼던 그 날처럼 변함없이 어둠이 가시고, 어느 샌가 날이 훤하게 밝아옵니다. 오늘 하루도 나와 가족 그리고 사랑하는 사람들을 기억할 수 있게 해 주신 주님의 은총에 감사드리며, 축복받는 가족으로 태어 나 함께 하고 있는 '해윤', '재인', '아윤', '시아', '가윤' '희재' 그리고 곧 배어날 조카 건우의 새생명'모두에게 하늘의 영광이 함께 할 것을 믿고 축원하며, 이 글을 세상에 내 놓습니다.

2024. 03 .

추 명 성 (秋明星)

차례

장편소설 「분열(分裂)」 추천사 ...4
당선소감 겸 감사의 글 ...6
서문 ...10

분열

길 떠나는 사람 ...22
후꾸오까에서 ...49
가족의 이름으로 ...76
되돌아본 그 날 ...84
인도의 티벳 ...92
터 ...107
귀로 ...120
선거와 자주 ...144
유아이(U.I.) ...154
정치와 현실 ...172
독립운동 ...186
머나먼 평화 ...198

호남의 자주 ...209
이리코바 ...218
전쟁과 평화, 그 갈림길 ...225
후꾸오까의 봄 ...246
또 다른 길 ...254
갈등의 증폭 ...262
다시 쓰는 역사 ...275
새로운 길 ...289
선거와 자주 ...298
혼돈 ...336
다가온 시간 ...344
떠나가는 배 ...372

발간후기

가족들의 이야기 ...380

분열

길 떠나는 사람

"이번 행사에는... 오랜만에 대통령이 오신다니까 한번 잘 지켜보세요. 너무 시끄럽게 하면 갑자기... 의도하지 않게 이목이 집중될 우려가 있으니까... 이럴 땐 조용히 하는 것이 좋을 듯합니다."
"예, 알겠습니다. 그럼 회장님께서는... 이번 행사 참석은 어떻게 하시겠습니까?"
"글쎄, 꼭 내가 참석해야 할 이유도 없고, 여러 단체와 참여 인사들이 참석할 거니까, 뭐... 난 다른 곳에 있어야 하지 않을까?"
"예? 그럼, 어디로?"
"'신장' 말이야, '신장 위구르'에 가야 하는데... 옛날에 우리 대통령이 '시안'을 다녀온 후 그쪽에 관심이 높아진 데다가, 자네도 알다시피 중국 공안당국이 예의 주시하는 곳이기도 하고, 거기다가 경찰도 아닌 중국 국방군이 투입되어, 계엄이나 마찬가지인 상황이니까 그곳으로 직접 갈 수는 없을 듯하고, 또, 조심해야 하지 않을까 하는 생각도 들고..."
"그럼..."

"그래서... 준비되는 대로 '후꾸오까'로 가려고 하네."
"그래요? 거기도 만만찮을 듯합니다만..."
"그렇긴 해도..."
"아무래도 '신장'보다는 나을 듯 하기는 하지만, 어쨌든 가시드래도 건강 조심하시고요. 그럼, 혼자 가시겠습니까 아니면..."
"일단 집사람하고 여행 가는 것으로 해서... 거기 가서 몇 사람 만나도록 주선해 보게."
"그렇게 하겠습니다."

광주(光州) 무등산 파크 호텔 밑, 오래된 단독주택들이 있는 골목 한 켠에 아주 오래되어 땟자국이 절은 듯한 '서대찜' 집이 있다. 2층으로 된 단독주택 집인데, 1층을 서대찜 집으로 개조한 가게라선지 가게라고 해 봐야 크기가 얼마 되지도 않은 소박한 그런 곳이었다. 미닫이로 되어 있는 가게 문을 열고 들어가면, 왼쪽으로는 한 탁자에 네 사람이 앉을 수 있는 사각 탁자 세 개가 덩그러니 놓여 있고, 오른쪽에는 칸막이 없이 그냥 신발을 벗고 올라가 앉을 수 있는 장판이 깔린 바닥에, 네 사람이 앉아서 식사를 할 수 있는 밥상 두 개가 놓여 있다. 장판이 깔린 바닥에는 연탄보일러가 깔려 있어 겨울에는 따뜻하게 앉을 수 있게 되어 있기도 했다.

그렇게 다섯 개의 탁자가 있는 안쪽에는 아주 오래된 식당의 주방이라는 표시라도 내듯, 낡은 식기들이 늘어진 주방이 있고, 구십이 넘은 할머니가, 언제나처럼 손님이 오기를 기다리며 늘 그 자리에 똑같은 자세로 서서 서대를 다듬는다. 그 가게엔 가게 표시랄 것도 따로 없고, 생선 이름 자체가 가게 이름인 듯 '서대집'이라는 글씨가 나무판 위에 아주 오래되고 낡아, 색 바랜 휘갈림체의 붉은 글씨로 쓰여 있을 뿐이었다. 왜 붉은색 글씨가 쓰여 있는지 아무도 알 수 없는 관심 없는 뒷골목 구석이 그곳이기도 하다.

사람이 들어와도 뭐 먹을 거냐고 묻지도 않는다. 낮에는 따로 주문하지 않으면 '서대탕'에다 밥이 자동적으로 나온다. 저녁에는 '서대찜'에 한잔 걸치기 딱 좋은 시간이라선지 '서대찜'이 기본이고, 식사하려면 따로 말을 해 주어야만 하는 그런 곳이다. 그러니 사람 숫자만 물어보고는 그저 서대를 다듬어 내오면 모든 주문은 끝이다.

서대를 다듬고 있는 늦은 오후의 한적한 가게의 문이 열리면서 반가운 목소리가 들려왔다.
"엄니, 오랜만이에요."
"워...매, 이거이 누구당가, 영철이 아니여? 죽었는지 알았다. 잡껏아..."
"예. 저예요 엄니...죽기는요. 미국 출장 갔다 왔어요. 이거 받으세요."

들고 온 종이 가방 안에 포장된 자그마한 것을 꺼내며 주인 할머니한테 내밀자, 서대를 만지면서 그것을 보는 둥 마는 둥 하고는 구시렁대듯
"그거이 뭐여? 니가 열어 봐라."
하고는 시큰둥하다.
"엄니가 열어 보셔야죠. 그래도 선물인데요."
"그러냐? 알았다 잡껏아..."
하며, 서대 주무르던 손을 수도꼭지에서 나오는 물에 슬쩍 스치듯 씻고는 앞치마에 쓱쓱 손을 닦은 다음, 종이로 예쁘게 쌓인 자그마한 상자 같은 것을 뜯기 시작한다.
"우메, 이것이 뭐다냐? 화장품 아니여? 얼굴에 바르는 거랑 향수랑... 와따 비싸것네, 이런 걸 워디서 샀다냐, 잉?"
"예. 엄니 주려고 미국서 사 왔어요. 뭐 드릴 것도 없고 해서요. 그냥 싼 거니까 부담 갖지 마시고 쓰셔요. 맘에 드실지 모르겠네요. 연세 드신

분들이 좋아하실 거라 해서요."

"이 썩을 것이 돈 처발라서 뭔 일이다냐... 느그 애인이나 갔다 주던지 하지, 나 같은 늙은 년이 이런거이 다 뭔 소용이다냐..."

"헤헤, 제가 애인이 있나요, 뭐? 엄니 쓰시고 서대나 맛있게 해 주세요."

"저것이... 저러니까 아직 여자 하나도 없이 저러지. 아이고 몰것다. 알았다. 우찌됐든 간에 고맙네 와... 언능 앙거라, 잉?"

"예, 엄니. 제가 형님으로 모시는 분이랑... 되게 자랑하고 모시고 왔으니까, 맛있게 해 주셔야 돼요. 예?"

"알긋다. 그나저나 귀한 분이 오셨다는디... 이런 누추한 데 와서 어쩐다냐!"

그러자 모시고 온 형님이 나섰다.

"저는 좋습니다. 동생이 맛있다고 자랑해서 이렇게 왔습니다."

"아니고, 챙피하요... 그렇게 말해주니 고맙소, 잉? 안되것다 영철아. 그럼... 안에 방으로 모셔라, 잉?"

"예, 엄니..."

주방 앞에 난 좁은 통로를 통해 안쪽으로 가면, 칠팔 명이 앉을 수 있는 큰방 하나와 서너 명이 앉으면 딱 맞을 만한 작은 방이 하나 있는데, 그 방들은 아무나 내주지 않고, 그야말로 단골들한테만 내주는 곳이다. 그중에 서너 명이 앉는 작은 방에는 다른 사람이 이미 자리를 차지하고 있어 넓은 방에 단둘이 앉게 되었다.

"넓은 방에 우리 둘만 있어도 되겠어요?"

"하믄, 꺽...정 말고 맛있게 묵기나 해라, 잉? 맛있게 묵고 가면 되제. 알것제?"

"예, 엄니! 자리 필요하면 말씀하세요, 비워 드릴게요."

이영철은 나이가 마흔이 넘어가는데도 아직 결혼하지 못한 노총각이다.

약간 마르긴 했지만, 키도 1미터 80이 넘고, 서글서글한 인상에 잘생긴 외모는 아가씨들이 따를 법도 한데도 늘 혼자였다.

　그런 그가 이 '서대집' 단골이 된 것은 우연찮은 기회에 다른 사람들을 따라 여기를 오고 난 다음부터였다. 이영철도 지금 함께 온 형님이라는 사람처럼 다른 사람들을 따라왔다가 할머니가 해 준 서대 요리 맛에 반해 단골이 되었다. 서대는 홍어보다 더 납작하게 생겼는데, 생김새가 홍어와 비슷하지만, 홍어 보다는 두께가 약간 가늘며 크기도 작아서, 큰 것은 '작은 홍어'라고 해도 모르는 사람들은 구분하기 힘들게 생긴 생선이다. 서대는 각종 양념을 해 무쳐도 먹고, 푹 끓이면 뼈째 모두 씹어 먹을 수도 있는데, 푹 쩐 것은 오도독거리며 씹히는 것이 입맛을 돋워주는데도 그만이다.

　할머니는 언제나 그 서대를 요리하는데, 간단히 식사할 때는 서대 찌개를 얼큰하게 해주고, 저녁에 한잔할 때는 서대찜을 푸짐하게 해 주었다. 서대는 찌개를 하든, 찜을 하든, 찌개로 먹든 간에 넓적한 냄비 바닥에 두툼하게 깔아놓은 큼직한 무와 함께 묵은지가 그 사이사이에 놓여 맛을 받쳐 주는데, 대파와 마늘이 태양초 고춧가루와 늘 함께한다. 그런 서대찜과 찌개는 매콤 달콤하면서도 입에 착착 달라붙는 것이, 서대 할머니만이 낼 수 있는 손맛이 따로 묻어나기도 했다.

　그 손맛에 반한 영철이, 친구들이나 아는 사람들과 몇 번 와보곤 하다가 단골이 되어 버렸다. 거기에다 올 때마다 남들이 들으면 오해하기 쉬울 정도로 할머니가 내뱉는 거친 말은 처음에는 거북하다가도 들을수록 정이 가는 묘한 정이 우러나, 이제는 할머니의 그 말씨가 그리워 오는 경우도 있을 정도가 되었고, 외국 출장 갔다 오면서 선물 하나 드리는 것은 아주 스스럼없는 일이 되어 있었다.

그렇게 단골이 된 영철이, 할머니 집을 들락날락하다가 '엄니'로 부르게 된 것은 또 다른 계기가 있었다. 처음엔 할머니나 아주머니로 부르다가 가게에서 나이 드신 분들이 쌈박질을 벌였는데, 영철이 나서서 잘 화해시키는 것을 보고서는 그것이 맘에 들었는지, 그다음부터는 '엄니'라고 부르라고 해서였다. 그러다 보니 영철도 여기에 오면 친 엄니처럼 친근감을 느끼게 되었고, 할머니도 그를 친 아들처럼 잘해주었다.

할머니는 이 집이 아버지로부터 물려받은 옛날 집이라고 하셨다. 할머니 성함은 '어윤채'라고 하셨는데, 아버님이 유명한 독립운동가인 '어 판술' 어른이셨다고 한다. 할머니에게 아버지 어 판술은 어렸을 적 몇 번 본 기억 밖에는 없는데, 굉장히 깐깐한 성격에 '팔자(八字)' 수염을 단 그런 분이셨다고 했다. 어 판술 할아버지는 일제시대 때 만주에 나가 독립운동을 하면서, 사회주의 공산 계열 운동에 참여했다가 백범 김구 선생을 만난 이후, 민족자결에 의한 민주 독립운동 진영에 가담해 김구 선생의 임시정부에서 높은 자리를 지낸 어르신이었다.

그런 할머니의 부친인 어 판술 어른은, 8·15 해방 후 김구 선생과 함께 귀국해 이승만이 주장하는 남한만의 단독 정부수립에 반대한 김구 선생과 함께 남·북 통일 국가를 주창했지만, 그것이 김구의 암살로 막을 내리고, 6·25 한국전쟁 때에는 북한에 의해 사회주의를 배신한 인물로 낙인찍혀 수차례 생사의 고비에 서기도 했었다고 한다. 그러다 한국전쟁이 끝나고는 자유당 정권에 반대한 것 때문에 이승만 정권에서 핍박을 받다가 1958년 이 집에서 돌아가셨다고 했다.

이 집은 이층으로 된 오래된 단독주택이었는데 이층에서 보면, 단층 건물에 마당이 100여 평 정도 되는 아담한 옛날 집이고, 골목길 쪽에서 보면 2층 집으로, 1층에는 창고 겸 여러 용도로 쓰였던 곳을 아버지가 갑자기 돌아가시고 나서 어려운 살림을 책임진 어윤채 할머니의 친정어머니가 살길이 막막

하던 차에, 1960년도 언젠가에 이곳을 개조해 당시에 전라도에서 나는 서대를 요리해 팔기 시작했던 것이 지금에 이르렀다고 했다.

그런 할머니에게는 오빠가 하나 있었는데, 6·25 때 빨갱이들인 공산당 프락치들이 나타나 아버지를 찾다가, 남아있던 어린 오빠를 죽이고 가버려서 할머니 혼자 남게 되었다고 한다. 지금이야 독립지사에 대한 지원이 있지만, 그 당시만 해도 그런 것이 없어 살기가 무척 힘이 들었다고 했다. 그런 할머니는, 그렇게 남은 딸 하나인 어린 어윤채를 먹여 살리기 위해 이 집에서 서대를 파시다가 돌아가신 노모가 눈에 선하다며, 그 연세에도 어머니 생각에 눈물을 글썽이기도 하셨다. 어머니란 단어 앞에서는 구십이 넘은 노인도 눈물이 고이는가 싶기도 했다.

할머니는 성장해 결혼했지만, 결혼 생활이 순탄치 못해, 아들 하나를 데리고 소박을 맞아, 당시에 혼자 사는 어머니가 계신 이 집에서 어린 아들과 함께 지금껏 살고 있다고 했지만, 그 이상은 자세히 알지 못했다. 그러니까 이 집은 독립운동가와 그 자손까지 해서 3대가 살아 온 독립운동가 가옥이었다.

할머니에게서 귀동냥으로 들었던 그런저런 얘기들을 같이 온 형님에게 하면서 한잔 걸친 영철은 적당히 기분 좋게 술기운이 올랐다.

"엄니, 오랜만에... 건강한 거 보니 좋네요. 또 올께요!"

"야, 이놈아! 내 걱정 말고, 니 놈 건강이나 챙겨라. 술은 작작 처묵고..."

"예, 엄니..."

할머니한테, 아양 반, 어리광 반을 부리며 계산하려고 하자,

"야, 이 잡것아. 돈은 뭔 돈... 거시기...선물 가격으로 치고...언능 가그라, 잉?"

"아이고 엄니... 그러믄 안 되는디요!"

"안 되긴 머시기가 안 돼, 언능 가그라 이 썩을 놈아, 잉?"
하며 밖으로 쫓아내듯하고 만다.

그렇게 가게에서 왁자지껄한 소리가 나자, 안에 있던 작은 골방에서 비서실장 이순기가 할머니의 목소리가 커지는 듯해서인지 주방으로 나왔다.
"어머니, 뭔 일 있으신가요?"
"아녀 아녀 뭔 일은...머시기냐, 젊은 아그가 미국 갔다 왔다고 화장품을 사왔길래... 서대값을 안 받았더니 안그냐! 걱정말고 언능 얘기 나누소, 잉?"
"예, 어머니..."
그렇게 별일 없는 것을 확인하고 다시 골방으로 돌아온 이 실장이 회장에게,
"별일 없으십니다. 젊은 친구가 화장품 사다 주고 가서, 서대 값 안 받느라 그랬답니다."
라고 말을 건넸다.
"그래? 요즘도 그런 젊은 사람들이 있었나?"
"예, 드물긴 하지만, 아주 가끔씩 있습니다."
"거...참, 저런 정이 아직도 있다니, 그래서 세상이 아직은 살만하다고 하는 갑네!"
"아무렴요. 아직은...생각보단 저런 사람이 많습니다. 우리 눈에 잘 안 띄어서 그런 것 뿐입니다."
"어쨌든 내가 자릴 비운 사이에도 잘 부탁하네."
"알겠습니다. 회장님"

이상철은 이 회장으로 불리고 있었다. 딸 하나인 어머니를 남기고 할아버지가 돌아가신 후, 할머니 손에 자라다시피 하며 어머니가 해 온 서대 집을

들락거리며 컸었다. 이상철은 어렸을 적엔 당연히 아버지가 없는 것으로 알고 컸지만, 커가면서 어머니가 난봉꾼에 가까운 아버지의 노름과 손찌검에 견디지 못하고 외갓집으로 자신을 데리고 와 할머니가 하시던 서대 집을 이어서 해 오고 있다는 것을 나중에야 알게 되었다.

어머니는 외아들인 상철을 극진히 생각했지만, 이쁘다는 내색 한 번 제대로 하지 않고 엄하게 키웠다. 그 대신 할머니가 외손주 하나 있는 것이라서 그랬는지 알 수 없었지만, 상철을 손에 놓으면 떨어질세라, 눈에 넣어도 아프지 않은 손주로 키웠다. 그런 그가 마악 중학교에 들어갈 무렵, 어머니는 할머니에게 아들 공부시키는 것을 소원했고, 그래서 머나먼 미국 땅으로 유학을 보냈다. 어린 나이에 먼 이국땅에서, 그것도 어린 것 혼자서 얼마나 힘이 들지는 잘 알고 있었지만, 어머니는 그것만이 자식을 교육 시키는 것이라며 냉정하게 대하기도 했었다.

"넌, 독립운동가이셨던 훌륭한 외할아버지의 피를 이어받은 하나밖에 없는 외손자다. 아무리 나이가 어리고 철이 없다 해도, 나라를 되찾은 그런 정신만은 올곧이 이어받아야 한다. 그러니 어떤 어려움이 있드래도 너는 훌륭한 사람이 되어서 이 나라의 동량이 되어야 한다. 알것제?"

서울 김포 비행장에서 아들이 볼까 봐 등을 돌린 채 말없이 울먹이시던 어머니의 모습을 뒤로한 채 비행기에 올라 일본을 거쳐 태평양을 건널 때가 까까머리 중학생이었다. 그 나이의 어린애가 세상을 알 리도 없었고, 나라가 뭔지도 알 수 없었지만, 비행기에 오른 것은 순전히 외할아버지의 후광 덕분이었다.

독립운동가 후손이라는 이름만 있었지, 변변치 않은 살림살이를 살았던 할머니는, 어머니가 아들을 가르쳐야겠다는 굳은 의지를 가지고 있다는 것을 알고는 할아버지와 같이 독립운동을 했던 분에게 외손자의 교육을 부탁

했었다. 외할아버지와 함께 독립운동을 하다가 해방을 맞이했고, 6·25 때는 미군 통역장교로 근무하다가 6·25가 끝나던 해에 미국으로 건너가 정착한 할아버지 후배에게 연락하여 외손주의 앞날을 맡겼던 것이었다.

그 후배는 미국으로 건너간 이후 꽤 성공한 사람이 되어 있었다. 그래서인지 기꺼이 이상철을 자기 자식처럼 돌봐 주었고, 학비며 생활비며 유학에 필요한 모든 것을 대주면서 미국에서도 유명한 미네소타 대학(University of Minnesota)을 졸업시켜 주었다. 그것은 상해 임시정부 청사 시절 행정청장을 지냈던 할아버지 밑에서 함께 직원으로 일했던 그 후배가 조국 사랑의 열정으로 그렇게 했다고 해도 과언이 아닌 일이었다.

그렇게 해서 이상철은 당시에 대한민국 사람으로서 몇 안 되는 미국 의사 면허를 가진 사람이 되었고, 그는 미국 국적만 취득하면 미국 사회에 곧바로 정착할 수 있는 유혹을 뿌리치고 일본으로 건너갔다. 그가 일본으로 건너가서 일본을 좀 더 안 다음 한국으로 가고 싶어 했기 때문이었다.

그가 미국 의사면허를 가지고 있는 데다, 독립운동가인 '어 판술'의 외손자라는 것이 알려지면서, 일본에 정착한 거류민단과 꽤나 알려진 사람들이 그의 후원에 나섰고, 그중에 일부는 한국의 새로운 정부에서 고위 관료나 국회의원을 지내게 해 주겠다고 나서는 사람까지 생겨났다. 하지만 그는 그런 것 모두를 뿌리치고, 미네소타 대학에서 공부했던 지도교수의 추천으로 동경대학 의학부에서 객원 연구 교수 자리를 받아, 의학을 가르치며 수년간 일본을 익힐 수 있었다.

그러면서 그는 '아이누족'이라는 원주민이 일본에도 있다는 것을 알게 되었고, 그들이 돌이킬 수 없는 멸망의 길로 갔지만, 남아있는 몇 안 되는 그들이 독자적으로 살아가길 열망하고 있다는 사실도 그제야 알게 되었다. 그렇게 미국과 일본을 거치면서 그는 미국의 유명 지식인은 물론, 일본 지식인들과도 교분을 쌓고 일본에 있는 한국 사람들과도 친분을 만들어 갈 수 있었다.

그가 미국에 가서 공부하고 일본에 있는 동안, 한국에서는 남북 간에 7·4 남북 공동 성명이 발표되고, 유력 대통령 후보였던 김대중 납치사건이 생기더니 육영수 여사가 문세광이라는 사람한테 총을 맞아 사망하는 사건이 생겼고, 심복 김재규에 의해 박정희 대통령 자신이 시해당하는 10·26 사건이 발생하기도 했다. 그런지 얼마 안 되어 신군부 실세인 전두환이 등장하면서 대한민국은 한 치 앞도 내다볼 수 없는 어지러운 나라가 되고 말았다.

그리고는 1980년 5월 18일, 광주에서 무지막지한 군부 정권에 의한 살인사건이 저질러졌지만, 그것들이 모두 북한 빨갱이들 짓으로 둔갑 되는 것을 보고 들으면서, '이럴 수가 있나', '어떻게 저런 야만적인 일을 벌일 수 있다는 말인가? 저것은 정권을 잡기 위해 하는 짓 아닌가' 하는 생각을 하기도 했었다. 그럴 때마다 이상철은 '저것들이 과연 내 나라, 내 형제인가' 하는 생각을 하면서 반드시 그들에게 대가를 치르게 하고 싶다는 생각을 해 보기도 했다.

그런데 어느 날 갑자기 전두환이란 사람이 나타나 자기 맘대로 별을 달기 시작하는가 싶었는데, 어느 순간엔가 체육관 선거를 통해 대통령이 되었다. 그리고 뒤를 이어 같은 군사 쿠데타 동료이고 친구인 노태우라는 사람이 1987년 6·10 항쟁을 기화로 나라를 '민주화' 한다는 포장 아래 직선제 개헌을 통해 대통령이 되었었다. 그런 일들을 지켜보면서, 과거에는 남의 얘기 듣듯 듣고 있었던 그였는데, 그런 일이 있고 나자 일본에서의 생활을 청산하고 드디어 광주에 있는 고향 집으로 귀국하게 되었다. 그 사이에 할머니는 이미 이 세상 사람이 아니었고, 초로의 어머니만이 그를 반갑게 맞이해 주고 있었다. 그 무렵 그에게는 미국에서 만나 결혼한 송춘희와 아들 이구(李久)가 함께 하고 있었는데, 송춘희는 미국에서 그를 공부시켜준 분의 막내아들의 딸이기도 했다.

그가 한국에 돌아오자마자 미국 의사면허를 가진 독립운동가의 외손인 그에게 여러 병원으로부터 소위 말하는 러브콜이 들어왔고, 독립운동가 단체와 여러 기관, 단체 등에서도 활동제의를 해와 갑자기 귀하신 몸이 되어가고 있었다. 특히, 독립운동을 했던 후손들이, 교육을 제대로 받지 못했거나 가난하게 살았던 경우가 많았던 시절이라 그에게 쏟아진 관심은 당연한 것인지도 모를 일이었다.

"어머니, 저 올라가요. 별일 없으면 문 닫고 같이 올라가지 그래요…"

"아니네. 자네나 먼저 올라가소. 아직 초저녁인디 문 닫으면 쓴당가… 걱정말고 어서 올라가소."

"예. 어머니, 뭔일 있으면 벨 누르세요."

"알았네. 올라가 쉬소!"

육십이 넘은 아들인데도 어머니 눈에는 늘 아이로 보이는가 싶다. 가게 안에 있는 쪽방 두 개 사이로 들어가면 화장실이 있고, 그곳을 뒤돌아 계단을 오르면, 2층에 있는 이상철의 집 거실이 나온다.

그가 계단을 올라와 거실에 닿을 때쯤이면, 평소에는 부인 송춘희 여사가 늘 반겨주지만, 오늘은 기척이 없다.

"구야 엄마. 송 여사!"

하나밖에 없는 아이 이름이 '이구'라서 줄여서 '구야'라 부르고, 부인 이름이 송춘희라서 늘 그렇게 부르는 것이 입에 버릇이 되어 있었는데, 방이나 거실에선 대답이 없고, 그가 부르는 소리에 밖에서 답하는 소리가 들려왔다.

"어서오슈!"

상철이 거실문을 열고 마당을 내다보니 대문 근처에 있는 누렁이네 집 앞에 쪼그리고 앉아 있는 송 여사의 모습이 보였다.

"거기서 뭐한가?"

"여기 좀 와 봐요. 누렁이가 곧 새끼를 낳을 것 같아요."

"그...래?"

다른 때 같으면 몸을 일으켜 소리를 지르기도 하고 온몸을 부비기도 할 듯한데, 몸이 무거운 듯 누렁이는 눈을 깜빡거리며 꼬리만 흔들고 있었다. 그런 누렁이가 안 되었는지 신랑 누렁이도 연신 혓바닥으로 암놈 누렁이의 입을 핥으며 곁에서 지켜주고 있었다. 새끼 때 왔던 이들 누렁이 한 쌍은 벌써 다섯 번째 출산을 앞두고 있었다.

"허... 우리 누렁이가 새끼 낳는 것도 모를 뻔했네. 준비나 좀 해줘야겠네!"

"그러게요. 우리가 무심했네요! 내가 바닥에 옷가지랑 깔아 주었는데, 당신이 한 번 더 챙겨봐 주세요!"

"알았어요. 당신은 들어가소. 내가 돌볼 테니까!"

누렁이 부부는 첫 번째 새끼를 낳을 때부터 지금까지 한 번도 떨어져 지내 본 적이 없었다. 그래서 그런지 오늘도 신랑 역할을 톡톡히 하려는 듯 곁에서 지켜주고 있었다. 이들은 진돗개 종류인데 토종 순종인진 알 수 없지만, 이 집의 한 가족이 되어 있는 건 분명했다. 어미 누렁이는 턱 밑과 배를 만져주면 아주 좋아했다. 턱을 만져주면 거의 눈을 감다시피 하며, 가만히 서서 꼬리를 살랑살랑 흔들고, 배를 만져주면 온몸을 맡긴 채 몸을 기대는 누렁인데 곧 새끼를 낳을 듯 배가 무거워선지 도무지 움직일 힘조차 없는 듯했다.

봄이라고는 하지만 낮에는 괜찮아도 밤에는 아직 추운 날씨라, 상철은 이것저것 가져다가 누렁이네 집 주변에 바람이 들지 않도록 바람막이도 하고, 작년 가을에 마당에 있는 나무들을 감싸고 남아 뒷 곁에 쌓아둔 볏단을 가져와 누렁이가 누워있는 집 안쪽에 푹신하게 깔아 주었다. 송 여사가 옷가지 같은 것을 깔아 주긴 했지만, 오히려 그것보다 볏짚 같은 것이 더 좋을 듯해서, 옷가지 위에 볏짚을 얹어 바닥을 푹신하게 해 준 것이었다.
"누렁아! 이번에도 이쁜 아그들...건강하게 잘 낳아라. 알았지?"
누렁이가 말을 알아들을 리 없지만, 마치 상철이 무슨 말을 하는지 알아 듣기라도 하듯 깔아 준 볏짚에 코를 대고 쿵쿵거리더니, 이내 앞발 사이에 입과 코를 묻고는 눈을 깜빡거린다. 그러고는 거실로 돌아오자 금방 집으로 들어간 송 여사가 또 자리에 없다.
"구(久)야 엄마. 송춘희씨..."
하지만 거실 소파엔 녹차 그릇과 녹차만 준비되어 있고, 사람은 보이지 않았다. 차 마시고 쉬고 있으란 뜻이었다. 그 시간에 가봐야 아래층에 있는 어머니한테 내려가는 것이 일이기 때문이었다.

아니나 다를까 아래층으로 며느리가 내려오자, 어머니는 반가운 듯 아닌 듯 송 여사를 맞는다.
"뭣 할라고 내려 왔냐? 쫌 이따 올라갈 껀디..."
"손님도 없는데, 문 닫고 올라가요, 어무니..."
"그려도... 시간이 이른디 벌써 문닫아 쓴다냐? 거그 앉거라!"
"예, 어무니! 자주 내려와 보도 못하고 죄송해요."
"그런 소리마라. 니도 좀... 바쁘냐? 이건 내가 좋아서 하는 일이니께 그런 소린... 쬐끔도 말어라잉? 내 한 몸 움직일 때 까정은 할꺼니께 그리 알고, 통...신경도 쓰지 마라, 알긋제?"
"예, 어무니. 힘은 안드세요?"
"힘? 까지꺼... 살살하는디 어쩐다냐?"
"그러서요. 힘들게 하지 마시고, 소일거리로 하셔요!"
그러면서도 늘상 하는 일처럼 능숙하게 설거지 그릇이랑, 이것저것 정리할 것들을 치웠다. 송 여사는 남편을 따라서 하는 일과 자신도 해야 할 일들이 있어, 이 가게에 자주 들러보지 못하지만, 여기에 오면 시어머니가 말려도 해야 할 일 투성이어선지 늘 찾아서 알아서 일을 하게 된다. 오늘은 모처럼 시어머니랑 같이 있으면서 가게 정리도 해주고 도란도란 얘기도 나누는 시간이 되고 있었다. 밤 9시가 넘자, 그제야 가게 문을 닫은 고부간의 두 사람이 이층 집으로 올라갔다. 그런 두 사람의 인기척을 들었던지 서재로 쓰는 방에서 상철이 나왔다.

"어머니, 일찍 오셨네요…"

"오냐, 구야 에미가 와서 일찍 왔다. 가게 정리도 다 해주고…"

"그래…요? 당신 고생했네!"

"언능들 쉬어라. 모처럼 일찍들 집에 오니께, 나도 좋다. 아참, 누렁이 새끼 놓을 때가 된 것 같던디…"

"예. 그러잖아도 아까… 구야 에미가 들다 봤어요!"

"그래, 잘했다. 내가 깜빡 해부렀다. 날짜로 봐서… 오늘 내일 낳을꺼여! 낼 새벽에 내가 살펴볼 테니께, 걱정 말고 쉬어라!"

"예, 어머니. 쉬셔요!"

아니나 다를까 어머니의 말씀이 적중했다. 새벽에 눈을 뜨자마자 아직 어둠이 짙게 깔려 있는데 어머니의 움직임이 부산했다.

"당신 더 쉬고 있소. 내가 나가볼게…"

"나 혼자요? 같이 가보게요!"

상철이 혼자 나가려고 하자 송 여사도 잠을 깨 따라나섰다. 그런데 누렁이네 집 근처 담장 쪽 한 켠에 걸려있는 가마솥에서는 벌써 김이 펄펄 끓고 있었다. 그 가마솥은 진흙과 돌을 섞어 쌓아 올려 만든 오래된 아궁이였는데, 그 가마솥에서는 누렁이네가 새끼를 낳을 때마다 끓이곤 하던 미역국을, 오늘 새벽에도 어머니가 벌써 나서서 끓이고 있는 것이었다.

"어머니. 깨우지 그랬어요…"

송 여사가 아궁이 옆에 서서 솥단지를 슬쩍 열자 솔솔 새어 나오는 미역국 냄새가 코 끝을 진하게 자극한다.

"소고기도 많이 넣었어요?"

"당연하지! 개나 사람이나 자식 낳고 나면 기력보충 하는덴 미역국 만한 것이 어디 있드냐?"

"그러게요. 얘네들은 어무니 때문에 늘 호강하네요!"

"호강은 무신… 인제는 자식들이나 매한가지 아녀? 벌써 몇 년째냐… 이젠 늙어서 새끼 낳기도 힘들거여!"

"그렇겠죠? 아 참, 내 정신 좀 봐! 어무니, 몇 마리나 놓았든가요?"

"잉! 암놈 시마리(세 마리의 사투리)랑, 숫놈 두 마리 해서 다섯 놈 이드라!"

"어디…가서 한번 보고 올게요. 들어가 쉬셔요. 제가 알아서 할게요!"

"알았다. 그럼 난… 들어 갈란다!"

"예, 어무니…"

아직 쌀쌀한 기운이 돌지만, 바람막이 삼아 쳐 둔 '거적'같은 것을 살짝 걷자, 그 안에는 애미가 새끼들을 젖가슴과 다리 사이에 품고 누운 채 쳐다보면서 꼬리를 흔들고 있고, 그 옆에는 언제나처럼 아빠 누렁이가 든든히 자리를 지키고 있었다.

"누렁아, 고생했다… 어디 보자, 이쁘네…"

송 여사는 갓 태어난 지 몇 시간 안 된 새끼 한 마리를 꺼내 입을 맞추고는 상철에게 보여 주었다.

"하, 고것들… 낳을 때마다 신기하단 말야!"

"그럼요. 얼마나 이뻐요! 난… 애들 자리 좀 봐줄 테니까 당신은 솥에 불… 다 때졌으면, 불 정리하고, 조금만 덜어서 우선 좀 식혀줘요. 조금 멕여야 기운 차리죠!"

"알았네. 누렁아 너는 좋겠다. 엄마가 너만 좋단다."
"아이고... 먼 소리 하는 거예요..."

그렇게 뉘엿뉘엿 아침이 밝아오고 있었다.
"아침 채려 놨웅께 밥 묵자, 와..."
"예, 어무니. 벌써 밥 차리셨어요?"
"하믄, 채릴 때 안 됐냐!"
"예, 어무니..."

어머니 어윤채 여사는 새벽 댓바람부터 밥상을 차려두고 밥을 먹으라고 성화다. 일평생 그렇게 부지런한 새벽을 여시는 분이라, 이제는 그 일이 익숙해진지 오래였다. 그래서 그러는지 연중무휴로 보통 6시 이전에는 아침 식사를 하게 된다. 덕분에 평생 아침을 굶어 본 적이 없고, 며느리인 송 여사도 처음엔 미국에서 와 적응하는 데 애를 먹더니만, 이제는 습관이 돼 버린 지 오래였다.

나이 50이 넘은 아들인데도 어머니는 밥을 먹다가 생선 가시도 발라주고, 맛있는 게 있으면 아들 숟가락에 얹어주기도 한다. 그런 모양을 보고 있던 송 여사의 장난기가 발동했다.
"어무니, 나도 주세요!"
하며, 불쑥 숟가락을 내민다. 그러자 어머니 어 여사는
"오...냐, 그럼 그래야제!"
하곤, 아무렇지도 않게 아들에게 했던 것과 똑같이 숟가락에 먹을 것을 올려주며, 비윗살을 맞추기도 해 밥상은 늘 화기애애하다.
"어무니! 우리... 집을 좀 비울 것 같은데요."
"왜...어디 가는가?"
"예, 일본을 좀 다녀올까 해서...요"

"머시기냐 낼모레가 5·18인디... 행사는 안 가고?"

"대통령이랑 높은 사람들 오니까...제가 없어도 돼요, 어무니... 5·18 단체들하고도 저번에 얘기가 됐고...요"

"그라믄 됐지 뭐... 석이 애미도 같이 가냐?"

"예, 어무니... 그래야 될 것 같아요."

그러자 어머니의 한숨이 이어진다.

"에이구! 난...누렁이랑 같이 놀면 되것네 뭐. 그냥 해본 소링께 그란지 알고... 알았응께 조심해서 잘 다녀오기나 하그라!"

"죄송해요, 어머니!"

"야 야 한두 번 나다니냐 뭐? 뭐가 죄송해... 하여튼 일이나 잘 보고 오그라. 나야...느그들 일이 뭔지 모르지만, 몸조심들 허고, 잉?"

"예, 어무니. 이번에 다녀오면, 어디... 바람이라도 한번 쐬러 가시든지 하게요."

"행여... 고마운 말이긴 하네만, 그런 소리 마라. 가게는 누가 하고... 그런 걱정은 붙들어 매고, 갔다 오거라 잉? 애미도 인자는 나이가 있으니까 먹는 것 잘 챙겨 먹고, 구경도 많이 하고, 그래라... 나이 먹으면, 가고 싶어도 못 간다잉? 알것제?"

밥상 앞에서 그런 단란한 시간이 얼마 만인지 알 수 없는 시간이 흐르고 있었다.

미국 의사가 되어 귀국한 젊은 상철은 그가 거부함에도 불구하고 서울의 유명 병원들에서 계속해서 러브콜이 들어왔다. 어릴 적 한국을 떠나면서 한국 소식은 테레비(TV) 뉴스나 교민들 입을 통해서 알고 있을 뿐, 한국 실정을 잘 알 수 없었던 그는, 아버지나 다름없고 자신을 가르쳐준 미국에 계신 장인어른의 주선으로 대한민국 최고의 병원에서 일할 수 있었다. 그의 눈으로 보고 경험한 의료 현장에서 보는 대한민국은 미국과 의료 수준이나 기술, 서비스 등 모든 면에서 엄청나게 뒤처져 있다는 것을 실감하면서 그가 해야 할 일이 너무 많다는 것을 깨달아갔고, 사회 현상에 대한 관심도 가지기 시작했다.

그런 중에서도 그가 환자를 통해서 알게 된 충격적인 실상이, 5·18 광주 사건과 관련된 내용들이었다. 5·18 사건 관련자라고 한 그 환자는 극심한 통증을 동반한 반신불수였는데, 국가에서 운영하는 치료기관들에서 더 이상 치료가 불가능해 마지막 기대를 가지고 그가 있는 병원으로 오게 되었고, 그의 발병 원인이 총상에서 비롯된 것이었다.

그가 미국에서 봤던 5·18은 대한민국 광주라는 자신의 고향 동네에서 나라를 지켜야 하는 군인들이 총칼로 시민들의 시위를 무력 진압하면서, 시민들을 공산 빨갱이 세력으로 몰아 무참히 학살한 사건이었다. 한국 정부에서는 북한의 선동에 의한 공산 세력들의 준동이라고 떠벌려 대면서 시민들에 대한 무력 진압과 발포, 그로 인한 학살을 정당화했던 기억이 새롭게 떠올랐다.

그러나 한국의 재야 세력과 종교단체, CNN 등 외국의 언론들은 그것이 조작된 것이고, 시민들의 저항을 정권 찬탈의 기회로 삼으려는 신군부 세력의 기도라고 반발했었다. 그 일이 있은 후 얼마 지나지 않아, 아니나 다를까 신군부 세력은 그 사건을 핑계 삼아 강제로 정권을 탈취했고, 그 세력들이 정권을 잡아 두 사람의 대통령을 만들어 냈다.

그런 과정에서 희생되고 당한 사람들의 숫자는 이루 헤아릴 수 없었다고 했었다. 그때 시민 측 일원으로 대치했던 그 환자가, 구사일생으로 목숨을 건지고 보니 총알을 맞은 중상 환자가 되어 있었고, 그로부터 오랜 시간이 지났어도 그는 더 이상 회복 가능성이 없는 상태가 되어 상철과 만나게 된 것이었다. 그 환자는 말이 어눌해서 의사소통도 잘 되지 않았고, 몸의 한쪽이 완전 마비되어 의사소통이 힘들었지만, 담당 의사인 상철에게 당시의 사정을 애서 소상히 얘기해 주었다. 그 일이 있은 후에야 상철은 5·18 당시, 광주에서 온몸으로 그것을 보고 경험한 어머니에게 상세한 이야기를 들을 수 있었다. 어머니는 아픈 기억을 아들에게 전하고 싶어 하지 않아 자세한 내용을 말해주지 않았었지만, 아들이 자세한 설명을 요구하고 나서야 아들에게 그날을 전후한 시기에 겪고, 보고, 들었던 서슬 퍼런 그때 상황을 소상히 얘기해 주었다.

당시의 광주는 그야말로 아비규환의 처절한 삶과 죽음의 기로에 서 있었고, 그날 죽어 나간 사람들이 5·18 묘지에 묻혀 있으며, 많은 사람이 부상을 당해 고통을 받고 있지만, 밝혀지지 않거나 찾지 못한 사람도 상당히 있을 것이라는 생각까지도 하고 계셨다. 그런 얘기를 듣고 난 상철은, 할아버지가 나라 잃은 설움을 겪으면서도 나라를 찾기 위해 독립운동을 했던 역사도 새롭게 다시 듣는 시간이 되고 있었다.

그로부터 그는 의사로서는 물론이고, 한국 사람으로서, 그리고 광주 사람으로서, 광주에 대한 역사를 새롭게 살펴보기 시작했다. 그제야 그는 광주와 전남이 원래 하나였다는 것을 알게 되었으니 이 땅의 젊은이로서 부끄럽기도 하고, 뭔가 다시 알아야 한다는 생각도 하게 되었다. 광주광역시와 전라남도가 처음부터 따로 있었던 것으로 알고 있었던 그에겐 광주가 전라남도에서 출발해, 광주의 규모가 커지자 광주광역시가 되었다는 것도 새삼 알게 되었다.

일정 구역의 인구가 일백만 명 이상이 되면 광역시가 될 수 있다는 것도 이해가 되었고, 광역시가 되면 중앙정부로부터 재정지원도 많이 받는다고 했다. 그래서 더 발전할 수 있다는 논리가 이해될 것도 같고, 아닐 것도 같았다. 왜냐면, 미국 같은 곳은 연방(Federal)과 주(State)가 있지만, 기본적으로 소단위 작은 도시(Small City)인 타운(Town), 카운티(County), 빌(Ville) 등이 생활의 중심이 되고, 그에 따른 지역 특성을 살려가면서 잘 발전해가고 있는데, 덩치를 키워야 중앙정부에서 지원이 많아지고, 발전할 수 있다는 논리는 선뜻 이해가 잘 가질 않는 부분이기도 했다.

그래서 그는 그때부터 여러 다양한 사람들을 만나보기 시작했다. 많은 사람을 만나고, 광주(여기서 광주는 광주와 전남 모두를 포함함)의 역사를 알수록, 그 자신이 너무도 무지했다는 것을 깨달아 나가고 있었다. 광주광역시가 전남으로부터 분리된 것은 앞에서와 같은 이유가 컸다고 하지만, 그런 이유 외에도 광주와 전남의 원류가 다른 곳으로부터 유래하고 있다는 것부터 새롭게 인식하기 시작했다.

고대(古代)에는 삼한(三韓)이라 해서, 마한, 진한, 변한이 공존하는 시대를 거쳤고, 삼국시대에는 백제 땅으로, 고려시대와 조선시대에는 척박한 지역으로서 수탈과 유배지가 대부분이었고, 일제 강점기 때에는 호남의 곡창지대에서 일제가 수탈을 일삼는 지역이 되었다는 사실도 알게 되었다. 그러다 보니 한(恨)이 서린 지역이 될 수밖에 없었고, 6·25 때는 공산군 프락치가 마지막까지 준동하기도 했으며, 대한민국으로 발전해 오면서는 영·호남이라는 극심한 지역감정 대립 속에서 철저히 소외되어 지역감정의 희생양이 되어 온 것도 알 수 있었다.

거기에다 이 지역이 결정적으로 폭발하게 한 최대의 사건이 5·18이었던 것이어서, 이 지역이 온전하게 바라 보이지가 않았다. 그런 관점에서 보면, 과거 전라남도 광주시였던 것이 광주광역시와 전라남도로 나누어진 것은 이런 역사적 배경과도 무관하지 않을까 하는, 추측과도 같은 생각을 해 보기도 했다. 한편, 그런 역사적 과정을 이 지역 사람들은 다 알고 있으면서도 제대로 표현하거나 말하지 못하고 있다는 사실과 함께, 그런 것들을 마음속에만 담고 살아가는 이 지역 사람들이 안쓰럽기까지 해, 상철에게 광주는 그 나이가 되어서야 뒤늦게 새로운 느낌으로 다가오고 있었던 것이었다.

그런 생각을 하게 되면서 의사로서의 상철은, 그가 서울의 유수한 병원에서 일하는 것이 문제가 아니라 외할아버지 대부터 지금까지 자기가 살고있는 광주에서 봉사와 헌신을 하면서 살아야겠다는 생각을 하게 된 결정적 계기가 되었고, 그러면서 그는 곧바로 광주로 내려오게 되었다. 독립운동가의 후손이면서 의사인 그가 광주에 내려오자, 이 지역 독립운동단체 지부인 '광복회 광주·전남지부(가칭)'에서는 자연스럽게 그에게 광복회 활동을 요청했고, 그러다 보니 교회 장로인 이상철은 기독교계와 불교, 천주교, 그리고 이 지역을 기반으로 한 원불교 등 각 종단 관계자들과도 인맥을 형성할 수 있는 자연스러운 기회가 주어졌다.

그는 여기에 정착하면서 처음엔 집에서 가까운 곳에 '민주의원'이라는 간판을 내걸고 개업하게 되었다. 그러다가 여러 기관·단체들의 도움에 힘입어 무료 봉사와 사회봉사 활동에 참여하여 의술을 펼쳤고, 각종 단체와 5·18 단체는 물론, 광복회 등이 지원하는 '민중병원'을 만드는데 참여하게 되어 민주의원은 민족병원이라는 이름으로 새 출발을 하게 되기도 했다. 그 이후 '민족병원'의 규모가 커지면서 병원장을 지냈고, 지금은 '민중병원' 이사장직을 겸하면서 사회 활동을 펼쳐 나가고 있는 중이었다.

그러면서 그는 광주지역에서 자생적으로 만들어진 단체인 '광주·전남 하나되기 운동본부'를 이끌고 있는 회장이 되었다. 원래는 전북, 전남, 광주를 하나로 묶어 '호남 하나되기 운동'을 펼쳤지만, 전라북도의 경우는 같은 호남이라도 광주, 전남과 상황이 다소 다른 측면이 있기도 했다. 그래서 전북을 제외하고, 일단 광주·전남을 대상으로 하나가 되기 위한 운동을 펼치고 있었다.

이 무렵 호남은 영남과의 지역감정 치유를 위한 다양한 노력을 해 왔지만,

외형적인 그런 노력과는 달리, 내면적으로는 그 치유가 쉽지 않은 일이 반복되고 있었다. 겉으로는 영·호남이 서로 반목을 해소하고 화합하자고는 했지만, 그것이 일반시민들 사이에서는 영·호남의 인식과 관계가 개선되고 호전되어 가고 있는 것과는 달리, 상위계층이나 고위 정치 사회적 지도계층에서는 영·호남 감정의 골을 정치적으로 자극하거나 희화화하면서 치유가 어려울 정도로 깊은 상처만을 남겨가고 있었다. 그런 것이 '광주·전남 하나되기 운동본부'가 만들어진 배경이라고 봐도 될 일이었다.

지역감정을 해소해 보자는 차원에서 섬진강을 중심으로 구분된 영·호남을 섬진강 왼쪽에 위치한 전라도의 몇 개 시·군과 섬진강 오른쪽 경상도에 위치한 시·군 몇 개를 합쳐, 하나의 통합된 정치와 행정구역을 만들어 보자는 의견도 제시되었다. 또, 도(道)와 광역시라는 것 자체를 없애고, 시·군·구 단위를 생활권 위주로 통폐합하자는 지방자치 개혁과 지역 개편 방안도 제시되었지만, 그 모든 것들이 정권이 바뀔 때마다 정치적인 구호만 난무할 뿐 실현 가능성은 거의 없어 보이는 일들이 되고 있었다.

그런 가운데 시간이 지나자 광주·전남 하나되기 운동본부는 거시적 관점에서 다시 '호남 하나되기 운동본부'로 개편되고, 광주·전남의 원류인 호남으로 하나 되는 뿌리를 찾기 위한 운동 방향을 설정하면서 조직을 재조직하게 되었는데 그것이 '호남의 미래를 생각하는 사람들의 모임'이라는 것이었고, 이것이 종교와 지역, 계층, 계파를 넘어선 범시민조직으로 확대되고, 정착되어 갔다. 그러면서 이 조직은 광주·전남지역에서 누구도 넘보지 못할 눈에 보이지 않는 막강한 영향력을 행사하는 조직이 되었는데, 그 조직의 구심점에 독립운동가의 후손이며 의사인 이상철이 회장으로 자리하게 되었다.

이 단체는 전라북도가 광주·전남에 비해 그 세력이 약하긴 했지만, 전라북도의 일부 단체가 가입되어 있었고, 전국조직인 호남향우회는 물론이고, 기독교·불교·천주교와 이 지역의 원불교, 전통의 유교 단체들까지 망라되어 있어 가히 광주·호남을 대표한 유일한 기구가 되었다고 해도 과언이 아닐 일이었다. 거기에 시민운동단체와 시민운동가, 이 지역의 명망가 등이 거의 모두 참여하고 있어 민간이 만든 임의 단체이면서도 사실상 이 지역의 모든 의사결정을 좌지우지할 수 있는 그런 단체로 자리를 잡게 되었다. 그렇게 민간단체이면서도 막강한 영향력을 행사하자, 비정치적 활동을 슬로건으로 했음에도 불구하고 국회의원과 시의원, 시·도지사까지 여기에 가입했는데, 이는 선거에서도 이 모임의 영향력이 당락을 결정할 정도의 변수를 가진 거대 조직이 되었기 때문이기도 했다.

호남지역은 과거에도 좋은 말로 해서 단결력 하나만큼은 알아줘야 할 정도로 결집력이 강했는데, 이것은 현대로 오면서 영·호남이란 지역감정의 틀 속에서 더욱 고착화된 것으로 보이기도 했다. 그래서 한때는 선거 때마다 그것을 정치적으로 이용하려는 세력도 있었고, 실제 선거 과정에서 특정 세력에 대한 몰아주기와 싹쓸이 현상이 나타난 것도 사실이었다.

그러나 시대가 바뀌면서 그런 것들이 없어지고, 지역을 생각하는 방향이 다소 다른 방향으로 바뀌거나 다양화되었지만, '전라공화국'이니 어쩌니 하는 말이 가시지 않고 떠도는 것 또한 사실이었다. 행정 단위로서는 전라남·북도와 광주광역시, 그리고 그 밑에 시·군·구가 있고, 정치행위의 단위로서 국회의원과 광역시·도 의원, 기초의원들이 있었지만, 이 전라공화국은 우리나라의 다른 지역과는 다른 특성이 있어서 아무리 유능하고 똑똑한 사람이라도 이 지역을 기반으로 하는 정당의 공천이나 내천이 이루어지지 않으면 거의 발붙이기 힘든 지역구조와 정서를 갖고 있었다. 그러자 아주 미미한 목소리로 그러한 경향들을 불식시켜야 한다는 목소리가 나오기도 했지만, 그것은 호남 민심의 흐름 가운데 아주 작으면서도 무시해도 좋을 만한 그런 것에 불과한 일들이 되기도 했다.

이 지역에서는 그런 것 때문에 이 지역을 기반으로 한 정당의 공천을 받으면 선거는 떼놓은 당상이고, 깃발만 꽂으면 당선된다는 등식이 성립되어 있어서, 선거 때만 되면 공천 경쟁이 선거보다 더 극심한 지역이기도 했다. 그런 상황이었지만, 이 모임은 관변단체도 아니고 그저 민간이 모인 임의 단체이면서, 동시에 구속력이 없는 그들만의 모임과 의사결정체인데도 불구하고, 이 지역 정치·사회에 대해 보이지 않는 엄청난 영향력을 행사해 민심(民心)의 흐름을 결정하는 중요한 역할을 수행하기에 이르렀다.

하지만, 그런 중요한 단체였음에도 불구하고, 변변한 사무실이나 별도의 조직을 갖고 있지 않았고, 비서실장 한 사람만이 회장을 모시고 있었다. 중요한 모임이나 회합, 의사결정 등은 기존의 조직이나 단체, 종교기관들을 순회하며 치러냈으며, 업무 또한 아주 중요한 사안에 대한 컨트롤 타워(Control Tower) 역할만을 시민단체 연합에서 대행해 주고 있을 뿐이었다. 그런데 그것이 조직을 만들어 운영하는 것 보다, 오히려 시민들의 신뢰와 지지를 이끌어 내는 데에는 중요한 요인이 되고 있었다. 다만, 꼭 필요한 사람으로서 회장의 업무를 보좌할 비서실장으로 이순기가 있었고, 앞으로 재정이나 필수 업무를 보좌할 한·두 사람 정도가 보강될 예정이었지만, 복잡한 조직이나 절차를 싫어하는 상철이 그런 것을 만류해 보류되고 있기도 했다.

그런 모임인데도 이 지역 시민들의 평가와 기대가 이 임의 단체에 모이는 것은 그들의 그런 모습들이 기존의 형식이나 틀에서 벗어나, 진정한 시민들의 의사를 결집하고, 그것을 행동으로 보여주고 있었기 때문이었다. 그런 '호남의 미래를 생각하는 모임'에 대해서 비판이 없는 것은 아니었다. 전국 단위의 다른 조직이나 일부 시민단체들 사이에서 너무 일방적으로 호남 사람들만을 결집해 편 가르기를 하는 것 아니냐 하는 시각도 있었고, 일부에서는 민주화된 시민의식을 또 다른 편향된 곳으로 몰아가는 것 아니냐는 비판도 했지만, 그것 역시 이 단체의 큰 흐름과 방향성을 억제하거나 없앨 수는 없는 일이었다.

그렇다 보니 이 모임을 이끄는 회장으로서의 이상철은 이 지역은 물론, 전국적인 관심 인물로 떠올랐고, 전남·북 도지사와 광주광역시장을 거느린 이 지역 최고 권력을 가진 왕회장이란 별명이 붙어있기도 했다. 과거 이 지역을 상징한 지도자였던 김대중 선생(나중에 대통령이 됨) 이래 숨어있는 지도자로서, 이 지역의 구심점이 되고 있는지도 모를 일이었다. 그러나 크게 다른점은 김대중 선생이 중앙 정치 무대 전면에 나서 이 지역을 대표하는 정치인으로서 크게 활동했던 것과는 정반대로, 그는 이 지역을 중심으로 순수 민간운동을 주도하며 숨겨진 활동을 하고 있다는 점에서 전혀 다른 행보를 하고 있다는 것이 옳은 표현일 것이었다.

그가 후꾸오까로 떠난다는 소식을 전해 들은 보안 당국은 5·18 행사가 치러지는 가장 민감한 시기에 이 회장이 광주·전남지역을 떠나 있다는 것에 다소 안도하기도 했지만, 하필 이런 중요한 시기에 떠나는 이유에 대해서 궁금해하기도 했다. 경찰에서는 애국지사의 집이라고 해서 보호해야 하는 집으로 지정해 보호 순찰을 강화한 지 오래되었고, 이상철이 정부와 대립각을 세울 일을 한 적이 없었기 때문에 특별한 감시 대상이 되진 않았었다.

그러나 그가 민간모임의 회장이 되고 나서는 상황이 달랐다. 그전처럼 소극적인 보호와 순찰이 아니라 가끔 과장급 이상의 고위직에 있는 경찰 간부가 집을 방문하기도 하고, 이 회장의 행동반경에 수시로 관심을 가지기 시작한 것이었다. 명목은 보호였지만, 그 내용을 들여다보면, 보호만이 아닌 것은 분명해 보였다. 그런 이유로 평상시도 아닌 5월에 일본으로 여행 차 떠난다는 사실 그 자체에 의문을 가질 일이었지만, 이상철은 철저히 부부 동반 여행을 가장하고, 동경으로 날아가 지인들을 만나고는 동경과 교토를 들른 다음, 오사카에 이르는 여정을 계획하고 있었다.

후꾸오까에서

그가 가야 할 곳은 '후꾸오까'였지만, 그가 길을 떠나는 것은 그의 여행을 가장하기 위한 것도 있었고, 실제로 가보지 못한 여행도 할 겸 움직이는 행보이기도 했다. 덕분에 오랜만에 부부간의 한가한 시간도 낼 수 있었다.

"이게 얼마만 이예요? 인제 좀 쉬어가면서 일할 때도 되지 않았는가요?"

"글세... 어떻게 보면 그런 것도 같고, 또 어떻게 보면 요즘 같은 세상에, 한창 일할 나이 같기도 하고, 그러지 뭐! 당신 생각은 어때? 쉬는 게 좋겠어?"

"마음이 그렇다는 거지요. 그렇지만, 현실이 어디 그래요? 글고, 그 회장 자리는 아예 내려놓을 생각은 없는가요? 지금이 독립운동하던 시절도 아니고, 그것만 안 해도... 병원하면서 그럭저럭 맘 편히 살 수 있을 거도 같고요!"

"당신 말이 맞어! 하지만 지금은 그게 어디 쉬운 일인가? 그래도 당신이 이해해주고 도와주니까 내가 이런 활동을 할 수 있는 거지. 당신한텐 늘 미안하고, 고맙고 그래!"

"내가 뭘요? 나야 그저 당신 건강이 늘 걱정돼서 그러지요."

"그래. 고맙소! 내가 당신 아니면 지금까지 이런 일을 할 수 있었을까 하는 생각이 들어..."

"비행기 태우지 마세요! 앞으로 더...큰 일들이 있을지 어디 사람 사는 세상을 알 수 있는가요, 뭐? 그나저나 구(久) 이 놈...장가를 보내야건데, 여자가 있는 것 같지도 않고...요"

"그거야 인력으로 되것는가? 당신하고 나도, 안...그랬는가?"

"우리야 다르죠! 어쨌든 한집에 살다 보니까 눈맞아 그런 거고... 걔는 혼자 저렇게 돌아다니고 있으니 원..."

"그리고 보니 구(久)이 그놈, 일본에 온다고 했던 것 같던데 당신한테 말 안 하던가?"

"맞아요. 내 정신 좀 봐... 아들이 일본에 와 있을지도 모르는데, 전화나 한 번 해 볼께요"

"그래 혹시 일본에 와 있으면, 우리 갈 때, 시간 내서 얼굴이나 한번 보자고 하고... 안되면 할 수 없지만..."

부인 송춘희 여사는 그 자리에서 곧바로 아들 구(久)에게 전화를 했다. 아들 구(久)는 아버지처럼 의사가 되는 것에는 관심이 없었고, 정치에 관심이 많았다. 그 역시 일찌감치 미국에 있는 외할아버지 집에 보내져, 조지워싱턴 대학(University of George Washington)에서 정치외교학을 공부했고, 미국 국적을 취득해 미국 해군 장교로 복무한 후 전역했다. 그리고 영국으로 건너가 명문 옥스퍼드(Oxford) 대학에서 정치학 박사학위를 받은, 이제 갓 서른이 넘은 전도 유망한 젊은이였다. 독립운동가의 자손이라 미국 국적을 갖는 것이 부담스러웠지만, 아버지 시절과는 다른 세상이 되었기 때문에, 어느 나라에 있든지 간에 조국을 위해 일하는 것은 마찬가지라며 기왕이면 미국 정가에서 힘 있는 실력자가 되어 보겠다는 야망을 가지고 미국 국적을 가진 청년이 되어 있었다.

"예! 어머니, 잘 계시죠?"

"응, 이럴 때만 안부냐? 그건 그렇고...너는 지금 어디냐? 미국이냐?"

"아니에요, 어머니! 지금 도쿄에 와 있어요!"

"그래? 야, 연락 좀 하지 그랬어. 우리도 지금 오사카에 와 있다."

"오사카에요? 갑자기 무슨 일로...요? 진짜죠?"

"그래... 진짜지 그럼. 아드님! 언제 시간 나시나요? 가까이 있는데 얼굴이라도 보여 주지?"

"당연히 봐야죠. 엄마 시간이 언제 되세요?"

"언제라니... 아들 보는데, 나야 ...언제가 어딨어! 당장이라도 좋지!"

"알았어요 엄마! 낼 저녁에 꼭 갈 테니까 시간 비워 두세요. 아버지는요?"

"같이 있다! 하여튼 바쁜데 일 보고 내일 보자!"

"예. 엄마!"

그렇게 해서, 다음날 아들 구(人)가 오사카로 와 반가운 만남을 가졌다.

"엄마, 이게 얼마 만이야?"

"그래, 어디...아들 얼굴이나 좀 보자! 이러다간 아들 얼굴도 잊어버리겠다!"

모자간에 뜨거운 포옹이 이어졌다.

"아버지는요?"

"응, 손님들 만나러 가셨어! 좀 늦을지 모르겠다."

"엄마랑 있으면 되죠 뭐! 얼굴은 좋아 보이시네요?"

"아 참! 엄마한테 보여드릴 사람이 있는데... 아버지 안 계셔도 만나보실래요?"

갑자기 나타나서는 사전에 말도 안 한 상태에서 여자를 소개하겠다고 하자, 송 여사는 당황해했다.

"누군데... 아무 준비도 없이... 결례가 안될까? 누군데, 진짜로...?"

"일단 만나보고 얘기하게 엄마... 잠깐만 계세요! 로비에 기다리고 있으니까 같이 올라올게요!"

"아냐... 여기로 올라오면 서로 복잡하니까, 니가 먼저 내려가서 기다리고 있어. 나도 좀 꾸밀 시간은 줘야지..."

"아! 그래요 그럼. 곧 내려와 응?"

혹시 여자와 같이 오지 않았을까 하는 마음에 송 여사는 서둘러 매무새를 고치고 커피숍으로 내려갔다. 아니나 다를까 아들은 서양 여자치고는 아담하고 초롱초롱하게 생긴 아가씨와 나란히 앉아 있었다.

"샐런! 내 어머니야 인사드려..."

"안녕하세요, 어머니? 샐런 헤밍턴입니다. 처음 뵙습니다."

"그래요, 반가워요. 구(丸)야. 누구...냐?"

샐런을 바라보는 송 여사의 눈초리가 어느샌가 예리하게 샐런의 머리끝에서 발끝까지 살펴보고 있었다. 송 여사는 미국에서 태어나고 살았기 때문에, 영어로 하는 의사소통에는 전혀 문제가 없었다.

"엄마! 한국 사람 다...됐네요? 그렇게 위아래로 처다보면, 결례라는 거...깜빡 하셨죠?"

"아, 맞다. 미안해! 그니까 언능 소개를 제대로 해봐야지, 궁금하잖아!"

"엉, 그...게..."

"맞아요. 잘 보셨어요! 여자친구예요! 사귀는..."

샐런도 반갑게 송 여사를 바라보며 서양 아가씨답게 스스럼없이 얘기를 건넸다.

"어머니, 나인(Nine)씨의 여자친구입니다!"

"그래...요. 반가워요!"

"엄마, 아무리 급해도 일단 차 한잔은 하면서 얘기하시게요. 엄마가 궁금해할 것 같은 것은 제가 다... 말 할 거니까 걱정 마시구요."

샐런은 구(久)의 이름을 따라 '나인(Nine)'이라고 부른다고 했다. 옥스퍼드에서 '구'가 박사학위 과정을 밟고 있을 때, 샐런은 MBA(경영학석사) 과정을 밟으면서 우연찮은 파티(Party)에서 알게 되었다고 한다. 두 사람 모두 첫 만남에 호감을 갖고 있었는데, 아들 '구'가 샐런이 다니는 MBA 수업 시간에 찾아간 것이 두 사람 만남의 시초가 되었다고 했다. 이번 일본 방문은 구의 교류 행사지만, 옥스퍼드 동문의 교류 행사이기도 해서 샐런도 일본을 와본 적이 없고, 일본을 경험하고 싶다며 떼를 쓰다시피 해, 구와 동행을 했다고 한다. 그 덕분에 일본에 온 어머니와도 상면할 수 있는 기회가 되었다. 구(久)는 조만간 샐런 부모님들에게 결혼을 허락받으면, 정식으로 한국 집에 찾아가겠다고도 했다.

나중에 알게 되었다고 한 샐런의 아버지는 유대계 미국인으로서, 미국 워싱턴 정가(政街)에서 꽤 알려진 상원의원이었고, 샐런이 외동딸이어서 샐런이 결혼하게 되면, 샐런이든 사위든 간에 워싱턴 정가에서 활약해 줄 것을 바라고 있다고 했다. 옥스퍼드에서 정치학박사를 받은 구는 그런 조건을 모두 갖춘 든든한 사람이라며 샐런의 아버지가 더 좋아하신다고도 했다. 앞으로 결혼까지는 더 두고 봐야 할 일이지만, 샐런과 구는 서로 사랑하고 있다는 것을 알 수 있어, 송 여사의 마음은 흡족해지고 있었다.

"송 여사, 늦을 거 같애... 구는 왔는가?"

"예! 여자친구하고 같이...요"

"뭐? 여자친구? 나도 보고 싶은데, 사진이나 좀 찍어둬! 얼굴은 봐야지..."

"예, 그런 걱정말고 천천히 일보고 오세요! 구..바꿔줄게요."

상철은 아들 구와 샐런을 바꿔가면서 통화를 했다. 그 과정에서 샐런은 나인의 아버지가 미네소타에서 의학을 공부한 의사라는 것도 새롭게 알게 되었다. 어머니, 아버지가 미국에서 공부를 했고, 한국에서 의사라는 것만 알았었는데, 미국에서 살았고 명문 미네소타를 나온 의사라는 사실에 놀라기도 했다. 짧고도 아쉬운 시간이었지만, 상철은 샐런을 보지 못하고 모자간의 짧은 만남은 다음을 기약하고 있었다.

호텔로 돌아온 상철은 송 여사와 마주 앉았다.
"샐런이란 아가씨 말야, 어때 보였어?"
그러자 핸드폰에 찍어 둔 몇 장의 사진을 보여줬다.
"어때요? 키는 아담하고, 차분하고, 예쁘게 생겼어요."
"어디... 음, 그래 보이네!"
"애가 참... 서양 애 같지 않고..."
"아이구 우리 송 여사! 맘에 쏘...옥 들었나 보네! 입이 아예, 귀에 걸렸네 걸렸어! 그렇게 좋으셨던가?"
"내가 언제요..."
"언제긴... 지금 당신 얼굴에 써 있는데 뭘... 맘에 들었어?"
"그럼요! 햐... 고것들이 결혼하면 딱...좋겠는데 말이에요?"
"에이구, 우리 송 여사! 국물부터 마시고 있으니, 이 일을 어쩐대요..."
"아니에요. 내 예감이 맞을 거예요! 둘이 틀림없이 결혼할 거 같애요"
송 여사는 샐런에 대한 기대가 큰 듯했다. 한참 그런 얘기를 하던 송 여사는 생각이라도 난 듯 물었다.
"손님들은 잘 만났어요?"
"으...응, 얘기하다 보니 시간이 좀 길어졌지... 애들을 못 봐서 서운하지만, 당신이 봤으니까 됐지 뭐..."
"좋은 얘긴가요? 아님..."
"좋고 나쁜 일이 어딨어? 이런저런 얘기 하다 보니 늦었지..."
"그래요? 하여튼 당신이 잘 판단해서 하셔요. 내일은 그럼, 어디로 가는

가요?"
"음... 내일은 그 일행들이 안내해 주는 대로 후꾸오까로 갈거야..."
"알았어요. 그건 그렇고... 고 녀석들 한 번 더 보고 싶은데, 틀렸네요..."
"허, 이 사람! 일났네 일..."
"그러게요. 난 개네들 일이... 잘 됐으면 좋겠어요!"
"잘 되겠지. 너무 걱정말소! 낼 아침 일찍 가야니까, 우리도 좀 쉽시다!"
"그러시게요!"

내일 아침 일찍 가야 한다며, 잠자리에 들었다. 하지만, 상철은 겉으로는 눈을 감고 자는 모습을 보이고 있었지만, 내심으로는 여러 가지 생각들이 교차해 쉽게 잠을 이룰 수가 없었다. 국내에서는 새해 들어서도 경기 침체가 작년에 이어 3년째 지속될 가능성이 엿보이고 있었다. 그러자 과거 일본이 겪었던 소위 '잃어버린 10년'이라는 10여 년간의 장기 경기 침체와 같은 그런 일이 반복되지 않을까 해서 큰 걱정들이 여기저기서 일었다. 그간 한국에서는 개헌을 추진하다가 좌초되었고, 5년 단임제의 정부형태는, 개혁의 필요성에도 불구하고 권력에 대한 피로도가 가중되면서, 정치혁신이나 개이라는 말들은 여·야의 권력 투쟁 속에 묻혀진 채 경제마저 휘청거리는 시간이 반복되어 가고 있었다.

그렇게 되자, 경제 상황도 말이 아니어서 침체된 경기와 그로 인한 타격을 심하게 받을 수밖에 없는 서민경제는 더욱더 크게 위축되어 갔다. 그로 인해 이십여 년 전에 있었던 부동산 거품(Bubble)이 되살아 난 듯했고, 성장의 견인차 역할을 했던 조선산업도 중국과 인도에 제1인자 자리를 내주고 말았다. 자동차 또한 현지화를 생산·판매 전략을 추구한 결과 국내 생산과 고용 기반이 취약해졌고, 반도체 또한 마찬가지여서, 조선·자동차·반도체 등 한국 경제를 견인해 온 3대 산업 비중이 크게 위축되어 가고 있었기 때문에 경기 침체가 장기화될지도 모른다는 평가가 설득력을 얻고 있었다.

정보통신 기술이 발달했다고는 하지만, 세계 각국의 기술개발 경쟁에서 확실한 우위를 점하지 못하고 있었고, 경제활력과 성장을 불어 넣을 수 있는 신성장동력을 찾기가 쉽지 않아 한국 경제 전반이 어려워져 가고 있는 중이었다. 그런 와중에 서민경제가 어려워지고, 힘들어진 것은 두말할 나위가 없었고, 계층 간 소득격차가 점점 더 심화되어 가고 있었다. 그런 가운데서도 유난히 고용이나 소득구조가 취약하고 불안한 광주·전남에서는 고용을 창출할 수 있는 산업구조가 만들어지지 않았고, 아시아의 문화 수도를 내세우며 문화·관광산업을 지식 산업화해 고용과 수익을 창출하기 위한 노력을 시도하고 있긴 했지만, 그것도 쉬운 일은 아니어서 이 지역 경제가 극도로 어려워지고 있었다.

불과 며칠 전, 광주에 있을 때만 해도, 그런 심각성을 피부로 느끼지 못하고 있었지만, 일본이라는 데에 와서 객관적인 눈으로 한국을 볼 수 있는 기회가 주어지자 광주(광주와 전남을 포괄해서 뜻함)를 보는 그의 시각이 어느새 확연히 달라지고 있었다. 그가 일본에 와 있는 이 시간에도 광주에서는 5·18주간 행사를 치르고 있었다. 5·18 그날을 재현하기 위한 행사가 다양하게 열리고 있고, 5·18 노래인 '임을 위한 행진곡'이 계속 불리고 있다고 했다.

그런 행사와 인파들 사이로 뜻있는 사람들이 아주 조용한 장소에서 노출되지 않은 모임을 가지고 있을 것이었다. 상철은 그 모임이 성공적으로 이루어질 수 있도록 보안 당국의 눈길을 그곳에서 벗어나게 하기 위해 여기에 와 있는 것이었다. 5·18 주간과 공식적인 행사가 이루어진 이면에는 5·18이 있은 지 수십 년이 지나가고 있었지만, 보안 당국의 보이지 않는 감시망이 지속적으로 펼쳐져 있었고, 그 핵심에 이 회장이 있음은 두말할 필요도 없는 일이었다. 물론, 과거의 공안 통치 시대의 감시와는 다른 것이었지만, 경찰의 지역 단체와 활동에 대한 모니터링 형태의 감시는 지속되고 있는 것이었다. 모임을 결성한 지 벌써 5년이 지난 '호남회(호남의 미래를 생각하는 모임의 약칭)'는 모임 당시 목표였던 '20년 내 호남의 자주권 확보'라는 큰 그림을 향해 움직이고 있었고, 그것을 위한 모임을 진행해 나갔다. 그렇지만, 그런 활동의 큰 장애요인 가운데 하나인 보안 당국이 표방하는 '건설적인 감독 망'이라는 이상한 형태의 감시 감독 망을 피할 필요가 있어 상철은 그 시기에 맞춰 일본행을 택한 것이었다. 그가 없는 동안 그 모임에서 다루어진 주요 내용과 결정 사항들은 수시로 보고되어 오고 있었고, 이번 모임 결과도 곧 전달되어 올 것이었다.

"머리에 베개만 대면 곯아떨어지는 양반이... 오늘은 왜 못 자고 그래요? 뭔... 고민 있어요?"

평생 상철의 곁에서 그를 지켜봐 왔던 송 여사는 슬쩍 쳐다만 봐도 상철의 표정을 알 정도가 다 되었는데, 자는 척하며 생각에 잠겨 있는 상철을 눈치채지 못할 리 없었다.

"아냐...내가 뭔 고민이 있겠어? 구(久)가 장가를 가려나... 하고 생각하다가 깜빡 잠잘 시간을 놓쳐부렀지! 오랜만에 마누라나 한번 안아 봅시다. 이리 와 보슈..."

하며 송 여사를 끌어안으며 팔베개를 해준다.

"아이구! 영감이 웬일이유, 치... 오래 살고 봐야 것수! 그래도 영감 품이 최고네, 에구!"

"뭐니 뭐니 해도 영감 품이 최고지, 아 암..."

"에이구, 뭔 말을 못해...요, 그래도 어쨌든 좋긴 좋수! 영감이 얼마만에 팔베개도 해주고... 호강하네요!"

"미안허네! 이럴 때도 있어야지 않것어? 좋은 꿈이나 꿔 봅시다!"

"그래 봅시다..."

품으로 파고든 송 여사를 안은 상철은 오랜만에 이마에 입술을 맞추고 있었다.

이른 아침 후꾸오까에서 온 사람 둘이서 호텔로 픽업(Pick-Up)을 왔다. 7인승 승합차에 상철과 송 여사를 태우고는 후꾸오까로 출발하기 위해서였다.
"회장님! 여기서 후꾸오까까지는 거리로 보나 뭐,...여러가지로 보면, 비행기로 가는 것이 빠릅니다만, 우리가 가지고 있는 여러 정보에 의하면... 중간중간에 여기저기 구경도 하시고, 저녁에 도착하시는 곳에서 하룻밤을 묵은 다음, 내일 아침에 이 차와 함께, 배를 타고 후꾸오까로 이동하는 것이 좋을 듯합니다. 그리고 후꾸오까에 도착하면, 후꾸오까 근처에 있는 '하꼬시'라는 곳에 먼저 들려서, 내일 저녁은 거기서 여장을 푸시고, 모레 오전에 후꾸오까로 들어가게 될 것입니다. 내일 저녁은 거기... 머무실 곳에서 중요한 얘기를 미리 나누는 것이 좋을 것 같다는 '요시라' 단주(団主:후꾸오까 독립단 책임자를 말함)님의 전언입니다. 요시라 단주께서 직접 내일 저녁에 선생님께서 기거하실 '하꼬시' 하는 곳으로 오셔서 만나시도록 계획이 되어 있습니다."
"그래요? 잘...알겠습니다."
"그리고 양해를 구할 일이 있는데요..."
"뭐든 말씀하십시오!"
"승용차로 편안히 모시지 못하고 이렇게 승합차로 모시게 되어서요."
"아...닙니다. 별말씀을요. 얼마든지 좋습니다."
"추적 방지를 위한 여러 가지 안전 방비 관계로... 이렇게 이런 차를 사용할 수밖에 없었습니다."
"그래요? 잘 알겠습니다. 보안 문제 때문인가 보지요?"
"그렇습니다. 회장님! 이해해주셔서 감사합니다. 그리고 혹시나 해서 드리는 말씀인데요. 회장님 내외분의 안전은 저희가 보장하겠습니다. 그러니 그 부분에 대한 걱정은 하지 않으셔도 됩니다."
"그럼요, 걱정하지 않습니다. 송 여사, 당신도 걱정 않지?"
"저야, 당신이랑 있는데요..."
"예, 감사합니다 사모님! 내일 저녁에는 저희 단주님 사모님께서도 두 분의 만남을 위해 오실 것입니다. 그분도 일본인 2세이지만, 미국 분이라 얘기가 잘 통하실 것입니다."
"그래요? 기대가 됩니다!"

숙소를 나선 차량은 후꾸오까를 향해 시원하게 뚫린 고속도로를 달려갔다. 중간에 간간히 휴식을 취하고 점심시간이 되자, 식사를 위해 고속도로를 벗어나 한적한 시골의 일본 전통 음식점에 들러 식사 겸 휴식을 취한 다음, '하꼬시'를 향해 달렸다. 아마 그것은 식사도 할 겸 혹시 있을지도 모르는 감시망을 살펴 피하기 위한 과정으로 보였는데, 중간중간에 그들만의 신호를 통해 상철 일행이 움직이고 있는 동선(動線)을 보고하는 듯한 느낌을 받기도 했지만, 그들의 방식일 것이기 때문에 개의치 않고 그들의 안내를 따라 먼 길을 이동하고 있었다.

한국도 그렇지만 일본의 보안 당국도 국가 경제가 어려워지고 사회 전반이 힘들어지는 상황인데다가 여러 중요한 단체들의 움직임에 대단히 예민해 하는 시기여서 늘 조심해야 할 필요가 있는 이동이었다. 그런 일은 앞으로 잦은 모임과 연락이 이루어지고 다른 나라와의 교류와 활동이 커질수록 더 강화될 것이었다.

그런 길을 따라 간 일행은 하루를 더 묵은 다음, 배를 이용해 아주 먼 거리를 이동하고 나서야 그것도 오후 늦은 시간에 '하꼬시'에 도착했다. 5월의 일본 날씨는 보통 해양성 기후로 인해 습기가 배어 있어서 온몸이 끈적거리는데, 그런 것과는 달리 이곳 하꼬시는 비교적 시원한 느낌이 드는 곳이었다. 그것은 이곳이 비교적 지대가 높은 산악 지대에 있고, 온천지대라 그런 느낌이 드는 것인지는 알 수 없었지만, 공기가 산뜻하고 맑은 느낌이 코끝을 간지럽히는 것이 꼭 한국의 봄 날씨와 별반 다름이 없어 보였다.

상철과 송 여사가 안내된 곳은 하꼬시에 있는 온천장에 따로 마련된 별채였다. 그렇게 만난 상철 부부와 요시라 단주 부부는 서로 반갑게 인사를 주고받았고, 송춘희 여사와 요시라의 부인인 올슨은 상철과 요시라의 수인사가 끝나자 별도의 장소로 옮겨가 이야기를 나누게 되었다. 그들 두 사람의 의사소통은 영어면 충분했고, 상철과 요시라도 모든 의사소통을 영어로 하고 있었다. 상철이 3년여 일본에 머무르긴 했지만, 일본말이 완벽하지 못했고, 요시라가 미국에서 공부했기 때문에 영어 사용에 전혀 문제가 될 것이 없어서 영어로 얘기가 가능한 것이었다.

"요시라 단주님! 서로 목소리만 듣다가 이렇게 만나게 되니 너무 반갑고 믿음이 갑니다."

"저도 그렇습니다. 우리 후꾸오까로서는 회장님을 만나게 된 것을 커다란 영광으로 알고 있습니다."

"그건 저희도 마찬가집니다."

"회장님께서 독립지사 후손으로 미국서 공부하시고, 미국 의사면허도 가지고 계시다면서요? 존경스럽고, 부럽습니다!"

"무슨 그런 말씀을요, 단주님께서도 미국에서 공부하셨다는 말씀을 듣고 있는데요?"

"예, 저도 위스콘신에서 대학을 마쳤습니다. 그리고 귀국해서 고향인 후꾸오까에서 정치 활동을 하고 있습니다."

"그러시군요. 그럼... 에 원래 거주하시던 분들의 후손이신가요?"

"그렇습니다. 후꾸오까 원래 이 후꾸오까 원주민의 자손이지만, 회장님의 선친이 하셨던 것처럼, 독립운동 한 번 제대로 못 해 보고 이렇게 일본에 동화되어 사는 것이 부끄럽습니다. 그래서 더욱더 회장님을 존경하게 되었습니다."

"그렇게 말씀해 주시니, 감히 몸 둘 바를 모르겠습니다."

"무슨 그런 말씀을요. 우리 후꾸오까는 일본의 다른 지역과는 여러 가지로 다른 것들이 많이 있는데요. 그중에서도 일본이 '문화'라고 자랑하는 것의 원류를 '백제'에서 찾고 있다는 것이 가장 큰 차이라고 보시면 될 것 같습니다. 그것도 공개적으로요. 심지어 지금의 일본 황족(皇族)도 역사적으로 거슬러 올라가면, 백제에서 기원하고 있다는 것도 잘 알고 있습니다. 다만, 지금의 일본이 그것을 부인하거나 밖으로 드러내 보이지 않고 있는 것뿐이지요."

"그렇게까지 생각해 주시니, 저도 영광일 뿐입니다."

"그것만이 아닙니다. 백제 문화의 원류가 호남이고, 그 핵심이 지금의 광주..아니겠습니까? 백제 문화가 왕인 박사에 의해 대마도를 거쳐 일본 전역에 전수된 것 또한 역사적으로 증명된 사실이고, 우리 후꾸오까는 다른 지역보다 더 많은 영향을 받았다고 보시면 될 것입니다. 그... 흔적들이 유학(儒學)이라든지 도요지, 그리고 성(姓)씨에서도 백제에서 온 것들이 많이 남아있어서, 여러 사실로 증명이 되고 있습니다. 지금도 곳곳에 백제와 관련된 조상신을 모신 곳이나 사당 등이 많은 것도 그런 이유 때문입니다."

"그렇습니까? 이번 방문이 여기에는 처음입니다만, 시간이 다소 걸리드라도 이곳저곳을 열심히 보고 배워야 할 것 같습니다. 이번 만남이 정말 좋은 만남이 될 것 같습니다. 그럼 후꾸오까는 언제부터 일본에 부속된 것입니까? 원래는 일본이라는 땅덩어리 속의 한 부분이었을 것 아닙니까?"

"잘 보셨습니다. 그것 때문에… 지금도 우리가 독립을 요구하고 외치는 근거가 되기도 하는 것입니다. 세계 사람들은 러시아의 '체첸'이나 중국의 '티벳' '팔레스타인' 정도만 겨우… 독립을 외치고 있는 것으로 알고 있기도 하고, 심지어 일본인들 자체도 후꾸오까가 독립을 외치고 있는 지조차 모르고 있는 경우가 많습니다. 일본인들은 아예 그런 것에 관심도 없다고 보면 되겠지요. 역사적으로 보면, 일본이 막부시대로 접어들면서 그야말로 춘추전국시대가 막을 내리고, 통일된 일본이 출발할 무렵 후꾸오까도 복속되었습니다. 그때부터 일본화 정책이 시행되면서 지도층이 모두 말살되다시피 했고, 일본내 여러 원주민의 하나였던 '아이누족'이 일본화 정책 속에서 독립을 원했지만 실패하고 결국 사라져 버린 것처럼, 후꾸오까도 그런 전철을 밟게 되었습니다. 그러나, 아이누족은 거의 말살되고 흔적만 남아있게 되었지만, 우리 후꾸오까는 맨 마지막까지 버티다가 복속된 지역으로서, 아직까지 그 명맥을 유지해 오면서 일정 부분에서는 일본이라는 거대 국가 조직과 상대하면서… 다른 한편에서는 완전히 동화되지 않고, 일종의 합종연횡을 통해 독립 의지를 키워가고 있다고 보면 될 것입니다."

"참 대단하시고… 존경을 표합니다. 그러다 보면 일본 정부로부터 견제와 감시가 심할 것이고, 후꾸오까라는 지역 자체가 소외되거나 발전으로부터 멀어졌을 것인데, 그런 것을 어떻게 이겨 나오셨는지, 정말 대단하기도 하고 부럽기도 합니다."

"그럴 정도는 아닙니다만, 이런 연유로 인해서 우리 후꾸오까는 일본 내의 다른 지역보다 중앙정부로부터 멀어지고, 발전으로부터도 소외된 것이 사실입니다. 그런데 참 아이러니한 것은… 그렇게 소외되다 보니까 옛것들이나 전통이 잘 보존되었고, 시대가 변해서 이제는, 그렇게 살아남은 전통들이 세계인들의 눈에 신기하게 보이는가 봅니다. 그래서 문화·관광자원을 보러 세계 도처의 사람들이 많이들 찾아주고, 우리는 그런 것을 알리기 위해 '후꾸오까' 마라톤도 열었습니다. 후꾸오까 마라톤을 개최하게 된 실제적인 이유가 그런 것에 기인한 것이었습니다. 지금은 '후꾸오까' 마라톤이 세계에 많이 알려지기도 했습니다만, 그러나 아시다시피... 그럴수록 중앙정부가 후꾸오까의 원주민 후손들에 대한 별도의 관리기구까지 만들어 우리에게 감시의 손길을 뻗치고 있는 것도 사실입니다. 그러니 우리가 아무리 독립을 외친다고 해도, 일본이라는 거대 국가 체제 속에서 별도의 독립 국가를 세운다는 것은 그 자체가 불가능한 도전이고 모험일 수 있습니다. 저희도 그런 것을 모를 리 없지요!"

"저도, 단주님의 뜻은 충분히 이해하고 공감합니다만... 우리 호남도 그렇고, 후꾸오까도... 현실적으로 독립을 꿈꾸는 것이 궁극적인 목표이긴 하지만, 현재와 같은 국가 체제 아래서, 독립이란 거의 불가능하다는 인식은 비슷할 것입니다. 그런 면에서 우리도 '호남'이라는 '자주권' 확보 차원에 1차적인 목표를 두고 있는데, 후꾸오까는 어떻습니까?"

"옳으신 지적입니다. 우리 후꾸오까도 일본으로부터 완전히 독립된 독립 국가가 될 수 있으면 좋겠습니다만, 그것은 사실상 당장에는 불가능한 것이고, 그래서 후꾸오까의 전통과 역사를 독립적으로 가꾸어 갈 수 있는 '자치권' 확보가 그 목표라고 보시면 될 것입니다."

"저와 같은 생각입니다. 우리 호남이 목표로 하는 '자주권'이나, 후꾸오까가 원하는 '자치권' 주장이 거의 유사하거나 완전히 같은 것이라고 보여지는데요?"

"유사한 것이 아니라, 표현만 다를 뿐 이렇게 같을 수가 있습니까? 자주권이나 자치권은 같은 것입니다. 그래서 우리는 같은 길로 가는데 있어 이렇게 일치된 생각을 갖고 있는 것 같습니다."

"그렇습니다. 그런 면에서 우리는 오늘 이 순간을 계기로, 새로운 협력 관계를 구축하고, 비슷한 생각을 가진 여러 곳과도 교류 협력을 강화해 힘을 합할 필요가 있는 듯합니다."

"전적으로 동의합니다. 그런 일련의 활동에 회장님께서 앞장서 주신다면, 우리 후꾸오까는 모든 힘을 실어 드리겠습니다. 회장님께 애써 주실 것을 부탁 올립니다."

"과분한 말씀이십니다. 하지만, 그렇게 힘을 주셔서 크게 감사드리고요. 부족하나마 제 역량을 발휘해 중지를 모을 수 있도록 최선을 다해 보도록 하겠습니다."

"더불어서 회장님께 특별히 부탁드릴 일이 있는데 말씀드려도 괜찮으시겠습니까?"

"예, 얼마든지요!"

"회장님께서 구상하시는 '유아이그룹(U.I.: United Independence Group)'에 대한 얘기를 들은 적이 있습니다만…"

"어떻게 그런 것을요?"

"회장님과의 유대를 가지려면 그 정도는 이해하고 있어야 할 듯해서요!"

단주가 말하는 유아이그룹은 이 회장이 구상하는 '유아이그룹(U.I. : United Independence Group)'을 말하는 것으로서, 국가간 협의체인 유엔(U.N. : United Nation)이 국가간 연합체인 데 반해, 국가가 아닌 단위가 모인 일종의 국제 협력 단체로서, 독립을 원하는 민족이나 단체들이 모여 독립 국가를 달성하기 위한 다양한 협력을 이루어 나가자는 협의체를 말한다.

과거 민주주의와 공산주의로 대립하던 양대 세력의 냉정 구조 속에서 '비동맹 회의' 또는 '비동맹 국가'라는 것이 국제 관계에 있어 상당한 영향력을 발휘한 때도 있어 양대 세력간의 상당한 조정자 역할을 하던 때도 있었다.

그 시대에는 비동맹 그룹이라는 단체들의 지원이나 민주, 공산 진영의 이해 관계에 따라 독립을 원하는 단체나 기구, 그리고 일정 국가 내의 세력들에 대한 지원도 일부 이뤄진 것이 사실이기도 했다.

하지만, 작금의 세계 질서는 그런 것들이 보다 다원화되고 여러 형태로 진화하면서 재편되는 과정에 있고, 각 나라 안에서 또는 민족과 민족, 종교와 종교, 부족과 부족 간의 경쟁에서 살아남기 위한 치열한 생존 경쟁을 벌이는 형태로 우리가 모르는 수많은 분쟁이 지속되고 있다고 봐야 할 일이었다. 그런 과정에서 각 민족의 자존과 번영을 지키기 위해 지금 이 시각에도 많은 희생을 치르고 있는데, 그런 희생을 치르면서 독립을 쟁취하고자 하는 곳들이 모여 지금의 유엔(U.N.)과 유사한 전 세계적 협의체를 만들어 대항하고 독립을 추진하는 기구가 유아이(U.I.)라고 할 수 있었다. 그래서 유아이(U.I.)는 그런 조직 활동을 통해 독립을 원하는 지역들에게 '독립의 힘'을 실어 주고, 지원하고자 하는 것이 그 취지였다.

하지만, 그것은 이론상으로는 그럴 듯 해 보이지만, 실제에서는 각 나라의 현존하는 국가 체제를 일부든 전체든 간에 부정하는 데서 출발해야 하는 것이고, 정치·경제·사회적 희생과 편견을 이겨내야 하는 엄청난 고통을 수반할 수밖에 없을 것이어서, 그 실현 가능성이 의문시되는 개인적 '이상향(理想鄕)'이라는 비판을 받는 것이기도 했다. 그러나 독립을 원하는 많은 지역에서는 그의 유아이그룹 구상이 알게 모르게 전파되어 상당한 지지를 받아 가고 있다고 봐도 될 일이었다.

그런데 그런 일은 '한 나라에서 독립을 원하는 세력이 어느 정도이고, 그것이 기존의 국가 질서와 어떻게 병존하거나 충돌할 것이며, 과연 그것이 허용될 수 있는 현실적인 것인가?' 하는 문제들이 복잡하게 얽혀있는 것도 사실이어서 결코 쉽지 않은 구상임에 틀림없는 것이었다. 또, 한 국가 내에서든 또는 독립적으로든, 독립하려면 기존의 국가나 틀을 부정하면서 국가와 민족, 종교와 단체, 기타 독립에 부합되는 절대 가치와 명분, 그리고 실제적인 경제 사회 군사적 힘이 축적되어야 하는 것이지만, 현실 세계에 있어서는 그런 것들이 충족될 수 있을 것인지에 대한 논란도 큰 것이 사실이라고 할 수 있을 것이었다.

그럼에도 불구하고, 불가능해 보였던 여러 나라들의 독립이 현실화되기도 했다. 과거 미국과 영국을 중심으로 한 서구 제국들의 식민지였던 많은 나라들이 독립했고, 일본의 식민지로 전락했던 한국도 독립을 쟁취한 역사를 가지고 있었다. 또, 구소련이 무너지고 나서는 몇 개 나라가 연방에서 벗어나 독립했고, 유고슬라비아 같은 나라는 민족을 중심으로 분리 독립하기도 했다. 한편, 종교적으로 극한 대립을 가져왔던 이스라엘과 팔레스타인도 결국 이스라엘의 독립 이후 불가능해 보였던 팔레스타인의 자치 독립도, 불완전하지만 이루어져 가고 있고, 앞으로도 완전한 독립에 갈 수 있는 날도 멀지 않을 것으로 보이기도 하다.

많은 그런 나라들의 독립과정은 겉으로 보기에는 별것 아닌 것으로 보일지 모르지만, 그 내막에는 수많은 피와 희생의 대가가 있었다는 사실을 제대로 알기는 어려운 것이 현실이기도 하다. 그런 측면에서 보면, 지금도 독립을 원하는 지역이나 민족, 종파들의 앞날은 결코 쉽지 않은 여정이 될 것이 분명할 것이고. 과거보다 더 많은 어려움과 희생이 따를지도 모를 일이다.

그런데도 많은 곳에서 그들은 줄기차게 독립이나 완전한 자치를 요구하고 있었다. 과연 무엇이 그런 힘의 원천이 되는 것인지는 누구도 쉽게 말할 수 없는 것이어서, 겉으로 나타나는 현상만을 보고는 설명할 수 없는 일들도 많을 것이었다. 하지만, 세계는 과거에도 그랬고 현재에도 '하나의 나라 또는 국가'라는 틀 속에서 볼 뿐, 궁극적으론 그 안에 있는 '소수민족'이거나 '일부 지역'에 불과한 그들을 지원하거나 살펴보려고 하지 않는 것이 현실이 되어 가고 있었다. 러시아 '체첸'이 그렇고 중국의 '티벳'이 그런 것이었다. 심지어 그들은 한 국가의 체제를 부정하는 반국가 세력으로 규정되어, 무자비한 탄압도 정당화시키고 마는 것이 기존 국가 체제의 현실이라고 할 수 있을 것이었다.

그래서 이상철이 구상하는 유아이(U.I.)는 기존 국가 체제로부터 정치·사상적 탄압은 물론, 사회·군사적 억압의 타겟(Target)이 될 수밖에 없는 엄청난 시련이 예견되는 발상이 아닐 수 없는 것이고, 안정된 국가라는 관점에서 보면, 체제 불안을 부추기는 '반국가 세력'이 될 수도 있는 일이었다.

"이해를 해 주셔서 감사합니다. 이 구상이 그렇게 대단한 것이라고 볼 수는 없는 일입니다만, 잘만 다듬어진다면, 우리가 말하는 자주권과 자치권이 하나로 만나 힘을 발휘할 때가 올 수도 있지 않을까 하는 기대가 큽니다."

"동감입니다. 그래서 이번 방문을 더욱 환영하구요. 일단은 우리 후꾸오까의 여러 곳을 방문도 하시고, 여러 관계자도 만나시면서 힘을 보태주신다면, 우리도 최선을 다해 보필할 것입니다."

"당연하지요. 오늘이 5월 17일 이니까... 우리나라 광주에서는 지금 5·18 전야제다 뭐다 해서 바빠들 돌아가고 있을 것입니다. 내일은 5월 18일이어서 우리의 대통령이 참석한 가운데 5·18 기념식 행사도 치를 것입니다. 우리는 지금, 그 5·18을 자주권 회복일로 선포할 그 날을 위해 뛰고 있는 것입니다. 그런 의미에서 내일 후꾸오까를 방문하는 저의 결의도 그와 같은 큰 뜻을 가지고 있다고 보시면 될 듯합니다."

"알겠습니다. 우리 후꾸오까는 이런 교류가 있기 전부터도... 독도가 한국 땅이라고 주장해 온 것을 잘 살고 계실 것입니다. 우리 후꾸오까는 '댜오위댜오(조어도)'도 중국 땅이라고 했습니다. 그러나 러시아가 점령하는 쿠릴 열도의 북방 4개 섬은 일본 것이라고 주장했습니다. 그러다 보니 일본 정부와 배치되는 것이 있었고, 이제는 독립까지 외치고 있으니, 정치적·재정적으로 극심한 불이익을 받거나, 보안을 핑계로 활동상의 큰 제약을 받고 있습니다. 그래서 이런 불편한 곳까지 회장님을 모시게 됐고요. 이런 후꾸오까가, 우연히도 한국의 3·1절인 3월 1일이 한국에서 독립 만세를 외친 날로 기억하고 있습니다만, 우리에게도 3월 1일은 후꾸오까현 창립기념일입니다. 그래서 우리도 몇 년 후일지 알 순 없습니다만, 3월 1일을 후꾸오까현 자치권 성취의 날로 만들 것을 결의하고, 하나, 둘 일을 진척시켜 나가고 있습니다."

그렇게 두 사람은 밤을 새워 얘기해도 다 못할 얘기들을 나누고 있었다.

다음날 간단히 아침을 함께한 이 회장 부부와 요시라 부부는 하룻밤 만에 친한 친구처럼 가까워져 승합차를 함께 타고 후꾸오까로 향했다. 후꾸오까에 도착한 그들은 여러 곳을 함께 구경하고 난 다음에는, 요시라의 집에서 묵을 것이었다. 요시라의 집이 안전하기도 하고, 전통 일본식 집이어서 손님이 사용할 별채는 일본의 모습을 느껴 보기에 안성맞춤이기도 해서였다.

후꾸오까는 조용하고 차분한 전원도시를 연상하면 될 듯한 농촌 풍경이 제일 먼저 일행을 반겨주고 있었다.

"여기는 벼농사를 많이 짓는가 보네요?"

"예, 어제 말씀드렸듯이... 후꾸오까가 중앙정부로부터 소외되었던 것 때문에 전통적으로 벼농사를 지어왔고, 야산에는 녹차를 재배해 먹고 살아왔습니다. 이제는 그것이 우리의 자랑거리가 되는 전화위복이 되는 계기가 되기도 했습니다."

"그렇겠네요. 전화위복이 따로 없었겠네요!"

"그런 셈입니다. 벼농사도 몇 군데를 제외하고는 '다락논'이라고 해서 비탈 산을 깎아 만든 논에서 옛날 방식으로 농사를 지을 수밖에 없었습니다. 그러다 보니 그것이 전통이 되었고, 이렇게 살아 온 것이 전통 방식으로 이어졌고, 이제는 관광 상품화하는 작업을 추진하게 되었습니다. 요즘에는 이런 논이 '다랭이(다랑이) 논'이라고 해서 전통을 기억하고 체험하는 상품으로 만들어져 많은 인기를 끌고 있답니다. 벼 심는 과정도 체험 관광화했고, 벼를 심고 나서 유기농으로 키워진 벼가 수확되면, 그것을 본인들이 가져가거나 팔 수도 있게 해서, 농업과 관광을 연계한 소득증대사업으로 키워 왔습니다"
"그래요. 아주 좋은 생각입니다. 우리나라도 그런 방식이 앞으로 하나의 모델이 될 수 있겠네요."
"나라마다 상황이 다를 것입니다만, 한국도 장기적으로는 그런 것을 검토해 볼 만할 것입니다. 그리고 저…앞에 보이는 야산 밑자락이 가지런하게 질은 녹색으로 보이죠? 그것이 전부 녹차밭인데요. 수확도 수확이지만, 지금은 거의 모두 체험관광단지를 겸하고 있다고 보시면 될 것입니다. 한국도 남부지방에 녹차밭이 꽤 있다고 들었는데요…"
"있긴 합니다만, 우리가 사는 전라도 지방에 보성이라는 데서 대규모로 짓지만, 일본처럼 그렇게 큰 대규모 단지가 전국적으로 분포하고 있진 않습니다."
"아무래도 녹차 종류는 기후와도 깊은 상관관계가 있어서 그럴 겁니다."
"그렇습니다. 잘 보셨습니다. 녹차는 기후와 깊은 관계가 있어서 더 그럴 겁니다."

그렇게 들과 녹차밭을 지나, 아주 유서 깊은 곳이라며 간 곳은 후꾸오까라는 지역이 만들어질 때부터 있었다는 오래된 절이 있었다. 네 사람이 절을 관람하는 모습은, 남자는 남자끼리, 여자는 여자끼리 친한 친구 부부지간의 모임처럼 다정해 보였다.

"이 절은… 백제인들의 혼령이 주신(主神)으로 모셔져 있습니다. 저…앞에 '위패(位牌)'를 자세히 보시죠!"

사찰 본당의 가운데 쪽 제일 높은 곳에 모셔진 위패가 한눈에 들어왔다. 거기에는 '백제영혼위령패(百濟靈魂慰靈牌)'라는 글과 함께, '백제도인신위(百濟陶人神位)'라는 글이 나란히 적혀 있었다.

"이 사찰은 백제에서 온 도자기 장인의 위패를 모신 후꾸오까 최고(最古)의 절입니다. 따라서 우리 후꾸오까에서 가장 오래된 '신사(神祠)'라고 보시면 됩니다"

"그렇군요. 정말로 백제인의 위패가 여기에 모셔져 있는 것을 보니, 백제인이 이곳으로 도래했다는 말이 맞네요."

"우리 후꾸오까 원주민들은 우리 조상들도 백제에서 왔거나, 백제인들과 관련이 있을 것이라는 생각을 많이 하고 있습니다. 유난히 일본의 다른 지역보다 '백제(百濟)'라는 말과 '백제풍(百濟風)'이라는 말도 많이 퍼져 있고, '유학(儒學)'이 도래한 백제와 당시의 선진기술이었던 '도예(陶藝)' 관련 흔적들이 다른 지역보다 많은 곳이라서, 더욱더 백제와의 관련성을 강하게 갖고 있는지도 모르겠습니다."

"그래요. 마치 뿌리가 같은 한 형제와 같은 생각이 들어서 너무너무 반갑습니다."

"아무렴요. 우리도 한 형제처럼 믿고 의지하면서, 독립 의지를 키워갈 것입니다"

신사와 후꾸오까현의 몇 군데를 둘러본 그 날 저녁, 요시라의 집으로 이 회장 부부가 안내되었다. 요시라의 집 별채에 이 회장 부부가 묵을 숙소가 마련되어 있었고, 본채 옆 행랑채처럼 보이는 곳에 후꾸오까 독립단의 핵심 간부들이 모여 있었다.

"여기 귀한 손님이 오셨습니다. 한국 광주에서 오신 '호남회 이상철 회장님'이십니다. 모두 정중히 인사를 올리시기 바랍니다"

"만나 뵙게 돼서 반갑습니다."

그렇게 모두 반가운 인사를 주고받았다.

"이제 우리는 피를 나눈 형제처럼 하나가 되어, 서로에게 힘이 되어 줄 것을 맹세합시다. 자! 우리 모두 잔을 들어 건배합시다. 우리 후꾸오까의 자주권과 독립을 위하여!"

"위하여!"

"위하여!"

그런 만남의 시간을 가진 다음 날 이른 새벽 시간에 비서실장인 이순기로부터 광주에서 있었던 얘기들이 전달되어져 왔다.

"회장님! 건강하게 잘 계시지요?"

"그래요, 고생들 많았지요? 힘이 많이 들었을 텐데, 잠도 못 자고 이 시간에... 애썼네!"

"괜찮습니다. 우리 호남회는 아주 극히 정상적으로 조용한 회합을 마치고, 5·18 행사에 각 분야별로 참석했습니다."

"아주 잘...했네. 앞으로도 당분간은 그렇게 해야만 할 거야! 그리고 새롭게 나온 구호나...뭐 그런게 있었는가?"

"예, 회장님! 올해는 아주 중요한 일이 생겼습니다"

"그게 뭔...가?"

"보기엔 별것 아닌 거 같기도 하지만... 새로운 구호가 나온 것이 있습니다"

"구호? 무슨 구혼데 그런가?"

"'호남자주권 확보'라는 구호입니다. 그 전에 회장님께서 하신... 아직은 그 진의가 무엇인지 알 순 없습니다만…"

"그래? 알았네! 고맙네…조만간 더 깊은 내용이 알려지지 않겠어? 너무 조급해하거나 웅대하지는 말게…"

"알겠습니다. 일단은 지켜보겠습니다. 그리고 회장님께서는 언제쯤 귀국하실 예정이십니까?"

"글쎄…귀국을 하게 될지, 아니면, 친구네로 가게 될지는 두고 봐야겠네! 곧 연락하겠네!"

여기서 말하는 친구네는 독립을 추진하는 나라들을 일컫는 말이었다. 이 회장은 5·18 주간이 시작되기 전 모임을 가졌던 호남회 핵심 간부들 만의 모임에서 올해에 새로운 구호로 '호남자주권'이란 구호를 사용해 보기로 했었다. 정부와 보안 당국자들을 자극하지 않으면서도 지극히 평범하고도 많은 사람에게 자연스럽게 어필(Appeal)될 수 있는 구호로 '자주권'이란 말의 사용을 시험대에 올리기로 했다. 일단, 이 '호남자주권'이란 말은 문자화하지 않고, 5·18 행사 날 자연스럽게 '말에서 말'로 전파되는 것을 가장(假裝)하기로 했고, 그 반응을 살피기로 했었다.

그 말의 사용에 따른 실체적 진실의 흐름을 읽히지 않기 위해 비서실장인 이순기에게도 간단한 설명 외에는 자세한 내용을 밝히지 않은 것은 미안한 일이었지만, 그 말에 생명력을 불어넣을 수만 있게 된다면, 그때는 아주 자연스럽게 사용될 수 있을 일이었다. 그 말 속에는 실로 다양한 뜻이 포함되어 있었다. 호남의 독립이 현실적으로 불가능한 것이라면, 호남만의 독립공화국 즉, 자치권을 가진 정치체제로서 과거부터 이 지역에서 회자(膾炙)되어 왔던 '전라공화국'을 만들어가기 위해, 정치·경제·사회적인 독립권을 갖겠다는 의미를 가진 자주권을 말하는 것이었다.

호남회가 의도하는 것은 그런 것이었지만, 실제 사용은 어떤 의미로든지 포장되거나 사용되어도 좋을 일이었다. 그것은 그 구호 속에 포함된 '호남인'

의 '자주'라는 의식이 대단히 중요했기 때문이었다. 그리고 그날 아침 배달된 조간신문에 5·18의 광주에 새로운 구호가 등장했다는 기사가 5·18 행사를 소개하면서 함께 소개되고 있었다.

호남회 핵심 간부 몇몇이 그 말을 흘렸을 것이고, 그 말이 전파되고 있을 일이었으며, 분명 그 말에 생명력이 붙을 수 있을 것이 기대되고 있는 것이었다. 그런 구호가 등장하자마자 신문 한구석에 그런 말이 나왔다는 것 자체가 신선한 것이라는 말이 이어졌다.

그날 요시라와 이 회장이 다시 자리를 잡았다.
"요시라 단주님! 제가 조언하나 해 드려도 되겠습니까?"
"예! 그래 주시면 저희는 너무너무 감사한 일이지요."
"이런 일을 추진하기 위해서는 시민들을 하나로 묶는 구심점이 필요한데, 아마 그것은 후꾸오까 독립단이 조직적으로 잘하고 있으리라 믿습니다만, 거기에 한 가지만 더 추가하면 어떨까 싶습니다."
"예, 말씀하십시오!"
"우리 광주에서 이번 5·18 행사 때 '호남자주권'이라는 구호가 등장했다는 전언입니다. 그 뜻이 '후꾸오까의 자치권'이라는 말과도 상통한 것이라고 보고요. 아마 이곳에서도 그런 말을 적절히 활용해 보는 것이 어떨까 해서요. '자치권 확보'라는 말 보다는 '자주권'이라는 말의 사용이 부드럽고, 집권 계층과 보안 당국의 눈을 피하는 데에도 유리할 듯합니다. 그렇게 부드럽게 포장하는 것이 또…"
"좋은 말씀이십니다. 그렇게 함으로써 얻을 수 있는 또 다른 장점이라면, 어떤 것들이 있겠습니까?"
"예, 그렇게 함으로써 많은 시민이 사용하는데 있어 반감도 적고, (사용하는데 있어서도) 자치권보다는 훨씬 부드러워 보일 수도 있을 것이고, 여러모로 유리할 듯해서입니다. '후꾸오까의 자주권'이란 말을 사용하면, 무언가 주민 스스로 권리의식을 찾자는, 자연스러운 의식개혁 운동으로도 이어질 수 있을 것이고요."
"그거 좋은 생각이십니다. 회장님! 그럼 그 구호를 어떻게 확장시켜 나가는 것이 좋을까요? 회장님!"
"그건 계획해서 확장시켜 나가는 것이 아닙니다. 자연스럽게 던져두고, 무의식의 세계에서 잠재적으로 확대되어 가도록 하면 될 것입니다. '자주',,, 그 '자주'라는 것이 시민의 의식 속에서 자생적으로 자리 잡도록 하는 것이 중요합니다"
"알겠습니다. 회장님! '호남의 자주', '후꾸오까의 자주'... 말씀하신 이 '자주'가 시민의식 속에 배어들도록 하겠습니다. 이제 이 구호가 하나가 되는 날, 우리는 또 다른 미래를 열게 될 것입니다. 감사합니다!"
"뭘요! 수시로 정보 교환도 해야 할 것이고, 서로 믿고 한길로 가야 합니다. 앞으로 닥칠 일들은 지금까지 경험해 왔던 일들과 비교할 수 없을 정도로 큰일들일 것입니다. 지금, 중국의 티벳이나 러시아 체첸을 보십시오! 그들이 그렇게 간절히 원하는 독립이지만, 수많은 희생 앞에서도 눈 하나 깜짝 않는 것이 냉정한 국제사회의 현실입니다. 우리가 낭만적이고 감성적인 것 보다는 그렇게 처절하게 당하는 그들을, 보다 냉철하고 정확하게 바라봐야 한다는 점에 더욱 주목해야 한다는 것입니다."
"알겠습니다. 회장님! 깊이 새기도록 하겠습니다. 이번 우리 후꾸오까 일정을 마무리하시면, 다음 행선지는 어디로 잡으셨습니까?"
"아직 정하진 않았습니다만, 집사람과 함께 '아이누'(아이누족을 말함)가 있는 삿포로로 일단 가려고 합니다. 거기서 집사람과 여러 곳을 살펴보고, 만날 사람도 좀 있어서요."
"그렇습니까? 그럼 국내선 비행기를 이용하실 겁니까?"

"아닙니다. 신칸센을 타고 가서, 배를 타고 건널까 합니다. 제 집사람도 구경하는 것을 좋아해서요."
"이동하시기가 불편하시면, 우리가 사람을 붙여 드릴까요?"
"아닙니다. 그러시지 않으셔도 됩니다. 제가 웬만한 의사소통이 가능하니, 우리 부부 둘만... 단둘이 가겠습니다. 그것이 여러모로 더 안전하기도 하구요!"

그렇게 해서 후꾸오까의 몇 곳을 더 둘러본 다음, 동경으로 가는 신칸센에 몸을 싣기 전에 아들에게 전화했다. 그러면서 혹시나 아들이 떠나지 않고 있으면 한 번 더 볼 심산으로 아들에게 전화했다.
"엄마, 어디세요?"
"응, 우리...동경 가고 있는데, 넌 어디냐?"
"동경에서 가까운 인근지역이에요?"
"그래? 아버지가 보고 싶어 하는데, 혹시 가능하면 한 번 더 시간을 낼 수 있어? 아니면, 어쩔 수 없고... 시간이 안 되면, 동경서 곧바로 삿포로로 갈려구!"
"그럼... 제가 시간 내면, 오늘 동경서 묵고 가실 건가요? 우리는 지금 공식적인 일정은 모두 마치고, 인근지역을 관광하고 있어. 만약 시간이 나면, 우리도 같이 삿포로로 갈 수 있을까요? 어쨌든 샐런과 상의해보고 곧바로 다시 연락드릴게요."

가족의 이름으로

그들은 밤늦게 아버지, 어머니가 묵고 있는 동경 시내의 호텔로 돌아왔다. 아버지, 어머니와 함께, 내일모레까지 삿포로에 함께 있다가 삿포로에서 곧바로 미국으로 날아가는 일정으로 계획을 변경했다고 했다. 그렇게 해서 뜻하지 않게 네 사람이 서로를 알아 가는 추억의 시간을 가지게 됐다.

당초에 배를 타고 건너려던 계획을 바꿔 아들과 샐런이 미국으로 가는 일정에 맞춰야 해서 비행기를 타고 삿포로로 건너갔다. 삿포로에 도착한 그들은 아이누족 마을에서 기다리는 다른 일행들을 만나기 위해 아이누 마을로 들어섰다. 그들 일행을 기다리는 사람들은 두 사람이었는데, 그들 모두는 괌에서 온 원주민으로서 미국 시민권을 가진 사람들이었다.

"제 아들과 여자친구입니다. 별다른 걱정은 하지 않으셔도 됩니다."

그들의 입장을 잘 아는 이 회장은 그들이 불안해할지 몰라 가장 먼저 안심시키는 인사를 한 다음, 그들과 함께 저녁 식사 자리를 만들었다. 그들은 이 회장에게 하고 싶은 얘기도 많은 듯하고, 궁금한 것도 많은 듯했다. 이 자리에는 다들 미국 사람이거나 미국에서 공부한 사람들이 만나고 있어서 의사소통에는 전혀 문제가 되질 않고 있었다.

괌에서 온 사람은 핸더슨(Henderson)과 그의 비서였는데, 괌 독립을 희망하는 괌 독립단의 수장이었다. 괌 독립단장이라고 봐도 좋을 일이었다.

"회장님! 여기까지 와서 뵙자고 해서 죄송합니다. 제가 여기서 뵙자고 한 것은, 이 아이누족의 전철을 되풀이하지 않기 위해서입니다."

"괜찮습니다. 충분히 이해할 수 있습니다. 덕분에 우리 부부는 아들과 아들의 여자친구도 만날 수 있었습니다."

"그렇게 생각해 주셔서 감사합니다. 여기 이 아이누족은 처음엔 상당히 그 세력이 많았습니다. 그런데 회장님께서 다녀오신 후꾸오까는 원래 주민들의 명맥을 어느 정도 이어왔습니다만, 여기 아이누족은 원래 일본 땅의 주인이면서도 지금은 일종의 일본화 정책에 동화되어, '아이누족' 자체가 거의 도태되었고, 불과 몇십 명 정도만 명맥을 유지한 채, 지금 우리가 와 있는 이곳 아이누 민속촌에서 살아가고 있습니다. 일본 정부는 아이누족을 보호해 준다고 민속촌을 만들었습니다만, 결국은 아이누족 자체가 멸망한 것이지요."

"참으로 안타까운 현실입니다."

"그런데 아이누만이 아닙니다. 우리 괌은 어떤지 아십니까? 괌은 그저 관광지로만 알려져 있을 뿐입니다. 괌이 미국령이 되면서 미국으로부터의 원조와 지원으로 잘살게 된 것도 사실이고요. 그래서 우리 괌의 원주민은, 그저 정부 보조금과 지원금으로 잘 살아가고 있는 것도 사실입니다. 일을 안 해도 풍족하게 살 수 있고, 그러다 보니 이제는 모두 미국 사람이 되어 있는 셈입니다. 원래 괌의 원주민은 저와 같은 '쿠오족(괌의 원주민인 차모로족의 소설적 가칭)' 입니다만, 이제는 미국화되어 뿔뿔이 흩어졌고, 구심점이 없어진 쿠오족의 풍습과 문화, 전통은 관광 자원화 시킨 민속촌에서나 볼 수 있게 된 지 오랩니다. 그래서 괌의 원주민 또

한 민속촌에만 남아 민속 공연 때나 볼 수 있게 된 것이지요. 괌의 이런 앞날은 아이누족과 다를 게 전혀 없습니다."

"그러시겠네요. 이대로 간다면.... 아이누족처럼 되는 거야, 시간 문제 아니겠습니까?"

"그래서 저희 독립단이 결성되어 움직이고 있는 것입니다. 그런 것 때문에 이 회장님의 도움을 원하고 있기도 하고요"

"물론입니다. 제 힘이 필요하다면 언제든지 도울 용의가 있습니다."

"감사합니다. 앞으로의 연락과 교류는 별도의 채널을 만들어 움직이도록 하겠습니다. 힘이 되어 주실 것으로 기대합니다. 특히, 회장님께서 구상하고 계시는 유아이그룹(U.I Group)에 커다란 기대를 걸고 있습니다."

"알겠습니다. 헨더슨씨도 아무쪼록 시간을 가지고, 많은 고민을 해야 할 것입니다. 더욱이 미국이라는 초 인류 강대국 내에서 독립을 요구한다는 것은, 정말 무모한 희생만 따를지도 모른다는 점을 깊이 생각하시고, 한국의 호남과 일본의 후꾸오까처럼 '괌의 자주권'을 되찾는데 일차적인 운동 목표를 두는 것이 어떨지...하는 생각해 보셨으면 합니다"

"좋으신 말씀입니다. 깊이 생각해 보도록 하겠습니다"

"아마 미국 최대의 연방인 '캘리포니아'가 미국의 정치와 경제 측면에서 상당 부분을 차지하면서, 선거나 중요한 이슈가 등장할 때마다 연방에서 탈퇴하겠다거나, '연방(State)'에서 탈퇴해 '국가(Nation)' 되는 문제를 검토하겠다는 등의 경우와는 차원이 다른 일들이 기다리고 있다는 것도 심각하게 생각해 봐야 할 것입니다."

"그렇겠네요, 회장님!"

괌에서 온 헨더슨은 괌 원주민인 '쿠오족'으로서, 아이누족이 일본 본토 원주민이었음에도 불구하고 결국 일본에 복속되어 멸망한 것처럼, 괌도 미국에 편입된 이후, 쿠오족도 결국 미국화 되어 그들도 멸망해 갈 것이라는 절망

감에서 출발해, 괌의 독립을 강력하게 추진하고 싶어했다.

그러나 현실 여건상 절대 강국 미국령인 이곳에서, '괌'이 하나의 나라로 독립한다는 것은 어쩌면 그들의 장기적인 목표가 될 수 있을진 몰라도 실현 가능성이 거의 없다는 인식을 바탕에 깔고 있는 듯했다. 그런 이 회장의 얘기를 듣고 있던 송 여사와 아들 구(久)도 '유아이그룹' 구상이라는 것에 대한 궁금증이 컸던지, 이 회장에게 묻기 시작했다.

"당신! 유아이그룹(U.I. Group)인가 하는 것 때문에 여기 온 건가요?"
"뭐...겸사 겸사지! 당신한테 사전에 말했어야 했는데..."
"자세히 좀 말해 줄 수 없어요? 나도 알고는 있어야 할 거 아니에요?"
"아버지, 저도 이제는 아들이기도 하지만, 어엿한 정치학자이고... 만약 미국 정계에 진출한다면, 정치인이 될 것인데... 유아이그룹에 대해 말씀해 주세요! 제가 객관적으로 한 번 생각해 볼께요."
"그래... 이렇게 얘기가 나왔으니까 이제는 내 구상과 활동에 대해 설명을 할 때가 된 거 같아... 이제는 감출 이유도 없고... '유아이그룹(United Independence Group)'은, 독립을 원하는 민족과 지역 등이 한데 모인 것을 말하는데, United Nation을 의미하는 U.N.이 국가를 회원으로 하는 범세계조직이라고 한다면, 전 세계적으로 국가가 아닌 한 국가에 속해있는 부족, 민족, 지역 등이 다양한 이유로 독립을 원하고 또 그것을 추진하는 곳이 꽤 있는데, 그런 곳들을 체계적으로 지원할 수 있는 조직이 없는 거야. 국가들의 연합체인 U.N.은, 그런 일들을 할 리 없고, 그나마 다양한 이해관계 속에서 부분적인 지원들이 있긴하지만, 그것은 각 나라들의 이해관계 속에서 얽히고설켜 있는 것이어서 실질적인 지원 형태를 갖출 수 없다는 것이지. 그래서 이런 지역이나 단체, 그리고 부족 등 종교적으로나 이념적으로 형태가 다른 조직들을 한데로 모아 영세 중립국인 스위스에 유아이(U.I.) 본부를 만드는 거야. 그래서… 그들이 원하는 독립은 물론이고, 그것이 불가능한 곳에선 자주권과 자치권을 확보할 수 있도록 그 틀을 만드는 데 체계적인 지원을 해 보자는 것이지…"

"아버지. 그럼 언제부터 그런 생각을 하셨어요?"

"그럴 필요성을 느낀 것은 꽤 오래됐고, 본격적으로는 한국의 호남에서도 지금, '호남의 자주권' 확보라는 방향을 설정하고, 보다 구체적인 준비를 해 나가고 있지… 우리나라의 경우 독립은 현실적으로 불가능해 보이지만, 느슨한 형태의 누릴 수 있는 자주권은 얼마든지 추진해 나아갈 수 있을 것이란 생각도 하고 있고, 많은 호남의 지식인들도 공감하는 사안이기도 하지."

"그래요?"

"아뭏든 그래서….여러 준비들을 하고 있고, 여러 나라의 다양한 지역들과 그런 논의를 하는 중이지. 그래서 후꾸오까도 가게 된 것이고, 여기 삿포로까지 오게 된 아주 중요한 이유이기도 하지."

"당신은 그렇게 중요한 일을 하면서도 나한텐 관광 간다고 일본에 데려온 거예요? 지난번 밤에 아들 생각하느라고 잠 못 잤다는 것도 거짓이었구만요?"

"당신한테는 정말 미안해. 하지만, 당신 걱정할까 봐 그랬지! 이 일은 많은 험로가 기다릴 일이기도 할 것이고…"

"아버지 말씀이 논리적으로 일리가 있긴 합니다만, 그 대상이나 지역이, 생각보다 많을 것인데요. 그리고 각 나라로부터 극심한 탄압과 회유가 뒤따를 수도 있을 것이고, 정치적 핍박이 가해 질 수도 있을 건데요."

"이미 그런 것은 각오하고 있다. 그래서 너의 어머니한테도 말을 못 했던 것이고, 너한테도 얘기하지 않고 있던 이유이기도 하지…"

"아버지, 그런 말씀 마세요. 제가 아들이긴 하지만, 저는 미국 국적을 가지고 있고, 정치학자이면서 앞으로 정치가가 될지도 모릅니다. 그런 제가, 아버지의 훌륭한 뜻을 받들지 못하면, 누가 하겠습니까? 그런데, 지금까지 그 구상에 참여하겠다는 뜻을 가진 곳이 있습니까?"

"있기만 하냐? 처음엔 나도 단순한 구상에서 출발했는데, 이제는 생각 외로 그 규모가 상당히 커지고 있는 듯하다. 그런데... 미국에는 그런 주(州)가 없는 것 같으냐?"

"글쎄요. 아까 그... 괌 얘기를 듣고 보니, 그럴 듯하던데요? 미국에도 괌 말고, 다른 곳이 또 있는가요?"

"암, 놀래지 말고 들어 봐라. 괌 외에도 알래스카 원주민들이 그런 생각을 가지고 있고, 하와이 원주민, 결정적으로는 미국 본토 원주민인 인디언들이 그런 희망의 꽃을 피우고 싶어해."

"그러고 보니 미국 안에서도 그런 생각을 가지고 있는 곳들이 많다는 것을 미처 생각지 못했네요."

"그럼... 우리나라의 광주, 일본의 후꾸오까, 중국의 티벳과 신장 위구르 자치주, 러시아의 체첸, 아프리카와 동남아에도 몇 군데가 더 있고, 이런저런 곳들을 살펴보면, 100여 군데가 되지!"

"그렇게나 많아요?"

"많다 뿐인가? 하지만 그런 곳들의 공통점은 국가에 대항할 능력과 조직이 모자란다는 것이고, 거기에다 그들이 국가를 상대로 하면서 반국가 세력으로 규정돼, 큰 희생을 감수해야만 하는 것이 결정적인 어려움이지..."

"그러겠네요!"

"미국만 해도 만약에 '괌'이 독립을 요구하고 나서면, 가만있겠어?"

"예, 그러고 보니 넘어야 할 산이 첩첩이네요."

가족의 이름으로 81

"그런 이유로, 아직은 아니겠지만, 알려지기 시작하면… 나에게도 곧 어떤 형태로든 커다란 시련이 닥쳐오지 않겠어? 그런 것쯤은 각오한 지 오래됐고… 그래서 내가 별의별 생각을 다 하고 있지! 그중에서도 말야, 니… 엄마!"

"엄마는 왜요?"

"이런 얘기 하는 건 좀 그렇지만, 구(久)이 니가… 엄마 모셔다가 미국 국적을 만들면 어떨까 해. 나는 어차피 험한 길을 가야 하니까 엄마라도 신분상의 보호막은 있어야 할 거 아니냐…"

"당신은 지금, 뭔 소리 하시는 거예요? 당신이 그런 일 하면서 힘들면 내가 같이 곁에서 도와야지요. 얘기를 듣고 보니 당신이 할 만한 일이네요…"

"아버지, 하여튼 무슨 말씀인지 잘 알아들었으니깐요. 이제부턴 저도… 그런 방면에 좀 더 관심을 갖고, 공부해 보도록 노력할게요."

어차피 해야 할 이야기였는데, 상철은 아내인 송 여사와 아들 구(久), 그리고 여자친구인 샐런이 있는 자리에서 대략적이긴 하지만, 그 구상들을 다 털어놓고 나자 마음이 홀가분해졌다.

삿포로에서의 일정과 몇 군데 관광을 마친 구(久)와 샐런은 곧바로 미국으로 건너갔고, 이 회장과 송 여사는 광주로 돌아왔다. 그들 가족이 언제 다시 만날진 알 수 없는 일이었다.

"잘들 다녀오셨는고…"

"예, 어무니! 별고 없으셨죠?"

"잉야! 나…가 별일이 뭐 있겠냐? 5·18 주간이라고 해서, 이 가게도 사람들이 북적댔고, 느그들 찾는 사람도 많드라, 5월은 5월인가 보드라!"

"아무렴요! 어디, 아프신 데는 없으셨어요?"

"하믄, 나야 건강하제… 아 참 누렁이 새끼들이 눈도 뜨고, 서툴지만 이리저리 돌아도 댕긴다."

"그래요? 고것들 한참 이쁘것네요."

"잉야. 고만고만한 것들이 얼매나 이쁜지 몰것드라!"

"예, 어무니... 씻고... 이따 내려올게요. 선물도 못 샀어요!"

"야, 야! 요즘 같은 세상에 외국 나갔다 온다고 선물도 사온다냐? 통... 그런 소리 말어라!"

"예, 엄니. 고마워요."

집으로 올라오니 누렁이네 부부가 건강하게 그들을 맞이해 주었다. 이제 막 눈을 뜬 새끼들이 몸도 제대로 가누지 못하면서도, 이리 뛰고 저리 뛰며 따라다니고 있었다. 송 여사는 옷도 벗지 않고 달려가 새끼들을 쓰다듬었다.

"햐, 고것들... 이쁘기도 하네요! 당신도 이리 와서 한번 만져보세요. 어쩜 이렇게 보드라운지~"

"어디 봐, 허허... 거참!"

집에 오자마자 그저 평범한 가장과 부인으로 돌아온 그들은, 또다시 다가온 한적한 일상에 만족하며, 집에 돌아온 안식의 밤을 맞이하고 있었다.

되돌아본 그 날

　5·18 주간과 관련 행사가 끝나고, 5·18 관련 단체의 주요 인사들이 모여 5·18 행사 진행 과정 전반을 짚어 보고, 개선점을 찾기 위한 회의가 개최되었다. 그 회의에서는 이번 행사의 전반적인 내용을 검토하는 가운데, 여러 가지 논의하다가 '호남자주권' 주장에 대한 얘기들이 거론되기 시작했다.
　"누가 호남자주권 얘기를 꺼냈는지 알 수 없지만, 그 얘기 자체가 모든 것을 함축하고 있다고 해서, 갑자기 '호남자주권' 주장이 확산되고 있는 듯합니다."
　"그렇습니다. 거기에다 호남자주권 얘기가 확산되면서, 링컨이 했던 말을 빗대어 '호남의, 호남에 의한, 호남을 위한 자주'라는 말로 확대되어 퍼지고 있습니다."
　"우리가 보기엔 시민에 의한 '자생적인 용어의 파생'이라는 점에서 큰 의의가 있을 듯하고, 그 뜻 또한 많은 시민을 하나로 어우를 수 있는 말이라 그 호응도가 컸던 것으로 압니다"
　"좋은 일입니다. 앞으로 우리가 호남의 뜻을 결집해 가는 가장 대표적인 용어로 사용해 나갈 것을 제안 합니다. 용어 자체가 과격하지도 않고, 시대 정신과 호남인의 의지를 아우를 수 있는 멋진 용어라고 생각되어집니다."

호남자주권 주장이 '호남의, 호남에 의한, 호남을 위한' 자주권으로 확대되어 가고 있는 양상을 지켜본 이상철은 흐뭇한 마음을 감출 수가 없었다. 그렇게 5·18 행사에 대한 평가작업이 진행되면서, '호남 모임'의 각 대표자 회의가 열렸다. 그 자리에서 후꾸오까와 삿포로 방문 결과가 설명 되었고, 향후 일정 등에 대한 논의도 진행되었다. 그런 가운데서도 정치·사회적 협상과 타협을 위한 전략적, 전술적 용어로 '호남 자주'와 '호남의, 호남에 의한, 호남을 위한' 자주권을 함축적 의미로 사용할 것을 제안하고 있었다.

그런 토론이 이어지고 난 다음, 작금의 중국 신장 위구르에서 진행되고 있는 중국 국방군의 투입과 무자비한 상황의 전개 과정이 보고 되었다. 중국 정부는 여러 개의 성(省)으로 지역을 분할 통치하는데, 중국 정부에 저항하면서 독립을 요구하는 가장 위협적인 세력으로서 티벳과 신장 위구르 지역을 꼽고 있었다.

또, 이들 지역이 분리독립을 요구하고 있고, 실제로도 독립을 위한 활동이 계속되고 있어서, 중국 정부로서는 이 상황을 심각하게 보고 있었다. 그 가운데서도 가장 큰 관심을 갖고 있는 이유는, 만약에 이 두 곳이 독립으로 이어진다면, 소수민족들도 가만히 보고 있지만은 않을 것이기 때문이었다. 그래서 민족독립운동에 대해서는 더 강력하고 무자비할 정도로, 군인인 국방군까지 투입해 진압하는 것이었다. 그런 이유 때문에 국제사회의 따가운 비판에도 불구하고, 그것은 중국 자신들의 내부 문제라며, 내정간섭을 명분으로 간섭에는 단호한 대처를 하고 있었다.

그간 신장 위구르의 독립운동이 심심찮게 전개되긴 했지만, 이번에는 대규모로 결집된 힘을 과시하며 독립을 요구하는 목소리가 퍼져 나갔다. 그러자 당황한 중국 정부는 경찰에 의한 치안유지를 포기하고, 계엄을 발표하지 않았음에도 불구하고 전격적으로 국방군을 투입해 무력진압에 나섰다. 신장 위구르는 신장지역에 거주하는 위구르족의 자치주를 말한다. 신장 위구르는 거대한 중국 대륙에 편입되어 있지만, 지역적 특성이나 인종적 배경을 보면, 회교를 바탕으로 한 회족이 중심으로, 그들은 유럽인종에 가까운 사람들인데, 당나라 현종 때 복속되어 지금의 중국에 편입된 곳이었다. 우리에게는 실크로드로 잘 알려진 곳이 그곳이며, 손오공에서 등장하는 삼장법사가 잡혀서 고초를 당한 곳으로 묘사되기도 하는 곳이었다. 또, 이곳은 러시아와 경계를 두고 있어, 구소련으로부터 독립한 우즈베키스탄이나 키르키즈스탄 등과 접해 있기도 하다.

그런 신장 위구르는 중국으로부터 거의 국토 끝 유럽 쪽에 붙어있으면서, 인종적으로도 중국과는 전혀 다른 사람들로 구성된 곳이어서, 늘 중국의 중앙정부가 분리 독립운동 가능성에 가장 큰 경계심을 가질 수밖에 없는 곳이었다. 그런 신장 위구르 지역이 과거와는 전혀 다른 거대한 힘을 결집해 대항하는 것이었다.

그런 행동에 대한 중국의 반응은 실로 무지막지하다고 볼 수밖에 없는 무력 진압이 진행되었다. 통신 수단을 차단하고, 외부와의 연락망도 단절시켰다. 모든 외국인에 대해 철수를 명령하고 군을 투입했다. 하지만, 모든 것이 완벽할 수만은 없는 일이고, 아무리 통제와 폭압을 한다 해도 그 상황이 실시간으로 다양한 방법으로 외부 세계로 전달되기도 했다. 유엔(U.N.)을 비롯한 국제사회가 우려를 표시하고, 미국과 러시아, 유럽도 중국 정부의 차별과 탄압을 비난했지만, 그런 것들이 중국 정부에 먹혀들 리 없었다.

"참... 도와줄 방법도 없고, 우리가 이렇게 무력할 수밖에 없으니... 이것이 우리의 현실적 힘의 한계가 아닌가 합니다. 그렇다고 우리가 포기할 순 없는 것이지요."

"그렇습니다. 그럴수록 우리는 '비폭력 평화운동'의 원칙을 고수하면서도, 그런 가운데 자주권을 확보해야 하는 것 아닐까요."

"맞습니다, 민족적, 지역적 욕구가 결집된 독립적이고, 자주적인 자결권이야말로... 우리가 갖추어야 할 선결 조건이 될 것입니다."

신장 위구르에 대한 심각한 상황 보고는 모두에게 깊은 뜻을 다시 새기게 하는 기회가 되어 갔다.

"그렇다면, 티벳은 지금 어떤가요?"

"몇 년 전보다는 상황이 안정되어 있다고는 보는데요... 그것은 중국 정부의 표현이고요. 티벳은 지금 상처를 치료하기 위한 숨 고르기 단계에 있고, 어느 정도 회복이 되면 또 다른 폭발력을 가질 것으로 보입니다."

"그렇다고 봐야 되겠지요. '달라이라마' 이후 몇 명의 지도자가 있었지만, 그중에서 가장 강력하게 떠오른 지도자인 '라추'는, 반드시 독립을 이루겠다는 강한 의지를 가지고 있다는 말을 들었습니다."

"그래서 우리도 신장 위구르와 함께 큰 힘이 될 수 있도록 지속적으로 지원해 나가야 할 듯합니다."

"그래요! 우리가 할 수 있는 지원 방법을 찾아보게요."

하지만, 말과 달리 실제로 지원이 가능할지는 두고 봐야 할 일이었다. 티벳 역시 '라싸'를 중심으로, 국방군이 투입돼 지속적인 군에 의한 통제가 이루어지고 있는 상황이었다. 시간이 지나면서 군인에서 경찰로 치안이 대체되긴 했지만, 티벳인들에 강력한 탄압은 계속되고 있었고, 그런 와중에 인도에 세워진 티벳 망명정부가 중심이 되어 독립운동의 불씨를 이어가고 있었다.
　티벳의 망명정부가 인도에 서게 된 이유는 자세히 알려지지 않았지만, 과거 비동맹 회의를 주도한 인도가 중국의 입김을 견제해 줄 수 있으면서도 티벳과 국경을 맞대고 있다는 점이 그 이유가 될 수 있었을 것이었다. 또한, 중국은 티벳 망명정부 자체를 인정하지 않고, 인도 정부에 대해 티벳의 망명정부 자체를 폐쇄하라는 압력을 넣고 있지만, 그런 일이 쉽게 이루어질 순 없는 것이어서 늘 마찰이 일곤했다.
　티벳은 '라마교'의 성지(聖地)로서 인도와 경계를 이루는 곳으로, 우리에게는 '차마고도'로 잘 알려진 곳이고, 1950년대에 들어와서 중국에 복속된 아시아계 종족이었다. 그런 이곳은 신장 위구르와는 또 다른 곳이며, 위구르족의 '신장'과 비교하여 '서장'이라고 부르는 곳이기도 하다.

　신장 위구르는 러시아와 경계를 두고 있고, 망명정부까지는 구성하지 못하고 있었지만, 최근에 들어와 망명정부를 구성하기 위한 움직임이 활발해졌고, 유아이그룹을 구상하는 이 회장이 가장 관심을 가진 지역 중의 하나가 되고 있었다. 한편, 티벳은 신장 위구르보다 독립운동이란 측면에서는 그 시작이 꽤 오래되었고 망명정부까지 구성되어 있어, 전 세계적으로 독립운동이 왕성하기도 하고, 그러다 보니 많이 알려져 있기도 한 곳이었다. 그러나 그들의 그런 움직임과는 반대로, 중국 정부는 티벳과 신장 위구르 두 곳이 만약 독립한다면, 중국이라는 국가의 존립 기반 자체가 흔들릴 것이기 때문에 그런 것을 불허하는 것은 물론, 무력에 의한 진압과 회유를 동시에 강력하게 추진해 가는 중이기도 했다.

　하지만, 그들에게는 그들 민족의 명운을 건 독립운동이 쉽게 꺾일 리 없었고, 중국 정부의 소수민족 정책과는 늘 충돌과 갈등을 빚어 왔다. 그런 가운데 한국 정부로서는 역사적으로 같은 민족, 같은 동포라고 할 수 있으며, 중국에서 말하는 조선족의 움직임을 예의주시하고 있었지만, 조선족은 이미 중국의 소수민족으로서 완전히 정착되다시피 하고 있었다.

또, 조선족은 한국과의 유대가 깊어져 남·북 분단 속에서 남한 쪽에 거의 일방적 교류 관계가 형성되어, 중국 내에서 독립운동을 전개하기보단, 중국 속에서의 자치권 확보에 목표를 두고, 중국 정부의 보호와 자주권의 융합을 꾀하는 단계로 발전하는 모범 모델이 되고 있었다. 그런 인식은 아마 중국 정부의 시각인 것이 틀림없었지만, 조선족에 한해서는 적어도 그렇게 얘기되고 있는 것이었다.

거기에는 한국이라는 '모국(母國)'이 자리하고 있어 그런 것인지도 모를 일이었다. 따라서 중국 내 조선족에 대한 지원은 한국과 중국의 정부간 협조 아래, 우호적으로 진행되는 소수민족 지원정책의 일환으로 다른 소수민족보다 그 지원 폭이 크고, 강화되는 방향으로 관계설정이 되어 가고 있는 듯도 했다. 그래서 한국 정부로서는, 조선족과는 하나의 민족으로서 교류·협력의 파트너였지, 독립이나 독립운동을 지원하는 대상이 되고 있지는 않아 중국과의 정치적 관계는 그리 큰 위협이 되지 못하고 있기도 했다.

"회장님! 어쨌든 이런저런 일을 살펴봤을 때... 조용히 중국 여행 한 번 다녀오셔야 할 듯한데, 어떻게 생각하시는가요?"

"응, 중국 여행도 좋지만... 인도에 있는 친구네를 한 번 다녀오는 것이 더 바람직하지 않을까 하는 생각이 되는데, 여러분들 의견이 어떠신지 말씀해 주시지요."

"지금은 중국 친구네보단, 인도 친구네를 방문하는 것이 어떨까 하는 생각입니다. 이런 시기에 중국 친구네로 가면 자칫, 제대로 된 여행도 못하고 발이 묶일 가능성도 큰 것이 아닌가 합니다. 다들 무슨 말씀하시는지 잘 알겠습니다. 아무쪼록 우리 '호남회'가 앞에서 얘기한 '호남의,

호남에 의한, 호남을 위한' 자주권 확보를 끌어내는 그 날까지… 자중하고 신중하면서…. 하나하나 살펴가는 노력을 해 나가시게요. 그리고 이번에 저와 비서실장이 조용히 친구네를 방문할 것입니다만, 어디를 다녀올 것인지는 협의해서 결정할 것이고요. 더불어 구체적인 것은 다녀와서 보고하도록 하겠습니다. 또, 당면과제로서 곧 다가오게 될 지방선거에서 압승을 거두어, 제도권 테두리 내에 자주권 확보를 위한 틀을 만들 수 있는 인물들을 들여보낼 수 있도록 최선을 다해 주시기 바랍니다. 특히, 중앙정부와 국회에서 적극적인 활동도 해주어야 할 것입니다"
"알겠습니다. 회장님!"
"법률적, 제도적, 자주권 확보의 근거가 마련될 수 있는 것이 중요합니다. 우리의 경우는 다른 나라와 다소 다른 여건이 있기 때문에, 우리만이 가질 수 있는 자주권의 확보가 가장 중요한 이슈(Issue)가 되어야 할 것입니다."
"맞습니다. 그렇기 때문에 시간도 많이 필요할 것이고, 보다 원대한 계획을 달성할 수 있는 그날까지… 합심하고 단결해 나가도록 해야 할 것입니다."

독립과 자주권이라는 것은 완전히 다른 문제일 수 있다. '독립'이 하나의 국가(Nation)를 만드는 것을 말한다면, '자주권'이란, 하나의 국가라는 틀 속에서, 정치와 법적 제도는 물론, 사회·문화 전반에 걸친 독립된 전통과 역사를 계승 발전시키면서 독특한 그들만의 미래를 만들어 갈 권리를 말한다고 볼 수 있는 것이다. 하지만, 그것의 구분과 경계가 어떤 땐 명확하기도 하고 모호한 경우도 있지만, 기본적인 관점에서 볼 때, 독립과 자주권이라는 것은 전혀 다른 문제로 봐야 할지도 모를 일이었다.
그런 점에서 유아이그룹(U.I. Group)은 이런 국가들의 관계를 하나로 묶는 과정에서 이상과 현실 사이에 존재하는 괴리감이 상당하다는 점도 인정하지 않을 수 없기도 했다. 그렇다 하더라도 유아이그룹이 만들어 지면 그것은 전 세계 인류 역사에 획을 긋는 또 하나의 대사건이 아닐 수 없을 일이었다.

이 회장은 비서실장 이순기와 함께 인도 여행길에 올랐다. 유아이그룹 (U.I. Group) 활동 얘기를 일본에 가서야 듣게 되었던 부인 송 여사의 걱정은 한 두 가지가 아니었다.

"당신, 건강주의하시고...요. 뭔 일 있으면 바로 나한테 연락해요. 이번에 인도 가는 것도 인도 여행 때문이 아니죠?"
"으응, 알면서..."
"지금 가는 곳이 인도 중에서도 치안이 불안한 지역이라면서요? 제가 알기로는 국경 지역은 더 말이 아니라던데요..."
"내가 이번에 거기까지 갈 일 있겠어? 당신이 뭔 생각 하는지 잘 아니까, 조심해서 다녀오리다."
"어무니도 건강관리 잘하고 계셔요. 금방 다녀올게요!"
"오냐. 나야 뭔 일인지 알것냐만은... 그저 몸조심해야 쓴다, 잉?"

인도의 티벳

　이 회장은 그렇게 가족과의 작별 인사를 나누고 비서실장인 이순기와 함께 인도 방문을 위해 길을 떠났다. 비서실장 이순기는 중국 말과 러시아 말에 아주 능통했다. 그는 한·중 수교와 한·러 수교 이후 베이징과 모스크바에서 공부도 하고 사업도 한다며, 한국의 현대자동차 딜러(Dealer)도 했었다. 그래서 중국과 러시아 말은 물론, 현지 사정에도 아주 능통한 사람으로서 지금은 이 회장을 가장 측근에서 보좌하는 이 회장의 분신이나 마찬가지였다. 그가 이 회장을 만나 보좌하기 시작한 것은 이 회장이 서울에서 광주로 내려와 민주의원을 운영하다가 민족병원을 개설할 때, 병원 운영과 설립을 지도하던 컨설팅 전문가로 활동할 때였다. 그런 이후 이 회장이 민족병원 이사장을 지내면서 친분이 쌓였고, 호남 모임이 결성되면서 본격적으로 이 회장을 보좌하기에 이르렀다.
　그는 고등학교까진 광주에서 다녔고, 대학은 지금도 유명한 중국의 '칭화대학'을 나왔다. 그러다가 우연찮은 기회에 중국의 현대자동차와 러시아 현대자동차 현지법인의 딜러가 되었고, 국내에 귀국해서는 의료 컨설팅업체를 다녔던 것이 그와의 인연이 된 것이었다.

"회장님! 이번 인도 방문이 상당히 중요한 고비가 될 것 같은데요. 심적으로 많이 힘드신 건 아니신가요?"

"이 실장, 그런 소리 말게! 이 실장도 그런 각오 없이 이 일을 하진 않을 것이고... 난, 이미 이 일에 내 생의 나머지를 걸기로 했어! 그러니 이 정도야 아무 일도 아니지, 암!"

"그거야 그렇습니다만, 회장님한테도... 차차 알려지기 시작하면, 국내는 물론, 해외 여러 나라에서도 견제가 심할텐데... 그것이 걱정이지요..."

"그런 건 각오한지 오래됐어, 하나의 밀알이 썩지 않으면 씨앗을 틔울 수 없는 법이지..."

"회장님, 저는... 솔직히 말씀드려서 너무 낙관적인 생각인지 모르겠습니다만, 우리 광주의 '자주권'은 어려움이 있긴 하겠지만, 결국 해낼 수 있다고 봅니다. 명분도 충분하고, 기회도 우리 편이지 않습니까? 회장님 생각은요?"

"당연히 해낼 수 있지. 꼭 해내야 하고 말고... 어려움이야 언제나 있는 것이고, 5·18처럼 그 많은 사람의 희생을 이겨내 온 우리가 아닌가? 우리가 독립한다는 것도 아니고, 자주권을 달라는데... 그것도 안 된다면 말이 안 되지!"

"하지만, 막상 본격적으로 그런 일이 추진된다면, 한국 정부도 지금과 같지는 않을 것 같아서요..."

"그렇겠지... 그런 것 때문에 우리가 호남 모임을 만들고, 이렇게 움직이고 있는 것 아닌가?"

"예, 알겠습니다. 저도 회장님을 보필해서 이 일에 저의 모든 것을 바칠 각오입니다. 그리고...회장님 안 계시는 동안에 똑똑한 젊은 청년 하나를 구해 두었습니다."

"그게 무슨 말이야?"

"이 일을 숨어서 보좌할 믿을만한 사람을 찾고 있었는데요. 아주 맘에 드는 사람입니다. 회장님도 보시면 아주 흡족해하실 겁니다."

"그래? 어떤 사람인데?"

"사실은 회장님 어머니께서... 오랫동안 봐 온 괜찮은 청년이 장가를 못 가고 있다고 소개 좀 해달라고 하셔서, 우연찮게 가게에 갔다 만난 적이 있습니다. 그런데 서울에서 대학을 다니다가 일본 와세다에서 유학했고, 거기서 석사학위까지 마쳤더라구요?"

"그래?"

"예, 일본을 잘 아는 사람도 필요했구요. 더 맘에 드는 것은 그가 거시경제학을 전공했고, 경제연구소에서 연구원으로 일하고 있다는 것입니다. 어머님은 그런 건 모르시고... 인간성 좋은 청년 하나 장가보내게 해 달라고 하셨구요."

"그래? 자네가 사람 보는 눈이 정확하다는 건 나도 익히 잘 알지. 이번에 멋진 인재 하나 구했군 그래..."

"그럼요! 근래 보기 드문 제대로 된 놈 하나 구한 것 같습니다"

"알았네. 자네가 본 사람이니 두말할 것 있는가? 그럼 같이 일해 보세!"

"알겠습니다. 잘 가르쳐서 우리의 재정 전반을 맡겨볼까 합니다..."

"벌써 그런 그림까지 그리셨는가? 오 케이(O.K.)! 그렇게 하시게... 그리고 조성된 지금의 관리와 운용은 이 실장이 총괄해서 관리하고..."

"예, 총괄은 제가 하되, 그 친구 이름이 '이영철'인데요. 그 친구한테 실무에 관한 전반적인 것은 맡기려고 합니다."

"그래..그렇게 하소! 그리고 이런 일엔 무엇보다 투명한 자금 조성과 관리가 제일 중요하다는 점만 늘 명심하고..."

"그렇습니다. 투명한 자금 조성과 관리가 우리가 일하는 데 가장 중요하고, 생명과도 같은 것입니다. 자금 운용의 핵심이 그것이라고 봐도 과언이 아니겠지요?"
"하하, 잘 이해해줘서 고맙고 흡족하네! 그리고... 농담 하나 할까?"
"예, 하십시오!"
"우리 셋이 모두 우연찮게 '이씨(李氏)'라... 셋 다 한집안 형제나 식구라고 해도 되것네."
"그러고 보니, 그렇게 됐네요."
"아무렴 어떤가? 우리가 뜻을 하나로 모아... 이렇게 일할 수 있다는 것이 중요한 거지. 이씨 트리오가 됐네, 트리오..."
"예, 그렇고 말고요."
"그건 그렇고 인도에 있는 친구들하고는 접촉이 잘 되었는가?"
"예, 보안 때문에 연락에 어려움이 좀 있었습니다만, 지도자인 '라추'께서 회장님을 기다리시겠다면서 꼭 만나 뵙고 싶어 하십니다. 아마 우리가 거기에 도착하면, 그쪽 관계자들이 픽업을 나와 있을 것입니다."
"인도에서라도 활동을 할 수 있으니, 티벳은 그나마 행운이라고 볼 수도 있겠네. 신장 위구르는 아직 그런 임시정부를 구성할 여력이 없는 듯해 안타깝기도 하고..."
"그러게요. 어떻게... 작은 힘이라도 되어야 할건데요."
"우리도 일제 때... 그보다 더하면 더했지 않겠어? 그랬으니 우리 독립운동했던 우국지사들이 얼마나 대단한 분들이야?"
"그렇습니다. 그러니 우리 민족도 대단한 민족이죠!"
"그 말이 맞네! 그리고 이번 모임의 가닥이 잡히면, 우리가 우선 해야 할 일이 있어..."
"어떤 일신데요?"
"금방 말했듯이 독립을 원하든 자주권을 원하든 간에, 자기 나라 안에서 그런 활동을 하기란 사실상 불가능하다고 보는데... 이 실장 생각은 어떤가?"

"그렇죠. 일시적으로는 어떻게 해 볼 수는 있을지 모르지만요."

"그래서... 이번 만남이 잘 되면, 우리 둘이, 곧바로 스위스로 넘어가세!"

"스위스요?"

"응, 거기가 영세 중립국 아닌가... 그러니 거기에서 자그마한 사무실 하나로도, 원하는 나라들이 사용할 수 있게 해주면 어떨까..하는 생각이야! 신장 위구르 같은 곳도 거기에 사무실이 있으면, 작은 공간이긴 하지만 임시정부 청사 같은 것으로 쓸 수 있지 않을까?"

"거, 좋은 생각입니다."

"원래, 그것이 내 생각이었네! 방법은 어떻게 할지 모르겠지만..."

"그게 평소 생각하시던 유아이 얘깁니까?"

"그렇지... 그렇게 시작해서 거기에다 유아이그룹(U.I. Group)도 발족시키고, 그것이 전체적인 큰 그림의 시작이네! 과연 그것이 마음대로 될 것인지는 알 수 없지만, 최선을 다해봐야 않겠는가? 독립하고자 뜻을 가진 지역이나 민족이 있는 한 말야!"

"알겠습니다. 회장님, 저도 꼭 함께하도록 하겠습니다"

비서실장인 이순기도 어렴풋이 이 회장이 큰 뜻을 가지고 있는진 알았지만, 이렇게 구체적인 계획을 갖고 있을 줄은 미처 모르고 있었다. 비서실장으로 있긴 했지만, 이순기 자신도 이 회장이 그렇게 뛰어난 정치적 감각을 가지고 그런 일을 하게 되리라고는 꿈에도 생각지 못했었다. 그저 막연히 이 회장을 보좌하고, 호남의 자주권 확보가 이루어지는 날까지 헌신해야겠다는 정도는 각오가 되어 있었지만, 이 회장의 구상을 듣고 나선 그 또한 보다 원대한 꿈을 이루는데 헌신해야겠다는 생각을 더욱 다지고 있기도 했다.

뉴델리 공항에는 티벳 사람이 픽업(Pick-Up)을 나오지 않고, 인도 사람이 나와 대기하고 있었다. 그들은 이 회장 일행의 신분을 확인했다. 그리고는 곧바로 그들의 승용차에 오르도록 해 어디론가 가고 있었다.

"저희가 환영해 주지도 못하고, 신분 확인부터 한 결례를 범해, 먼저 양해를 구합니다. 보안을 위해 어쩔 수 없었습니다."

"별말씀을요. 당연히 해야 하는 일인데요..."

"이해해주서서 감사합니다. 저희는 티벳 사람이 아니고 인도 사람입니다. 티벳 임시정부의 일을 도와주고 있고요."

"예, 고생이 많으십니다."

"아닙니다. 저희는...그저, 도울 수 있는 일은 도와야 한다고 믿는 사람들입니다. 오늘 마중도 '라추'께서 모셔 오라는 지시가 있어서, 지금 그곳으로 안전하게 모시는 중입니다. 또, 인도는... 겉으로 보여지는 것과 다소 다른 부분들이 있는데요. 그중에서도 치안이 불안한 것은 물론, 빈부격차가 커서... 그런 것들이 갈등으로 작용해 더 치안이 좋지 않은 요인이 되기도 합니다. 그래서... 다소 불편하긴 합니다만, 이렇게 모실 수밖에 없는 점, 다시 한번 사과를 드립니다."

"그럼요, 그럼요. 충분히 짐작하고 남음이 있으니 염려 마시고, 편안하게 생각하시기 바랍니다"

"감사합니다. 회장님!"

대외적인 감시망이라든가 여러 눈을 피하기 위한 조치라며, 이화장을 마중 나온 그들은 양해를 먼저 구했다. 이 회장 일행을 태우고 가는 차량은 영국제 중고 승용차였는데, 인도에서는 그저 흔하게 볼 수 있는 영국제 구형 차량으로 낡고 불편하긴 했지만, 사람들의 시선을 끌지 않는 방편으로서는 안성맞춤인 듯했다.

"우리가 공항에서 만나, 지나가고 있는 이 길이... 시내로 연결되는 하이

웨이(Highway 고속도로)인가 보네요?"

"예, 그렇긴 합니다만, 워낙에... 인도 현지인들에게는 비싼 통행료를 받고 있어서, 그들이 다니기에는 부담이 큽니다. 그래서 이렇게 한가한 것처럼 보입니다. 그러나 이 고속도로를 지나 시내로 들어가면, 다소 놀라실 정도로 복잡해 보이실 것입니다"

"그래요? 인도 사람들이 신성시하는 '소'가 가끔... 도로에 다니는 모습도 보여지던데요. 지금도 그렇습니까?"

"저도.. 영국에서 공부하고 와서, 뭐라고 설명을 드려야 할지 모르겠습니다만, 뉴델리나... 이런 큰 도시에는 그런 일이 없어진 지는 오래 되었습니다. 하지만, 지방의 중소도시로 내려가면, 아직도 그런 일이 자주 벌어집니다. 그것은 인도 사람들 전통이니까 뭐라 설명해야 될진 모르겠습니다."

"어느 나라나 대도시는... 그런 전통과 다른 면이 많이 있습니다만, 중소도시들에서는 그런 것도 하나의 전통이라는 맥락 속에서 이해한다면... 굳이 강제로 없애려 하거나 그럴 필요는 없다고 봅니다. 오히려 자연스러운 인도만의 고유전통 아니겠어요?"

"그런 말씀을 해 주시니 너무너무 감사합니다."

"'라추'께서는 회장님께서 내리신 공항으로부터 이 차로... 서너 시간 가면 되는 거리에 있는 도시 외곽 지역 한적한 곳에 계십니다"

"그래요? 그럼 우리는 시내를 거치지 않고, 시내 외곽 길을 따라 돌아가는 것인가요?"

"그렇습니다. 밖의 경치를 보시면 금방 느끼실 수 있겠습니다만, 시내 외곽에 빈민가들이 계속 보이실 것입니다. 실망이 크실 것입니다만, 이것이 인도의 현실이라 어쩔 수 없는 현실입니다. 소수의 잘사는 사람들... 다수의 못사는 사람들... 뭐, 그렇습니다."

"예, 그렇다고 듣긴 했지만, 보이는 모습들이 생각보다 어려워 보여서 여쭤본 겁니다."

"이런 현상이 하루 이틀도 아니고... 일백 년이 다 되어 가는데도 고쳐지지 않고, 오히려 심화되고 있어서 인도로서도 큰 딜레마(Dilema)이기도 합니다"

"충분히 그럴 만하시겠네요. 그럼 티벳 임시정부가 있는 곳은요?"

"그곳은 이 길을 따라가다가 빈민가가 끝나는 지점에서 산악 지대가 시작되는데, 그 산악 지대가 시작되는 곳에 주둔하는 인도 육군의 군부 관할지역에 있습니다. 말씀드린 것처럼, 치안 문제가 심각한 수준이고... 거기에다 종교갈등도 있어서, 경찰 치안만으로 감당하기엔 어려움도 있고요. 인도 정부가 티벳 임시정부를 아예 군부 주둔지 내로 정해, 그들의 치안을 확보하도록 한 것입니다. 그래서 군부의 관리 감독을 받아야 하는 문제가 있긴 합니다만, 망명정부가 갖는 취약한 보안을 생각하면, 서로의 불편은... 양해되고 있는 것이라고 보면 됩니다"

그렇게 얘기를 주고받는 사이에 목적지에 거의 다 도착해 가는지 그들의 무전망이 바빠지며 수시로 위치를 보고하는 듯했고, 이어 얼마 지나지 않아 군부대 통제구역이라는 팻말을 지나 곧바로 허름한 블록으로 지어진 단층 건물 앞에 이 회장 일행을 태운 승용차가 멈추어 섰다. 그러자 깔끔한 정장 차림의 사람들이 나와 승용차 문을 열어주며 반겼다.

"저는 의전을 맡고 있는 '의전장'입니다. 우리 '수반'께서 회장님을 기다리고 계십니다. 제가 모시겠습니다"

이 회장과 비서실장 이순기는 그야말로 정중히 안으로 모셔졌다. 겉으론 허름해 보였지만, 건물 안에는 비교적 깔끔하게 정돈되어 있었고, 여러 개의 팻말이 붙어있는 곳을 지나 맨 안쪽에 '수반실'이라는 팻말이 보이는 곳에서 '비서실'이라는 곳으로 안내되어, 곧바로 '수반실'로 들어갔다.

사전에 약속이 되어선지, 지체됨 없이 수반인 '라추'와의 만남이 이루어졌다. '라추'는 라마교 전통 승려 복장으로 일하고 있었고, 이 회장과 이순기를 반가운 포옹으로 맞이해 주었다.

"이렇게 누추한 곳까지 오시도록 해서 정말 죄송합니다. 보시다시피 우리 형편이... 이렇습니다."

"무슨 말씀을요. 항상 힘들고 어려운 시간을 보내고 계실 텐데요. 경의를 표합니다."

"아닙니다. 무엇보다도 우리를 이렇게 이해해주시니 고마운 일입니다. 먼 길 오시느라 고생하셨을 텐데요. 티벳 전통차를 준비했으니, 한 잔씩 하시면서 잠시 쉬었다 얘기 나누도록 하시지요."

티벳 임시망명정부 수반인 라추는 '달라이라마'의 명맥을 이은 라마승이었지만, 임시망명정부를 이끌고 있었다. 그는 달라이라마 이후 이어 온 무저항 비폭력 원칙을 고수하며, 티벳의 독립운동을 전개해 세계 각국으로부터는 물론, 티벳인들의 정신적 지주가 되어 있기도 했다.

"멀리까지 찾아주신 점 거듭 감사 드립니다. 저희가 찾아뵈어야 하는데, 예의가 아닌 줄 압니다..."

"지금과 같은 상황에선 누구누구가 먼저이고, 누가 나중인 것을 따져야 할 이유가 없습니다. 서로가 가진 호혜의 정신과 독립이라는 공통의 목표가 중요한 것 아니겠습니까? 그것보다는... 티벳 상황이 많이 어려우시단 소식을 듣고 있습니다만..."

"예, 어렵다마다요. 어려운 것만이면 다행인데요. 어떤 상황이 발생하면 모든 통신 수단이 차단되고, 중국 국방군이 수시로 투입됩니다. 지금은 '라싸궁'(티벳의 라싸에 있는 라마교의 핵심 사원) 주변에, 아예 국방군을 상주시키고 있습니다."

"그럼, 티벳 내에서의 활동은 어떻습니까?"

"우리의 모든 활동은 라마교 활동으로 포장되어 있을 수밖에 없습니다. 지금은 중국 공안(公安) 당국이 그런 것을 알아차리고, 행사 때마다 격리시킨다든가, 아예 행사 자체의 참가를 못 하도록 막고 있고, 해외로 나가는 것도 금지하고 있어서… 인도와의 경계 산맥을 몰래 넘어가야 하는 경우가 허다합니다."

"'라추' 수반께서는 그럼, 라싸를 다녀오신 지가 얼마나 되셨습니까?"

"저는 신분이 노출되어 있어 자주 가기가 어렵습니다. 지난달에도 다녀오긴 했습니다. 물론, 위장된 신분으로 말입니다!"

"그것도 보통 일은 아닐 듯하군요."

"인도와 중국 국경, 그리고 웬만한 곳은 그런 위장으로 움직임이 가능해서, 그 정도는 감수해야 하지 않겠습니까? 다만, 비행기를 타고 가는 경우는 그것이 거의 불가능하기 때문에, 움직임에 있어서 제약이 많이 있습니다."

"그러시겠습니다. 그럼, 라싸에서 활동하는 동지들의 안전 문제는 어떠십니까?"

"늘 그것이 걱정이지요. 그래서 모두가 승적에 올라있고, 실제 라마승이기도 합니다만, 늘 공안당국의 감시가 따라붙은 실정입니다."

"희생자도 많았겠군요!"

"그걸 말로 다 할 수 있겠습니까? 국제적으로 언로(言路)가 통제되어 잘 모르실 수 있을 겁니다만, 대체로 매년, 수십 명 이상이 희생된다고 보면 될 것입니다. 거기다가 라마승을 가장한 중국 공안 요원들의 잠행(潛行)이 날로 지능화되어, 저도 희생당할 뻔한 적이 있을 정도입니다."

"의사소통이나 명령계통은 어떻게 움직이고 있습니까?"

"이런 말씀 드리면 어떻게 생각하실지 모르겠습니다만, 중국 경찰과 군의 첨단장비나 통신감청을 빠져나가기란… 사실상 거의 불가능하다는 것이 우리 임시정부의 판단입니다. 그렇기에 그런 것에 대항해 이긴다는 것은 우리 실정으로는 난망한 일이 아닐 수 없습니다. 그래서 가장 원시적이면서도, 그들이 알아내기 가장 힘든 '휴민트(Humint)' 전략을 구사한다고 보시면 됩니다. 물론, 그것이 어떤 틀을 가지고… 일정한 룰에 따라 움직이긴 합니다만, 어쩌면 첨단장비에 의한 감시망을 뚫을 수 있는… 가장 확실한 방법이란 믿음도 가지고 있습니다. 하지만, 휴민트는 기본적으로 사람에 의해 움직이기 때문에, 여러 가지 위험한 요인들을 안고 있기도 합니다만… 어쨌든 우리 입장에서는 그렇습니다."

"가장 원시적이란 표현을 사용했습니다만, 저도 지금 이런 상황에서는 휴민트(Humint) 전략을 찬성합니다. 더구나 독립 의지로 뭉친 조직의 휴민트는, 다른 조직과 달라 최고의 조직 운영이 가능하지요."

"회장님께서도 그럼… 그런 일을 해 보셨나요?"

"저는 지금도 그렇게 하고 있습니다. 여러 통신 수단과 병용하고 있긴 하지만… 가장 결정적인 일에는 휴민트를 활용하고 있습니다."

"그렇군요. 우리도 최고의 의사소통 수단으로 사용하는데요… 어떤 첨단 통신 수단이나, 심지어 핸드폰조차도 중요 의사소통 수단으로는 사용하지 않고 있습니다. 잘만 활용하면 의사소통 행적의 추적이 불가능하기 때문이지요. 중국 공안 당국도 그런 사실을 잘 알고 있어서, 라마승으로 가장한 정보요원을 심어두기도 합니다만, 우리도 그런 것을 알고 있기 때문에 역정보를 흘려 확인하기도 하고… 그런 것에 대처하면서… 중요 통신 수단과 의사소통의 수단으로 활용하는 것이지요."

"중국 정부의 입장은 아직 변함없지요?"

"우리 티벳이 1953년도에 중국에 강제 복속된 이래, 지금까지도 줄기차게 독립을 요구하고 있습니다만, 독립 불가 원칙은 한 치의 변화도 없습니다. 거기에다 시대가 바뀌고 있지만, 그 탄압의 정도와 방법도 진화하고 있고, 심지어 이 지역에 '한족(漢族:중국의 지배민족)'을 이주시켜, 이 지역에 대한 경제, 사회적 지배를 확대시켜 왔습니다. 그래서 지금은, 티벳 전역의 상권과 경제권을 한족이 모두 가져갔고, 결과적으로 점점 더 힘든 싸움이 되고 있다고 봐야 할 것입니다."

"독립이 현실적으로 어렵다면... 자치권을 위한 투쟁에 대해선 어떤 입장을 가지고 계신지요."

"제가 알기로는, 대한민국의 경우는 남·북이 갈라져 있고, 한국의 상황에 대해서나 호남의 입장에 대해서 잘 알고 있지는 못합니다만, 그러나 한국이 어떤 상황이든 간에 한민족으로서, 어떤 형태로든 자율권이 보장될 수 있으면, 소기의 목적을 달성할 수 있다고 볼 수 있겠지만, 우리 티벳은 다릅니다. 우리가 중국과 합하기를 원했던 것도 아니고, 강제로 나라를 침탈당했던 것입니다. 한국이 일본에 강제로 나라를 뺏긴 것과 같은 것이지요. 그때 우리를 지키지 못한 것이 한스럽습니다만, 우리가 요구하는 것은 오직 독립일 뿐이고, 타협이란 있을 수 없는 것입니다."

"그렇겠군요. 우리 한국도 일제 36년의 핍박 속에서, 바랬던 것은 오직 우리의 독립뿐 이었으니까요. 저는 '라추' 수반의 입장을 전적으로 이해할 뿐만 아니라 티벳의 독립을 지원할 것입니다."

"기꺼이 그렇게 해주시리라 기대합니다. 그리고 유아이그룹(U.I. Group) 구상을 가지고 계신다고 하셨는데요. 개인적으로 저는 이 회장님의 그런 구상을 적극 지지합니다. 우리는 그래도 우여곡절 끝에 임시정부라도 만들었습니다만, 그런 것도 만들지 못한 여러 곳에 큰 힘이 될 것입니다. 당장 신장(신장 위구르를 말함)만 해도 우리와 같이 독립을 원하고 있고, 투쟁도 하고 있습니다만... 그저 안타깝기만 할 뿐입니다."

"말씀이 나왔으니까 말인데요. 신장은 지금 상황이 어떤지 듣고 계십니까?"

"거기도 우리만큼 심각한 것으로 알고 있고, 또 그렇게 듣고 있습니다.

유서 깊은 역사 도시인 '돈황'은 국방군이 완전히 장악하고 있다는 소식이고, 지도부가 러시아 국경 산악 지대로 도피해 있다는 전언입니다만, 아직 정확한 건 우리도 알 수 없을 정도입니다."

"신장도… 중국 땅이 된 것이 오래됐죠?"

"예, 우리보다 한참 오래됐습니다. 당나라 현종 때니까 많은 시간이 흘렀죠? 어떻게 보면, 중국이 자기네 땅이라고 우기고 있는 것뿐이지… 그들은 사실상, 유럽계 인종이라고 보시면 되죠."

"그렇군요. 그리고 티벳에 대해서는 한국의 불교단체에서도, 보이지 않는 후원을 하는 것으로 압니다만…"

"그렇습니다. 한국의 해외 불교 선교단체인 '성불회(聖佛會:가칭)'에서 재정적, 정신적 지원을 많이 해주고 있어서 늘 감사하고 있습니다. 그 성불회 대표단이 지금, '라싸'에 불교 교류를 이유로 방문하는 것으로 알고 있습니다. 종교단체 간의 교류 협력을 이유로 중국 정부의 승인 하에 방문하는 것이라, 중국 정부가 그분들의 방문을 막지는 못하고 있습니다. 앞으로 그런 방문도 어떻게 될진 두고 봐야 할 일이지만, 아무튼 그분들을 통해서도 여러 가지 의사소통을 하고 있기도 합니다."

"성불회가 중요한 일을 해주고 있군요. 아주 고마운 일입니다."

"그럼요. 우리 티벳에서도 기대가 큽니다."

"신장은 한국의 기독교 단체에서의 선교가 활발하다고 들었는데요. 어떤 상황이던가요?"

"예, 맞습니다. 신장은 기독교 단체 협의회(가칭, 기독회)에서 지원을 하는데, 신장이…기본적으로 회교권이라, 일정한 한계가 있는 듯합니다만, 지금으로선 큰 힘이 되고 있다고 봐야 할 것 같습니다."

"어쨌든 그런 교류들이 지속적으로 이루어질 수 있다면, 얼마나 좋겠습니까?"

"우리 티벳도 그렇지만, 신장도 우리와 같은 입장이라 동병상련이라고 해야 하지 않겠습니까?"

"신장과 티벳의 연대 문제에 대해선 어떤 입장이십니까?"

"중국으로부터의 독립이라는 동일한 목표가 있어, 다양한 연대 방법을 모색하는 것은 사실입니다. 그런데 독립을 달성하기 위한 방법으로서, 우리는 라마교를 근간으로, 한국의 독립과 인도의 독립 모델인 비폭력 평화적 독립을 추구하는데 반해, 신장은 회교를 바탕으로 회교 원리주의에 근간을 둔 '눈에는 눈, 이에는 이'라는 응징 방법을 사용하고 있어 다소 괴리가 있긴 합니다. 그러나, 중국이라는 거대 집단으로부터, 독립을 연대 고리로 하는 것만은 틀림없습니다."

"그러시겠네요. 갈수록 독립운동이 탄력을 받아야 할 텐데 걱정이 큽니다."

"그건 우리도 마찬가집니다. 한때는 유럽이나, 미국, 영국도 힘이 되어 준 때가 있었습니다. 중국이 G2(Group2, 미국과 함께 세계 양대 국가) 국가로 성장하기 전인 2000년대 초반까지는 그런대로 지원이 있기도 했었습니다. 우리 라마교의 '선승'이셨던 '라마(달라이라마를 말함)' 수반을 초청해 여러 가지 도움을 주기도 했었습니다. 그러나 지금은 중국이 G2 국가를 넘어 G1(세계유일의 초 인류 국가)를 자청하며, 중국의 이익에 반하는 어떠한 국가와도 경제보복 등으로 맞서면서, 커다란 영향력을 행사하게 된 이후부터는 상황이 급격히 달라졌습니다."

"그건 이... 인도 안에서도 마찬가질거 아닙니까?"

"그렇다고 봐야 하겠지요. 인도 정부도 G1 국가로 발돋움하려고 하는 중국의 영향력을 무시할 수 없게 된 마당이고 중국은 그 여세를 몰아 인도 내 티벳 망명정부의 상주를 허용하지 못하도록 다양한 압력을 행사하고 있습니다. 지금 우리가 사용하는 이... 임시정부 청사도, 처음엔, 치안유지를 위한 보호 목적으로 군부대 안에 설치한 것입니다만,

만약 인도 정부의 입장이 곤란해져서 인도 정부가 손을 뗀다고 가정하면, 그나마 이 캠프에서 나갈 수밖에 없고, 그렇게 되면, 티벳 임시정부의 설 자리도 없다고 보는 것이 맞을 것입니다. 오히려 조만간에 그런 일이 생길 수밖에 없다는 것을 미리 가정해야 하는 것이 아닌가... 하는 생각입니다."

"그러시군요. 그렇다면, 더더욱 '유아이그룹(U.I. Group)'이 더 큰 힘이 될 것 같군요."

"힘이 되는 것뿐이 아니라, 우리 티벳으로서는 그렇게만 되어 준다면 더 이상 바랄 일이 없을 것입니다. 그런 면에서, 회장님께 거는 기대가 큽니다. 우리 티벳은 적극적으로 '유아이그룹'에 참여할 것을 거듭 약속드립니다."

"알겠습니다. 우리가 이렇게 힘을 모은다면, 틀림없이 기회가 올 것이라는 판단입니다. 앞으로 '유아이그룹'을 만들기 위한 노력을 게을리하지 않겠습니다."

터

　인도에 머무르며, 티벳의 라추를 만났던 이 회장은, 티벳 임시정부의 여러 사람과 교분을 쌓으면서 독립을 위한 그들의 간절한 열망을 읽어 내고 있었다. 그런 만남을 가진 다음, 이 회장은 비서실장인 이순기와 함께 스위스로 넘어갔다.
　"이 실장! 나라가 있다는 것이 우리에게 얼마나 복이야?"
　"그러게요. 그간 느끼지 못했던 애국심이라는 것이 다시 솟아오르네요."
　"그렇지? 그렇게 보면, 우리가 추진하는 것이 독립이 아닌, 한민족(韓民族)이라는 테두리 내에서의 자주권 확보가 맞겠지?"
　"예. 우리 호남에게는 그것이 정답일 것입니다. 그 정도는 우리가 얼마든지 가능하지 않을까요?"
　"글세... 그렇다 하드래도 힘은 많이 들겠지? 우리가 하는 자주권 확보라는 것도 험난한 길일 것인데... 하물며, 저 사람들의 '독립'이라는 것이 얼마나 힘들겠어?"
　"엄청난 희생이 따라도 가능할지 말지, 참... 우리도 일제 36년이 그랬잖

았는가요?"

"왜? 자네 맘이 심란한가? 그러니 나와 자네가 그네들한테 힘이 돼줘야 하지 않겠어?"

"그래야 할 것 같습니다."

이 회장과 이 실장은 실로 험난할 수밖에 없는 당장의 티벳이 걱정이었다. 그것도 거대한 국력을 과시하고, 소수민족 정책에 있어서는 티벳이나 신장과 같이 독립을 원하는 지역에 대해서 무자비한 폭압으로 대항하는 국가권력 앞에는 그들도 어쩔 도리가 없는 것이 안타까울 뿐이었다.

그들이 스위스에 오게 된 것은 스위스가 영세 중립국이고, 그래서 여러 나라들로부터의 간섭도 비교적 덜 받을 수 있다는 판단에서였다. 그렇다고 해서 완전히 외국의 영향에서 자유로울 순 없는 일이고, 시간이 가면서 전쟁이나 국방 면에서의 중립이 강화되고는 있지만, 국제 정치와 경제면에서의 중립이라는 가치는 많이 훼손되고 있는 것도 사실이었다. 그러나 전 세계에서 '유아이그룹(U.I. Group)'을 만들 수 있는 나라는 스위스가 거의 유일한 나라이고, 따라서 이번 방문 동안 스위스에 그런 장소를 확보할 가능성을 타진해 보는데 그들이 방문하는 목적이 있었다.

스위스로서는 어떤 활동을 하더라도 영세중립주의라는 스위스의 가치와 스위스 법률에 위배되지 않으면, 어떤 활동을 해도 전혀 개입하지 않는다는 것이 그들의 일관된 국제 정치와 국제사회를 대하는 자세였다. 제네바 협약에도 있는 것이지만, 어떤 경우라도 인류적·인권적 자유가 중요한 가치를 차지하는 나라가 스위스였기 때문에 그들이 방문하는 스위스가 그들 목적 달성을 위한 전진 기지로서 가장 적임지였다. 그런 면에서 독립을 원하는 국가들이 그들의 목적 실현을 위한 임시 기지 역할을 하기엔 대단히 적적한 활동 장소가 그곳이기도 했다.

그들은 스위스의 도시와 시골까지 몇 군데 살펴보면서도 도시와 전원이 어우러진 작은 시골지역 한 군데를 주목하기 시작했다. 그곳은 작은 읍내라고도 할 수 있는 곳인데, 그곳에서는 사무실도 겸하면서, 농장에서 숙식과 웬만한 것들을 해결해 나갈 수도 있고, 일부에서는 자립 기반까지도 구축할 가능성도 있어 보이는 곳이었다.

독립운동을 목표로 하는 사람들이 그렇게까지 할 수 있을진 알 수 없지만, 많은 시간이 소요되는 독립을 위해선, 그 과정에서 자립적 독립운동을 추구하기 위한 그런 방법들을 사용하는 것도 좋은 대안이 될 수 있을 것이었다. 즉, 여러 유아이그룹 회원들이 인력을 파견해 여러 종류의 농원을 꾸며 운영할 수 있을 것이고, 그런 것들을 그들의 숙식 문제 해결을 위한 방편으로 활용한다면, 늘 부족한 독립운동 자금과는 별도로 그들의 활동에 작은 보탬이나마 될 수 있다는 가능성을 확인한 것이었다.

그렇게 하기 위해서는 일정 규모의 인원이 수용 가능한 농장과, 가능한 많은 그룹(민족, 지역 등 U.I. Group을 지칭)이 들어올 수 있는 여건을 조성하는 것이 선결과제가 되고 있었다. 그런 일을 하기 위해 가장 필요하고도 중요한 것은 역시 '자금'일 수밖에 없게 되어 가고 있었다.

현재로선 유아이 부지가 확보되면, 들어오고자 하는 각 그룹이 분담해 운영하는 방안이 가장 좋은 방법이긴 하지만, 국가가 아닌 그들 그룹이 그런 일을 하기란, 현실적으로 불가능할 수도 있는 일이었다. 독립활동을 위한 당장의 자금이 부족한데, 운영비를 내서 보탤 수 있는 여력이 있는 그룹은 거의 없을 것이기 때문이었다. 그렇다면, 이 회장의 호남회에서 상당 부분의 자금이 충당되어야 하고, 그것이 여의치 않을 땐 결국 글로벌(Global)기업이나 단체부터 활동 자금에 대한 기부를 받는 것 외에는 다른 방법이 없을 것이었다.

그러나 문제는, 그런 자금을 지원할 수 있는 여력이 있는 곳은 대규모 기업집단일 것이고, 그런 기업집단은 또한 대부분 선진국에 기반을 두고 있어서 자신들의 존립 근거가 되는 자신들의 나라를 부정하고, 독립하려는 세력들에게 자금을 지원할 수 있을 것인가가 문제가 될 일이었다. 어쩌면 그것은 기업의 존립 기반마저 흔들릴 가능성이 없지 않은 문제일 수도 있을 것이었다.

그런 고민에 쌓여 있는 이 회장과 비서실장 이순기가 자금조달 가능성과 스위스 내 조직 운영에 따른 여러 대안을 검토하며 머리를 맞대고 있을 무렵, 국내에 있던 이 회장의 부인 송 여사로부터 연락이 왔다.

"당신이 어쩐 일이야?"
"왜요? 난 연락하면 안 되는가요? 몸은 좀 어떤가 해서요."
"응, 나야 늘 좋지 뭐! 당신이랑 어머니는 별일 없고~?"
"집에 있는 사람이 별일 있겠어요? 하도 연락이 안 돼서, 내가 과부 된 줄 알았네요."
"허, 미안하네."
"그나저나 당신 목소리 듣기 참 힘드네요."
"그런가? 혹시 몰라서 핸드폰은 늘 꺼놓고 다니지, 당신도 알면서…"
"그러니까 하는 소리지요. 다름이 아니고, 미국에 있는 구야가 당신 찾습디다. 할 말 있다는데… 나하고 할 얘기 같진 않아 보이니까 당신이 시간 날 때 한번 통화해 보셔요!"
"결혼 문제 때문인가?"
"글쎄, 그런 것도 같고… 결혼 얘기면, 나하고 먼저 얘기했겠죠? 당신 하는 일 관련해서도 그렇고, 겸사겸사 할 얘기가 있는 거 같으요!"
"당신한테 얘기 안 하든가?"
"난 들어도 잘 모르것습디다. 당신이 들어 봐야죠!"
"응, 알았네! 집에는 진짜로 별일 없지? 먹는 것 잘 먹고 있으소!"
"그럼요. 집 걱정 말고… 일이나 잘 보고 오세요."

다소 미안한 마음으로 전화를 끊고 난 이 회장은 곧바로 미국에 있는 아들에게 연락했다.

"아버지 스위스에 계세요, 인도에 계세요?"

"응, 지금 스위스에 와 있다. 이 실장님하고 함께지. 왜? 장가 가려고 그러냐?"

"예, 장가도 가야죠. 그런데, 그보다 더 중요한 일이 있어서요. 전화로는 얘기가 안 될 듯한데 어쩌죠?"

"그래? 그럼 어떻게 해야 하나?"

"아버지가 스위스에 계시니까, 혹시 스웨덴으로 오실 수 있으시면, 저도 샐런과 함께 갈게요, 이 실장님도 같이면 더 좋구요!"

"그래? 우리야 괜찮은데.. 구야 니가 힘들지 않겠냐?"

"저희야 괜찮죠!"

"알았다. 그럼, 이 실장하고 같이 가마!"

"예, 아버지. 그럼 스웨덴에서 뵙겠습니다."

아들과의 통화를 마친 이 회장은 아들이 무언가 해야 할 일이 있는 것 같다며, 이 실장에게 스웨덴으로 함께 가야 한다는 말을 했다.

"회장님! 아드님 구야가 정치학을 전공했죠?"

"그렇지!"

"일본서 헤어져 미국 건너간 다음, 무언가 우리 쪽 일과 관련해서...하고 싶은 얘기가 있지 않을까요? 그렇지 않고서야... 아드님이 스위스로 와도 되는데, 굳이 스웨덴으로 오라고 할 이유가 있지 않겠습니까?"

"그 말이 맞는 것 같네. 가보면 알겠지!"

"혹시 짚이는 것이라도 있으신지요?"

"짐작 가는 건 있지만, 섣부른 예단은 금물이지! 일단, 서둘러 가보자구... 비자는 필요 없으니까!"

이 회장은 미국으로 돌아간 아들 구야가, 아버지인 자신을 도울 방법을 알아본 것이 아닐까 하는 생각이 들었다. 그중에서도 스웨덴의 스톡홀름에는 공개적으로 나타내지 않으면서 기금을 운용하는 단체가 몇 군데 있었고, 그 자금들이 지원될 곳을 찾고 있다는 소식도 듣고 있는 터여서, 아들이 장인 될 사람과 그런 부분을 상의했을 가능성을 염두에 두고 있었다. 더구나 샐런이 동행한다는 것은 아버지를 대신한 상징적인 접촉일 가능성이 클 것이라는 생각도 하게 되었다.

스웨덴의 스톡홀름은 그야말로 옛 고도(古都)로서, 이 회장이 미국에서 의학 공부할 때 방문해 본 적이 있는 도시여서 더욱더 감회가 새로운 곳이기도 했다. 방문한 지 40여 년이 지난 곳이었지만, 옛 거리가 그대로 있을 정도로 변하지 않는 전통을 자랑하는 곳이 스톡홀름이었다. 무적함대가 서구 유럽의 해상을 정복하던 시절의 영화가 그대로 남아있는 그곳은 스웨덴 한림원에서 수여하는 노벨상으로 더 유명한 곳이기도 하다.

이 회장과 이 비서, 아들 구야와 샐런이 만난 곳은 스톡홀름 시내에서 벗어난 외곽지역의 호젓한 호숫가에 있는 산장이었다. 옛날에는 귀족의 별장이었던 이곳이 산장으로 바뀌어 관광 명소가 되어 있기도 했다. 샐런 아버님이 연락하여 예약해두었다는 이곳은 그들이 머물 수 있는 편안한 휴식 장소가 되었고, 이국적인 멋을 풍긴 채 멋진 풍광이 창가로 스며들고 있었다.

"오, 샐런! 반가워. 잘 있었지?"

"예, 아버님! 저... 예쁘죠?"

"그럼 그럼, 아주 멋지고 눈부셔!"

그렇게 상철은 마치 딸과 아버지가 오랜만에 만난 듯 반갑게 껴안고 인사를 나누고 있었다.

"이 실장님이시죠? 말씀을 들어서 잘 알고는 있습니다만, 뵙는 건 처음이네요. 저는 아들 구(久)이구요, 여기는 저의 여자친구, 샐런입니다!"

"예, 반가워요. 아드님이 아주 멋진 청년이 되었네요. 키도 훤칠하게 크시고...샐런이 맘에 들어 할 만 하네요."

"과찬의 말씀을요!"

아들 구(久)는, 이 실장과는 첫 대면이었지만 아주 오랫동안 보아 왔던 것 같은 친숙감이 느껴졌다.

"아버님과 함께하시느라 늘... 고생이 많으시죠?"

"고생은요? 아버님이 워낙 소탈해서서, 큰 어려움은 없습니다."

"그래도 하시는 일이... 쉬운 일이 아니실 텐데, 늘 걱정입니다."

"염려 덕분에 우리도 늘... 최선을 다하고 있답니다."

그렇게 인사를 주고받던 아들 구(久)는,

"아버지, 좋은 소식 하나 알려드리겠습니다."

라면서 아버지 이상철에게 말을 이어 갔다.

"저...샐런의 아버지하고 어머님으로부터 결혼을 허락받았습니다."

그러면서, 그간의 얘기를 시작했다.

"그래? 아주 좋은 일이구나. 반대는 안 하시더냐?"

"반대요? 제가 워낙 스펙(Spec.)이 뛰어나잖아요. 하하하하 게다가 잘 생겼지... 키도 크고... 옥스퍼드에서 정치학박사 받았지... 뭐 이정도면..."

그러자 샐런이 눈을 흘기며 가로막았다.

"아버님! '나인'이 자기가 잘났다고 자랑하며 저를 무시해요. 혼내주세요!"

"하 하, 그래. 샐런 말이 맞다, 그러면 안 되지!"

"그럼요... 제가 농담하려고 그랬죠. 아무튼 샐런의 부모님이 흔쾌히 결혼을 승낙해 주셨습니다."

"그래? 잘했다. 그럼 언제쯤 결혼식 하기로 했는고?"

"예, 이번 가을이나 내년 봄에요. 아마 내년 봄이 될 것 같애요. 특히 이번 가을에 아버님의 상원의원 선거가 있어서... 아무래도 그 일이 끝나면, 해야 할 것 같아요!"

"그래... 아버님 명예에 흠이 가는 일 하지 않도록, 늘 몸조심하고!"

"그럼요!"

"그럼, 앞으로 어떤 일 하기로 했냐?"

"일단 대학에서 교수로서 강의하고 있으니까, 좀 더 커리어(Career)가 쌓이고 나서, 나중에... 궁극적으로는 아버님의 상원의원 지역구를 물려받는 것이 순리 같고요. 아버님 희망도 그것입니다. 저도 그러는 것이 바람직하다고 생각하고 있구요."

이때 샐런이 나섰다.

"아버님, 나인이 당연히 그렇게 할 것으로 생각하고 있고요. 그거와는 별개로 그간 저희 아버지와 유아이그룹에 대한 얘기를 깊이 나눌 수 있는 기회가 있었어요."

"그래?"

"오늘 그 말씀을 드리려고 여기서 뵙자고 했어요. 그리고 저도 힘을 보태야 할 것 같아서, 나인과 함께 왔구요!"

"그래? 고맙다! 너희들이 나에게 힘이 되어 주는구나. 이 실장도 함께니까 따로 얘기하지 않아도 되고... 아주 잘됐다, 안 그런가? 이 실장!"

"예, 저도 궁금합니다"

그러자 구(久)가 나섰다.

"샐런이 말씀드린 것처럼, 제가 아버지께 말씀도 드리고... 또, 그와 관련해서 만나야 할 사람도 이곳에서 만나게 될 것입니다. 이 산장도 그분들과의 만남을 위해 아버님께서 잡아 주신거구요!"

"고마운 일이구나! 신세를 뭐로 갚아야 할지 원..."

"그런 걱정 안 하셔도 됩니다. 좋은 성과가 있기만 바란다고 하셨어요."

"그래, 알았다."

"샐런의 아버님께서, '유아이그룹(U.I. Group)' 구상에 대해 아주 관심이 많으셨습니다. 그 가운데서도 전원농장 형태인, 독일식 '크라잉 가르텐(Klein Garten) 형의 자립식 임시정부 청사에 대한 관심이 많으셨습니다"

'크라잉 가르텐(Klein Garten)은 도시에 가까운 교외 지역에 일정 규모(200m²)의 텃밭을 가꾸면서 활동할 수 있는 공간을 두어 생활하는 일종의 전원주택으로 볼 수 있는데, 분구원이라는 말로 사용되는 곳이라고도 했다. 사실 이 회장은 도시에 집중된 사무실보다는 그런 활동이 가능한 교외나 한적한 곳의 근거지를 선호하고 있기도 해서 그에 대한 관심이 더 커지게 되었다.

그것을 운용하는 데는 여러 가지 장, 단점이 있겠지만 어느 그룹이든 그런 활동을 하는 그룹들은 자금이 늘 부족하기 때문에, 간단한 것들은 자급할 필요가 있고, 단기간이 아닌 장기간을 필요로 하는 경우가 많기 때문에, 생활 밀착형 또는 정착형 활동 기반이 필요하다는 판단에서 이 회장은 그런 형태를 선호하고 있기도 했다.

더불어 아들 구(久)가 이 회장의 몇 가지 구상을 말하자, 샐런의 아버지도 이 회장과 같은 생각에서인지, 크라잉 가르텐 방식을 추천했다는 말을 했다. 구(久)의 아버지 이 회장이 스위스에서 시골 전원 지역을 유심히 살펴보았던 것도 그런 이유가 배경에 깔려 있었던 것이었다. 이 회장의 머릿속에는 1개 그룹당 500평(1,650m²) 정도로 나누어, 400여 평은 먹을거리나 생활 자급에 필요한 기초작물들을 재배하거나 소일거리로 활용하고, 나머지 1백여 평은 한 개 층에 50여 평씩 2개 층 정도로 건물을 지어 활용하되, 1층은 주로 사무실 용도로 사용하고, 2층은 필요에 따라 숙소를 여러 개 꾸며 독립운동가들의 숙소와 자체 식당 등으로 활용할 구상을 하고 있었다. 물론, 그 범위 내에서 필요한 것들은 각 그룹이 알아서 사용해도 될 일이었다.

"그래…여러 가지 형태를 생각해 봤는데, 나도 그것이 가장 바람직하지 않을까 하는 생각이었어!"

"예, 독립이든 자주권이든 그들이 원하는 것을 얻기 위한 지속적인 활동이 필요하다면, 그런 노력이 함께 병행되어야 최소한의 지원이라도 가능할 것 같고요."

"그러기 위해선, 그것이 가능한 농장을 구입하거나 임대해야 하는데, 전체 입주 가능한 곳을 기준으로 약 100여 군데 민족이나 지역이 있다고 가정한다면, 한 그룹에 500평씩 산술적으로 계산하면, 대략 5만여 평(약 20ha)가 필요할 텐데(1ha=10,000m^2≒3,000평), 거기에 부대 시설 등을 고려하면… 그 정도의 면적을 구입할 자금이 필요하고… 땅이 있다고 해도 건물을 짓는데도… 아주 기본적인 것만 갖춘다 해도 상당한 자금이 필요할 것이라서…. 결국 아무래도 자금이 관건 아닐까?"

"아버지, 그것이… 샐런과 제가 함께 여기에 온 이유이기도 해요."

"샐런이?"

"예, 이런 국제사회 활동에 관심이 많은 후원단체의 대표와 아버님의 친분이 두터우신데요. 아버님이 그분과 연락을 하기는 하지만, 미국 상원의원 신분으로서 직접 오시는 것은 제약이 따라서 여러 사정상 직접 오지 못하게 되었습니다. 그 대신 샐런이 아버지를 대리해, 충분한 의사소통이 될 수 있게 저와 같이 보내주신 거예요."

"그래? 정말 고맙구나. 그래도 만약에, 미국의 몇몇 지역이 이런 활동에 가담하게 되는 경우가 생긴다면, 샐런 아버님의 입장이 곤란해질 수도 있지 않을까?"

"예, 한국은 어떨지 몰라도, 미국에선 그런 것이 정치적으로 얼마든지 주장될 수 있고, 미국 연방의 가치와 아메리카니즘의 큰 틀에서 자유롭게 논의가 가능한 것이니까 그런 건 걱정하지 않으셔도 됩니다."

"그렇다고만 한다면야... 한결 내 마음이 편해지는구나! 샐런, 샐런도 이런 일을 지지해 주어서 정말 고맙다. 나도 큰 힘이 나는구나!"

"아버님께서 훌륭한 일을 하시는데... 제가 힘이 될 수 있으면, 서로가 힘을 보태야지요. 그리고 자금지원이 잘 이루어질 수 있도록... 오늘 저녁에 오시는 손님들과의 미팅에도 최선을 다할 생각입니다."

"그래 보자! 구체적인 얘기를 하기 시작하니까 긴장도 되고... 이제부터가 진짜 일이 시작되는가 싶다."

그날, 국제후원단체연합(가칭)의 대표인 독일의 '마이어'와의 면담이 이루어졌다. '마이어'는 전형적인 독일 사람의 체구와 외모를 가진 합리적인 사람으로 보였다. 이 회장이 '크라잉 가르텐' 형의 후원기지 설립 구상안을 얘기하자, 마이어 대표는 독일식 크라잉 가르텐을 모델로 삼은 사실에 매우 놀랍다는 반응을 보였다. 그리고는 그런 방법을 선정하게 된 배경과 그것의 활용도에 대한 집중적인 질문이 이루어졌다.

한마디로 전원 주거형 활동 근거지를 만든다는 이 회장의 구상과 독일인인 후원단체 대표의 생각이 완벽에 가까운 일치를 보고 있는 것이나 별반 다름이 없었다.

"만약 100여 개 그룹이 들어온다고 치면, 하나의 소규모 국제 타운(Town)이라고 봐도 될 건데요 스위스 정부에게는 그만한 규모의 마을을 관리하는 데 있어, 아무리 중립국이라고 해도 약간의 정치적 부담이 될 수도 있을 것입니다. 그 부분에 대한 보다 구체적인 계획을 세우고 계신지요?"

"당연할 것입니다. 제가 생각한 몇 군데를 살펴본 결과 현재 상태에서 보면, 각 농장에는 농장을 관리하면서 생활할 집들이 세워질 것입니다. 그러면 그 집 가운데 대표적인 관리동으로 마을 전체가 모이게 할 것이고, 그곳에 다양한 회합을 위한 회의 공간도 두고, 서로가 의사소통을 할 수 있는 컨트롤 타워가 될 것입니다. 또, 그런 '유아이그룹'의 전체를 관리하기 위해, 제가 스위스로 넘어가 스위스 국적자가 되어 그곳을 관리하고, 스위스 정부와의 협조 관계를 구축해가는 역할을 하게 될 것입니다."

"그것도 아주 좋은 방법이군요."

"저의 남은 생을, 이 일을 위해 헌신하려면.. 당연히 그 정도는 해야 하는 일이 아닐까 해서요. '마이어' 대표님이 계신 후원단체에서도 직원을 보내 관리 감독 해 주셔야 할 것이고요. 여러 민족이나 지역과 의사소통도 하고, 또, 관리해야 할 컨트롤 타워 역할을 하려면... 그런 측면들이 대단히 중요하지 않겠습니까? 그리고 거기에다... 독립이나 자주권을 원하는 지역이나 단체, 민족마다, 가능하다면, 개인이 됐든 누구든 간에 '정치적 망명'이든...무엇이든 간에, 어떤 형태든 그 조직원 가운데 한 사람 이상은, 스위스 국적을 갖도록 유도해 나갈 것입니다."

"그건 왜 그렇죠?"

"국제사회의 지지기반을 확보하고, 그가 속한 국가로부터의 탄압에도 비교적 자유로울 수 있는 사람이어야 하는 것은 물론, 그런 신분 가진 사람이 이곳에서 활동기지를 관리해 주어야만, 안정적인 기반을 구축해 나갈 수 있을 것이란 생각에서입니다. 또, 스위스 정부에게도 스위스 사람이라는 것을 보여 줄 필요가 있지 않겠습니까? 그저 자기들 필요에 따라 사용하다가, 필요 없으면 버리고 떠나는 그런 곳이 아니라, 각 단체와 민족 모두에게 '성지(聖地)'가 될 수 있다는 것을 보여 줄 필요도 있구요~."

"좋으신 생각입니다. 회장님께서는 만약에, 이 일에 대한 자금지원이 이루어진다면, 가장 우선해서 해야 할 일이 무엇이라고 생각하시는지요?"

"네. 여러 가지가 있겠습니다만, 누구보다도 먼저, 제가 그곳으로 가서 일을 시작하려고 합니다. 그러면서...점차 뜻을 같이하는 단체와 민족이 이곳을 근거지로 삼아 활동할 수 있도록 해야겠지요."

"확고한 의지를 가지고 계시는군요. 좋습니다. 그럼 스위스에 가서 좋은 결실을 맺는데 미력이나마 도움이 되도록 하겠습니다. 그리고 스위스 정부와 관련된 법적, 제도적 문제도... 우리 후원단체와 스위스 관련기관이 잘 협조해, 해결될 수 있도록 할 것이니까, 너무 걱정하지 마시고, 열심히 활동해 주시라는 부탁을 드립니다."

귀로

 앞으로 스위스 내에서 진행될 구체적인 행동계획에 대해서는 '기금(Fund)' 운용 재단과 아들 '구(久)'가 실무 작업을 맡아 처리키로 하고, 이 회장은 국내 일 처리를 위하여 일단 귀국을 결정했다. 국내에서의 업무를 가능한 한 빨리 매듭짓고, 유아이그룹 일에 전력을 다하기 위해서였다. 이 회장을 가장 궁금해하며 기다리는 곳은 '호남회'였지만, 호남회보다 더 가슴을 태우고 있는 사람이 있었으니 바로 송 여사였다.

 "애들은 잘 만났어요?"

 "응, 집에는 별일 없었는가?"

 "예. 어머니가 겉으론 아닌 척해도, 이제는 나이가 있으셔서 힘이 많이 드시는 거 같아요."

 "나이가 있으시니까 그렇겠지. 이제는 그만하셔도 될건데…"

 "그래도, 움직여야 한다며 저렇게 일을 하시니 어쩔 수도 없고요."

 "아냐… 오히려, 일하시는 것이 건강에 좋을 수도 있어. 일 그만두면 그 성격에 몸져누울 수도 있어…"

"저도 그런 생각은 하는데, 그래도..."

"당신 맘도 어디 편하기야 하겠어? 하지만, 그건... 어머니, 당신이 알아서 하시게 두자고."

"샐런은 어때요? 또, 보고 싶긴 한데..."

"결국 샐런 얘기 할라고 그랬구먼?"

"치, 당신은... 그저 궁금하니까 글죠!"

"하하, 해 본 소리여. 나도 볼수록 고것이 맘에 들데... 서양 여자들 같지 않고."

"당신도 맘에 꼭 들었는가 보네요?"

"당연하지, 당신이 복 있으니까 좋은 며느리가..."

"아이구, 국물부터 마셔도 기분은 좋네요, 뭘..."

"그래? 이번 가을에 상원의원 선거 끝나면 결혼시킨다니까. 당신 아들 하나는 잘 됐네. 박사에다가 미국 상원의원 사위에다가... 미래의 미국 상원의원인데!"

"아이구 웬, 비행기예요?"

"아 참... 지난번 일본에서 당신... 미국 시민권 따라고 했을 때, 당신 서운했었지?"

"근데, 왜요? 꼭 그래야 돼요?"

"아니, 그건 아니고... 이참에 당신... 나랑 스위스에 가서 살까?"

"예? 이번엔 웬 스위스예요?"

"당신하고 같이 있으면 더 좋을 거 같아서..."

"여기는 어쩌구요?"

"여기야, 다른 사람도 많이 있고... 하여튼 아직은 계획이니까 어디로 가든 같이 갑시다. 우리가 살면 얼마나 산다고..."

"그걸 말이라고 해요. 스위스가 아니라 어디라도 따라갈 거니까 그리 알아요."
 "알았네, 알았어."
 이상철은 스웨덴에서 한국으로 돌아오는 길에 많은 생각을 했었다. 특히, 그는 독립운동가 후손으로서 스위스로 넘어가 스위스 국적으로 살아가는 것에 대한 국내의 인식이 어떤 것일지가 걱정이었지만, 호남자주권 획득과 유아이그룹을 조성하기 위해서는, 어쩔 수 없는 선택이라는 생각을 했다. 부인 송 여사는 늘 자신의 편이 되어 줄 일이었고, 아들과 며느리가 될 샐런도 그에게 힘을 실어 주었다. 하지만, 혼자 계신 어머니가 크게 마음에 걸려있었다. 어머니도 아들의 큰 꿈을 반대하지 않을 것이란 생각을 하면서도 마음 한구석에 남아있는 그림자는 어쩔 수 없는 일이 되고 있었다.

 호남회 핵심 멤버들이 무등산 증심사에 모였다. 이 회장의 스위스와 스웨덴 방문 결과를 설명하기 위해 만들어진 자리였다. 비서실장인 이순기의 개략적인 현황설명이 있었고, 새로 함께 일하게 될 이영철에 대한 소개도 이루어졌다. 증심사에 찾아온 가을 단풍은 산뜻한 가을 하늘과 어우러져 가히 '선계(仙界)'의 풍광을 연출해 내고 있었다.
 "우리의 모임이 늘 중요하긴 하지만, 그런 중에서도 오늘 이 자리는 특히나, 아주 중요한 결정을 해야 하는 자리가 될 것입니다."
 이 회장의 말에 모두 이 회장이 어떤 말을 할지, 관심을 집중하고 있었다.
 "제가 올 연말쯤 다시 스위스를 방문할 것입니다. 이 실장께서 보고 드린 대로, 지금까지 제 아들이 스위스에다 세울 우리의 전진 기지라고 할 수 있는 곳의 사업 추진을, 스웨덴의 기금(Fund) 지원자 단체 대표와 여러 가지 내용들을 검토하며 진행하고 있습니다. 오늘은 그와 관련한 일들을 확정하고자 만든 자리입니다. 또한, 거기에 더해서 유아이와 관련된 일을 추진하기 위해서는 여러분들이 지원해 주셔야 할 일들도 많이 있습니다. 그런 것이 선행되지 않으면 이 일은 성사되기 어렵기 때문입니다."

"뭐든지 말씀하십시오, 회장님! 호남자주권이 유아이 일이고, 그 두 가지 일이 서로 밀접한 상관관계를 갖고 있다는 것이 우리 모두의 공통인식인 관계로, 그 부분에 대해서는 추호의 걱정도 하지 않으셔도 될 것입니다."

"그렇게 생각해 주시니 감사하고요. 그 고마움을 뭐라 표시할 길 없습니다. 올 연말쯤에 다시 스위스를 다녀오면, 그 때는 아주 구체적인 계획을 보고드릴 것입니다만, 일단 큰 틀에서 몇 가지 말씀을 드리고자 합니다"

분위기가 무거워지려는 듯 하자, 천주교 광주 대교구의 양창선 신부가 나섰다.

"우리 회장님 각오가, 하늘을 찌를 듯 결연한 것 같습니다. 이럴 때일수록 우리가, 분위기도 부드럽게 하고, 긴장도 좀 풀면서 가자구요. 자, 차 한잔씩들 하시구요."

그러자 오늘의 주최측인 중심사 주지 '일선 스님'이 거들고 나섰다.

"이 차는 보리수 잎으로 만든 귀한 차입니다. 귀한 분들께만 드리는 것이니, 마음껏 드시고... 머리도, 마음도 정화하시기 바랍니다. 자 자, 드시지요!"

그렇게 한참 분위기를 부드럽게 하는 화기애애한 분위기가 돌자, 이 회장이 농장 운영방식에 대한 설명을 시작했다.

"지금 생각으로는 6만여 평(20ha) 정도의 규모를 생각하고 있고요. 기금을 지원받는 것이기 때문에, 50년 이상 임대하는 조건을 찾고 있습니다. 그런 규모의 농장을 기금으로 사기는 어려울 듯합니다. 그 규모는 스위스 목축업으로 봐서는 중·소형 정도에 해당되며, 우리가 사용하는 데는 모두 충족하는 규모는 아니지만, 전진 기지로서 역할을 할 규모로 봐서는 쓸만한 규모가 될 것으로 보입니다. 만약 500평씩 분할한다고 치면, 그중에서 400여 평은 생활하는데 필요한 것들을 경작도 하고, 필요에 따라 활용도 하면 될 것입니다. 그리고 나머지 100평은, 한 층에 50평씩 해서… 1층은 주로 사무실 용도로 사용하고, 2층은 식당·개인 숙소 등의 공간으로 활용하면, 임시활동을 위한 거점 공간으로써 활용이 가능할 것입니다. 규모도 중요하겠지만, 그보다는 거점을 만들어서 활동할 수 있는 근거지가 된다는 것이 중요합니다. 농장 임대 자금은 국제 지원 기금에서 지원받고, 건물 짓는 것도 유사 단체 등에서 지원받을 예정입니다. 한거번에 모두 지원받을 수 있으면 좋겠지만, 모두 짐작하고 계시겠지만, 그런 일에는 여러 인과관계가 작용하기 때문에 그리 쉬운 일은 아닌 것이고요… 그러나 조성된 각 단체나 민족들의 자체 운영비 등은 어렵더라도 각자 조달 할 수밖에 없을 것이어서, 그것이 가능할지가 더 걱정이긴 합니다."

"그러면 '전원(田園) 농장'이 활동 근거지가 된다는 것인데요. 그런 구상에 대한 대체적인 반응은 어떤 것 같습니까?"

"우리나라도 그렇습니다만, 그런 나라들도 도시지역의 비싼 임대료와 숙소 문제 등을 감안할 때, 모두 좋아하는 듯합니다만, 교통 문제라든가 감수해야 할 부분들도 있겠지요."

"운영에 따른 여러 가지 문제도 있을 건데요?"

"물론, 안전과 보안 문제라든가, 보건위생 문제 등등 한둘이 아닐 것입니다만, 운영에 따른 문제를 말씀드리기 전에, 과연, 이 기금이 국제적인 영향을 받지 않고, 지원될 수 있느냐 하는 것이 선결과제입니다. 그런 면에서, 그나마 다행인 것은… 스웨덴이라는 비교적, 국제 정치적 이해관계가 적은 곳에서 지원하는 국제기금이기 때문에 조금 안심이 되는 측면도 있습니다만, 그 부분에 대해 신경을 쓰지 않을 수 없다는 점을 이해해주시기 바랍니다."

"그렇겠네요. 지금이야 구체적인 액션(Action)이 나타나지 않아서 아직은 알 수 없지만, 금방 이런 상황들이 알려질 것이고… 그렇게 되면, 우리가 생각지 못한 여러 가지 어려운 일들도 생길 것입니다. 회장님, 고민이 크실 텐데요. 우리가 도울 일도 좀 말씀해 주시면, 힘닿는 데까지 최선을 다해 보도록 하겠습니다."

"말씀만이라도 고맙습니다. 우선은… 우리가 내년 봄에 있을 지방선거에서 압승할 수 있도록 하는 것이 중요하구요. 그런 다음에 다시 상의가 될 일이겠습니다만, 스위스에 유아이가 만들어지면… 아무래도 일정 비율의 재정지원을 할 수 있는 근거와 밑그림을 주셔야 하지 않을까 생각합니다. 경우에 따라서는 전반적인 운영비의 상당 부분을, 우리와 후꾸오까 등 비교적 재정 운용의 묘수를 찾을 수 있는 곳에서 도와주신다면, 어려움을 이겨나가는데, 큰 도움이 되지 않을까…하는 생각입니다."

"그건 당연히 우리 호남회가 해야 할 일인 듯하구요. 가장 중요한 것은 역시… 국제 정치 역학상의 이해관계를 어떻게 헤쳐가야 하느냐가 아니겠습니까?"

"그렇습니다. 그중에서도… 아직은 아닙니다만, 대외적으로는 적어도 한반도를 둘러싼 북한 변수와, 중국, 러시아, 미국, 일본 등과의 관계가 얽히지 않을 수 없다는 것이고, 대내적으로는 국가 정치적인 여러 입장으로 인해, 광주와 북한 문제 등을 서로의 전략적 이해관계 속에서 이용하려는 여러 세력 간의 다양한 양상들을 어떻게 잘 헤쳐 나가야 하느냐도 중요한 과제가 될입니다."

"우리 호남회로서는… 그런 것들이 한반도와 주변 국가들의 역학관계

속에서 중요한 변수가 될 것이 확실해 보입니다."

"잘 보셨습니다. 그런 것들을 극복하고 우리의 목표를 달성하기 위해, 우리가 앞장 서서 유아이그룹을 만드는 것이니까 좋은 기회를 만들어 갈 수 있도록 더욱더 단합된 힘을 모아 주시면 감사하겠습니다. 그리고, 이번 지방선거에서 압승하기 위해선, 우리의 뜻을 잘 헤아릴 수 있는 사람들에 대한 공천이 중요합니다. 이제 그들이 우리 호남의 미래를 책임질 견인차 역할을 하게 될 것이기 때문입니다."

"그래서 우리 단체 연합에서는 별도의 공천심사 기구를 호남회 산하에 구성하고, 거기에서 투명한 기준에 의한 공천을 할 계획입니다."

"옳으신 말씀입니다. 그러면 그 부분은 우리 한상연 부회장님이 전권을 위임받아, 그런 기구들이나 특별 위원회 등을 독립적인 기구로 운영토록 하는 것이 어떻습니까?"

"좋습니다."

"그렇게 하시죠! 그리고 저는... 스웨덴 기금으로부터 스위스 농장계약이 완료되면, 일단 스위스 국적을 취득하도록 하겠습니다."

"예? 그렇게까지 해야 합니까?"

"국제 정치 역학관계의 파고를 넘기 위한 어쩔 수 없는 고육지책이 아닐까 합니다 저도 '그렇게까지 해야 하나' 하는 생각도 했지만, 유아이그룹의 성격과 우리 광주를 위해서도... 제3의 활동 영역을 가지고 활동하는 것이 대단히 중요하다고 봅니다. 그래서, 제 개인적 입장이 곤란한 것도 사실입니다만, 그 모든 것을 포기하고, 그런 생각을 결심하기에 이르렀습니다."

"독립운동가의 후손인데, 그런 명망에 흠이 가진 않겠습니까?"

"그런 점도 생각해 보았지만, 그런 명분보다는 호남의 미래를 위해 더 큰 생각을 하게 되었습니다"

"그러시다면...아쉽지만, 우리도 충분히 그 뜻을 헤아려 받들겠습니다."
"그래 주신다면, 정말 감사하고요! 중요한 일이 어느 정도 정리되어가면, 그때 제가 유아이로 나가면서... 호남회를 이끌 차기 회장도 다시 뽑도록 하는 절차를 밟겠습니다."
"그러시지요. 지금은 여러 준비작업이 중요한 때이니까요. 이번에 나가시면, 큰일 잘 마무리하시고 돌아오시기 바랍니다. 또, 아드님까지 이 일에 참여하신다고 하니, 든든하기도 하고 기대하는 바가 큽니다."

그런 일들이 이루어지고 있는 동안, 스위스에서는 아들이 스웨덴에서 온 실무 책임자들과 함께 농장 임대 작업을 진행하여 거의 마무리 단계에 들어서고 있었다. 약 6만여 평(20ha)의 사용하지 않고 있던 농장이 계약 대상으로 떠올랐다고 했다. 스위스의 대표적인 목축업도 옛날과는 달리 국제적인 경쟁력이 떨어지는 바람에 목축업자들이 문을 닫고 있는 경우가 꽤 많아졌다고 했다. 스위스 연방정부는 그런 목축농장들을 국가에서 인수해 활용방안들을 찾고 있었지만, 그것도 계획과는 달리 여의치 않은 상태였다고도 했다.

따라서 스위스 정부로서는 스웨덴에 본부를 둔 국제기금에서 장기 임차를 원하고 있고, 그것이 세계 각지에서 온 사람들의 활동 거점이 되면서, 동시에 농장을 활용한다는 계획에 반대할 이유가 없는 것이었다. 그런 이해관계가 일치한 목축농장은 알프스 산자락을 멀리 바라보는 야산 등성이에 위치하고 있었다.

임차계약 기간은 50년으로, 추가로 50년 연장이 가능하고, 그 이후에는 국가에서 수용하는 경우가 아니면, 우선 사용 협상권과 1순위 구입 자격을 부여 하도록 했으며, 매년 물가 인상률 등을 고려해 임대료를 지불하도록 했다. 땅의 활용이라는 측면에서 스위스 정부는 만족해했고, 유아이 창설을 위한 이 회장 입장에서도, 스웨덴의 국제기금 측에서도 크게 무리하지 않는 기금운용 범위 내에 있게 되어 큰 어려움은 없을 듯했다.

임차계약 당사자는 스위스 지방정부와 스웨덴 기금 단체가 계약 당사로서 나섰고, 이어 이 회장이 빠른 시간 내에 스위스 국적을 취득하게 되면, 스웨덴 기금과 이 회장이 정식으로 사용계약을 맺어 사용토록 했다. 그런 일련의 계약과정에 아들인 구(久)와 샐런이 함께 하고 있었다.

국제기금과 스위스에서의 계약을 끝낸 이 회장은 비서실장인 이순기와 함께 앞으로의 계획을 협의하면서, 제일 먼저 스위스 국적 취득 문제를 개인 문제의 선결과제로 삼았고, 그것을 추진하면서 동시에 농장 임대와 운영방식을 설명하는 자료를 티벳과 신장 위구르는 물론, 한국의 호남회에도 통보하면서, 다음 해 봄 이후 몇 곳의 입주를 원하는 단체와 민족의 입주가 가능할 것이라는 소식을 전했다. 동시에 사용을 원하는 지역이나 민족은 현장 방문을 통해서 또는 여러 가지 방식으로 계약을 할 수 있도록 다양한 길도 함께 열어 두었다.

가장 먼저, 농장입주를 희망한 곳은 한국의 호남회와 일본의 후꾸오까인 것은 당연했고, 그 두 곳을 제외하고는 신장 위구르가 당장에라도 농장입주를 희망해 왔다. 그래서 겨울인데도 불구하고 스웨덴 기금과 협의해 다섯 군데의 입주 예정지에 대한 땅 분할 작업과 가건물 설치작업에 들어갔다. 건물은 애초에 생각한 대로, 한 개 층에 50평씩 두 개 층 규모로 설계되었고, 1층은 주로 사무실 용도로, 2층은 숙소와 식당 등의 공간으로 활용되도록 배치되었다.

그렇게 되자 이 회장과 비서실장 이순기는 귀국을 미룬 채 곧바로 스위스 농장 생활을 시작할 수밖에 없었다. 하지만, 그것이 곧 그들의 일이었기 때문에 기꺼이 농장 정비 작업에 나서기 시작했다. 그러자 인도에서 와있던 티벳 임시정부도 인도에 머무르고 있는 것이 생각보다 여의치 않았던지 인도에 있는 임시정부는 그대로 두고, 추가로 농장입주를 원해 왔다. 그것은 티벳의 강한 독립 의지를 나타낸 것임은 물론, 유아이의 협력을 기대했기 때문이었다.

그런데 뜻하지도 않았던 곳에서 입주를 문의하는 연락이 왔다. 그것은 스페인 분리독립 세력인 '스피코(가칭: Spico)'와 영국의 '아일랜드'였다. 스페인 반도 끝에 위치한 스피코 지역은 스페인 정부로부터 분리독립을 주장하며 끊임없이 독립활동을 펼치기도 하고, 스페인 내 각종 테러 사건을 주도해 세계의 주목을 끌기도 한 세력이었다. 한편, 웨일스와 함께 '영국(U.K. : United Kingdom)'으로부터 독립을 줄기차게 주장한 아일랜드는 완전 독립을 주장한 지 오래된 곳으로, 전 세계에 알려진 '아일랜드 공화군'이 전면에 나서고 있는 곳이었다. 더구나 '아일랜드와 스피코'는 모든 것을 자기 비용으로 운영할 것이며, 재정적으로 어려운 유아이그룹의 한, 두 군데씩을 재정적으로 지원하겠다는 적극적인 의사도 표현해 왔다. 그것을 통해 그들이 원하는 것은, 국제사회의 지지와 협력이었다.

그렇게 해서 호남회와 후꾸오까, 스피코, 아일랜드 등은 완전 자립과 자영의 형태로 운영될 것이며, 운영이 어렵고 힘든 단체는 국제기금의 지원으로 운영될 것인데, 이들이 몇 군데를 더 지원할 것이라는 말도 전해와 그들이 더욱 고무적인 상황이 만들어져 가고 있었다. 한 집단 내에서 서로 다른 재정 상태를 가진 집단들이 운영되다 보면 일정 부분 어려움이 있을 것이지만, 경제적이든 어떤 형태로든 간에, 상호 협력체계가 마련될 것이라는 기대감은 점점 더 커지고 있을 일이었다.

임차한 농지 가운데, 원래 그 농장의 집주인이 사용했던 집과 축사 관리동으로 사용했던 두 개의 건물 가운데 농장 주인이 사용했던 본채 한 개는 개조를 해, 1층은 농장에 입주할 각 지역이나 민족이 모일 여러 공간을 꾸미고, 사무실과 소회의실도 만들었다. 또, 2층은 합동회의가 가능한 비교적 넓은 공간을 꾸며, 여러 용도로 사용이 가능할 수 있게 했다. 그리고 나머지 한 채는 깨끗이 정리하여 이 회장과 비서실장 이순기가 사용하되, 나중에 변동이 있으면 추가로 여러 공간으로 사용할 것을 계획했지만, 그것이 어떻게 활용될지는 더 두고 볼 일이었다. 거기에 더해 구(久)와 샐런이 결혼을 하게 되면, 여기서 일을 돕겠다는 주장을 굽히지 않는 바람에 원래 있던 두 채와 약간 떨어진 곳에 아담한 건물을 별도로 지어 그들 두 사람의 사무실 겸 그들이 머무를 때 사용할 아담한 건물도 함께 짓게 되었다.

그렇게 정신없는 연말이 끝나 가고 있을 무렵, 미국에서는 샐런의 아버님이 상원의원 선거에서 무난히 당선되어 3선의 중진 상원의원이 되었다는 기쁜 소식이 전해졌다. 그리고 내년 봄에 결혼식을 올리자는 얘기도 마무리되어 갔다. 선거가 끝난 샐런의 아버지는 딸이 얘기한 스위스 농장에서의 유아이그룹 추진이 어떤 것인지 직접 보고 확인해야겠다며, 미국 상원의원 신분이 아닌 개인 자격으로 조용히 샐런이 있는 곳을 방문하겠다는 의사를 표시해 왔다.

아무것도 없이 여기저기 공사판을 벌여놓은 이곳을 방문해 봐도 특별한 것은 없을 것이지만, 그의 방문이 큰 위안이 될 것임이 분명했던 이 회장은 샐런 아버지의 방문을 허락해 주었다. 연말연시가 미국 정치인들에게는 엄청 바쁜 시간임에도 불구하고 새해가 시작되자마자 아주 바쁜 일정만을 끝낸 채 1월 둘째 주말에 2박 3일의 일정으로 샐런의 아버지가 스위스 유아이본부 창설 예정지인 농장을 비공식 방문 일정으로 찾았다.

구(久)와 샐런을 통해 자주 소식을 듣고 접하고 있던 샐런의 아버지인 휴 해밍턴은 그동안의 진행현황과 여기에 들어오겠다는 그룹들의 면면을 듣고는 상당히 놀라워했다. 그렇게 큰 기대는 하지 않았던 것 같았었다.

"처음 뵈면서 이런 말씀 드리긴 송구스런 일입니다만, 사적(私的)인 얘기는 차차 하기로 하구요. 구상이 참 신선하고, 스웨덴 펀드(Fund)로부터 지원받게 됐다니 정말 기쁩니다."

"이것이 다 '휴 해밍턴' 의원님 덕분입니다. 앞으로 훌륭하게 이 일을 수행하는 것이 의원님께 대한 보답이라고 믿고 최선을 다하겠습니다"

"저보단... 이 회장님의 뜻이 훌륭하셔서 지원하도록 해 준 것이고요, 제가 할 일을 한 것뿐입니다."

"혹시나 이 일로 의원님 명예에 흠이 가는 일이 없도록 하겠습니다. 더욱이 다른 나라도 아니고, 미국의 상원의원이신데요. 의원님의 입장이 곤란해지시면... 의원님도 그렇고, 우리도 바람직한 일은 아닐 듯합니다. 철저한 보안이 이루어지도록 하겠습니다."

"그렇긴 하지만, 자유주의적 가치관과 신념에 기초한 정치인으로서 용기 있는 행동이라면, 할 수 있어야 한다는 것이 저의 신념입니다. 그러니 너무 걱정 않으셔도 됩니다. 스웨덴에 있는 국제기금뿐 아니라, 운영비라든가 여러 가지 비용을 지원할 수 있는 펀드(Fund)들이 미국에도 몇 군데 있습니다. 또...독립을 원하는 단체와 시민들에게는 그 나라나 단체의 젊은이들에 대한 교육과 사회교육에도 많은 자금이 필요할 것인데, 그런 것들을 위한 펀드도 매치시켜 드릴 테니까, 유아이그룹이 적절히 활용할 수 있으면 좋을 듯합니다."

"너무너무 감사합니다. 그럼 그런 일은... 제 아들과 따님 샐런이 함께 관리하고 추진하도록 부탁을 드려도 되겠습니까?"

"그 아이들이 원한다면, 얼마든지 그렇게 하셔도 좋습니다. 말이 나온 김에 두 사람 결혼식은 맨해튼에서 할 계획인데 어떠신가요?"

"저는 괜찮습니다만, 의원님께서 적절한 시기를 잡아 주시면 언제든 좋습니다."

"알겠습니다. 잠정적으로 4월 말경으로 잡고, 구체적인 것은 샐런을 통해 알려드리도록 하겠습니다. 그리고 아이들은 제 지역구에서 후계수업을 받도록 하려고 하는데, 그것도 괜찮겠습니까?"

"얼마든지 환영합니다. 의원님과 아이들의 뜻을 존중합니다. 그리고 펀드확보와 운용에도 두 아이가 전적으로 맡아서 관리하도록 하겠습니다."

"또, 말씀드리긴 그렇습니다만... 미국에서도 여기에 관심을 가지고 있는 단체가 있다고 들었습니다만..."

"그 문제로... 의원님께서 곤란한 일은 없으시겠는지요? 어렵게 물어오시니까 솔직한 말씀을 드리겠습니다. '괌'이 가장 적극적으로 움직이고 있습니다. 아마 조만간 여기 유아이에 들어올 것으로도 생각해 볼 수 있을 것입니다."

"그렇습니까? 다른 그룹은요?"

"아시다시피... 알래스카라든가 인디언 원주민들이 있습니다."

"예상대로군요. 아무튼 그런 활동들이 미국적 가치와 충돌되는 경우는 문제가 되겠지만, 독립적 자치권을 요구하는 방향으로 연방 체계 안에서 발전해간다면, 별 문제가 되지는 않을 듯하니까 회장님께서 그런 것도 염두에 두셨으면 합니다."

"알겠습니다. 각 지역과 민족의 입장이 서로 다르니... 그들의 가치가 조화될 수 있도록 노력해 보겠습니다."

"이 회장님은 한국의 독립운동을 했던, 그 후손이라고 하셨는데, 맞습니까?"

"예, 맞습니다."

"그런 전통이... 이 일을 하는데 큰 도움이 될 것이라고 믿습니다. 그러나 한국은 물론이고, 각국으로부터도 많은 견제와 압력이 있을 것이란 생각이 들어, 그 부분이 가장 큰 걱정입니다."
"저도... 그런 것을 제일 염려하고 있고, 더불어 여러 가지 준비도 하고 있습니다만, 어느 정도 각오도 하고 있습니다."
"아무튼 그간 일이 진척되는 과정을 볼 수 있어서 고맙고, 감사합니다."

샐런의 아버지 휴 해밍턴은 여러 가지 국제 정치적 흐름과 동향, 앞으로 이 일을 해 나가는데 있어 닥칠 수 있는 제반 문제들도 짚어가며 얘기를 나누었고, 구와 샐런의 미래에 관한 덕담도 나눈 후, 스위스 몇 군데를 구경하겠다면서 나섰다. 그런 며칠이 지나서 어쩌면 한국 국적을 가진 한국인으로서 마지막 한국 방문이 될지도 모를 이 회장의 귀국이 이루어졌다. 유아이 현장에는 비서실장인 이순기가 남아 업무를 계속 이어갔고, 이영철도 불러들여, 유아이 재무와 관련된 전반의 일을 맡겨놓은 다음이었다.

2월 초가 되자, 한국의 음력 설이 다가와 있었다. 어머니 어윤채 여사와 안 사람인 송춘희 여사는 단출하게 셋밖에 없는 식구들임에도 불구하고 설 차림 준비가 부산했다.
"여보, 송 여사! 적당히 준비하소. 누가 그리 먹는다고..."
"아이고, 내가 우리 땜에 이러요? 당신 찾는 사람들이 한 둘이라야 말이죠?"
"허허... 당신한테 미안해서 그러지! 당신 일 복만 많네."
"그게, 어디 한두 해에요? 그나저나 일은 잘되고 있는가요?"
"잘되고 있긴 한데, 당신하고 상의해야 할 일이 있어..."
"뭔데요. 얘기하세요..."
"당신도 알다시피... 이 일을 하려면, 아무래도 지난번 말 한대로 스위스에서 살아야 하지 않을까 해..."
"그건 지난번에 했던 얘기 아닌가요? 당연하겠죠!"

"응, 거기다가 국적도 스위스로 해야 하지 않을까 해서..."

"그거야, 어쩔 수 없는 것 아니겠어요?"

"당신은 이해할 수 있다고 생각하지만, 어머니가 어떠실지..."

"어머니요? 그게 걱정이긴 하네요. 어머니는 안 따라가고 여기서 돌아가신다고 하실 텐데요?"

"그러겠지. 아이들 결혼도 4월 말로 잡혔다면서요? 그러면 어머니랑 당신, 나... 이렇게 셋이 미국 결혼식에 다녀와야 할 것 같고!"

"일단 어머니한테는 내가 이해시킬 테니까 걱정 마시고, 그렇게 추진하세요. 난, 팔자에도 없는 3개 국적을 가져 본 사람이 되것네요!"

"허허. 그러고 보니 그러네... 미안하네!"

"스위스에서 우리 나머지 인생을 사는 것도 괜찮긴 한 것 같네요. 다른 사람들은 못 가서 난릴텐데요."

"그렇게 생각해 주니 고맙네! 하지만, 당신도 예상은 하겠지만... 쉬운 일만은 아닐 텐데, 걱정이지..."

"그런 건 이골이 난 지 오래여요. 당신 걱정이나 하세요!"

"알았네, 그리 말해주니 고맙네! 당신이 있어 큰 힘이 되네!"

그런 얘기를 나누고 있는 사이에 어머니 어윤채 여사가 아들 이 회장과 며느리 송 여사를 찾았다.

"어머니, 찾으셨어요?"

"오냐, 느그들이 나 빼놓고 둘만 노니까 샘나서 그런다 왜?"

"어무니도 참... 농담도 하실 줄 아시네요?"

"잉, 인제 나도 늙었는가 보다... 시루떡하고 인절미 왔응께 맛보라고 불렀다. 다... 산 사람 먹자고 하는 일인디, 따뜻할 때 맛봐야 하지 않겠는가, 이리 와 보소, 와!"

거실 탁자에는 널찍한 접시에 시루떡 한판을 먹기 좋게 썰어 두었고, 인절미도 따로 한판에 담아 두고 있었다.

"저를 부르지 그랬어요? 어무니가 받아오셨어요?"

"잉야. 아래층으로 가져오라 해서.. 힘들어서 못가니께... 거실로 가져다 달라했지. 따끈따끈한 게 맛있어 보인다. 언능, 맛보소. 와..."

시루떡을 며느리와 아들한테 집어주며, 조청도 꺼내두었다. 옛날에는 집에서 해 먹었지만, 이제는 그런 것도 집에서 할 여건이 안 돼서 주문해서 먹고 있는 것이었다.

"조청 찍어 드소 와! 오랜만에 조청도 꺼내 봤네."

"어무니 덕분에 진짜로 오랜만에 조청 맛도 보네요!"

"그런가? 맛있게 드시기나 하소, 와!"

"조청은 아부지가 좋아하셨는데요."

"그러긴 했지! 너도 아버지 닮아선지... 조청을 좋아했지!"

"그런가 봐요, 어무니! 이 양반이 조청을 엄청 좋아해요..."

그렇게 시루떡과 인절미를 조청에 찍어 먹고 있는 사이에, 어느샌가 자리에서 일어난 어 여사는 냉장고에서 동치미와 숟가락을 가져왔다.

"어무니, 제가 가져올 건데요!"

"아니다. 내가 꼼지락 거려야제, 아까... 미리 시원하게 넣어 뒀네!"

"역시 이런 거 먹을 땐 동치미가 최고여요! 우리 송 여사가 어무니 손맛을 언능 이어받아야 하는데요!"

"그런 말 마라! 느그 식구가 나보다 더 낫드라. 니가 밖으로 도느라 몰라서 하는 소리제!"

"어무니! 제가 어떻게 어무니 손맛을 따라간대요?"

"그럼요. 어무니 손맛만 한가요?"

"야야! 비행기 태우지 마라. 떨어질라. 그건 글고... 애기들은 언제 결혼식

올린다더냐?"

"예, 엄니! 그렇잖아도 엄니한테 그거 말씀 드릴라고 했는데요!"

송 여사가 나서서 어머니 어윤채 여사의 말을 받았다.

"어무니, 손주 하나는 잘 됐어요!"

"내가 잘 됐냐? 에미인 니가 잘 됐제!"

"그런가요? 이번 4월 말에 미국서 결혼식 올린답니다."

"그래? 그럼, 결혼식 때는 어째야 하는감?"

"어머니랑 같이... 미국 가는 비행기 타게 생겼어요!"

"그러냐? 그라믄 그 집안은 어떤데다냐?"

"우리나라로 말하면, 미국에서 꽤 유명한 국회의원 집이랍니다."

"국회의원?"

"예. 거기다가... 며느리가 외동딸이라, 구야를 사위 삼고, 국회의원 자리를 물려준다고 합니다. 어때요? 손주, 잘 키웠죠?"

"그렇구나, 느그들은 좋겠다!"

"아이구 좋기는요, 어무니? 한국 사람도 아니고, 미국 사람이 돼부렸는데요. 뭘요?"

"어떠냐? 한국이나 미국이나 어디에 살아도... 나라 잊지 않고 잘돼서, 나라 이름을 날리면 되는 거 아니냐? 지금이 느그 할아버지 때처럼 독립운동할 때도 아니고..."

의외로 그런 것을 가리지 않는다는 어 여사의 말에 송 여사와 이 회장은 서로 눈을 마주치며, 사인을 주고받았다.

"어무니, 우리... 미국 갔다가 결혼식 마치고 스위스 갈 건데요. 같이 갔다 오시게요!"

"스위스? 머시기냐... 시계 잘 만든다는 나라말이냐?"

"예. 아범이 활동해야 하는 곳이니까... 한번 가보시긴 해야죠? 이번 기회 아니면, 언제 가볼 기회가 있겠어요?"

"워...따 그 말이 맞네. '원님 덕에 나팔 분다'고... 미국 가는 길에 거그도 한번 갔다 와보자 까지꺼!"

"예, 잘 생각하셨어요. 그런지 알고 준비할게요. 어머니!"

그렇게 가족들의 단란한 하룻밤이 시간 깊은 줄 모르고 익어가고 있었다.

설이 지나고 나자 본격적인 호남회의 광주·전남지역 지방선거 공천 작업이 시작됐다. 설 때도 많은 사람이 공천과 관련해서 이 회장을 만나기를 희망했지만, 이 회장은 아무도 만나지 않았다. 그가 사람들을 만나거나 움직이면 공정성이 훼손될 가능성이 있고, 그것은 곧 정통성의 약화를 초래할 수 있을 것이었기 때문이었다. 그의 대리인 격으로 부회장을 맡고 있으면서 공천 관련 특위를 이끌고 있는 한상연 부회장이 설 연휴 동안 이 회장을 대신해서 곤욕을 치렀다는 소문도 들려오고 있었다. 하지만 이 회장은 부회장인 한상연에게 힘을 주려고 일부러 그렇게 했다는 것이 더 정확한 표현일 것이었다.

지방선거에서 가장 중요한 자리는 광주광역시장과 전남·북 도지사인데, 후보를 누구로 하느냐가 관건이 되었고, 다음이 시장, 군수, 광역의원, 기초의원 등의 순으로 중요성의 경중이 다소 다를 수밖에 없는 것이 이 지역 현실이었다. 과거의 경험을 보면, 공천에서 투명성을 잃다 보면, 호남 민심과 공천이 비례하지 않아, 공천에 반발하고 탈당한 명망가 중 일부가 무소속으로 활동하면서, 이 지역 민심 이반의 상징이 된 적도 있었다. 그래서 호남자주권을 위해서는 그런 틀을 깨는 것이 중요한 목표가 되고 있었다.

그리고 이번 지방선거가 호남회 계획대로 치러진다면, 2년 후에 있을 국회의원선거에서 전국 단위의 선거전략 속에서 호남의 지위를 확고히 할 수 있는 기회가 올 것이라는 기대를 높일 수 있을 것이었다. 기초의원이나 기초자치단체의 경우, 법적으로 정당에서 공천할 수 없도록 바뀌었지만, 그런 법적인 주장과는 달리 이 지역 누구라도 호남회와의 연대 의식을 음으로 양으로 과시하지 않으면, 선거에서 승리가 어렵다는 것을 알고 있기 때문에, 너도나도 그와 관련된 문구와 관련성을 내세우는 실정이었다.

호남회가 정치단체가 아니기 때문에, 이번 선거전에서 공천이란 말을 사용하진 않았지만, 호남회가 지지하는 후보는 '호남의·호남에 의한·호남을 위한 호남 자주'를 내걸 수 있도록 했다. 그 결과 그동안 정치적 파행으로 낮아진 광주·전남의 지지율이 누구도 넘볼 수 없는 80% 이상을 회복하도록 하는 것이 목표로 제시됐다.

그것은 독립운동을 하는 것이 아니고, 적법 체계 내에서 독자적 호남 자주를 찾아가기 위해서는 약화된 제도권 내의 지지기반 확보가 무엇보다 중요했기 때문이다. 이 지역 세력을 기반으로 하는 '민주의 집'(이 지역을 기반으로 하는 지지 정당을 통칭해 사용함)'은 그간 부침하는 정당 체계 속에서 절대적 지지기반의 상당부분을 잃은 지 오래되었고, 지방선거에서의 의석수와 지지율에서도 겨우 50%를 넘기는 정도에 머물러 그 취약성이 날로 가속화되고 있었다. 덕분에 집권 여당인 국민당과 제3당인 민중당도 그 기반을 확보해 가고 있어서, 호남 민심과 여론이 상당부분 분산되거나 와해되어 가는 현상이 심화되기도 했다.

호남회로서는 호남의 자주화를 이루기 위해서는 이러한 현상을 극복하는 것이 가장 큰 과제가 되는 것도 틀림없는 일이었다. '민주의 집'은 공천 과정에서 당내 인과관계와 역학관계에 따른 인물의 공천을 요구받기도 했지만, 호남회는 '민주의 집'이 추천한 인물 가운데, 호남의 자주와 민주화에 역행되는 인물이라고 판단되면, 아무리 명망가라도 모두 공천에서 배제하도록 했다. 그러자 공천에서 탈락한 사람들이 공천에 불만을 표시하기도 하고, 지역구를 넘겨주지 않겠다며 끝까지 버티는 경우도 생겨나고 있었다. 그러다가 결국 독자적인 무소속 후보로 출마하거나, '민주의 집' 공천이 아닌데도 불구하고, '민주의 집'과의 연관성을 내세우며 독자 출마하는 경우도 생겨났다.

그러나 그 경우에도 호남회의 '호남의·호남에 의한·호남을 위한 호남인의 자주'라는 구호는 사용할 수 없게 했다. 철저한 '호남화'를 주장하는 것은 전국적인 시각에서 보면, 비판받을 일이기도 하고, 호남만의 자기들 공화국이라는 비판이나 과거 떠돌았던 전라공화국이라는 말이 실제로 제기되기도 했다. 하지만, 그것은 호남회가 노리는 철저한 호남 차별화 전략의 일환이기도 해서, 그런 비판에 크게 개의치 않고 선거에 임해 나가기로 했다.

이번 선거에서 그런 호남화 전략이 위력을 발휘해 소기의 목표가 이루어진다면, 2년 후 치뤄질 전국 선거인 국회의원선거에서 호남자주권을 주장하거나, 그것을 적극 지원하는 세력이 국회로 진출하게 될 것이었다. 따라서 지금의 기류로 보면, 2년 후 국회의원선거에서도 광주와 전라남·북도를 석권할 수 있을 것이고, 전라북도의 거의 전부와 함께, 서울과 경기지역의 호남 성향의 표를 결집하게 될 수 있을 것이었다. 그렇게 되면, 전국 단위에서 그들만의 '전라공화국'이라는 비판이 거세질 것이고, 그렇게 되면, 그런 것들을 명분 삼아 '호남자주권' 확보라는 목소리를 키우게 될 근거가 마련되도록 해 나갈 참이었다.

격론 끝에 말도 많고 탈도 많은 계파와 정당을 초월한 광주·전남 여론을 지배해 나갈 인물들이 망라되어 후보로 선출되었다. 그 결과 중앙정부와의 관계 개선과 지원에 의존하는 기존 후보들이 모두 배제되는 공천 결과가 나오자 민주의 집 내에서도 강력한 반발이 일어나기도 했다. 심지어 광주광역시장과 전라남·북도지사 후보도 현재 직책을 수행 중인 인물이 모두 배제되자, 그들은 독자 출마하겠다고 선언하며 선거 채비를 서두르기도 했다.

그럼에도 불구하고 호남회의 결정에는 영향을 미치지 않았다. 광주광역시장 후보에는 기독교 장로로 있으면서 시민단체 협의회 회장을 맡고 있는 '박준성'이 후보로 결정됐다. 정치인으로서는 처음 나서는 신인이었지만, 그는 이 지역 국립대학의 정치학과 교수로 있는 정치학자 겸 시민운동가였다. 그러자 2선의 현 광주광역시장이 크게 반발하면서 자충수를 두었다는 둥, 민심을 거스르는 공천이라는 둥, 큰 반발을 하기도 했다.

전라남도 지사 선거 후보자 역시 정치인으로는 신인인 '김종대'가 나서게 되었다. 현 지사는 청와대 수석 비서관 출신으로 국회의원을 지낸 중진 정치인이었으며, 꽤 알려진 사람이었지만, '김종대' 역시 그런 지명도와는 거리가 먼 광산 김씨 집안의 종손으로, 유학에 뿌리를 두면서 불교계와 깊은 유대관계를 가진 사업가였다. 그는 이 지역에서 한때 성행했던 조선 산업체의 대표(CEO)를 지내기도 했고 지금은 골프장과 관광사업체를 운영하고 있어서, 후보자로 적합하지 않다는 의견도 만만치 않았지만, 전략공천 대상자로 선정되었다.

선거는 한치 앞을 내다 볼 수 없게 치러질 전망이었지만, 호남회는 전면에 나서지 않았다. 지금은 그 추이를 지켜보고 미래를 준비할 때이지, 나설 때가 아니라는 판단이었다. 다만, 각 단체와 조직별로 호남회가 당선시켜야 할 후보자들에 대한 조직적 지원이 시작되었다. 한편에서는 광주시장과 전남도지사 선거가 절대 열세라며 공천이 잘못됐다는 비판도 있었고, 만약 그 두 사람 중 하나라도 패배하는 경우 엄청난 타격이 일어날 것이라는 후 폭풍을 예고 하기도 했다.

그러나 이 회장은 그런 것에 아랑곳하지 않고, 부회장 한상연이 이끈 특위의 결과를 그대로 수용했다. 그것이 민심(民心)이고, 표심(票心)을 자극할 수만 있다면, 그것은 또 다른 힘의 원천이 될 것이라는 믿음이 있었기 때문이었다. 그와 함께 '호남회'의 미래를 책임질 회장 선거가 이어졌다. 이번에 뽑힐 회장이 실질적인 호남 민주화의 리더로서 모든 일을 이끌어 가야 할 중책(重責)을 맡게 될 것이었다. 처음, 이 호남회를 만들고 초대 회장을 지낸 이상철은 조만간 스위스로 가 유아이그룹을 설립할 총수가 될 것이기에, 그 자리를 이어서 호남의 미래를 이끌 사람이 필요한 시점인 된 것이었다.

"이번에 누가 되든 새로 뽑힌 회장은, 이번 지방선거에서의 승리를 이끌어낼 수 있어야 하며, 그렇기 때문에 우리 호남의 자주권 확보라는 신념을 실현시킬 인물이 선정되어야 할 것이라는 점을 분명히 해 둡니다."

이상철의 당부 말이 계속되고 있었다.

"명분과 실리, 그 어느 것도 중요하지 않은 것이 없습니다만, 가장 중요한 것은 '호남인의 민심(民心)'을 읽고, 그것을 결집할 수 있는 능력일 것입니다."

그렇게 해서 교황 선출을 위한 '콘클라베'와 같은 방식의 회장 선출을 위한 회의가 시작되었다. 대상이 되는 후보자가 누구인지 아무도 알 수 없다. 다만, 이상철 회장이 그 명단에 들어가 있지 않은 것만은 확실했다. 회장 선출을 위한 위원에는, 기독교·불교·천주교와 이 지역에 기반을 둔 원불교 대표, 시민단체, 5·18 단체, 광주·전남의 주요 민간단체 대표 등이 망라되어 있었지만, 정당과 정치인은 배제되었다. 그것은 정치적으로 왜곡된 힘이 영향을 미칠 수 있기 때문이었다.

그날 오후 2시에 시작된 회의는 후보자 30여 명에 대한 1차 서류 검토를 마치고, 저녁 6시 정각에 저녁 식사를 시작했다. 하지만, 그 식사 시간에도 회의장 안에서만 식사가 가능할 뿐, 외부와의 통화나 협의 등은 허용되지 않았다. 30여 명의 후보자 가운데 2대 회장을 뽑으려면, 수많은 난상 토론이 벌어지고 시간이 걸릴 것이라는 판단이었지만, 그날 밤 11시가 지날 무렵, 자정에 2대 회장이 발표될 것이라는 메모가 전달되어 나왔다. 발표 역시, 그 선정 사유가 발표되지도 않을 것이고, 누가 회장이 되었다는 투표 결과만 알려질 것이었다. 회장 후보로 추천된 사람들의 제출된 서류들도 모두 모아 폐기한 다음 발표를 할 것이었다.

밤 12시가 되자 회장 선출위원들이 배석한 가운데, 그 위원 중 발표자로 선정된 사람이 호남회 핵심 간부들 앞에서 2대 회장이 된 사람을 발표하고 있었다.

"제2대 호남회 회장 선출은 첫 회의에서 거의 만장일치로 선출되었습니다. 명단이 발표되고 나서, 만약 그분이 여기 계신 분이라면 곧바로 신임회장님 말씀을 듣도록 하고, 이 자리에 계시지 않는 분이라면 내일 오전 10시 정각에 신임 회장님 말씀을 듣는 시간을 갖도록 하겠습니다. 그럼, '호남의 미래를 생각하는 모임'의 제2대 회장을 발표하겠습니다. 신임 회장은… '현 부회장인 한상연 부회장'이십니다. 축하합니다."

예상되는 사람 중 한 사람이었지만, 거의 일방적으로 선출되리란 예상은 하지 못했던지 모두가 놀라면서도 잘 됐다는 표정으로 큰 박수와 환호성이 이어졌다.

"멀리 계시면 몰라도, 이 자리에 계시는 분이시니까 간단히 소감을 부탁드릴까 합니다."

한상연은 미리 준비할 겨를이 없었지만, 그래도 차분히 자신의 소감을 피력해 나가고 있었다.

"먼저, 여러분들의 뜻에 따라, 이 자리가 제 소명으로 알고 죽을 각오로 최선을 다하겠습니다. 여러분도 잘 알고 있다시피, 우리에게 주어진 지상 최대의 과제는 우리 호남인의 자주권을 확립하는 일입니다. 그 과정에 어려움도 많을 것입니다만, 초대 이상철 회장님께서 하셨던 말씀대로, 우리의 논리를 착실히 개발하고, 그것을 실현하기 위한 민심을 얻는데, 전력을 다할 것입니다. 그리고, 초대 회장님이 추진하시는 유아이그룹도 적극 지원하면서, 우리 호남이 세계의 모범적 모델로 꾸려질 수 있도록 최선을 다해 나가겠습니다. 우리 함께, 그 길로 나가자는데 함께 힘을 모으자는 부탁의 말씀을 드리면서, 거듭 감사의 말씀을 올립니다."

신임회장으로 선출된 한상연은 이 회장과 함께 부회장을 맡으면서, 지방자치 선거에서 공천심사 위원장을 겸했던 인물로서, 이 회장의 뒤를 잇는 호남회 회장으로서 적임자라는 평가가 중론(衆論)이었다. 이 회장은 그의 신임회장 선출에 대단히 흡족해하고 있었다. 이제 떠나는 입장이 된 이 회장에게 주변 사람들이 한마디 해 달라는 권유를 했지만, 그는 뿌리쳤다. 떠나는 마당에 굳이 그런 말을 해야 할 이유도 없고, 그저 모두가 잘되길 바라는 마음 외에는 이 회장 스스로가 해줄 수 있는 일이 없다는 것이 그의 변(辨)이었다.

이제부터는 신임회장이 모든 것을 이끌어야 하고, 전임회장으로서 그에게 부담을 주거나 영향을 미칠 수 있는 말을 하기보다는 침묵하는 것이 그를 도와주는 것이라는 입장을 유지하면서, 이 회장은 유아이그룹 활동을 위해 매진할 수 있는 기틀을 만들어 내는 자리에 담담하게 함께하고 있었다.

선거와 자주

지방선거가 시작되었다. 회장이 된 한상연은 여러 지역에서 벌어지는 박빙의 승부처를 찾아다녔다. 과거 이 회장이 노출되지 않게 행동했던 활동가였다면, 한 회장은 그가 필요한 곳에 적극적으로 나서서 지원하고 돕는 활동을 마다하지 않았다. 그러나 '호남회'라는 명칭은 사용하지 않고, '시민유권자연맹(가칭)'이라는 유권자와 지지자들로 구성된 시민단체 형식을 빌려 선거 때에만 운영되는 한시적 단체로 활동을 시작했다.

광주광역시장과 전남도지사 선거는 현직에서 2선까지 하고 있다가 3선째인 이번 선거에서 민주의 집 공천을 받지 못한 채 무소속으로 출마해 3선에 도전하는 사람들과의 치열한 선거전이 전개되었다. 지방자치단체장은 3선까지 연임이 가능하기 때문에 그들 두 사람은 자신들이 한 번 더 당선되어 세 번째 임기까지 무사히 마치도록 해 달라며 자신들에게 투표해 줄 것을 호소하고 다녔다.

광주·전남지역도 그간 수십여 년이 지나면서 외부 사람들이 많이 들어와 정착해 살았고, 사람들의 정서도 과거와는 많이 달라져 있었다. 그리고 지방자치단체 중 지방재정이 열악한 곳이었기에 그들은 중앙정부와의 관계 개선을 통해 예산을 가져올 수 있는 역량 있는 자치단체장이 필요하다고 역설하고 있었다. 그리고 결정적으로는, 아무 잘못도 없이 열심히 두 번째 임기를 마친 자신들을 공천하지 않은 것은 가장 큰 잘못이라며, 자신들이 당선되어야 이 지역이 발전할 수 있다며 그들에게 유리한 선거전을 이끌기 위한 여러 전략을 구사하고 있었다. 이 지역 재정 자립도가 50% 정도에 머무르는 상황에서 중앙정부의 재정지원 없이 이 지역이 발전할 수 없다는 논리는 이 지역 사람들에게 상당히 설득력 있게 퍼져 나가고 있기도 했다.

그러나 지방선거는 대통령 선거나 국회의원선거와는 또 달라 지역마다 고유의 특색이 표로 나타난다. 광주·전남지역 같은 경우는 어떤 기폭제가 되는 사건이 발생하면, 어떤 누가 출마하더라도 표로써 이길 수 없는 표의 결집 현상이 강한 지역이었다. 그런 가운데 시민유권자연맹을 이끌면서 선거운동을 주도하고 다니던 한 회장이 급하게 이 회장에게 연락을 해왔다.

"회장님! 회장님께서 도와주셔야 할 것 같습니다."

"이 바쁜데, 나 같은 사람 만날 시간이 나셨는가요? 어쨌든 간에 내가 뭘 도우면 되겠소?"

"이대로면, 광주·전남지사 선거는 물론이고, 선거에서 이길 수 있을 것이라는 장담을 할 수 없을 것 같아 걱정입니다."

"그래요?"

"워낙 판세가… 박빙으로 가고 있는 듯합니다. 그래서 회장님의 조언과 도움이 필요합니다."

"글쎄요. 제가 관여해서 될지 모르겠습니다만, 어쨌든 대승적 차원에서… 한 회장께서 말씀하시니까 한마디 조언을 드린다면…"

"뭐든지 말씀해 주십시오!"

"내가 보기에도 이번 선거가... 이대로 가면 힘든 싸움이 될 수도 있습니다. 이기더라도 막상막하의 승부가 되면 지도력에 상당한 타격을 받을 수도 있을 것입니다. 며칠 남지 않은 선거니까, 이쯤에서 정면 승부를 하는 것이 어떻습니까?"

"정면 승부라면?"

"어차피 이번 선거와 2년 후 국회의원선거가 아주 중요한 고비가 될 것입니다. 국회의원선거와 함께 치러질 대선은...현재로선 어려울 듯이 보이구요!"

그동안 헌법 개정 논의가 이루어지기는 했지만, 5년 단임제라는 권력 구조를 아직 바꾸지 못한 상태였고, 대통령 선거와 국회의원선거를 따로 하는 방식 또한 각 정파의 이해관계 속에서 혁신을 못 한 채 유지되고 있었다. '민주의 집'으로서는 이번 지방선거에서 압승해야 국회의원선거에서 미래를 기대해 볼 수 있는 일이었다. 그것은 2년 후 다가올 국회의원선거는 전국 단위의 투표 성향과 유권자 수에서 절대 열세에 있는 호남으로서는 큰 기대를 걸 수 없기 때문이었고, 국회의원선거보다 지방선거의 비중이 이 지역에서는 상대적으로 커져 있었기 때문이기도 했다.

"지난번에 제가 말씀드린 대로, 이번 선거에서 압승하지 않으면, 모든 일이 힘들어질지도 모릅니다. 더구나 한 회장님 등장 이후 지도력에 문제가 대두될 수도 있을 것이구요."

"그러면... 어떻게 하는 것이 좋을까요? 이번 기회에 그간 전면에 나서지 않았던 '호남회'를 전면에 등장시킵시다. 일거에 전세를 역전시킬 수 있는 것은 그 방법밖에 없습니다. 저도 뒤에서 적극 밀어 드리겠습니다. 한 회장님을 '호남의 미래를 생각하는 모임'의 전면에 등장시키고, '호남의·호남에 의한·호남을 위한 호남 자주'를 아예 공식화(公式化)시켜서, 호남의 역량을 한곳으로 집중시키는 수밖에 없을 것입니다. 그렇게 되면 다소 약했던 전라북도도 이곳으로 흡수되면서 표가 결집 될 것이고, 압승은 물론, 한 회장도 전면에 부각되는 상상 이상의 결과를 가져올 수도 있을 것입니다."

"시기적으로 절묘한 타이밍이네요. 그럼, 여기에다 모든 승부수를 띄워야 한다는 것이지요?"

"그렇죠. 이것이 성공한다면, 한 회장의 호남회는 엄청난 탄력을 받게 될 것입니다."

"알겠습니다, 회장님. 그렇게 하겠습니다!"

"그리고 한가지..."

"예, 말씀하십시오!"

"이 일은 우리 둘만 알고 계십시다. 모든 것은 한 회장님의 리더십에 의한 것으로 하셔야 합니다."

"그래도 회장님께서..."

"아닙니다. 공은 모두 한 회장님의 것이고... 저는 그저 호남의 자주, 그거 하나면 충분합니다~"

"알겠습니다, 회장님! 회장님 마음, 충분히 헤아리겠습니다."

"누구누구가 아니라... 서로를 위해서 그리 하십시다!"

'호남의 미래를 생각하는 사람들의 모임'과 시민단체 연합의 대표자들인 시민유권자연맹 관계자들이 모여 기자회견을 열었다. 이번 선거에 대한 불안감이 확대되고 있던 터라 모두의 관심도 커져 있었다. 호남의 거의 모든 단체가 망라되었다고 해도 과언이 아니었고, 불과 투표일 3일을 남겨놓은 시점이었다. 간단한 경과보고에 이어 한 회장이 성명을 발표했다.

"우리는 선거 혁명을 이루어내야만 합니다. 호남인이 제대로 설 때 우리

'호남의 자주권'이 바로 설 수 있으며, '호남의·호남에 의한·호남을 위한 호남인의 자주'가 이루어질 수 있습니다. 호남인 여러분! 힘을 실어주십시오. 하나되는 모습을 보여 주시고, 호남인의 의지를 표로 모아 주십시오. '호남의·호남에 의한·호남자주권'을 내세우는 우리 동지들이 당선될 수 있도록 힘을 실어 주실 것을 호소합니다."

많은 시민은, '호남의 미래를 생각하는 사람들의 모임'이 이렇게 많은 단체의 지지로 만들어졌다는 사실에 놀라면서도, 그들이 말하는 '호남의·호남에 의한·호남을 위한·호남인의 자주'의 실체에 관심과 지지를 보낼 기회가 되고 있다는 생각들이 퍼져 나가기 시작한 것에 호남 시민 자신들조차 놀라고 있었다.

그러자 집권 여당과 중앙정부에서는 특정 지역을 기반으로 불공정 선거를 획책하고 있으며, 지역감정을 심화시켜 영·호남 갈등과 남·남 갈등(남한 내에서의 남한 세력 내 갈등)을 부추기는 행위로 규정하고 강력한 규제가 따라야 한다는 목소리 또한 함께 커가고 있었다. 거기에다 특정 세력에 대한 싹쓸이식 선거는 다른 정당이나 후보자들이 설 수 있는 공간을 없애 민심을 왜곡할 수밖에 없는 처사라고 비판했지만, DJ(김대중) 이후 흩어져 있던 광주·전남의 민심은 선거일이 다가올수록 '호남자주권'에 힘을 싣는 방향으로 흘러가고 있는 것이 두드러지게 읽히고 있었다.

중앙정부 차원에서 봤을 때 이번 선거는, 호남의 지역감정 정서가 옅어지고 있었고, 선거 때마다 그런 현상이 두드러져 호남 몰표 현상이 많이 희석되어 가고 있던 차였다. 그리고 이번 선거에서 공천 후유증의 여파로 상당 수준의 호남 표가 갈릴 것으로 생각되어, 적어도 투표에서만큼은 호남 깃발론(호남 지역당의 깃발만 꽂으면 이긴다는)이 통하지 않을 것이라는 예상도 하고 있었다.

그렇게 해서 치열하게 전개된 선거가 끝나는 시간인 선거운동 마감일 자정(밤 12시)이 지나자 호남회 전체 모임이 자연스럽게 이루어졌다.

"여러분 모두 고생이 많으셨습니다. 다들... 목이 쉬도록 외친 '호남 자주'가 표로 이어질 것을 확신합니다."

"이번에 한 회장님께서 선거 막판에 '호남 자주'를 이슈(Issues)로 내걸지 않았으면, 힘든 선거가 될 수 있었을 것입니다. 아주 적절한 타이밍이었습니다. 내일이 투표일이라 아직 축하하기엔 이릅니다만, 지금까지 해왔던 경험으로 볼 때, 이번 선거는 우리의 초박빙의 어려움을 극복하고, 압승을 승리를 예상해 볼 수 있다는 생각입니다."

"그렇게만 된다면 얼마나 좋겠습니까 진인사대천명(盡人事待天命) 아니겠습니까? 다들 눈 붙일 시간도 몇 시간 안 될 것입니다만, 잠시들 쉬었다가... 아침에 투표들 하시고, 다시 이 자리에 모이시게요."

말은 내일 아침이라는 표현을 사용했지만, 새벽 1시가 넘어가고 있으니, 몇 시간 지난 오늘 아침에 시민단체 연합인 시민유권자연맹 사무실인 이 자리에서 만나기로 하고 헤어지고 있었다. 모두가 돌아간 다음, 한 회장은 조용히 이 회장을 찾았다. 이 회장도 잠을 이루지 못하고 있던 참이었다.

"회장님, 찾아봬도 되겠습니까?"

"허허, 이 시간에요? 잠도 못 주무시고 노심초사하고 계시구만요."

"야심한 시간이긴 합니다만, 회장님만 괜찮으시다면 찾아뵈려구요!"

"그럽시다. 조용히 이런저런 얘기도 나누고요. 저도 잠을 못 자고 있습니다. 아무래도..."

부인 송 여사가 자다가 일어나 간단히 두 사람이 마실 차를 준비해 주고 들어가자, 어머니 어 여사도 잠을 이루지 못하는 듯 뒤척이며, 기침하는 소리도 들려왔다.

"너무 늦은 시간이라 어머니께 인사 드리기도 그렇구요."

"아무렴요. 제가 아침에 대신...안부 드리겠습니다."

"감사합니다. 회장님 조언 덕분에 우리가 큰일을 해 낼 수 있을 것 같습니다."

"허허. 그게 어디 저 때문입니까? 이게 다 한 회장님의 결단과 지도력 아니겠습니까?"

"그렇게 말씀하시니, 부끄러워 몸 둘 바를 모르겠습니다. 오늘 이 시간에 찾아뵌 것은… 이번 선거가 이제 끝났다고 보고, 앞으로 호남회가 나아가야 할 방향을 여쭙고 싶어서 이렇게 찾아뵈었습니다."

"너무, 고민하지 마십시오. 모든 것은 순리에 바탕을 두되, 그 순리(順理)는 반드시 민심(民心)에 근거하면 되는 것입니다."

"예, 잘 알겠습니다. 그럼 이번 선거 결과에 따라 방향을 정해야 한다는 것인지요?"

"그런 것이 순리가 아닐까 합니다. 만약, 우리가 목표로 했던 80% 전·후의 지지를 확보한다면, 이제 더 이상 호남회의 뜻을 망설여야 할 이유는 없지 않을까…하는 생각이지요."

"만약 80%가 안 된다면요?"

"그렇게 되면 좀 더 상황을 기다릴 필요가 있을지도 모릅니다. 그러나 제가 보기엔 80% 정도가 될 것이라고 믿습니다. 그것이 호남인들의 진정성이라는 확신을 갖고 있으니까요."

"그렇게만 되면 좋겠습니다."

"될 것입니다. 확신을 가지시기 바랍니다. 어떻게 보면, 호남 자주는 이제 시작되는 것으로 봐야 하지 않겠어요?"

선거에서의 득표율 80%라고 하는 것은, 독재가 아닌 마당에야 사실상 달성하기 극히 어려운 수치인 것이 분명했다. 우리나라에서는 체육관에서 대통령을 간접 선거 방식으로 뽑았던 독재 시대를 제외하고는, 이 호남지역을 기반으로 했던 DJ(김대중 전 대통령)가 선거에서 호남지역 지지의 80% 이상을 이루어 낸 이후 아직 한 번도 그만한 득표율을 기록한 적이 없었다. 그래서 이번 선거에서 다시 득표율 80%를 기록할 수 있다면, 그것은 호남의 민심이 하나의 구심점을 향해 모일 수 있다는 것을 역설적으로 보여주는 대 사건일 것이었다.

투표가 시작되었다. 아침 일찍 투표를 마친 호남회 일행은 시민단체 연합에 함께 있는 호남회 사무실로 속속 모여들기 시작했다. 이제 운명의 시간은 시민들의 몫이 되고 있었다. 투표율이 높아야 하는 것이 1차 관건이 될 일인데, 치열했던 선거 3일 전에 호남회가 지지를 호소했던 덕분인지, 최근 몇 년간의 선거에서 60%대에 머물던 투표율이 80%를 넘어설 것으로 잠정적인 예상이 되고 있었다.

투표에 있어서도 야간 투표제가 실시되어 저녁 8시까지 투표가 이루어지기 때문에 최종 집계는 자정이 넘어야 알 수 있겠지만, 대체로 투표율이 85% 전후로 추정되고 있었다. 그렇게 되면 유권자들의 관심이 집중된 것이 사실이고, 그것이 지지율로 나타날 것이기 때문에 득표율에 대한 기대치가 상승하고 있었다.

밤 8시가 되자마자 출구조사 결과가 언론마다 경쟁적으로 공개되었다. 광주시장과 전남지사는 물론이고, 전북지사도 석권하는 것으로 예상되었다. 서울시장도 호남세를 등에 업은 후보가 완승하는 것으로 예상되면서 선거 결과에 대한 관심이 고조되기 시작했다. 예상 득표율 또 한 광주·전남·전북 모두가 80% 이상을 상회할 것으로 드러나자, 호남 싹쓸이가 30여 년 만에 다시 재현되었다며 방송마다 떠들썩한 분석을 내놓고 있었다.

개표는 전자 방식으로 이루어져 투표함 이송과 검표 작업만 완료되면, 곧바로 전자판독기에 넣어 집계되는 방식이기 때문에 투표집계와 당락의 결정이 자동으로 처리되고, 마지막 검사과정까지 마치면 새벽 1시에서 2시 전·후면 최종당선자가 결정될 것이었다. 공식적인 절차는 그렇지만, 실제 당락여부는 저녁 8시에 투표가 마감되고, 이송과 검표 작업을 거쳐 밤 9시경부터 개표가 시작되고 나면, 밤 11시경이면 거의 알 수 있는 일이었다. 아주 치열한 접전이 벌어지는 몇 곳을 제외하고는 밤 11시면 결과를 짐작할 수 있다는 것이었다.

광주·전남·전북까지를 포함한 세 지역도 당락 여부는 이미 개표 방송 때부터 예상되었고, 밤 10시에는 일방적인 우세로 당선 가능성을 내놓기 시작했다. 광주시장, 전남도지사, 전북도지사, 광역의원, 시·군·구 자치단체장, 기초의원까지 가히 호남회가 싹쓸이를 한다고 해도 과언이 아닌 일방적인 승리로 선거가 마감되어 가고 있었다.

그러자 중앙 정치권에서도 긴장감이 높아가는 듯했고, 언론 매체들에서는 과거 영·호남의 표 결집 현상이 재현됐다며, 그 원인과 대책을 마련해야 할 시점이라는 분석과 함께 대책 마련을 위한 부산한 움직임이 일고 있었다. 광주시장과 전남도지사 선거에 무소속으로 나섰던 현직 시장과 도지사도 선거가 이렇게 일방적 참패로 끝날 것이라곤 생각지 못했는지 참담함 속에서 패배를 인정하지 않을 수 없게 되었다. 그들은 호남의 발전을 위해 백의종군하겠다며, 호남회의 공천 없이도 이 지역에서 선거를 치를 수 있다며 나섰던 얼마 전과는 완전히 다른 모습으로 몸을 낮췄다.

호남회는 선거 결과가 최종 집계된 다음, 선거를 마무리하는 회의를 열었다.

"이번 선거는 한 회장의 위대한 승리라고 해도 과언이 아닙니다. 우리 모두 한 회장의 노고에 감사의 박수를 쳐 드립시다!"

핵심 간부 중 한 사람이 한 회장을 치켜세우며, 그가 발휘한 지도력 때문에 완전한 승리가 가능했다는 말을 덧붙였다.

"아닙니다. 아니에요. 이건 제 개인이 아니라, 우리 호남회가 해낸 것입니다. 우리가 해낸 것입니다."

"그렇습니다. 우리 모두가 힘을 합해 이루어 낸 성공 신화 아니겠습니까? 이제 모두 앞날을 위해 큰 걸음을 내디딜 수 있게 더욱더 정성을 모으고, 우리의 자주권 확보를 위해 힘을 모으도록 하십시다. 이번 선거 과정에 대한 분석과 평가는 나중에 별도로 진행하도록 하시고, 그동안 쉬지도 못한 채 밤낮으로 뛰어 준 여러분 모두에게 감사드리고요. 오늘 하루만이라도 푹 쉬시기 바랍니다. 모두 고생하셨습니다."

"자! 그럼... 모두 푹 쉬시고, 다시 뵙도록 하겠습니다."

선거 결과에 대한 분석들이 분분했다. 호남에서 DJ의 망령이 되살아났다는 둥, 그 원인이 실종된 중앙정치와 영·호남지역감정을 해결하기 위한 노력의 결여가 호남 소외로 나타났다고 주장하기도 했다. 그러면서, 그렇게 심화된 지역정서는 자칫 한국 정치에 무거운 짐이 될 수 있을 것이라는 평가가 앞다투어 나오고 있었다.

유아이(U.I.)

 그런 상황들을 뒤로하고, 이 회장과 송 여사는 어머니 어 여사와 함께 아들 결혼식에 참석하기 위해 조용히 광주를 떠났다. 한 회장이 배웅을 원했지만, 그렇게 되면 여러 가지 절차가 복잡해지는 것을 싫어한 이 회장은 그저 모든 것을 한 회장에게 부탁한다는 말만 남기고 떠나 갔다. 이 회장의 어머니야 다시 돌아오시겠지만, 이 회장은 다시 돌아오기 힘든 길이 될 지도 모르는 일이었다. 그것은 송 여사와 함께 스위스 국적 신청이 받아들여지면 스위스 사람이 될 것이고, 이와 더불어 유아이 일을 본격적으로 추진하게 되면, 한국 정부로부터도 입국허가 받기 힘든 상황이 올 수도 있을 것이기 때문이었다.
 거기다가 세계 각지의 독립 세력을 지원한다는 것은 반대로 뒤집어 보면, 그들 나라들로부터 경계와 기피 대상 인물이 되고도 남을 일이었다. 그래서 그의 앞날이 험할 것이라는 것쯤은 충분히 예견해 볼 수 있었다. 이 회장이 광주에 머무르고 있는 사이에도 스위스에서는 아일랜드가 벌써 자체 예산으로 부지와 건물을 지어 입주할 준비를 하고 있다고 했고, 후꾸오까도 입주를 위한 준비작업이 마무리되어 가고 있다고 했다.

한국의 광주는 이번 선거가 끝나자마자 곧바로 입주를 서두를 것이고, 신장과 티벳도 입주를 위한 준비작업을 서두르고 있다는 보고가 있었다. 다만, 신장과 티벳의 자금이 부족하기 때문에 고민하고 있던 참이었는데, 신장은 아일랜드에서, 티벳은 일본의 후꾸오까에서 자금지원을 하겠다고 나서, 조만간 그들도 유아이그룹에 입주할 수 있을 것으로 기대되고 있었다.

아들의 결혼식은 샐런 아버지가 미국 상원의원이었기에 그의 격식에 맞추어 준비됐다. 전형적인 유대계 미국 상원의원인 그에게 맞는 격식은 간소하면서도 무게감 있게 진행되었다. 국제적인 명성을 가진 정치가와 기업가들이 하객으로 참석했고, 결혼식이 화려하진 않았지만 감히 흉내 낼 수 없는 위엄이 결혼식 내내 흐르고 있었다. 어머니 어윤채 여사와 부인 송춘희 여사는 일평생 처음 보는 위엄 있는 엄숙한 결혼식에 감탄하며 그들의 행복을 빌어 주고 있었다.

"어머니! 손주 멋지죠?"

"잉야... 구야가 저렇게 멋있었는지 처음 알았다."

"그러게요. 저도 그렇네요! 당신도 멋진 아들 둬서 좋겠네!"

"좋긴요... 이런 결혼식에 우리가 해줄 수 있는 것이 아무것두 없고, 그저 미안하기만 한네요!"

"그거야 그렇지만, 아들 하나 잘 키운 걸로 만족해야지 뭐..."

결혼식에는 이 회장을 키워줬던 미국의 가족들과 구(ㅈ)의 지인들도 초대됐고, 송 여사의 가족들도 초대되어 그들의 미래를 축복해 주고 있었다. 이 회장을 키웠던 아버지 격인 어른은 돌아가신 다음이어서 어머니로 모셨던 분이 이 회장과의 반가운 만남을 이어갔고, 상원의원의 사위가 된 것이 자랑스럽다며 구(ㅈ)의 결혼에 감격해하기도 했다.

결혼식이 끝나자 이 회장을 키운 미국 어머니가 이 회장 어머니인 어 여사를 붙잡고 미국에 남아 여행도 하고, 쉬었다 가라며 길을 막았지만, 어 여사는 아들 내외와 함께 스위스로 향했다. 알프스를 따로 구경할 필요가 없을 만큼, 농장 앞에 펼쳐진 알프스는 어 여사와 이 회장, 송 여사를 반갑게 맞이해 주고 있었다.

어 여사와 송 여사에게 농장을 돌아보라는 말을 남긴 이 회장은 돌아오자마자 아일랜드와 후꾸오까 사람들을 만났고, 그 새 입주를 한 스페인의 스피코(Spico) 사람들도 만났다. 그들과 그동안 나누지 못한 얘기들을 나눈 이 회장은 농장이 돌아가는 상황을 그동안 비서실장인 이순기에게서 듣긴 했지만, 하나하나 다시 점검해 나갔다. 아일랜드와 스피코는 이미 활동을 하는 단체였기 때문에 안정적인 활동 거점을 확보하게 되었다며, 적극적인 유아이의 운영에 참여할 것을 약속하기도 했다.

한편, 여기에 들어오는 단체들에는 스위스 헌법과 스위스 법률에 의해 무장이 일체 금지되어 있었고, 다만, 양심의 자유에 따른 정치적 활동은 얼마든지 가능했다. 그럼에도 불구하고 외국인으로서 감독 당국인 스위스의 주기적인 검사를 받아야 하는 것이 상당한 짐이었지만, 그것은 어느 나라에서도 외국인이라면 받아야 하는 통상적인 것과 다를 바 없어, 유아이 그룹에서 당연히 거쳐 나가야 하는 일이 되고 있었다.

그중에서도 스위스 국적을 가진 사람은 그런 조항에 구애받지 않는 것이 당연한 일이어서 이 회장과 송 여사처럼 몇몇 사람들은 스위스 국적을 신청해 두고 있기도 했다. 또, 이들 유아이 중 독립운동 수행과정에 각종 무기가 필요한 경우 스위스로 반입만 되지 않는다면 수출·입을 중개하거나, 국제적으로 조달해 공급하는 행위는 불법이 아니기 때문에, 그 부분에서는 그나마 자유로울 수 있는 것이 다행이었다. 그런 가운데 유럽 사회가 그렇듯이 스위스도 보유할 수 있는 총기들이, 제한적이지만 허용되어 있어 유아이그룹도 지역 당국에 신고한 다음, 총기를 보유하고 있기도 했다. 물론, 허가되지 않거나, 신고되지 않은 무기들도 재주껏 챙기고도 있었다.

　농장을 돌아본 어머니 어 여사는 아들이 이렇게 멋진 곳에서 일한다는 사실에 놀라워하며, 가끔 놀러 와도 되느냐는 질문을 던졌다.

　"이제 그럼... 아들이 한국 사람이 아닌거여?"

　"당장은 아니고요. 스위스에서 허가가 나면, 스위스 국적이 돼요. 그러니 스위스 사람이지요."

　"그래? 좀 서운하긴 하다만은... 여그 여건으로 봐서는... 여그서 사는 것도 좋것다. 나도 여그서 살고 싶긴 허다!"

　"그럼, 어머니도 함께 여기서 살까요? 구야네도 신혼여행 갔다 오고, 바쁜 일 끝나면... 저..옆에 이쁜집 보셨죠? 거기서 왔다 갔다 하면서 함께 살지도 모르고요."

　"그래? 그럼, 나만 오면... 우리 식구들이 다 같이 함께 사는 거 아녀? 내가 와도 느그들한테 부담 안 되것는가?"

　"부담은요... 어머니가 오신다면 우리는 대환영이지요!"

　"알았응께, 일단 집에 가서 한번 생각해 보마! 근디, 맘만 그라제... 너무 기대하지는 말고!"

　"예. 어무니! 한국에 계시든 스위스로 오시든... 아무 걱정 마시고, 그건 어머니 맘 끌리는 대로 하셔요!"

　"잉야, 알았응께... 느그들이나 몸 건강하소! 구야 애비가 여그서 뭔 일을 하는지 모르지만, 좋은 일 한다니께... 나도 기쁘다! 이렇게 전 세계를 돌아다닐 수 있다니, 참... 세상이 좁게 보인다. 느그들한테 고맙다 고마워!"

　"어무니, 무슨 그런 말씀을 하셔요. 앞으로 더 좋은 세상이 올건데요!"

그렇게 며칠을 쉬고 난 어머니는 아쉬운 발길을 돌려 귀국길에 올랐다. 스위스에 와서 같이 지내고 싶다는 말씀은 하셨지만, 현실이 그렇게 되기 어렵다는 것을 누구보다도 잘 알고 계시는 분이라, 다시 본다는 것은 그리 쉬운 일이 아닐지도 모르는 일이었다.

그렇게 어머니가 광주로 가신 이후, 부인 송 여사는 혼자 남아 유아이의 새 생활에 적응하기 위해 많은 애를 써야만 했다. 남편 이 회장은 농장 안에 있어도 거의 집에 붙어있을 시간이 없이 바빴고, 가장 먼저 입주한 아일랜드 공화국의 사령관 부인 '카슨'만이 유일한 동무가 되어 텃밭을 가꾸기도 하고, 농장에서 소일거리를 찾기도 해야만 했다.

그런 가운데 자연스럽게 농장에 입주해 있는 그룹들이 이 회장이 일을 보는 사무실로 자주 모이게 되면서, 본격적인 유아이그룹 출범에 대한 얘기가 시작되고 있었다. 그동안 영국(U.K.)의 아일랜드, 스페인의 스피코(Spico), 중국의 티벳과 신장 위구르, 광주, 후꾸오까 등이 농장으로 입주했고, 체첸은 여건이 마련되는 대로 사무실 입주를 할 예정이었다. 그래서 자연스럽게 유아이라는 그 자체가 각 그룹 간의 모임이라는 성격을 가지게 되어 별도의 총회나 협의체를 구성하지 않아도 될 일이지만, 회원간의 규약을 정하고 국제사회의 새로운 대안 조직으로 키워가기 위해서는 일정한 요건을 정해야 할 필요성이 제기되어 갔다.

그와 관련해서는 스피코의 '레마'장군이 먼저 나섰다.

"우리 스피코는 스페인으로부터의 독립이 근본 목표입니다. 다른 그룹들도 독립이 목표겠지만, 우리가 살고 있는 '에스파놀'은 원래 우리 스피코에서 사용하던 말이었습니다. 그것이 지금의 '에스파냐'가 된 것입니다. 우리가 우리 땅을 내 달라는데, 못하겠다는 것입니다. 스페인이 무적함대 시절, 우리가 정복당한 것이 후회스러운 일이지만, 지금 이 시대에 우리가 우리를 되찾겠다는 것인데, 그것을 막는 스페인의 명분이 뭔지 묻지 않을 수 없습니다. 물론, 처음에야 우리도 비폭력을 주장했지만, 시간이 갈수록 독립의 꿈은 멀어져 가고 있었고, 그래서 어쩔 수 없이 테러 사건을 일으켜 우리의 존재감을 알리고, 세계의 관심을 우리에게 끌 수밖에 없는 것이 우리의 현실이었습니다. 우리의 테러에 의해 사람들이 죽는 것 자체는 비난받을 수 있습니다. 그러나 그것은 극히 일부의 테러 분자나 분리주의자들의 소행으로 몰아가는 스페인 정부와, 스페인 정부에 의해 왜곡되는 우리에 대한 세계여론이, 저희 스피코에게는 원망스러울 뿐입니다."

그러자 아일랜드 공화국 독립군 사령관인 '듀크'공도 입을 열었다. 여기에 와 있는 대표자들은 부르는 명칭이 다들 달랐는데, 그것은 각 민족과 지역이 갖는 특성에 따른 것이었다. 스페인 스피코는 '장군'으로, 아일랜드는 사령관이나 장군으로 부르고 있었다.

"레마 장군의 말이 맞습니다. 영국(U.K.)도 무적함대가 세계를 제패하고, 승자의 역사를 써가기 시작했습니다. 그 승자의 역사를 기리는 대표적인 말이 '태양이 지지 않는 나라(또는 제국)'입니다. 그런 나라를 건설했을 때만 해도, 우리 아일랜드 역시, 근대 독립 국가로 존재해 있었습니다. 그러나 결국 우리 아일랜드는 U.K.(United Kingdom)의 깃발 아래 존재감을 잃었고, 잉글랜드(England) 중심의 U.K.에게 국권을 상실한 것이나 마찬가지였습니다. 그렇게 해서 영국(U.K.) 하면, 잉글랜드(England)로 잘못 알려진 것도 그런 이유에서입니다. 아일랜드는 아일랜드 전통이 따로 있고, 아일랜드 왕가가 아직도 전통과 명맥을 유지하고 있음에도 불구하고, 독립 국가로 인정받지 못하고 있습니다. 그래서 우리도 아일랜드가 독립된 국가로 나갈 것을 주장하는 것입니다. 제가 알기로는 '웨일스'도 우리와 같은 입장인 것으로 알고 있습니다. 웨일스도 머지않은 장래에 우리와 합류할 것으로 기대하고 확신합니다. 우리에게도 힘이 될 것입니다. 우리 모두 힘을 합해 봅시다!"

이번에는 후꾸오까와 광주가 차례로 나섰다.
"전적으로 듀크 사령관의 말씀에 동의합니다. 우리 후꾸오까도, 그저 일본으로만 알려져 있을 뿐이지... 일본 내의 후꾸오까라는 데가, 독립을 주장하고 있다는 사실은 아마 처음 알려졌을 것입니다. 그것도 스피코나 아일랜드 등과 비슷한 이유일 것입니다. 하지만, 우리 후꾸오까는 스피코와 아일랜드와 입장이 약간 다를 수 있습니다. 앞으로 어떻게 변해갈지 아무도 알 수 없지만, 일단, 자치권 확보를 일차 목표로 하고 있습니다. 그것은 우리 일본적 사고와 전통에서 비롯된 것이긴 합니다만, 독립까지 갈 수 있을지는 상황을 좀 더 지켜봐야 할 것입니다. 저는 유아이 이 회장님처럼 스위스 국적을 가지고 활동할 것이며, 개인적으로는 독립을 원하고 있습니다."
"훌륭하십니다. 저는 이 회장님의 고향인 한국 광주에서 온 '한상연' 회장입니다. 저희 광주는 '자주권(Self Govern)' 확보가 당면과제로 되어 있습니다. 한국은 세계에서 유일하게 남·북한으로 (민족이) 분단된 국가이고, 그 안에서 자주권을 주장한다는 것이 또 다른 분열을 뜻할 수 있어, 상당히 민감한 문제일 것은 당연한 일일 것입니다. 그래서 여러분들의 경험과 지도를 부탁드리고자 합니다."

이 회장이 그들의 얘기를 듣고 있다가 중국의 사정을 들어보자며 말을 건넸다.
"지금 티벳과 신장은, 생존을 건 무척 힘든 투쟁을 전개하는 것으로 알고 있습니다. 순서는 따로 정하진 않았습니다만, 준비되시는 대로 말씀해 주시면 감사하겠습니다."

"티벳에서 먼저 말씀드리겠습니다. 저는 티벳의 망명정부 수반인 '라추'입니다. 우리 티벳은 중국으로부터 희생당한 우리 주민만 해도 수천 명입니다. 심지어 그들이 어디에 묻혀있는지조차 모를 정도로 중국당국이 시신까지 치워 버리고 마는 처지입니다. 지난 시절 얘기는 말로 다 할 수 없을 처절한 투쟁의 연속이었습니다. 지금도 우리 티벳의 '라싸'에는 중국 경찰은 물론, 군인들까지 진(陳)을 치고 있고, 모든 것이 통제되어 꼼짝하기도 어려운 실정입니다. 다른 지역들은 그 활동이 외부로 알려지기라도 합니다만, 우리의 경우는 모든 것이 통제되어, 그 안의 상황을 제대로 알려지지도 못하는 실정입니다 여러분들의 도움이 너무도 절박해서 이곳에 왔습니다."

"우리 신장도 그야말로 '아비규환(阿鼻叫喚)'입니다. 중국과는 인종도 다르고 종교도 다른데, 우리가 왜 중국이 되어야 하는지 말해 무엇 하겠습니까? 우리 신장에서는 '아무르'대장이 와야 하는데, 그럴 입장이 되질 못해 부대장인 제가 위임장을 가지고 참여한 점 양해 바랍니다."

아일랜드의 듀크 공이 다시 말을 이었다.

"이렇게 모이는 것도 각자의 사정이 있어 쉬운 일은 아닐 듯합니다. 그래서 오늘, 아니 수일 내로, 우리가 모임을 갖는 이 '유아이'의 성격을 규정하는 '(가칭)유아이 헌장'을 만들도록 합시다. 그리고 나서 상세한 내용들은 차차 만들어가고 보완하면 될 일인 것 같습니다."

평소에 유아이 그룹에 대한 입장과 생각들을 하고 공유하고 있던 터여서, 모두가 아일랜드 듀크 공의 제안에 찬성하며, 문안 작업을 착수해 나가기 시작했다. 정식모임이 만들어 진 것은 아니었지만, 그들의 입장 표명은 누가 나서지 않아도 자연스럽게 문안 작업까지 발전해 나가고 있는 것이었다. 잠시 쉬기도 하고, 서로 각자가 속한 그룹들과 급한 연락을 주고받기도 했지만, 회의는 끈질기게 진행되고 있었다.

그야말로 초라한 출발이지만, 그들의 결연한 의지는 빛나고 있었고, 그들에게 주어진 농장이 언제까지 그들이 사용하게 될진 알 수 없는 일이지만, 안정적인 활동 근거지를 마련했다는 안도감은 그들에게 큰 희망이 되어주고 있는 듯했다. 그렇게 회의가 진행되고 있는 사이에 송 여사와 아일랜드 듀크 공의 부인 카슨, 그리고 일본 후꾸오까의 요시라 부인인 올슨, 이렇게 세 사람은 따로 자리를 만들어 차를 마시면서 자신들의 얘기를 나누고 있었다.

"우리가 이렇게 초라한 곳에서… 그것도 여자라고는 달랑 셋밖에 없는 이곳에서 살아가야 하지만, 앞으로 각자의 그룹을 위해서 최선을 다해 보시게요."

송 여사의 격려 말이 있자, 후꾸오까의 올슨 부인이 맞장구를 쳐주었다.

"그럼요. 송 여사님과는 한 번 만난 적이 있었고, 그땐, 참…인상적이었습니다. 이제 여기서 함께 일하게 되어 너무 감사하고요. 아무래도 힘이 많이 들지 않겠습니까? 저희도 조만간에 스위스 국적을 가질 예정이니, 많이 도와주시기 바랍니다."

그러자 파킨 부인이 나섰다.

"두 사람만 친하면, 저…화납니다? 농담이구요. 우리 같이 친해 보시게요. 우리가 나라와 살아온 환경이 다르긴 합니다만, 두 분은 미국 분이셨고, 저는 아일랜드 토종이니까… 우리 함께 노력해 보자구요!"

하면서 분위기를 돋웠다. 그렇게 따지고 보니, 영국과 미국이라는 공통분모를 가진 사람들이 모여 있는 셈이었다. 송 여사가 말을 덧붙였다.

"유아이의 일이 시작되긴 했지만, 아마 이 일이 본격 추진되기 시작하면,

해당 나라들이 가만히 있지 않을 것입니다. 직·간접적인 영향을 미치려고 할 것이고, 스위스를 압박해 이 농장의 운영을 어렵게 만들려고도 할 수 있을 것입니다. 물론, 우리 유아이도 그에 따라 활동이 위축될 수도 있는 일입니다. 제 바깥양반이 그런 얘기는 구체적으로 하지 않았지만, 저는 그런 것도 염두에 두고 있습니다. 그래서 그런저런 것까지 고민하다가 스위스 국적을 갖기로 마음먹었으니, 그런 점도 참고하시기 바랍니다. 우리도 한국 독립운동가 후손인데, 그런 결정이 어디 쉬웠겠습니까만, 유아이라는 조직을 성공적으로 이끌기 위해선, 그것이 정답이 아닌가 하는 생각을 했습니다."

아일랜드의 카슨이 고개를 끄덕이며 말을 받았다.
"그런 점도 중요할 듯합니다. 우리 아일랜드도 국적 문제는 생각해봐야 할 일이라고 생각합니다. 그리고 제가 알기로는 스피코의 레마 장군 부인도 곧 합류하게 될 듯 한데, 그곳에서도 그 필요성을 강하게 내비쳤던 것으로 기억합니다. 서로가 각 그룹이 처한 상황에 따라 취사선택하면 될 듯합니다."

너무 분위기가 무거워지자 송 여사가 화제(話題)를 돌렸다.
"그리고, 남자들이 저렇게 고생들 하는데, 우리도 할 수 있는 일에 나서야 할 듯합니다. 제가 듣는 소식에 의하면, 우리와 같이... 소수민족이나 지역, 단체를 돕는 국제기금(Fund)들이 여러 곳에 있는 것으로 압니다. 우리가 그런 기금을 운용하는 사람들과도 접촉하고, 가능하면 그런 기금들을 활용해 각 그룹 내 어린이와 청소년에 대한 민족교육, 여성교육 등에 힘쓸 수 있도록 했으면 어떨까요? 힘들긴 하겠습니다만, 한두 명부터라도 그런 것들이 가능하도록 우리가 희망의 끈이 되어 보시게요."

후꾸오까의 올슨 부인이 그 말에 전적으로 찬성하고 나섰다.

"송 여사님 생각이 아주 좋은 것 같습니다. 그게 바로 민족교육 아니겠어요? 또, 우리가 해야 할 일이기도 하구요. 저도 그런 펀드가 운용되는 몇 곳을 알고 있습니다. 송 여사님께서 그런 말씀을 해주시니, 우리 함께 유아이그룹 차원에서 접근해 보면 힘이 될 듯합니다."

비록 세 사람의 여자들이 나누는 얘기였지만, 그들의 자기 그룹에 대한 사랑은 남자들 못지않았고, 그들에게 있을지도 모를 어려움을 충분히 인지하면서도, 그것을 이겨나가고자 하는 의지가 강하게 모여지고 있었다.

유아이 헌장을 만들기 위해 모인 각 단체는 갑론을박하면서도 몇 가지 의견들이 하나로 결집되어 가기 시작했다. 가장 먼저 해야 할 일은, 이미 정해져 사용되고 있는 '유아이'라는 명칭의 사용 여부였는데, 모두의 의견을 모으는데 큰 어려움은 없었다.

'유아이(U.I.)'라는 명칭은 기존의 국제사회를 구성원으로 하는 범세계기구인 유엔(U.N.: United Nations)과는 달리, 기존의 국가들에서 인정받지 못하고 독립이나 자주권, 자치권을 주장하는 민족이나 지역을 국가(Nation)와 대비되는 집단(Group)으로 보고, 그들이 모인 집단(U.I.G.: United Independence Group)이 '독립된 국가를 지향하는 그룹들의 모임'이라는 뜻에서 붙여진 이름이었다. 따라서 이 유아이라는 집단에서는 '유아이(U.I.: United Independence)'와 '자치(Self-Govern)', '자율(Self-Autonomy)'군을 어떻게 '유아이'라는 목표에 통합시킬 것인가가 중요한 '이슈(Issues)'가 되었다.

아일랜드 같은 경우는 '영국(U.K.: United Kingdom)'연방 내에서 비교적 큰 자율권을 가지고 있는 나라지만, 완전히 독립을 원하는 국가이고, 티벳·신장·체첸 등은 이와 정반대로 독립이라는 말 자체가 탄압의 대상이 될 수밖에 없는 서로 완전히 다른 입장에 처해있기 때문이었다. 또, 한국의 광주와 일본의 후꾸오까처럼, 자주권이나 자치권을 기본 목표로 하는 그룹도 있기 때문에 '유아이'의 공통된 목표를 세우는 것이 쉽지 않았지만, 이런 것을 포괄하는 뜻으로 목표가 정해졌다.

그 결과, 여기에서는 '각 그룹(Group)이 속한 국가(Nation)로부터의 독립·자치·자주권 획득을 통한 각 그룹의 독립 정부 구성과 민족자결의 완성'이 그 목표로 제시되었다. 즉, 독립·자치·자주를 모두 아우르면서, 독립 국가의 완성이라는 목표까지를 포괄하는 개념이 그 안에 설정된 것이었다.

그리고 그러한 목표를 달성하기 위한 수단으로서, 유아이 '총회의 구성'과 유아이 그룹간의 협조·지원을 명시하고, 비폭력·평화주의적 수단의 사용을 최선의 이행 방법으로 명기하였다. 사실 이 부분부터 본격적으로 각국의 의견이 달라질 수 있는 부분이었지만, 근본 목표에 있어서는 비폭력·평화주의적 수단의 활용이 기본 가치가 될 수밖에 없다는 데에는 모두 동의하고 있었다.

한편, 유아이는 지역과 민족, 종교와 문화, 성(性) 등의 다양한 이유로 이루어지는 차별에 반대하고, 오직 인간의 가치와 존엄에 그 기반을 둔 '범 인류적 조직'임을 천명하였다. 그에 따라 유아이는 국가간의 연합체인 유엔(U.N.)과 대립 관계가 아닌, 상호보완적이며 협력적인 조직이 될 것이며, 특정 그룹이 만약 국가(Nation)로 독립하여 유엔(U.N.) 회원국이 되면, 현재의 유아이(U.I.) 회원국으로서의 지위를 함께 가지거나 탈퇴할 수 있도록 하는 다양한 방법의 가입과 탈퇴 규정도 만들어 가기로 하였다.

이어서 '유아이와 유아이 농장'을 이끌기 위해 현실적으로 가장 중요한 조직을 구성해 나가기 시작했다. 국가간 조직인 유엔(U.N.)과 달리, 유아이(U.I.)는 세계 각 국가 내에 속한 집단(Group)들의 모임이므로, 그 운영 재원의 성격상 국제기금의 지원과 회원국의 재정 분담으로 운영하되, 그 기본 목표는 회원들 간의 출자에 의한 자주재원으로 운영되는 것을 원칙으로 하였다. 그러나 현실 여건상, 펀드의 조달과 관리에 전반적인 책임을 질 사람과 조직이 필요했는데, 그것은 국가조직과는 다른 임의단체 조직이나 공영기관 운영의 형태로 '재단'을 만든 다음, 그 재단을 통해 자금을 조성하고 운용하는 형태를 취하는 것이 옳다는 판단이 제시되었다.

따라서 '유아이'에서 전 세계를 대상으로 하는 '국제 평화재단'을 설립하고, 그 재단 이사장에는 지금까지 유아이 창설을 주도해왔던 이상철을 선임하게 되었다. 이어 유아이 조직을 총괄하는 대표는 '사무총장(General Secretary)'이라는 공식 명칭을 사용토록 하고, 초대 사무총장에는 아알랜드 공화군 사령관인 '듀크'공을 선출했다.

'국제 평화재단' 이사장은 펀드운용의 독립성과 연속성 확보를 위해 5년 단위의 중임제를 채택했고, 유아이 사무총장은 여러 논란 끝에 4년 단위의 중임제를 채택해, 펀드와 조직 운용의 연속성과 안정성, 지속성을 유지하도록 했다. 물론, 그런 결정들이 쉽게 이루어 진 것은 아니고, 일부분은 합의 되었다고 보기 어려운 부분들도 있었지만, 서로간의 이해를 조정해 가면서, 대화와 협력에 의해 모든 것들을 합의하고 결론에 이르렀다는 사실만으로도 매우 의미 있는 일이 되고 있었다. 그렇게 며칠 간의 마라톤 회의가 마무리 되어가자, 사무총장으로 선임된 아일랜드 듀크 공의 연설이 시작되었다.

"초대 사무총장으로 일하게 된 아일랜드의 '듀크'공입니다. 제가 가진 이름인 '듀크'라는 것 자체가 아일랜드 전통 왕가의 이름이기도 하고, 작위이기도 합니다. 제 부모님들이 '아일리시(Irish: 아일랜드인)'로 살아가라는 뜻으로 지어준 이름이라고 합니다. 이런 말씀을 첫 일성으로 드리는 것은, 오늘 이 자리에서 출범하는 유아이(U.I) 자체가 '저와 같은 사람, 저와 같은 민족, 저와 같은 사람들'이 간절한 믿음으로 만든 단체라는 것을 확신하고 있기 때문입니다. 돌이켜 보면, 우리가 언제 이렇게

나마 안정된 자리를 만들 수 있었습니까? 여기저기를 떠돌아다니기 바빴고, 쫓기기에 바빴으며, 서로 흩어져 생사의 기로에 서 있기도 했었습니다. 그러나 이제 우리는, 부족하고 초라한 공간이긴 하지만, 각자의 공간을 가진 호사를 누리게 되었습니다. 여러 나라들의 눈치를 봐 가면서... 일할 수 있는 사무실 하나라도 얻게 해달라며 아쉬운 소리 안 해도 되는 이런 자리가 만들어져 있다는 사실만으로 지금 이 순간, 우리는 행복해지는 듯한 느낌입니다. 이제 우리 유아이가 각자의 독립과 자치, 자주권이라는 소원이 이루어지는 그 날까지, 인류 역사의 새로운 장(章)을 열어나갈 것을 약속했으면 합니다. 그리고, 이 유아이가 출범할 수 있도록 수년간 노력해 오셨고, 앞으로 우리의 기둥이 되실 이상철 이사장님께, 감사와 격려의 박수를 부탁드립니다!"

듀크 공의 감회 어린 취임사와 유아이의 미래에 대한 설계가 이야기되고 나자, 이번에는 '국제평화재단' 이사장이 된 이상철이 연단에 올랐다. 이 모든 내용은 이상철의 비서실장 겸 사무를 총괄하게 된 이순기와 재무 담당을 하게 된 이영철이 보좌했고, 이영철이 서기를 대신해 주요 기록으로 남기고 있었다. 모든 여건이 갖추어져 있지 않으니 어쩔 수 없는 일이었다.

"제가 감히... 이 국제 평화재단의 이사장 역할을 수행해 낼 수 있을지 걱정이 앞섭니다. 그러나 이것이 제 삶에 주어진 마지막 소임이라 생각하고, 우리 유아이 그룹들의 자유와 정의 독립과 자주를 위해, 제 한 몸... 헌신하겠습니다."

그의 각오가 회원들에게 강하게 어필되어 가고 있었는지, 중간에 박수가 터져 나왔다.

"모두가 피눈물 나는 각오가 있어야 할 줄 믿습니다. 어떤 위협과 두려움으로부터도 이겨 나갈 수 있는 우리가 되어야 하겠습니다......."

그렇게 한동안의 연설이 이어지고 난 마지막에, 함께 일할 사람들에 대한 소개가 이루어졌다.

"국제 평화재단에서 함께 일할 분을 소개하겠습니다. 국제 평화재단과 유아이의 연락 관계, 그리고 저를 보좌할 비서실장 이순기를 소개합니다. 그리고 평화재단 재무를 관장할 재무 담당 이영철 국장입니다. 우리 U.I. 회원그룹과 동지들의 앞날에 독립과 자치가 주어지는 날까지 우리 모두 최선을 다하자는 당부의 말씀을 올리면서…"

아일랜드, 스피코, 티벳, 신장, 광주, 후꾸오까 등이 참석해 출범한 유아이는 아주 작고 초라한 출범이었지만, 그 회원그룹 하나하나가 강한 의지와 열정으로 미래를 기약하고 있었다.

총회가 끝나자마자 체첸에서는 임시 망명정부를 세우기 위해 두 사람의 요원을 유아이에 파견해 준비작업을 시작했고, 전혀 예상치 않았던 남미 안데스의 고산족이면서 남미 안데스 문명을 일군 원주민인 안데스족(가칭)이 입주 가능성을 타진해 오고 있었다. 안데스족은 일종의 연합체로 페루·칠레·볼리비아·브라질 등으로 나뉘어 흩어진 자신들의 민족성을 회복하기 위한 독립적인 자치와 이를 기반으로 한 독립 국가를 희망하고 있다고도 했다.

아일랜드의 정통 아이리시(Irish)인 사무총장 듀크 공은 그들에게 당연한 권리라는 회신을 보냈다. 이어 후꾸오까의 요시라 단주가 돌아간 이후 몇 남지 않은 일본의 아이누족도 어떤 형태로도 참여하고 싶다는 의사전달을 해 왔고, 입주 조건과 절차를 묻는 그룹(Group)이 점차 늘어나고 있었다.

한편, 캐나다의 '퀘벡'주가 공식적으로 대표단을 보내와 캐나다 내에서 오랫동안 진행된 독립논의를 본격화하겠다고 선언했다. 더 이상 캐나다에 예속된 것은 의미가 없고, 그런 범위에서 이루어진 평화적 독립운동도 더 이상 의미를 상실했다고 선언한 것이었다. 그러자 이번에는 웨일스의 '위버'공이 직접 유아이에 수행원을 대동하고 나타났다. 아일랜드가 처음 유아이 활동에 나선 것을 필두로 캐나다의 퀘벡과 웨일스가 동참하고 나서자, 유아이의 존재가 드디어 세계의 이목을 받는 국제단체로 등장해 가고 있었다.

그렇게 되자 가장 먼저, 유아이에 접촉을 시도하며, 유아이에 대한 정보를 확보하기 위해 파고든 곳은 영국(U.K.)의 정보당국이었다. 전 세계적으로도 정보력 획득에 가장 앞서 있다는 평가를 받는 조직 중 하나인 영국 정보국이 정보자원을 총동원해 아일랜드와 웨일스를 중심으로 그 움직임을 파악하기 위해 나선 것이었다. 유아이가 아니더라도 이미 이 두 그룹은 독립시위를 심심찮게 벌이기도 하고, 그중에서도 아일랜드 공화국 전사(戰士)들의 독립활동은 영국(U.K.)에 의해 과격 세력으로 분류돼, 오랜 시간 동안 감시의 대상이 되어 오기도 했던 터였다.

아일랜드와 웨일스에 이어 퀘벡과 스피코가 함께 움직인 흔적이 보이자 영국 정보당국은 감시의 긴장을 늦추지 않고, 캐나다와 스페인에게 그들이 파악하고 추적한 행적들의 정보를 전하며, 공유하기 시작하게 되어 갔다. 그러면서 그 그룹들을 감시하기 위한 일종의 정보 네트웍(Network)을 구축하면서 공동 전선을 펼쳐 나갔다. 그들은 유아이의 정확한 실체 파악을 위해 다각도로 정보 자산을 총 동원하고 있었고, 그 과정에서, 이들 유아이 그룹들이 '오스트리아'와 '리히텐슈타인'등을 통해 스위스와 합법적인 왕래를 하고 있다는 것을 파악해 가고 있었다.

영국 정보 당국을 비롯한 정보기관들은 오스트리아와 리히텐슈타인에게 그들의 행적과 이동경로에 대한 추적과 함께, 그들의 활동을 파악해 줄 것을 요청했지만, 그들 국가로서는 잘못을 저지르지 않은 외국인에게 법적으로 보장된 자유를 침해하는 것이라는 자세를 취하며, 신중한 입장을 취하고 있었다. 그러면서 동시에 영국의 유럽 내 정보 네트웍과 우방국에도 정보공유 협조를 요청하였고, 그중에서도 가장 민감하게 대응하는 스페인과 스피코 활동에 대한 감시를 목적으로 정보공유와 대응 전략에 한발 앞서 나가기 시작하고 있었다.

그들의 정보망이 펼쳐지기 시작하자, 이와 관련된 국가들의 관심이 집중되기 시작하면서 서서히 그들의 정보망에 유아이의 실체가 드러나기 시작했다. 그렇게 파악된 유아이는 현재는 아직 세력을 펼치지 못하고 있지만, 앞으로 각 나라의 국가 체제를 위협할 수 있는 성장 가능성과 명분을 키워 가고 있다는 것과 함께, 말로만이 아닌 실제로 그럴 가능성이 크다는데 놀라워하고 있었다. 그들이 확인하는 꽤 영향력 있는 세력만도 이미 이십여 그룹이 훨씬 넘어가고 있었기 때문이었다.

아일랜드와 웨일스, 캐나다의 퀘벡, 러시아의 체첸, 스페인의 스피코, 중국의 티벳과 신장, 남미의 안데스족 연합 등은 이미 입주했거나 곧 입주하게 될 일이었고, 오스트레일리아 호주 원주민, 미국의 괌과 인디언, 알래스카, 아프리카의 7~8개 그룹, 동남아 세 개 그룹 등이 U.I.에 의사 타진을 해오고 있는 형국이었다. 여기에 한국의 광주와 일본의 후꾸오까는 이미 입주해 놓은 상태였고, 그들은 자주권과 자치권을 그 목표로 하고 있기도 했다.

그런 정보들이 알려지기 시작하자, 그들 그룹이 속한 나라들의 정보기관들이 정보파악과 대책 수립에 들어가는 것은 어쩌면 당연한 일이었는지 모를 일이었다. 그 가운데 자기 나라는 세계적으로도 잘살 뿐만 아니라, 당연히 예외일 것이라며 세계를 지배해 왔던 미국도 괌, 인디언, 알래스카까지 유아이에 가입할 뜻을 나타내고 있다는 사실에 상당한 충격을 받은 듯했다.

미국은 그들의 가치인 '아메리카니즘(Americanism)'이 훼손될 가능성이 있는 것을 우려해, 그들의 정보 자산을 총동원해 괌과 인디언, 알래스카가 요구하는 독립 열망이 사실인지를 파악하고 나섰다. 하지만, 이들의 요구가 독립이 아닌 자주권과 자치권의 확대에 그 목표가 있음을 확인하고는, 그들의 요구를 미국의 국내 정치 문제의 범주로 다루어 해결해 나갈 수 있다는 입장을 정리하면서도, 그들의 움직임에 촉각을 세우지 않을 수 없게 되고 있었다.

정치와 현실

　한국 정부도 그런 국제정보조직에서 획득된 정보 자산이 전달되고서야 한국의 호남이 유아이에 대표단을 파견해 있고, 유아이의 설립과 운영을 주도하고 있다는 사실을 알게 되면서 커다란 충격을 받고 있다고 했다. 물론, 독립이 아닌 자주권 확보를 요구하고 있다는 데는 다소 안도할 수 있는 문제였지만, 한국 정부수립 이후 지금까지 심화되어 온 지역 차별과 지역정서 이반이 이런 결과로 나타났다는 판단이 정보당국의 분석 결과였다.
　그들은 대통령에게 그 해결 방안에 대한 국가적 조치를 기다리고 있었지만, 정권 말기인 국가 고위층은 쉽게 답을 내리지 못하고 있었다. 그렇게 대책 수립이 지지부진한 가운데 한국에서는 국회의원선거를 맞이했다. 2년 전 호남회가 싹쓸이했던 표심이 또다시 결집 된다면, 그것은 대한민국이라는 나라에 커다란 재앙이 될 것이라는 경고가 나오기 시작했지만, 광주가 유아이를 주도하고 있다는 실체적 진실이 아직 국가적으로 노출되지는 않고 있었다. 그 사실이 노출되면 한국 정치에 엄청난 파장이 일 것은 불을 보듯 뻔한 일이었기 때문이었다.

하지만, 국가 정보당국이 호남회의 유아이 가입과 관련된 정보를 수집하면서, 문제가 복잡해지기 시작했다. 국가 정보당국은 국내 정치 관련 정보와 첩보 수집을 금지하게 되어 있었기 때문이었다. 그러나 반국가 단체나 국민의 질서와 안녕에 현저히 위해가 될 우려가 있는 집단에는 그런 활동이
되어 있어, 호남회와 유아이를 불법 국가단체나 유해 집단으로 규정하기만 하면, 얼마든지 조사와 정보수집 활동이 가능했다. 그 결과, 호남회를 어떤 성격으로 규정한 것인지 알 수 없었지만, 정보당국은 뒤늦게 경찰과의 공조를 통해 호남회의 실체 파악에 나서고 있었다.

정보당국과 경찰이 공조하여 파악한 조직 계보는 거의 정확하게 파악될 수밖에 없었다. 문제는 그런 계보가 늘 한국 사회에서 있어왔던 북한과의 관련성이나 반국가 단체로의 성격 규정을 위한 정보의 호도 가능성이었다. 그러나 그런 성격을 전혀 발견하지 못한 정보당국은 보다 더 정확한 실체 규명을 위해 나서고 있었다. 반정부단체와 반국가 단체는 그 성격이 완전히 다른 것으로서, 대한민국이라는 자체를 부정하는 것이 '반국가 단체'여서, 과거 군사 정권들이 정권 안보 차원에서 이적단체와 연관시켜, 북한에 동조하는 세력으로 규정하고 활용해 왔기도 했던 것이 그것이었다.

그러나 반정부단체는 그것과는 완전히 다른 것으로서, 대한민국을 인정하고 그 안에서 정권에 반대하는 집단을 말하기 때문에, 그 성격 규정에 따라서는 전혀 다른 결과를 가져올 수도 있는 것이었다. 정보당국이 파악한 것에 의하면, 유아이 본부가 스위스에 있고, 그 본부에 호남 대표단이 파견되어 있으며, 광주에는 '호남회'의 한상연이 대표로, 광주·전남의 자주권 회복을 위한 조직을 이끌고 있다는 것이 밝혀지고 있었다.

그들이 파악한 실체적 진실은 '호남의 자주권 회복'을 위한 자발적 시민단체였다. 그렇게 파악된 호남회는 무력을 사용하는 것도 아니었고, 반국가 단

체도 아니었다. 다만, 선거 과정에 참여하여 선거를 통한 호남자주권 회복을 그 목표와 수단으로 하고 있어서 그 성격을 어떻게 규정할 것인가가 정보기관의 입장에서 보면 모호해지기도 했다. 정보당국은 호남회와 유아이의 관계는 물론, 보다 더 정확한 실체 파악을 위해, 미국과 일본에 정보공유를 요청하자, 미국 당국은 유아이의 정체에 관해 그동안 영국과 스페인으로부터 제공된 정보의 공유를 허락해 왔다.

그 정보에 의하면, 유아이 조직은 그리 간단한 조직이 아니었다. 그동안 유아이의 목표에 동조하고 나선 그룹들도 상당히 늘어나 있기도 했다. 아일랜드와 웨일스, 스페인의 스피코, 러시아의 체첸 공화국, 오스트레일리아 원주민, 남미의 안데스족 연합, 말레이시아의 말레이족, 아프리카에서는 르완다 내전에서 최대의 피해를 받은 반르완다 민족전선의 퉁가족(가칭), 소말리아 반정부군인 수리족(가칭), 알제리 반군, 앙골라 민족전선, 차드의 파다족, 수단 반군 등이 회원 집단으로 파악되어 가고 있었다. 그리고, 중국의 티벳과 신장 위구르, 일본의 후꾸오까와 한국의 광주, 미국의 곰, 인디언, 알래스카까지 망라된 범세계조직이 구성된 것에 한국 정보당국은 놀랄 뿐이었다.

그런 과정을 통해 한국 정보당국은 한국의 정보력 수준과 한계를 또 한 번 절감할 수밖에 없게 되었다. 그 외에도 유아이에 가입하기 위해 노력하는 집단들이 수십여 곳에 이르고 있고, 국가 연합인 유엔(U.N.)을 제외하고는 최대의 그룹 회합체가 되어 가고 있는 것에도 적절한 대책 마련이 요구되는 시점이라는 정보당국의 분석이었다.

한국에서는 호남회에 정보당국의 뒷조사가 시작되면서, 여러 군데서 정보당국이 호남회를 탐지하고 있다는 정보가 계속 입수되고 있었다. 하지만, 호남회가 불법적인 행동을 한 적이 없고, 선거는 이 지역을 기반으로 한 정당인 민주의 집을 기반으로 하고 있었으므로, 호남회가 법적·정치적으로 문제가 될 수 없다는 사실을, 호남회를 구성하는 변호사 단체로부터 자문을 받아 둔 상태였다. 아울러 혹시 그런 것을 문제 삼아 정보당국이 호남회를 압박해 온다면, 변호사 단체가 전면에 나서 대응할 준비도 해 두고 있었다.

국회의원선거는 대통령 선거와 별도로 실시되는데, 대통령 선거에서는 부산·영남 지역을 기반으로 한 한국당이 가져갈 것으로 예상되었다. 그런 가운데 국회의원선거는 각 지역을 기반으로 하기 때문에 호남과 민주의 집에서는 국회의원선거에 호남의 명운을 건 싸움을 본격적으로 시작하고 있었다. 지난번 지방선거에서 처럼, 호남에서 일방적인 득표율을 기록하면서, 표심을 싹쓸이해가야 호남자주권의 명분과 가치를 내걸 수 있는 일이었기 때문이었다.

그것을 위해 광주시장과 전남지사 후보를 전면 물갈이했던 것처럼, 호남권 전 지역구 국회의원을 대상으로 공천심사에 착수했다. 이번 선거에서도 목표는 유효득표율 80% 이상에, 1~2개 지역구를 제외하고는 전 지역구에 민주의 집을 기반으로 한 호남회가 공천한 후보가 당선되도록 하는 것이 목표가 되었다. 이제는 지역민심의 이반이나 전국적인 관점에서의 비판은 관심의 대상이 될 수 없었다.

관심의 대상은 오직 호남 자주를 가져올 수 있느냐 하는 데로 모여졌다. 가을이 되면서 공천기준이 만들어져갔고, 대통령 선거와 국회의원선거가 같은 해에 치러지지만, 서로 다른 선거일자로 인해 많은 낭비 요인이 있다는 지적에 따라 여·야 지도부의 합의 끝에 이번 선거는 대통령 선거와 국회의원선거를 동시에 실시하는 것으로 결론이 나 두 선거가 동시에 전국을 달아오르게 하고 있었다.

대통령 선거에서는 집권당인 한국당이 경기도를 기반으로 하는 유력한 인사를 선거 캠프에 모셔와 대통령 선거에 올인하고 있었다. 여기에 영남 표와 경기 표를 흡수하고, 서울과 충청, 강원표를 모으면 정권을 무난히 가져올 수 있을 것이라는 분석을 하면서, 파국을 가져올 만한 변화가 생기지 않는 한 대선에서의 승리를 자신하고 있었다.

그러나 국회의원선거에서는 상황이 달랐다. 호남권에서 광주·전남은 물론, 전라북도에서도 그동안 1~2석 정도 다른 정당이나 무소속 후보가 당선되기도 하고, 정당 득표율에 따라 비례대표로 호남 몫의 의원이 탄생하기도 했지만, 이번 선거에서는 지난 지방선거의 영향이 지속되면서, 지역구는 아예 집권 한국당의 의석을 기대하기 어렵게 됐고, 정당 득표율에 따라 배분되는 비례대표 의석도 거의 기대하기 어려운 상황이 만들어지고 있었다. 그러자, 대선에 나선 대통령 후보 조차도 어쩔 수 없이 호남 유세를 가야 하는 경우에만 형식적으로 유세에 나섰을 뿐, 지역에 출마한 후보를 지원하거나 비례대표 의석을 얻기 위해, 유효득표율이라도 얻어야 하는 유세에는 아예 참석하지 않는 이상한 선거전이 계속됐다.

그렇게 해서 선거에서만큼은 호남이 정부의 영향력 범위를 벗어난 것이나 마찬가지가 되어 가고 있었다. 그러자 정보당국은 고위 정보기관 책임자들과 이런 현상에 대한 깊이 있는 분석을 시도하며, 대안을 만들어야 한다는 주장을 펴나갔다. 이렇게 가다간 호남이 떨어져 나갈 수도 있다는 주장이 정보기관 내에서도 또다시 팽배해져 갔지만, 선거가 코앞에 다가온 시점에서 선거에 관여하거나 정치사찰이라는 오해가 있을 수 있어 선거가 끝나기만을 기다려 보는 수밖에 없었다. 그러면서도 호남지역 정보기관 책임자가 직접 한상연 회장을 만나, 그간 파악된 정보를 바탕으로 여러 가지 의견을 나눠보기로 하고, 호남지역 정보 책임자인 '문칠성 국장'을 한상연과 만나게 했다.

문칠성과 한상연은 서로를 잘 알고 있었으며, 때가 되면 서로가 어떤 형태로든 만날 수밖에 없다는 것도 잘 이해하는 사이였다.

"한 회장님! 정말 오래간만입니다."

한 회장은 문 국장이 반가울 리 없지만, 굳이 피해야 할 이유도 없어 당당히 그를 만났다. 그를 만난 곳은 천주교 광주 대교구 성당이었다. 장소를 그곳으로 정한 것은 과거 5·18 광주 민주화 운동 당시 진실과 화해를 이끌었던 '천주교 정의구현사제단'의 호남 본부 역할을 했고, 민주화의 상징 같은 곳이기도 했기 때문이었다. 그 자리에는 양창선 광주 대주교와 불교계의 일선 스님도 함께 배석했지만, 기독교계의 한창기 목사는 참석하기로 했다가 갑작스런 일이 생겨 양창선 대주교에게 모든 것을 위임하고 참석하지 못하게 되었다. 그런 만남은 사전에 문 국장과도 양해가 된 것이었다.

"오랜만입니다, 문 국장님! 양창선 대주교님은 잘 아시리라 믿고요, 일선 스님은 처음 뵙지요?"

"예, 말씀만 들었습니다. 이렇게 뵈니 반갑고요. 잘 부탁드립니다!"

"아닙니다. 오히려 우리가 잘 부탁 드려야지요…"

그렇게 인사말이 오고 간 다음, 양창선 사제와 일선 스님이 배석한 가운데 문 국장과 한 회장의 본격적인 대화가 시작되었다. 한 회장이 먼저 입을 열었다.

"우리를 만나러 올 때는 웬만큼 알 것은 다…알고 오셨을 텐데요? 궁금한 것이 또 남아있습니까?"

"아닙니다. 우리야 뭐, 듣고 있는 정도고요… 다 아시니까 단도직입적으로 말씀드리자면, 호남자주권의 실체가 사실은…궁금합니다."

"그래요? 우리 입장에서 보면 전혀 궁금할 것도 없는 일입니다. 이번 선거에서도 내걸었습니다만… 말 그대로 '호남의·호남에 의한·호남을 위한 호남인의 자주'를 말합니다."

"예… 원론적으로는 그렇습니다만…"

그러자 일선 스님이 나서며 말을 이었다.

"궁금하거나 말거나 없습니다. 우리가 감춰야 할 것도 아니구요. 우리는 이번 국회의원선거에서 이 지역의 전 의석을 차지하는 것이 최고의 목표입니다. 그러면 지난번 지방선거에 이어 호남지역을 투표로써 압도하게 되는 것이지요."

"그렇게 되면, 호남을... 싹쓸이한다는 것인가요?"

"그렇게 보는 것이 맞을 것입니다. 영남에서 일어나는 영남 싹쓸이는 문제가 되지 않고, 호남에서 일어 나는 호남 싹쓸이만 문제가 된다는 것도 이해가 가지 않는 것 아닌가요?"

"글쎄요...꼭 그렇게 볼 것만은 아닌 줄 압니다만..."

"문 국장님도 오랫동안 영·호남을 지켜보지 않았습니까? 지금의 호남이 어떤 이유에서 출발했든지 간에, 영남과 전국에 비해 차별되고 왜곡된 정서를 그것도 오랜 기간 가져온 것 아닌가요? 이제는 그런 차별이 쌓이고 쌓여서, 더 이상 극복하기란 물리적으로 거의 불가능하다는 것은, 나라에서도 익히 잘 알고 있을 것이고... 그렇다면 답은 뻔한 것 아닙니까?"

이번에는 양창선 대주교가 나섰다.

"일선 스님, 잠깐만요... 조금 가라앉히시고요. 제가 이어서 말씀드리지요."

일선 스님의 목소리가 커지자 양창선 대주교가 차를 따르며 진정시키며 나섰다.

"문 국장님! 우리에 대한 차별의 역사가 오래되지 않았습니까? 역사적으로 따지면, 고려시대로 거슬러 올라갈 수도 있는... 상당히 오래된 역사를 가진 문제이지요. 그건 그렇다 치고, 최근세에 들어오면서 갈라진 영·호남 간의 갈등 양상에서도 그랬고, 결정적으로는 5·18이 그런 거 아니겠습니까? 부산이나 대구·경남이었다면... 5·18과 같은 일을 저질렀겠습니까? 어쨌든 간에 우여곡절이 많은 역사의 비극 아니겠습니까? 그래서 우리 시민단체에서도 무진 노력을 했구요. 하지만, 대한민국이라는 틀을 깰 수는 없는 것 아니겠어요? 남·북 분단도 극복하지 못하고, 갈라진 나라의 통일이 언제 될지도 모르는 마당에 호남이 독립한다고 할 수도 없는 일이고... 또 다른 분열을 만들 순 없는 것 아닙니까? 그래서 우리는... 호남인들이 자주권을 가지고 대한민국의 체제 안에서나마 독립적으로 호남의 자주를 이루어 갈 수 있는 '자주권'을 달라는, 일종의 자주화를 요구하는 것입니다. 독립운동도 아니고, 반국가 단체도 아닙니다. 따라서 우리의 순수한 자주 의지를... 과거처럼 북한과 연결시켜 생각하는 구시대적인 생각은, 아예 처음부터 하지 않는 것이 좋을 듯합니다. 이제는 그런 수법이 먹혀들 시대도 지났고요. 5·18만 봐도 모두 북에서 내려온 무장 공비들이라고 몰아붙이지 않았던가요?"

"대주교님! 절대...아니 추호도 그럴 일 없습니다. 말씀하셨듯이 지금은 시대가 달라졌습니다. 그러니, 그런 우려는 하지 않으셔도 됩니다. 우리 정보당국에서는 다만, 나라를 위해서..."

"나라요? 누구를 위한 나라입니까? 대한민국이라는 국가가, 국민을 제대로 보호해 주기는 했는지 묻고 싶습니다."

양 대주교의 목소리도 커지자, 한 회장이 다시 나섰다.

"대주교님! 잠깐 진정하시구요... 제가 말씀드리겠습니다. 문 국장님! 우리가 왜? 이렇게들... 이런 말 하면서 화가 나 있는지 잘 아시잖습니까?"

"예, 죄송합니다. 회장님!"

"저한테가 아니라, 호남 사람들한테 죄송해야죠! 문 국장님도 정보기관에서 근무하시지만, 이 지역 사람 아닙니까? 도와달라는 말은 하지 않겠습니다만, 적어도 억울한 일만은 만들지 말아야 할 것입니다."
"예, 거듭 죄송하다는 말씀드립니다."
"결정적으로는.... 여기에서 저희를 만나자고 한 것부터 시작해서, 앞으로 우리가 어떻게 할 것인가가 궁금하신 것이겠죠?"
"사실은..."
"굳이 밝혀야 할 의무는 없습니다만, 감춰야 할 이유도 없습니다. 우리는 대한민국의 헌법과 국법 질서 내에서, 호남의 자주... 더 정확히는 자치권을 요구한 것입니다. 그러다 보면, 마찰도 있을 수 있고 시간도 걸릴 것입니다만, 우리는 해낸다는 각오로 임할 것입니다. 오히려 저희가 문 국장님께 이해를 구해야 할지도 모르겠습니다. 아무튼 잘 부탁드립니다."
"아닙니다. 오히려...이렇게 솔직하게 말씀해 주셔서, 저로서도 찾아온 보람이 있어서 감사드립니다. 윗분들에게 여러분들의 뜻을 충분히 전달하도록 하겠습니다."
"그리고...그런 맥락에서 유아이에도 참여하고 있고, 국제적인 협조 관계도 구축하고 있다는 점도, 꼭 설명해 주시기 부탁드립니다."
"알겠습니다. 회장님! 유아이 관계는 저희도 다시 한번 살펴보는 기회도 갖도록 해보겠습니다."

어차피 거쳐야 하는 정보당국자와의 만남이기에 선거 전(前)에 그들을 만날 수 있었다는 것은 오히려 다행인지도 모를 일이었다. 그리고 그런 만남이 자주 오해로 와전되고, 정보기관이 악용한 경우가 상당부분 있어 서로의 오해가 없도록 하기 위해 양쪽의 양해 아래, 첫 만남부터 헤어질 때까지의 전 과정이 영상 녹화되었고, 정보당국과 호남회 양측에 자료로 보관하도록 했다. 그것은 그만큼 상호간의 신뢰가 깊지 못하다는 것을 반증하고 있기도 했다.

선거가 막바지에 이르면 보통은 선거전이 혼탁해지고, 진흙탕 싸움을 벌이는 것이 거의 상식화되다시피 했지만, 이번 선거에서 호남지역만은 그런 현상을 찾아보기 힘들어졌다. 지난 지방선거에서 호남회의 공천이 위력을 발휘한데다가 이번 선거에서도 호남회의 일방적 선거가 예상되는 마당에, 다음 선거나 입지를 위해서도 그래야 할 이유가 없었다.

그것은 선거가 일방적으로 흘러가고 있는 분위기와도 무관하지 않았다. 그런 가운데 어디서 튀어나왔는지 알 수 없지만, 호남자주권이 '호남독립'을 추진하는 불순세력의 책동이라는 말이 떠돌아다니기 시작했다. 그것은 호남권의 분열을 노리는 누군가의 노림수가 분명했지만, 그것의 실체를 밝히거나 알아보기에는 시간이 너무나 촉박해졌다. 호남회는 긴급회의를 소집했다.

그러나 호남회에서는 정보당국의 술수라면서, 한국당에서 정략적으로 노출시킨 선거 전술이라는 분석이 지배적이었지만, 더 이상 그에 대응할 수 있는 현실적인 수단은 없었다.

"자자... 일단, 정보당국의 술수라면 선거 후 그에 대한 책임 추궁해 나갈 것이고... 한국당의 정략과 전술일 수도 있지만, 결국 문 국장이 한국당에 흘린 정보에 의한 것일 가능성이 큰 것 아닙니까? 어쨌든 이 일을 기화로, 우리의 자주권 실현으로 그들과 갈라서는 지름길이 될 수도 있을 것입니다,"

"그렇지만, 이 일에 대한 대응이 적절치 못하면... 선거에 영향을 받을 수도 있지 않을까요, 회장님?"

"그럴 수도 있습니다. 그러나 오히려 그런 것에 일일이 대응하지 않는 것이 표의 응집력을 위해 더 필요할 수도 있습니다. 우리가 그런 전략 전술에 한두 번 속아봤습니까? 나는 우리 호남 사람들을 믿습니다. 오히려 그들이 바라는 것과 정반대로, 이 일로 인해 우리들이 더욱 뭉칠 수 있는... 그것도 아주 자발적으로 뭉칠 수 있는 보다 적극적인 기회인지도 모를 일입니다. 다시 말해, 이번 기회가 호남인의 의지를 키워 나갈 수 있는 결정적인 시금석이 될 수도 있다는 것입니다."

"그렇다면, 우리가... 대응하지 않는 것이 최선의 방법일 수도 있다는 것인가요?"

"그렇습니다. 철저한 무대응으로 일관하면서 이를 극복해 나갑시다. 그리고 선거가 끝나고 나서 우리가 생각하는 목표가 달성된다면, 그때는 제가 직접 나서서, 전 국민을 상대로 진실을 밝히는 기자회견을 할 것입니다. 민의(民意)를 왜곡하는 세력들에 대한 우리의 의지를 분명히 밝힐 것입니다."

"알겠습니다. 회장님! 이번 선거에서의 승리를 위해 다시 한번 불같은 의지를 다져보도록 하겠습니다."

호남회와 민주의 집은 무대응으로 일관하며 막바지 선거전을 치러냈다. 정보당국에서 그랬든 한국당 쪽에서 그랬든 간에 호남자주권 쟁취 운동을, 대한민국으로부터 호남이 독립운동을 벌일 것이라는 말로 비화시킨 선거 전술은 전혀 먹어 들어가지 않았고, 오히려 호남 표가 결집되는 현상이 여기저기서 나타나고 있었다.

대통령 선거에서는, 호남에서 그나마 두 자릿수까지의 지지율을 기대하고 있던 한국당은 호남독립이라는 말이 나온 것에 대한 역풍을 맞아, 적어도 호남권에서는 한 자리 숫자로 추락하는 지지율도 감수해야 하는 최악의 상황이 연출됐다. 앞으로 다가올 대통령 선거에서 당선될 대통령은 이번 '호남독립' 용어가 대두된 사건을 계기로, 호남자주권 투쟁이 벌어지면 커다란 정치적 타격을 받을 각오를 해야 할지도 모를 상황이 전개될 수도 있는 일이었다. 그렇게 되면, 보통은 5년 단임제 대통령제에서의 대통령은 임기 초반을 제외하고는 임기 내내 호남자주권이라는 것에 시달리는 형국이 될 가능성도 배제할 수 없는 일이 될 것이었다.

　선거 막판이 호남독립 논란으로 얼룩졌음에도 불구하고, 호남의 입장에서 보면 대통령 선거와 국회의원선거는 그런 것들이 찻잔 속의 태풍으로 끝났다. 한국당으로서는 선거전이 시작되면서 생각했던 예상과 전술들이 빗나갔고, 호남에서의 두 자릿수 득표율 목표에 훨씬 못 미친 8%대의 득표율만을 얻었을 뿐이었다. 다른 정당의 후보들도 그와 다를 바 없는 저조한 선거 결과가 나타나기는 마찬가지였다. 반면, 호남에서의 국회의원선거 결과는 거의 90%에 가까운 지지율로 호남회 국회의원들이 싹쓸이해, 지지층이 급속히 결집하는 상황을 만들어 냈다.

　그것은 정보당국이든 집권 한국당이든 간에 그들이 바랬던 것과는 정반대의 결과를 초래했다고 볼 수 있는 것이었다. 선거 결과가 나오자 호남회 한상연 회장의 기자회견이 열렸고, 그 자리에는 호남회에 가입된 모든 단체의 대표들과 당선된 국회의원 전원이 배석해 힘을 실어주고 있었다.

　"존경하는 전국의 유권자 여러분, 그리고 호남의 유권자 여러분! 우리는 오늘, 선거에서의 압승에도 불구하고, 참으로 비통하고, 엄중한 심정으로 이 자리에 섰습니다. 우리 호남은 대한민국의 정통성을 수호하면서, 대한민국의 국가 틀 안에서 호남의 자주권을 주장한 바 있고, 그와 관련된 내용을 정보당국과도 협의를 거친 바 있습니다. 그럼에도 불구하고, 호남이... 대한민국에서 이탈하여, 호남독립을 추구하는 불순 세력으로 규정되고, 또다시 호남을 선거전의 희생양으로 삼으려는 시도가 있었다는 것을 국민 여러분께 알려 드리고자 합니다. 그래서 오늘 저는... 이러한 세력에 대한 엄정한 사태조사와 대책 수립을 요구하며, 민주의 집과 힘을 합쳐, 특검(특별검사)을 열어 반드시 그 모함 된 발언의 출처를 밝히고, 엄중한 법적 처벌을 요구할 것입니다. 국민 여러분, 그리고 호남인 여러분! 그럼에도 불구하고, 이번 선거에서 뜨거운 성원으로, 표를 결집해 주신 데 대해 경의를 표합니다……"

선거는 호남회의 일방적 승리로 끝났다. 이번 선거에서 제기된 호남독립 문제를 제기한 진원지가 밝혀질 수 있을지도 알 수 없는 일이었다. 하지만 이번 선거 결과가 적어도 정보당국과 만났을 때 녹음된 진실이 밝혀지는 계기가 될 것이며, 그 당시의 대화가 국민에게 어필(Appeal)될 수 있는 기회가 될 것은 분명해지고 있었다. 호남지역 선거에서 우려를 불식하고 완승을 거둔 한 회장은 기자회견에 이어 유아이 이사장인 이상철에게도 상황을 전달하고 있었다.

"한 회장, 너무 고생했고 축하합니다!"

"고맙습니다, 이사장님. 지난번에 말씀드린 대로, 호남독립이라는 구호를 어떤 세력이… 어떤 목적으로 만들어 낸 말인지 알 수 없지만, 결과적으로 우리에게 유리한 쪽으로 결말이 나는 것 같습니다. 오늘 제가 그런 것을 포함해서 선거 결과에 대한 기자회견을 했고, 반드시 특검을 실시해 진실을 밝힐 것이라는 말도 했습니다. 특검이 안 되면 청문회를 열어서라도 진실을 밝힐 것입니다."

"그래야 할 것입니다. 그 소문의 진원지가 어딘지 알 순 없지만, 우리가 한두 번 그런 일을 당해 봤습니까? 그것으로 인해 반사이익을 기대하는 세력이 누군지 잘 살펴보시면, 답이 나올 듯합니다."

"예, 잘 알고 있습니다. 그리고 호남독립 운운하고, 불순세력 어쩌고 하면서, 미리 기정사실화 하는 태도로 봐서 답은 뻔하지만… 예단하지는 않으려고 합니다."

"그러셔야 할 것입니다. 그리고 우리 정보당국이 유아이와 호남회의 실체에 접근하려고 시도하는 듯 하니, 이 전화도 언제나 도청당하고 있을 수 있다는 점도 늘 염두에 두시기 바랍니다."

"그 부분도 앞으로는 조심하도록 하겠습니다. 유아이도 요즘, 한창 바쁘시죠?"

"연말연시라 바쁘다 마다요. 몇 군데 회원그룹에서는 연말연시에 세계적 이목이 쉽게 모일 수 있다는 점을 이용해 거사를 계획하는 듯도 하지만, 우리는 그런 것에 대해 아직은 자세한 내용을 알지 못하고 있습니다. 그저, 그 그룹들 내의 민족교육과 아이들 교육을 위한 프로그램 개발에 온 힘을 모으는 중입니다. 조만간 성과가 나올 수 있을 듯도 합니다만, 그것은 시간이 필요한 것이어서 더 두고 봐야 할 일입니다."

"어쨌든 이사장님 활동이 성공하셔야 모두가 힘을 발휘할 수 있을 것입니다. 늘 건강하셔야 합니다."

독립운동

그렇게 통화를 하고 며칠이 지나지 않아 새해가 밝아오자마자 이상철의 어머니인 어윤채 여사가 세상을 떠났다. 90세가 넘어서도 노익장을 과시하며 칼칼한 목소리로 손님을 맞고 서예 쯤을 하시던 어 여사가 새해가 되자마자 몸살기가 있는 것 같다며 시름시름 한 지 3일 만이었다. 늘 하시던 말씀이 '건강하게 살다가 일주일만 누웠다 갈 길 갈 것'이라고 하셨는데, 누운 지 3일 만에 돌아가시는 바람에 미처 아프다는 소식도 제대로 전하지 못하고, 병원에도 가보지 못한 채 해가 바뀌자마자 뭐가 그리 바쁘셨는지 세상을 떠난 것이었다.

하나밖에 없는 아들이 며느리인 송 여사와 함께 스위스에서 한국으로 들어오고, 손자인 구(久) 내외가 미국에서 오는 일정을 감안해 장례는 7일장으로 치러졌다. 7일장이라고 해도 들어오는 기간과 이런저런 기간이 5일이나 걸렸고, 이상철이 들어와 실제 조문을 받고, 장례를 치르는 시간은 이틀밖에 되지 않았다. 더구나 절차를 별로 좋아하지 않는 이상철의 뜻에 따라 간소하게 장례식이 마무리되었다. 더욱이 독립유공자 후손이었지만, 화장한 다음, 그저 평범한 사람들처럼 광주에 있는 공원묘지에 모셔졌다. 이제는 아들과 손주까지 국내에 남아있질 않게 되어 어머니의 친정집에서나 살펴 줄 수밖에 없었고, 이런저런 측면에서 국가에 누를 끼치면 안 되겠다는 어머니의 유지를 받들어 그렇게 한 것이었다. 하지만, 어머니의 유골이 공원묘지에 묻힌 것과는 별도로 위패만은 스위스 유아이 농장에 있는 집에 모셔 두기로 했다.

장례식 참석차 국내에 들어온 유아이 이사장인 이상철에 대한 관심이 커졌다. 가장 민감하게 반응한 곳은 역시 호남지역을 관장하는 정보당국이었고, 호남의 미래에 방향키를 잡고 있는 호남회와 정보당국의 신경전이 벌어졌다. 언론에서는 '호남회'의 창시자로서, 일반 국민에게는 생소한 국제기구인 유아이의 수장을 맡고 있다는 사실을 대대적으로 보도했고, 유아이는 유엔과는 다르지만, 거대한 국제기구로 성장해 갈 것이라는 보도를 내보내기도 했다.

그러나 이상철은 그런 것에 개의치 않고 일체의 인터뷰나 대화를 자제한 채, 장례 일정만을 마치고 돌아갔고, 아들 구(久)와 샐런도 마찬가지였다. 장례 절차를 진행하면서 이상철은 호남회의 '한상연' 회장과 이틀 내내 붙어 있다시피 했고, 아들 내외와도 끊임없이 얘기를 주고받는 장면이 가끔 노출되긴 했지만, 그들이 나눈 얘기는 내용은 알려지지 않았다.

무엇인가 그들의 만남이 귀한 것인 만큼, 주고받는 내용이 있을 것 같았지만 그런 것은 일체 언급되지 않았다. 다만 그가 왔다 가는 길은 마치 세계적인 유명 인사가 왔다 가는 것처럼 요란하게 보도되고 있었다. 그가 장례식을 치르기 위해 귀국할 때는 거의 관심도 없었는데, 장례식을 마치고 가는 순간에는 언론 매체들의 보도 때문이었는지 상당한 관심들이 모이고 있었다.

그런 가운데서도 대통령 당선자와 한국의 정보당국에서는 비공식적 루트를 통해 만남을 제의해 오기도 했지만, 이상철은 장례와 관계되는 일을 제외하고는 모든 것을 자제하고, 스위스로 돌아왔다. 스위스로 돌아온 유아이 이사장인 이상철에게 그간에 있었던 몇 가지 사건들이 보고 되었다.

그중에서도 스페인 스피코의 스페인 국내선 열차 테러 사건 연루와 관련된 것이 가장 큰 관심을 끌었다. 스피코는 그것이 자신들의 정당한 독립운동의 일환이라며, 자신들의 행동이라 발표했고, 스페인 경찰과 보안당국은 스피코에 대한 책임을 묻겠다며 사태수습에 나서고 있었다. 스피코는 과거에도 가끔 폭파사건과 열차 테러 사건을 계획하고 실행한 바 있었다. 이번 열차 폭파사건도 신년 휴가를 맞아, 열차로 이동하는 휴양객을 노렸고, 20여 명이 사망하고, 200여 명이 부상하는 커다란 사건을 일으킨 것이었다.

유아이 이사장인 이상철은 사건이 중대한 만큼, 스피코 농장으로 직접 스피코의 레마 장군을 찾아갔다.

"스피코 농장에는 제가 두 번째지요?"

"예, 이사장님! 이번 저희 일로 찾아오신 것이죠?"

"그렇습니다. 겸사겸사 왔습니다. 안드레아도 잘 계시지요?"

레마 장군의 부인 안드레아도 스페인풍의 복장에 키가 큰 중년 여인의 모습으로 레마 장군과 함께 자리하고 있었다.

"예, 이사장님! 사모님도 건강하시지요? 옆에 살아도 가보지도 못하고 죄송해요!"

"아무렴요... 바쁘면 그렇죠 뭐!"

그런 인사를 나누고 안드레아가 자리를 피해 2층으로 올라갔고, 레마와 이상철이 단둘이 마주 앉았다.

"테러 사건은 상당히 주도면밀하게 이루어졌을 거란 생각인데요? 스페인 정부는 지금 어떻게 대처하고 있습니까?"

"스페인 정부는 기본적으로 스피코를 인정하지 않고 있었습니다. 그래서 대화와 타협의 여지는 완전히 없다고 봐야 합니다."

"스페인이... 스피코를 테러 분자로 몰아가고 있는 듯한데요?"

"테러 분자로 모는 것에 더해, 아예 스피코를 '테러 집단'으로 규정한 지 오래고요. 테러 집단을 응징한다는 명분으로 스페인 국내는 물론, 국제공조를 강화하고 있습니다. 그것은 또... 테러와의 전쟁을 선언한 이래 테러단체와는 일체의 대화를 하지 않는다는 원칙을 고수해 온 미국과 영국의 협조 아래, 더욱더 목소리를 키우고 있는 것입니다."
"스피코 고향 사람들의 입장은 다를 것 아닙니까?"
"스피코 사람들이 공개적으로 말하고 있진 못하지만, 우리를 응원하고 지지하는 건 사실입니다. 거기에다 스피코 지역이 다른 지역보다 고용 수준이 열악하고... 지역적으로 소외되어 있던 것 때문에, 반감은 더 커져가고 있다고 봐야 할 것입니다."
"그럼, 이번 사건 이후에 대한 대책은 마련해 두고 있습니까? 특히, 테러 문제로 낙인찍어 앞으로 더 공세를 강화해 올 것인데요?"
"당연하겠죠. 여기 유아이에 대해서도... 스페인 정부 차원에서 모종의 압력이 있지 않을까 생각합니다만, 그 점이 유아이에 미안하기도 하구요!"
"아닙니다. 그런 것은 절대로 걱정하지 않으셔도 됩니다. 우리 유아이로서는 당연히 감수해야 할 일이고, 제도적으로나 어떤 형식이든 지원해 나가야 할 일이 우리가 할 일입니다. 스페인 정부뿐 아니라, 유엔 등으로부터 압력도 있을 것이고, 뭐 그런 일들이 얼마든지 전개될 것입니다. 그렇지 않겠습니까? 하지만, 우리도 과거처럼 무작정 그들의 행동에 당하거나 방어만 하는 조직이 되진 않을 것입니다. 우리도 국제사회에 호소할 것은 하고, 원천적인 잘못에 대해서는 국제사법재판소나 유엔 인권위원회 제소 등의 적극적인 조치를 해 나갈 것입니다. 그런 점에서 위축되지 마시고... 마땅히 해야 할 일이라면, 이것저것 눈치 보지 마시고 활동하시기 바랍니다."
"이사장님께서 격려해 주시니 감사합니다. 하지만, 비무장 비폭력이라는 가치에 상반되는 것이어서 걱정이 있습니다만, 이 사건은 이사장님이 장례식 차 한국에 다녀오신 관계로 아일랜드에 가 계신 듀크 공에게도 보고를 드렸습니다."
"아주 잘하셨습니다. 당연히 그러서야죠!"

스피코의 레마 장군은 이번 테러 사건도 당당히 자신들의 일이라고 밝히고, 스페인 정부와의 투쟁을 계속하겠다는 강한 의지를 나타내고 있었다. 그런 가운데 연말연시를 아일랜드에서 보내며, 아일랜드 공화국 전사들과 신년 사업 계획을 논의한 사무총장인 듀크 공이 유아이로 돌아왔다. 듀크 공은 유아이에 돌아오자마자, 국제사회가 스페인 열차 테러 사건에 주목하면서 국제공조를 강화하려는 방향으로 나가는 것을 보고는, 그것으로 인해 유아이에 어려움이 닥쳐올 수도 있다는 우려 섞인 걱정을 하고 있었다.

"이사장님! 국제사회의 테러 대책이 나오게 되면, 우리 유아이 회원들의 활동이 심한 제약을 받지 않겠습니까? 그에 따라 우리 유아이 본부도 위축될 가능성이 크고요!"
"아무래도 당분간은 영향을 받을 것으로 봐야겠지요? 그러나 그런 것은 이미 각오 되어 있는 것이구요. 상황에 따라서는 그들을 대하는 방향과 방법을 달리해 대처해 나가야겠지요. 우리 유아이도 약간의 영향이야 있겠지만, 유아이의 명분과 대세는 어쩌지 못할 것입니다."
"그렇게 생각해 주서서 맘 든든합니다, 이사장님!"
"아닙니다. 이 일은 우리가 당연히 감당해 나가야 하는 일입니다. 그리고 사무총장님과 상의할 일이 있는데요…"
"뭐든지 말씀하십시오!"
"이번에 제 아들 내외가 한국의 장례식에 참석해서 여러 얘기를 나누었는데요. 소수민족과 지역을 대상으로 한 청소년 캠프를 운영할 수 있는 펀드를 지원받을 수 있는 방법을 찾은 것 같습니다."

"그래요? 그럼…"

"그래서 하는 말인데요. 제 아들이 미국에서 정치학 교수로 있으니까 몇 사람의 멤버를 보강해서… 우리 유아이 회원그룹의 청소년들에게 가능한 대로 우선… 3개월 정도의 국제화 교육이나 뭐… 그런 명목의 교육 프로그램을 운영할까 하는데 어떻겠습니까?"

"그래요? 아주 멋진 계획입니다. 할 수만 있다면 해야죠. 어쩌면 우리가 우리의 미래를 위한 그런 일을 못 하는 것이었는데요. 그럼 유아이 회원그룹이 시범적으로 자기 그룹에서 한 명씩 선발해 3개월 과정을 개설해 보면 어떨까 합니다."

"예. 그렇습니다. 각 민족의 민족의식도 고취시키고, 국제화 교육을 통해, 과거와 현재, 그리고 미래를 통찰할 수 있는 인재 교육의 장으로 활용하면 좋을 듯합니다. 우선 3개월 과정이지만, 앞으로는 이 교육과정을 더 발전시켜 6개월 과정, 1년 과정도 개설해서, 전문지식을 갖춘 우리의 후계자들을 체계적으로 가르치는 유아이 교육사업도 펼쳐보고자 하는데, 듀크 공께서는 어떻게 생각하시는지요?"

"제 의견을 듣거나 말거나 없습니다. 이사장님! 당연히 해야 하는 것인데, 못하고 있었던 것 아닙니까? 그럼, 아드님과 함께 펀드나 교육과정 운영 전반에 대해 상의해도 되겠습니까?"

"그렇게 해주시면 감사하겠습니다."

아들 구(久)가 3개월간의 일정으로 올여름, 하계 방학을 이용해 샐런과 함께 유아이에 머물면서 유아이 회원그룹을 대상으로 하는 청소년 캠프를 열기로 했다. 그룹마다 1명씩 청소년을 선발해 3개월간 유아이 농장에서 숙식하며 국제화 교육을 할 것이었다. 세계정세의 흐름에 대해서는 아들 구(久)가 맡을 것이고, 사회 문제와 국제 경제학적 관점은 며느리 샐런이, 그리고 그룹마다 각 그룹을 소개하는 특강을 중심으로 교육 프로그램이 진행될 것이었다. 3개월이라는 단기간인 것이 아쉬웠지만, 이 프로그램이 지속적으로 이루어진다면 다양한 것들을 교육할 수 있고, 궁극적으로는 유아이 소속의 대학까지도 만들 수 있는 기틀이 될 수도 있는 기초가 마련되는 셈이었다.

유아이 캠프가 준비되었다. 각 유아이 그룹들에서 보내온 30명의 제1기 유아이 캠프가 열렸다. 교육은 영어로 진행되고, 그들의 숙식은 각 그룹 농장에서 해결하는 방식으로 진행되었다. 교육과정 중에는 스위스 관광도 포함되어 있었고, 아주 높은 곳은 아니었지만, 알프스 등정도 계획되어 있었다. 덕분에 송 여사는 아들과 며느리와 함께 3개월이라는 행복한 동행도 하게 되는 호강도 누릴 수 있는 자연스러운 시간이 되고 있었다.

각 지역에서 온 청소년들은 모여 있다는 것 자체만으로도 새로운 느낌이었는지 기대감이 배어 나오고 있었다. 그 캠프는 그들이 미처 알지 못했던 세상에 대한 이해를 높이는 것은 물론, 자기들 민족이나 지역이 처한 현실에 대해서도 깊이 있는 교육이 이루어지고 있었다.

그렇게 뜨거운 여름을 보내던 송 여사의 얼굴에 희색이 만연해지면서 이상철에게 반가운 소식을 전했다.
"구야 아부지, 구야 아부지!"
"웬만해서는 큰 소리 안 내는 당신이 웬일이여? 당신 뭐 좋은 일 있나보네?"
"내가 안 그러게 생겼어요? 당신 할아버지 된대요."
"우잉? 그게 무슨 소리요?"
"뭔 소리긴요. 샐런이 아이를 가진 것 같애요. 샐런이랑 보건소 다녀와야겠어요!"
"그래? 같이 가려고?"
"그럼요. 내가 데리고 가 봐야죠!"

"즈그들 둘이 가게 놔두지, 그래?"
"아이고, 내가 갈랍니다요!"
"그래 그럼! 어서 다녀오소. 허허, 참..."

상철도 기분이 좋았던지 얼굴에 웃음이 가득 찼다. 유아이 동네가 커지고 사람이 많아지자 스위스 정부에서는 유아이 마을에 지어진 간이 건물 한 채의 1층에 보건시설을 해두고, 지역 보건을 담당하는 간호사까지 파견해 두고 있었다. 50여 개 그룹이 이미 입주해 있고, 상주 인원이 100여 명을 넘기고 있는데다, 수시로 왔다 갔다 하는 인원까지 합하면, 유아이는 매번 이삼백여 명이 들락거려 꽤 번잡한 동네로 자리 잡아 가고 있었다. 그래서 스위스 정부에서는 유아이 농장 입구에 경찰초소도 세우고, 안전을 관리해 주고 있기도 했다.

스위스 정부에서는 이곳에 새로운 동네 명칭도 부여해 전 세계의 이목을 집중시킬 수 있는 국제타운으로 개발해 갈 것도 유아이 재단과 상의하고 있기도 했다. 생각지도 않았던 스위스 정부의 마스터플랜(Master Plan)은 여러모로 유아이에 긍정적인 요소로 작용할 일이었다. 점점 거세질 각국 정보망들의 침투와 스위스 정부나 국제펀드 등을 통한 유아이에 대한 압력도 스위스 정부가 나서서 국제타운으로 개발하면 완충작용을 할 수도 있을 것이고, 세계적 이목이 집중되면서 각지 언론기관의 취재나 유아이 관광의 메카가 될 수도 있을 것이어서 유아이나 스위스 정부의 기대가 커지고 있었다. 또한, 그것은 유아이를 세계적 기구로 만들어 가는 초석이 됨은 물론, 스위스 정부로서도 또 하나의 국가 자산이 될 것이기 때문에, 스위스 정부가 적극적으로 나서는 것은 당연한 일인지도 모를 일이었다.

이런 때에 맞춰 사무총장인 듀크 공은 유아이 농장에 프레스센터(Press Center)를 건립하는 것이 어떠냐는 기획안을 이사장인 상철에게 제안했다. 말이 거창해 프레스센터지만, 실제로는 기사 작성과 송고가 가능한 가건물을 짓는 것이며, 아울러 현재 본관 건물에서 사용하는 회의장도 대단히 좁아서, 1층에는 프레스센터를 만들고, 동시에 2층에는 총회 회의장으로 사용할 수 있는 가건물을 짓기를 희망했다.

그도 그럴 것이 처음 유아이가 출발할 때는 5개 그룹이 약식으로 출발했지만, 이제는 상주하는 그룹이 50여 개가 넘어서고 있었고, 그 규모도 상상할 수 없을 정도로 커지면서, 이제는 유아이를 체계적으로 널리 알릴 필요가 있는 것도 사실이었다. 유아이에 언론이 상주한다는 것은 유아이가 드디어 범국제적 기구가 되어 끊임없이 뉴스를 만들어 낸다는 뜻이며, 상대적으로 그 비중이 커가고 있다는 반증이 되고 있었다.

만약 프레스센터와 총회의장이 함께 만들어지면, 곧이어 스위스 당국이 경찰을 상주시켜 안전을 강화할 것이고, 그렇게 되면 유아이는 각국의 정보망이 거미줄처럼 얽히는 새로운 정보의 원천이 될 수 있는 일이었다. 그렇게 바삐 돌아가는 유아이의 일정 속에서도 청소년 캠프가 마무리되자, 이상철의 아들 구(久)와 며느리 샐런은 다시 만날 것을 기약하며, 미국으로 떠났다. 송 여사는 샐런이 스위스에 남아 아이를 낳아주기 바란다는 말이 목을 넘어 나올 듯했지만, 참아야만 했다. 그것은 송 여사의 개인적인 욕심일 뿐, 두 사람의 사랑은 또 다른 것이기 때문이었다.

청소년 캠프를 마친 청소년들이 다들 자기 고향으로 돌아갔는데, 체첸에서 온 18살의 '이리코바'만은 집으로 돌아가지 못하고 있었다. 이리코바의 교육이 끝나지 않아 충격을 받을까봐 숨겨 놓고 이리코바에게 말하지 못한 사건이 발생한 것이었다. 그들의 교육이 한참 진행되는 동안 체첸에서 총격 사건이 벌어졌고, 그 가운데 이리코바의 어머니, 아버지 모두가 이리코바 만을 남겨둔 채 러시아 정부군에 의해 사살되었다는 것이었다.

이리코바의 어머니, 아버지는 체첸 공화국 전사로 활동하고 있었는데, 러시아 보안군의 체첸 잔당 소탕 작전에 말려들어 순식간에 총상을 입고 사망한 것이라고 했다. 체첸 공화국의 차르체프 장군은 사무총장 듀크 공에게 이 사실을 전 세계에 알리게 하고, 아울러 러시아의 비인도적 진압 행태에 맞서 투쟁을 강화해 나갈 것을 다짐하고 있기도 했다.

유아이 사무총장인 듀크 공은 즉각 기자회견을 열어, 러시아의 체첸 공화국 소탕 작전의 비도덕적, 비윤리적 민간 학살을 비난하며, 전면에 나섰다. 유아이 출범 후, 그동안 전면에 나서는 것을 자제해 왔었지만, 처음으로 공식적인 기자회견을 열어 체첸 옹호에 나선 것이었다. 그러면서 러시아의 체첸 공화국에 대해 무자비한 진압을 하지 않겠다는 재발 방지 약속이 전제되지 않으면, 체첸 공화국의 보복이 있을지 모른다는 경고도 함께 발표되었다.

청소년 캠프가 끝난 다음 부모님의 사망 소식을 들은 이리코바는 하늘이 무너지는 충격을 받았지만, 어린 나이에 그 충격을 이겨 내야 하는 시련을 맞이했다. 이리코바는 유아이의 보호 아래 난민으로 처리되어, 스위스 국적을 취득하는 절차를 밟아갔다. 본의든 본의가 아니든 간에 이리코바는 유아이가 창설된 이래, 유아이가 인정하는 첫 청소년 난민 겸 전사로 태어날 여건이 만들어지고 있는지도 모를 일이었다.

그간 여러 언론이 유아이의 실체를 파악하고 보도하고는 있었지만, 그것이 아주 단편적인 것이어서 그런지, 각국 정부 당국은 유아아의 존재를 그렇게 크게 주목하고 있지는 않은 듯했다. 그러나 그 사건에 대한 유아이의 첫 공식 반응이 나오자 전 세계 언론이 경쟁적으로 유아이의 발표를 보도하면서, 이번 사건의 전개 과정을 상세히 다루기 시작했다. 그러면서 과거부터 이어져 온 러시아 내의 체첸 공화국이 어떤 곳인지도 소상히 설명하기 시작해, 그제야 체첸 공화국의 실제가 상세하게 알려져 가고 있었다. 그 전에는 러시아 당국의 발표대로 러시아 통치에 반대하는 강경 테러 집단으로서의 체첸으로만 알려져 있었을 뿐이었었다.

　구소련이 붕괴되고, 러시아로 넘어오면서 '독립국가연합(C.I.S.)' 출범 당시 독립한 여러 나라들을 따라 체첸 공화국도 독립을 시도했지만, 러시아가 체첸에 대해서만은 군대를 동원한 강제력으로 독립을 막는 바람에 수많은 인명이 살상되었고, 러시아 연방에 남을 수밖에 없었다. 그 이유는 러시아에서 사용하는 상당량의 석유와 전력, 가스 등의 자원을 체첸에서 생산하고 있었고, 따라서 자원은 물론, 지리적 위치 면에서 체첸은 러시아의 중요한 위치를 점하고 있었기 때문이었다. 그런 체첸에 대한 이번 유아이의 언급은 유엔과는 성격이 다른 것이었지만, 유아이가 출범하면서 각 그룹에서 발생한 사건을, 국가적 관점이 아닌, 해당 민족과 해당 지역의 관점에서 객관적으로 인과관계를 밝히는 첫 사례가 되어, 유아이의 위력을 실감할 수 있는 시간이 되고 있었다.

　유아이의 체첸 사태 대응을 계기로, 단편적으로 왔다 갔다 하며 보도를 진행해 왔던 유명 언론사들이 유아이에 상주를 희망해오기 시작했다. 미국의 ANN(가칭:American News Network), 범아랍계 방송인 AB(가칭: Arab Broadcasting)를 필두로 영국과 프랑스, 독일, 아시아계 방송들도 상주를 하겠다며 거듭 상주 여건을 제공해 달라는 요청을 해왔다.

　그러자 듀크 공과 재단 이사장인 상철은 그 필요성에 공감하고, 재단 차원에서 스위스 정부와 이 문제를 협의해 나가기 시작했다. 그러자 스위스 정부는 국가 차원에서 그런 문제는 물론, 유아이 농장 일대를 '유아이 시티(U.I.City)'로 지정하고, 의료와 안전, 공원과 공공시설을 국가재정으로 지원하기로 하는 파격적인 결정을 내려주었다. 그러면서 이 지역을 관광명소로도 함께 만들어 갈 최종 마스터플랜을 확정하기에 이르렀다.

　그 플랜에는 각 민족과 지역의 민속공연과 민속품을 전시 판매하는 시장도 들어서고, 유아이 내에 특급호텔을 비롯한 다양한 숙박 단지도 만들며,

유아이와 알프스를 연결하는 관광상품도 개발할 것이었다. 그야말로 유아이의 시너지 효과가 생각보다 짧은 기간에 확산되어 가고 있는 것이었다.

이상철은 이와 때를 맞추어 스웨덴의 국제기금과 협의를 거쳐 유아이 펀드를, 별도 기금으로 분리하여 관리하고, 이를 지원하기 위한 펀드사무소를 개설하기로 하면서, 보다 규모가 확대된 재정 확보 전략을 펴나갔다. 이상철은 그런 재정 확보를 위해 스위스 정부와 협상을 벌여, 유아 시티(U.I.City)의 관광 수입 중 일정 비율을 유아이 펀드 지원기금으로 확보하도록 하는 협약을 성사시키는 수완도 발휘해 나갔다.

한편, 국가들의 연합체인 유엔(U.N.)에서도 유아이라는 조직의 실체를 인정하고 파트너쉽(Partnership) 관계를 구축할 필요가 있다는 주장이 제기되면서 파장을 일으키고 있었다. 그것은 주로 유아이가 속한 국가들이 유아이 그룹들의 실체를 인정할 수 없으며, 오히려 그들이 주권국가인 자기들을 부정하고 있고, 그들 국가의 안위에 위협이 되고 있다는 주장에 근거하고 있었기 때문이었다. 그러나 한편에서는 비정부조직(NGO)이나 기관단체들이 유엔과 파트너쉽을 구축하는 것처럼, 유아이도 그 일원으로서 유엔과 파트너쉽을 구축한다면 도움이 될 수 있을 것이라는 의견도 만만찮게 제기되고 있었지만, 실체가 있는 유아이임에도 불구하고, 그 실체를 인정하지 않으려는 유엔 참여국의 논쟁으로, 유아이가 유엔의 파트너쉽 기관으로 등록하거나 관계를 설정하기는 어려운 일이 되고 있었다. 거기에 유아이 자체가 유엔의 파트너쉽 단체로 등록한다는 것은 유아이의 정체성에 문제가 될 수 있고, 그 또한 유아이의 존립 근거에 위협이 될 수도 있는 것이어서 신중할 수밖에 없는 입장이기도 해서였다.

머나먼 평화

　그런 가운데 세계 유일의 G1 국가를 지향하면서 러시아와 일정 간격을 두고 있었던 중국이, 러시아의 체첸 진압과 관련하여 러시아에 공조 체제 구축과 정보공유를 요청해 왔다는 정보가 유아이 본부에 전달됐다. 이와 함께 러시아와 중국이 티벳과 신장에서 좀처럼 사라지지 않고 있는 반체제 세력에 대한 공동 대응 방안을 모색하고 있다는 정보도 수시로 들어오고 있었다. 러시아는 이번 일로 그동안 소원해 왔던 중국과의 관계를 개선 시킬 수 있는 기회가 되기도 해 적극적으로 정보공유와 대책 마련에 중국과 협조 관계를 구축해 나가고 있었다.
　러시아가 체첸을 향해 사용하는 전략들은 중국이 티벳에 사용하는 방법과 유사한 것도 있고 다른 것도 있었다. 유사한 것은, 국가에서 정한 기준 이상의 시위나 불법행위가 나타나는 경우, 경찰이 아닌 군인이 즉각 출동해 진압하고, 주민에 대한 여러 가지 회유책을 쓴다는 것이다. 반면, 반대되는 것은 체첸 반군 지역 사람들이 다른 지역으로 가거나 원하는 경우, 다른 지역으로의 정착을 유도하지만, 중국은 중국을 지배하는 민족인 한족을 티벳이나 신장에 투입시켜, 그 지역과 민족의 상권을 지배하고, 뚜렷한 계층구조를 만들어 가고 있다는 것에 차이가 있었다.

그것으로 인해 러시아의 체첸 지배는 시대가 변하고 시간이 지나면서, 경제적으로 실효성 있는 지배가 중요한 위치를 점하게 된 계기가 되었고, 그 지역을 와해시키는 큰 힘으로 작용하고 있었다. 그러나 그런 경제 논리가 그 지역이나 계층간의 빈부를 심화시키고, 상권을 장악하는 데는 성공했지만, 오히려 그것이 그 지역과 민족을 결집시키는 역할을 하고 있다는데 더 관심이 커지고 있었다. 이에 반하여 체첸과 티벳, 신장이 서로간의 정보를 주고받으면서, 무력 시위와 충돌도 마다하지 않는 마당에 이들을 분리하고 그들의 힘을 무력화시키기 위해서는 중·러 간의 협조 필요성이 대단히 중요해지고 있는 것도 현실이었다.

러시아도 중국과의 공조 관계를 구축하면서, 유아이에서 발표한 체첸 문제를 정면대응하기 시작했다. 러시아는 형식상으로는 하나의 독립된 국가들이 모인 연방국가 형식을 취하는 연합체로서, 각 지역이 러시아라는 가치에 반하지 않는 한 차별과 억압은 있을 수 없었다. 따라서 체첸의 독립주장은 그런 러시아의 입장과 정면으로 배치되는 것으로서, 체첸의 독립주장은 허용될 수 없는 것으로, 러시아가 가진 인내심의 한계를 벗어났다며, 체첸의 행동을 좌시하지 않고 국가 공권력을 사용해 진압해 나갈 것을 천명하고 있었다.

또한, 테러 집단과는 어떤 대화나 타협도 하지 않는다는 국제간 협약을 들먹이며, 국제사회가 체첸에 동조하지 말도록 협조를 요청했다. 하지만, 국제사회가 러시아의 그런 요청을 액면 그대로 받아들일 리는 없었다. 러시아는 특히 미국과는 날을 세우면서 아프간(아프가니스탄을 줄여서 사용)이나 이란에서 대립각을 세웠고, 북한이 중국과 소원해진 틈을 타 북한에 대한 불법적 지원을 하고 있었다는 것들을 감안하면, 체첸을 테러 집단으로 규정한 그 자체를 받아들일 수 없는 상황이 만들어지고 있기도 했다.

유아이에서는 러시아의 그런 반박 논리가, 러시아뿐만 아니라 다른 지역 국가들도 유아이 그룹을 보는 시각이 엇비슷할 것이라는 점을 감안하여 이를 불식시킬 방안을 찾기 시작했다. 그러면서 평화재단 이사장인 상철은 듀크 공에게 인도의 간디와 한국 광주에서 있었던 무저항 비폭력 정신을 설명하고, 이를 위한 가장 효과적인 수단이 '평화(Peace)'라는 사실을 강조해 주고 있었다.

그런 논의과정을 거쳐 유아이는 다가오는 연말을 유아이 그룹의 미래를 위한 새로운 시발점으로 삼기 위해 테러 없는 평화의 연말연시를 선언하기로 하고, 유아이 회원그룹의 의사를 타진하기 시작했다. 아일랜드의 듀크 공과 티벳의 라추가 공동 발의한 이 제안을 논의하기 위한 임시총회가, 프레스센터와 총회장으로 만들어진 새로 지은 가건물에서 열렸다. 사무총장인 듀크 공은 그동안의 감회와 함께 이 제안의 배경을 설명해 나갔다.

"오늘 우리는 가건물이고 초라하긴 합니다만, 그래도 프레스센터(Press Center)라는 명칭을 가진 장소를 완성했고, 그동안 장소가 비좁아 제대로 모이기도 어려웠던 곳에서, 이렇게 모든 그룹이 모여 회의를 할 수 있는 나름대로 멋진 장소를 마련하게 되어 감회가 새롭습니다. 우리가 하는 일들 하나하나가 새로운 역사이고, 우리의 미래가 될 것입니다만, 오늘 이런 기념비적인 건물이 만들어진 이 자리에서 또 하나의 역사를 써 보려고 합니다. 그것은... 유인물로 사전에 알려드린 것과 같이, 올 연말연시를... 우리 시대를 대표할 유아이의 평화 정착 원년으로 삼고자 합니다. 그래서 올해 연말연시 기간 동안, 우리 유아이 회원국에서만큼은 무력 사용을 금지하고, 비폭력 평화행진과 민족자결권만을 요구하는 시간으로 만들어 갈 것을 제안하는 바입니다......."

그렇게 제안 설명이 이어지고, 각 그룹이 자신들의 생각을 발표하는 시간이 주어졌다. 그러자 가장 먼저 체첸이 연단에 나섰다.

"저는 체첸의 차르체프 장군입니다. 아시다시피 우리 체첸은... 러시아와 가장 악화된 관계를 만들어 내고 있으며, 불과 얼마 전에도 수많은 우리 공화국 인민이 죽거나 다쳤습니다. 마치 쓰레기 더미를 치우듯 치워진 우리 동지들... 우리 인민들이 죽어 갔던 그 모습들이 눈앞에 선한데, 그리고 여러분이 잘 알고 계시는 '청년 이리코바'가 저렇게 그날의 비극을 웅변해 주고 있는데... 우리가 어떻게 러시아와 평화를 얘기한단 말입니까?"

그의 말이 피를 토하듯 계속되는 동안 임시 총회장은 숙연한 분위기가 지속되고 있었다. 아마 유아이의 모든 회원그룹이 겪는 비극의 일단이었을 것이었다. 체첸의 말이 끝나자 스페인의 스피코가 연단에 올랐다.

"저는 스페인 스피코의 레마 장군입니다. 저도 체첸의 차르체프 장군과 의견을 같이 합니다. 저들이 우리를 인정하지도 않고, 오직 타도와 제거 대상으로만 삼고 있는데, 그들이 해야 할 평화 선언을 우리가 해야 한단 말입니까? 우리가 그렇게 해야 할 이유도 합당치 않고... 현실적으로 가능하지도 않은 일입니다. 비폭력으로 우리의 주장을 펼치기 위해 모일 수도 없고, 설령 모인다 해도, 각 정부 조직들이 그냥 놔둘 리도 없습니다. 그들은 반드시 공권력에 의한 폭력적 진압을 시도할 것이고... 그것은 다른 비극을 예고하는 것이나 다를 바 없을 것입니다......"

이 제안을 했던 유아이 사무총장인 아일랜드의 듀크 공과 티벳의 라추는, 일방적으로 제안되는 반대 논리에 임시총회가 압도되고 숙연해지고 있어, 평화 선언이 어렵다고 판단하면서도, 티벳의 라추가 직접 나서 평화 선언의 배경을 설명하고, 그 방향도 제시하고자 나섰다.

"저는 티벳의 라추 수반입니다. 중국 군인에 의해 무자비하게 죽임을 당하고, 폭력에 시달린 것을 따지면, 우리도 체첸이나 신장과 다를 바 없을 것입니다. 그래서 말씀해 주신 것들에 대해서도 잘 헤아리고 있습니다. 독립이라는 것이 어디 쉬운 일입니까? 아니 지금으로 봐선, 불가능할지도 모릅니다. 우리도 독립을 이루는 것이 소원이고, 그것을 이루는 방법도 여러 가지가 있을 것입니다. 그중에서 비폭력·평화주의적 방법이 가장 좋은 것이라는 점도 모두가 잘 알고 있을 것입니다. 그러나 현실은 어디 그렇습니까? 국가권력의 총·칼에 의한 폭력만이 우리에게 돌아오는 것도 현실입니다. 그래서 이번 기회에 또 다른 방법의 하나로… 많은 우리 구성원들의 희생을 줄이고, 강하게 어필할 수 있는 방법으로 우리의 의지를 평화적인 방법으로 국제사회에 알리자는 것입니다. 우리가 원하는 것이 평화이지, 폭력이 아니라는 것을 말입니다. 그런 취지에서 오늘 '유아이 평화 선언'을 채택해서, 우리가 원하는 독립과 평화의 원년으로 삼자는 것입니다. 그 방법은 이렇습니다. 오늘 프레스센터가 오픈했습니다. 이 프레스센터에 세계의 주요 언론사들이 모였고, 그들이 전 세계에 우리 유아이 총회를 중계하는 가운데, '유아이 U.I. 평화 선언'을 하자는 것입니다. 이어서, '유아이' 총회장 주변을 우리 회원그룹 전체가 피켓(Picket)을 들고 돌면서 시위를 하고, 그런 과정에서 인터뷰할 그룹들은 별도의 인터뷰(Interview)도 하면서, 세상에 우리의 존재가치와 의지를 알리는 것입니다. 보다 구체적인 방법은 추후에 상의하도록 하시구요. 그런 것이 기본 구상이라는 것입니다. 어떻습니까?"

웨일스의 위버 공이 그의 말을 이어서 나섰다.

"우리도 테러를 일으킨 적이 있고… 격렬한 대치와 저항을 한 적도 있습니다. 그 목적은 독립이고, 독립을 원한다는 의지를 표현하기 위한 수단으로서 그런 일들을 해 왔었습니다. 돌이켜보면, 너무나도 많은 무고한 희생들이 있었던 것도 사실입니다. 우리로서는 가장 효과적인 수단으로서, 활용 가능한 방법이 있다면 그것을 활용하는 것이 최선일 것이고, 그중에서도 가장 효과적인 방법이 평화적이고, 비폭력적 방법이라는 데에는 우리 모두가 일치된 생각을 가지고 있습니다. 다만, 지금까지는 그러한 평화적인 방법들을 사용해 우리의 의지를 알릴 수 있는 방법이 없었거나 극히 제한적으로 사용될 수밖에 없어, 폭력적 방법을 동원할 수밖에 없었던 측면이 있습니다. 그런 측면에서 별로 좋은 방법이 아닌지 알면서도, 우리 웨일스에서는 유아이가 가지고 있는 독립 의지를... 순수하고, 평화적인 방법으로 결집하고 각인시킬 수 있는 일이라면, 한번쯤 시도해볼 만한 일이라고 생각합니다.......ˮ

유아이 평화 선언에 대한 극단적인 찬·반 양론이 갈려 대립하면서도, 그들의 의사를 표현할 수 있는 눈과 귀가 될 수 있는 언론이 있고, 유아이 그룹의 집단 시위 상황이 세계의 언론을 통해 전파된다는 말에 평화 선언에 대한 상당수 그룹의 동의가 이루어져 가고 있어, 유아이 평화 선언의 가능성이 커지고 있었다. 그러자 아일랜드 듀크 공이 다시 나섰다.

"여러 회원그룹의 뜻을 충분히 이해할 수 있는 자리였습니다. 우리가 잠정적으로 유아이 평화 선언을 할 날짜를 스위스시간 기준 12월 1일 오후 2시로 잡고... 그 선언을 함에 있어 그 구체적인 방법은 무엇인지, 날짜는 그대로가 좋은지, 평화 선언 후 그 평화를 지키는 기간을 어느 정도로 하고, 언론들과의 연계, 기타 구체적인 방법들에 대해서는 소위원회를 구성해 여러 회원그룹의 의사를 더 수렴해 보도록 하겠습니다.......ˮ

총회장에서 각 그룹이 제시하는 발언의 주요 내용들 모두, 그들이 속한 자국은 물론, 주요 언론사를 통해 세계 각국으로 속속들이 전파되어 나가고 있었다. 각 그룹은 자국뿐만 아니라 다른 나라들에서도 각 그룹과 관련된 내용에 대한 관심과 지지가 일어나는 것을 목격하면서, U.I.그룹들은 언론의 위력을 실감하게 되었고, 따라서, 유아이 평화 선언에 대한 관심과 를 피력하는 방향으로 입장을 정리해 나가기 시작하고 있었다.

유아이에 대한 대략의 실체를 파악하고 있었지만, 상세한 정보 접근에 제약받았던 각국의 정보당국은 언론의 공식적 접근이 이루어지면서 유아이에 대한 상당량의 정보들도 그들 손에 들어오게 되어가고 있었다. 유아이에서도 어차피 비밀정보란 있을 수 없을 것이라는 가정하에, 그들 정보기관의 활동을 제한적이지만 묵인할 수밖에 없게 되었다.

그렇게 되자 유아이는, 각 회원그룹의 독자 활동에 따른 안전을 보장할 수 있는 장치를 만드는 일에 가장 큰 관심을 가지게 되었고, 현실적으로도 그것이 가장 큰 과제가 되기도 했다. 또, 언론사 취재기자단 중에 각국의 정보요원이 섞여 있는 것은 가장 기본적인 가정이고, 아랍의 아랍방송(AB), 미국의 뉴스 전문 채널(ANN)은 물론이고, 영국. 이스라엘. 러시아. 중국 등의 첩보활동이 집중되고 있는 것은 누구나 알고 있는 공연한 사실이 되고 있기도 했다.

그러나 적어도 스위스 내의 유아이 시티에서 만큼은, 스위스 법률에 따라 극히 정상적인 법률적 보호단체로서 유아이 그룹이 형성되어 있어, 유아이에 대한 그들 정보기관의 활동에 대해서는 스위스 정부도 더 이상 통제하거나 관리하기 어려운 상황이 연출되고 있었다. 다만, 그들 정보기관은 이 유아이가 점점 더 커지고, 이슈(Issues)를 만들어 가면서 국제사회의 새로운 뉴스메이커로 등장하고 있다는 것에 큰 부담을 가지게 될 수밖에 없어 긴장의 강도가 커져가고 있었다.

그런 정보기관 중에서도 가장 예민하게 반응하는 곳은 영국과 스페인이었다. 중국과 러시아는 티벳과 신장, 체첸 등이 이미 오래전부터 분리독립을 주장하며, 각종 사건을 일으켜 왔고, 그럴 때마다 군인들을 동원한 강력한 진압 작전을 펼친 경험들이 있어, 그런 부분에 대한 경험이 축적되어 있다고 봐야 할 일이었다. 그러나 영국과 스페인은 입장이 다소 달라서, 자국의 그런 독립운동이 있다는 사실이 외부로 알려져, 그들의 입장이 곤란해지는 것을 원치 않았기 때문에, 에둘러 외면하려는 듯한 태도로 일관하고 있었다.

그간 영국(U.K.)은 미국과 이스라엘의 강력한 동맹을 등에 업고, 아일랜드와 웨일스의 독립을 공개적으로 저지하며, 반대하는 전략을 구사해 왔었다. 또한, 스페인 역시 스피코의 저항을 감추지 않고, 국제사회에 드러냄으로써 국제사회의 고조된 관심을 그들에게 유리하게 가져가려고 애를 쓰고 있었다. 유아이에 대한 정보획득에 있어서도 그런 것이 반영되어, 영국은 국영방송에서 기자들을 공개적으로 파견해 왔고, 스페인도 공영채널 기자들을 보내와 언론보도와 정보가 공유되는 상황을 공개적으로 만들어 가고 있었다. 그래서 그들은 언론기관과 정보기관원의 신분을 겸하고 있다고 봐도 될 것이었다

유아이 입장에서는 그런 것을 파악하고 있었지만, 적어도 유아이 시티에서 만큼은 그런 활동들이 불법이 아니어서, 그 모든 것이 공유되고 보장되는 활동 가운데 하나이기 때문에 굳이 경계하고 막아야 할 이유는 없었다. 오히려 그런 관계 파악을 통해 상호 이해의 폭을 넓히면 되는 것이었다. 어차피 유아이 시티를 벗어난 그 어디에서도 보장될 수 있는 유아이의 권리는 하나도 없다고 볼 수 있기 때문에, 이 안에서 만이라도 그 자유가 보장될 필요가 있는 것이었다.

회원그룹간의 격론이 계속되었지만, 12월 1일 오후 2시, 드디어 '유아이 평화 선언'이 시작됐다. 이 기념비적인 선언이 성공할 경우, 앞으로 매년 12월 1

일은 '유아이 평화 선언의 날'이 될 일이었다. 평화재단 이사장인 이상철이 자리한 가운데, 사무총장인 아일랜드 듀크 공이 '유아이 평화 선언'에 나서고 있었다.

"오늘 우리는 유아이의 평화 구상을 세계만방에 선포하려고 합니다. 각 민족이 속한 국가로부터의 권력에 자유로우며, 민족자결과 자유의지에 의한 민주적 독립을 추진하기 위해 모인 우리는, 유아이라는 조직을 만들어 냄으로써, 명실상부하게 민족자존을 내세우고, 떳떳하고 자랑스러운 우리의 미래를 드높여 가려고 합니다……. 12월 1일 오늘은, 유아이의 역사는 물론, 세계 역사에 길이 남는 날이 될 것입니다. 그것은 우리 유아이와 유아이 회원그룹 모두가, 그들이 속한 국가로부터의 폭력적 억압과 핍박에도 불구하고, 우리 스스로가 먼저 나서서, 화해와 평화를 선언하는 뜻깊은 날이기도 합니다. 우리 유아이 모든 회원그룹은, 오늘부터 내년 1월 말까지 두 달 동안 폭력과 무력에 의한 행동을 포기하고, 비폭력, 무저항·평화주의적 원칙을 지켜나가는 날들을 만들어 갈 것입니다. 그 과정에서 많은 인내와 희생이 필요할 것이고, 참담하고 비극적인 현실이 장애물로 등장할 수도 있을 것입니다. 그러나 우리는 국가와 민족, 민족과 민족, 지역과 지역간의 평화를 위해 그 모든 것을 참고 이겨나갈 것입니다……. 우리는 오늘 12월 1일부터 내년 1월 31일까지 2개월간을 폭력 없는 무조건인 평화의 날로 선언합니다!"

모두의 박수가 총회장에 퍼지며, 참석자들 모두가 기립해 지금 이 순간을 축하하면서 평화를 다짐하는 장면이 실시간으로 가감 없이 그대로 전 세계에 타전되고 있었다. 유아이와는 또 다른 비상한 관심들이 유아이 총회장으로 모여지고 있었다.

듀크 사무총장의 평화 선언이 끝나자 평화재단 이사장인 이상철이 나섰다.

"평화재단 이사장인 이상철입니다. 여러분이 아시다시피 우리 유아이가 초라한 출발을 한 것이 엊그제인데 벌써 5년이란 시간이 흘러가고 있습니다. 그동안 우려도 있었고, 힘든 일도 있었습니다만, 모두의 희생적이고 적극적인 노력이 우리 유아이를 이렇게 크게 만들어 가고 있습니다....... 이제 우리 유아이 평화재단은 오늘의 평화 선언을 계기로, 회원그룹의 민족교육을 담당할 '(가칭)유아이 국제대학(University of U.I.International)'을 건설할 것입니다. 거기에서는 각 그룹에서 선발된 후계 세대들을 교육하고, 그들이 민족 독립과 자주의 원천이 될 수 있도록 우리 평화재단이 힘을 모을 것입니다. 그리고 우리 평화재단의 재원 조달을 위한 자립 기반을 확대하고, 중·장기적으로 재정자립을 추진하기 위해 '(가칭) 유아이 공채'도 발행해 우리 유아이의 재원으로 활용할 것입니다. 이제 우리 유아이는, 우리 스스로가 자생해 나갈 수 있는 새로운 패러다임(Paradigm)을 구축할 것이며....."

유아이가 재정 독립을 추구한다는 것은 외부 재원에 의한 의존에서 탈피하여, 독립적인 정책과 행동 노선을 만들어 간다는 것을 의미하는 만큼, U.I.로서는 반드시 이루어내야 하는 당면과제가 아닐 수 없는 일이기도 했다. 현재까지는 스웨덴에 있는 국제펀드의 지원으로 운영하고는 있지만, 그 재원이란 것의 지원에도 범위와 한계가 있는 것이고, 각국으로부터의 재원 사용에 대한 견제와 자금 흐름에 대한 통제가 강화되어 갈 것은 뻔한 일이었다.

유아이 평화 선언이 있은 후 듀크 공을 필두로 모든 회원그룹이 각자 자신들을 알리기 위해 만든 피켓과 전통 복장 행렬이 이어졌다. 다양한 민족의 상들로 장식된 행렬은 가장무도회처럼 멋진 장관을 연출하며, 유아이 시티 내의 전통 민속 상품 거리를 누비고 있었다. 시위 피켓을 들었다는 것 외에는 시위라기보다는 '다민족 축제'라고 보는 것이 적절해 보였다.

자기 민족의 존재조차 알릴 기회가 없었고, 독립을 원하고 있다는 것을 알릴 기회가 더더구나 없었던 이들 그룹이, 드디어 무장 폭력과 국가를 상대로 한 강력한 대립이 아니어도, 오늘과 같은 축제의 장과 같은 방법을 통해 보다 효과적으로 자기들의 존재감을 알리고 있다는 사실 하나만으로도 오늘 하루는 행복해 할 수 있었다. 그렇게 유아이의 평화 선언은 축제처럼 세계에 알려지고 있었고, 세계 각지에서 온 언론들은 이 행사를 생방송으로 내보내거나, 전 과정을 녹화하여 특집 보도를 낸다며 부산하게 움직였다. 여기에 와있는 거의 모든 유아이 그룹들이 하나도 빠짐없이 소개될 것이었다. 그와 함께 스위스 정부의 유아이 시티에 대한 미래 플랜도 미래 비젼(Vision)으로 함께 소개되는 축제의 장이 되어 가고 있었다.

적어도 유아이 회원 그룹 만큼은 오늘 이 시간부터 내년 1월 31일까지, 말 그대로 평화를 선언한 것이었다. 그렇다고 모든 수단을 포기한 것은 아니고, 이 기간 동안만은 유아이에 파견된 언론들과 접촉하여 집중적으로 자기 민족에 대한 소개와 홍보를 강화해 나가는 시간을 가질 것이었다. 그러나 그것이 각 그룹이 속한 국가들과 각 그룹에 어떤 영향을 미칠지는 아무도 예상할 수 없는 일이 되고 있었다.

호남의 자주

그러는 사이 한국에 들어선 한국당 정부의 새로운 대통령은 전 정부의 실책을 반복하지 않으려는 듯 집권하자마자 외교관계 개선과 남·북문제, 그리고 경제 문제에 집중하는 정책들을 잇달아 발표했지만, 의욕과는 달리 그 출발이 순조롭지 못했다. 그러한 가운데 한국의 위상은 쉽게 개선될 기미가 보이지 않고 있었다.

대한민국이 위치한 한반도의 지정학적 위치는 한때 동·서 냉전(Cold War) 속에서 민주주의와 공산주의가 대치하는 현장이 되었고, 남한의 민주주의 체제와 북한의 공산주의 체제가 첨예하게 대립하고 경쟁하는 각축장이 되었다. 그것도 하나의 민족이 남·북으로 양분돼 동족상잔의 비극인 6·25 전쟁을 치렀고, 그 이후 미국을 중심으로 한 자유 진영과, 중국·소련을 중심으로 한 공산 진영이 한반도에서 남·북으로 국토를 양분해 버리고 말았다.

그렇게 시작된 남·북 간의 체제대립은 1970년대 후반부터 남한의 경제성장과 부의 축적으로 남한의 일방적 승리로 막을 내렸지만, 북한은 자신의 체제 유지를 위해 핵무기와 미사일, 군사전략 무기의 개발로 대치하며 겨우 국가의 명맥을 유지하고 있었다. 한국의 경제적 성장은 한국과 중국의 국교 정상화 이후 급격히 가까워졌지만, 반대로 전통적 우호 관계였던 중국과 북한의 관계는 상황에 따라 가까워지기도 하고 멀어지기도 하는 것을 반복하고 있기도 했다. 그런 틈을 이용하고자 했던 북한은 러시아에 손을 내밀고 있는 형국이었지만, 러시아의 악화된 경제 사정은 그런 관계를 만들어 가기에 역부족이 되고 있기도 했다.

그 과정에서 한국의 막강한 경제력은 북한에게도 실질적인 도움이 될 수 있는 일이었지만, 북한은 체제 붕괴를 우려한 나머지 그것을 활용할 기회를 놓쳤고, 한국과의 적대적 관계만을 부각해오다가 국제적 고립을 자초하고 말았다. 한국은 공산주의와의 체제경쟁에서 자유 진영이 승리한 최대의 수혜국으로서, 경제발전과 사회개발의 모델이 되어갔고, 국제사회에 막강한 영향력을 키워가고 있었다.

미국과의 관계에서도 한국은 전통적인 한·미 관계가 동맹상태를 유지하고 있으면서, 미국의 핵우산과 MD(미사일방어체계) 체제에 들어가 국가 방위에 함께 커다란 역할을 해 나가고 있었다. 그런 한편에서는 중국과의 정치, 경제, 사회적 관계가 급속히 가까워졌다가는 다소 소원해지기도 하는 상황을 반복해 가고 있었다. 따라서 미국과 중국의 양 체제 간의 경계를 넘나들고 있다고 봐야 할 것이었다.

미국과 중국은 전 세계 질서를 양분하여 국제 질서의 중심축을 구성해 G2 국가로 불리었다. 그런 중에서도 중국은 자신들을 유일한 G1 국가로 세우기 위한 전략을 키워가기 시작하면서, 한·미 관계와 한·중 관계, 남·북 관계

등이 얽혀 누가 대통령이 되든 간에 한국에서 정치문제를 다루기란 쉬운 일이 아니게 되어 버렸다. 그 과정에서 한국이 주장하는 '통중연미'(通中聯美: 중국과 통하고 미국과 연합) 정책은 그 실효성에 의문이 있음에도 불구하고, 한국이 선택할 수밖에 없는 국제 정치적 대응 전략이 되어 가고 있기도 했다.

그러면서 국내 문제도 과거와는 다른 방향으로 갈등이 전개되었다. 과거에는 남·북 대치 상황에서 민주주의와 공산주의라는 단순한 이념논쟁이 주를 이루었다고 한다면, 이제는 그런 이념논쟁보다는 남한 내에서의 남·남 갈등과 지역간 갈등이 주요 현안으로 등장했다. 남·남 갈등도 그 내용이 여러 가지가 있겠지만, 남한 내 국민 사이에서 나타나는 이념갈등을 포함해, 소득 계층간의 갈등이, 빈부격차 문제와 사회 계층간의 갈등으로 확대되고 있었다.

한편, 지역갈등 문제도 현대로 넘어오면서는 주로 영·호남간의 갈등이 문제가 되고 있었다. 한국 내에서 지역갈등의 시발점이 어딘지는 잘 알 수 없지만, 대체로 고려시대 이후 지역 차별이 존재해 왔다고 주장되고 있다. 즉, '금강(錦江)' 이남 사람을 등용하지 말라는 말에 근거해서 차별의 원류를 찾기도 하지만, 그것은 논리적 근거를 찾기 위한 허구일 뿐, 정확한 것은 알 수 없는 일이었다.

그러다가 결정적으로 문제가 되기 시작한 것은 한국의 근대화 과정에서 영·호남간의 차별이 심해지면서, 박정희와 김대중의 대립 시대에 그 골이 깊어질 대로 깊어진 것에 기인하는 것으로 보고 있는 것이 정설일 것이었다. 그 이후, 영·호남지역 갈등과 대립을 해소하기 위한 노력이 이어지긴 했지만 쉽지 않은 일이 되었고, 그런 것이 심화하면서 호남자주권 주장까지 이어지게 되었던 것이었다.

한국전쟁 이후, 1960년대부터 1970년대가 남·북간의 이념과 체제경쟁의 시대였다면, 그 시기에는 남한의 산업화와 경제발전이 성과를 거둔 시기였고, 그것을 빌미로 억압됐던 정치·사회적 자유가 1980년대를 정점으로 폭발되었었다. 그런 연장선상에서 1980년대에는 민주화와 함께 노조를 중심으로 한 노사간의 갈등 등에 기인한 남·남 갈등이 심화되어 갔다. 또한 이 시기에 남한에서는 신군부가 등장해, 광주에서 5·18을 기화로 정권을 탐하는 시기가 도래하기도 했다.

그 이후 경제위기를 극복하고 성장 기반을 다져 G20 국가에 들어가면서 비약적인 발전을 이룬 한국은, 무역 규모 면에서만 본다면 세계 10대 경제 대국에 이르는 위대한 성취를 이뤄 내고 있었다. 그러나 그 과정에서 한국 사회의 구조적 갈등과 병폐가 깊어갔고, 치유하기 어려운 현상들이 나타났는데, 그중 하나가 계층간의 갈등 심화와 영·호남으로 대비되는 돌이킬 수 없는 강을 건넌 지역감정 문제였다.

계층간의 갈등은 경제발전 과정에서 나타난 소득 계층 문제가 주원인이었는데, 2000년대에 들어와 소득 상위 2%라는 말이 등장한 이후, 2020년대를 지나오면서 상위 1%라는 말이 나올 정도로 소득구조가 악화되어 가고 있었다. 역대 정부가 늘 중산층의 규모를 확대하는 정책을 사용한다고는 했지만, 계층구조가 더 양극화되고 극단화되는 현상이 심화되어 갔고, 그 와중에 중산층은 점차 설 자리를 잃어 가는 양상으로 양극화가 심해지고 있었다. 그 과정에서 호남지역의 상대적 소외와 지역 차별은 경제구조의 왜곡과 함께 더욱 극심해졌으며, 그것이 호남 소외라는 지역정서와 얽혀, 자주권을 가진 호남만의 권리를 달라는 상황까지 벌어진 계기가 된 것이었다.

한국 국민들 사이에서는 서로가 어렵기는 모두 마찬가지인데, 유독 호남만이 호남자주권을 주장하는 것이 황당하다며, '다른 지역은 뭐냐'는 볼멘소리도 하고, 주권국가인 대한민국의 국기를 흔드는 중대 사건이라고도 말하고 있었지만, 호남인들 사이에선 '이럴 바엔 우리에게 자주권'을 달라는 의식이 넓게 퍼져 가고 있었다.

그런데 지난 대선과 국회의원선거에서, '호남의 자주권'이라는 것이 '호남의 독립'을 주장하는 반국가 단체인 '호남회'에 의해 주도되고 있다는 루머가 공공연히 퍼져 있었던 일이 발생했었다. 또한, 그런 일로부터 호남 민심의 이반을 막으려 했다는 주장을 펼친 한국당과 정권 담당자들은, 그런 구호가 오히려 호남의 민심을 자극하고 하나로 결집하는 역효과를 내고 말았던 것에 대해 깊은 우려와 긴장을 놓지 못하고 있었다.

호남과 서울권의 친 호남계 국회의원 의석을 싹쓸이하다시피 한 민주의 집은 선거 당시, 호남회와 호남자주권 주장을 왜곡한 세력에 대해 '특검'에 의한 조사와 '청문회'를 추진했지만, 선거 후 1년여 동안 지지부진한 채 지루한 정파 싸움만 벌이다 간신히 '청문회'를 여는 것만으로 만족할 수밖에 없는 타협점을 찾고 있었다.

호남회와 민주의 집은 이미 집권당 정부와 다른 길을 갈 것으로 결정한 것이나 마찬가지였기 때문에, 처음 생각했던 것과 달리 특검이든 청문회든 큰 의의를 두거나 성과를 기대하진 않았다. 다만, 어떤 경우든 국민에게 왜곡되게 알려진 호남회와 호남자주권을 올바로 알리고, 호남자주권을 획득해야 하는 명분과 당위성을 찾기 위해 청문회가 필요할 뿐이었다.

청문회가 시작되었다. 호남회로서는 청문회를 통해 새롭게 어떤 사실을 밝혀 내겠다는 기대는 애초에 하지도 않았다. 그것은 청문회가 사실상 당리당략에 따라 좌지우지하고, 결론조차 흐지부지되고 마는 것이 지금까지 관행 아닌 관행이 되어버린지 오래였기 때문이었다. 그러면서도 청문회를 추진하게 된 것은, 과거 정보국장이었던 민 국장과 호남회간의 대화 내용을 녹화된 테이프 영상까지 그대로 공개하고, 호도된 진실을 바로잡기 위해서 추진하는 것이었다. 정보원에서는 북한과의 관련성이라든가 반국가 단체 운운한 내용을 흘린 적도 없고, 그것을 이용할 목적이 없었다고 강변했으며, 집권당이 된 한국당도 그 일에 대해서는 알 수 없다는 논리로 일관하고 있었다.

그러자 그 테이프의 공개로 인해 정국(政局)이 혼란해질 것을 우려해, 적정선에서 당시에 있었던 동영상 테이프 공개 여부를 검토해 보려던 민주의 집과 호남회에선 더 이상 인내심의 한계를 느낀다며, 정보원의 민 국장과 호남회 간부들이 천주교 광주 대교구에서 가졌던 영상 녹화 파일 모두를 공개하는 강수를 두었다. 그 대화에서 호남회는 '반체제단체도 아니고, 북한과의 관계도 전혀 없으며, 오직 호남의 자주권만을 원한다'는 호남회와 민 국장의 대화가 그대로 전파를 타고 퍼져 나갔고, 그에 따라 모든 진실이 명확히 밝혀지고 있었다.

그러나 여전히 정보원과 집권 여당은 당시의 대화 내용이 어떻게 가공되고 조작돼 선거 기간에 악용된 것인지 그 명확한 출처를 밝히지 않았을 뿐 아니라, 그에 따른 대책도 세우지 못한 채, 애초에 예상했던 대로 용두사미가 되어 흐지부지 청문회가 끝나고 말았다. 사건의 진실을 밝히지 못할 것은 처음부터 예상한 일이었고, 기대하지도 않은 일이어서 크게 놀랄만한 일이 되지도 못했다.

그러나 영상파일에서 등장하는 당시의 민 국장이라는 인물이 현 집권당 정부에서 정보원 최고위층 중 한 사람이 되었고, 그 사람이 집권당과의 검은 커넥션이 있었을 것이라는 짐작은 누구라도 할 수 있는 일이 되고 있었다. 호남회와 민주의 집으로서는 그런 사실을 알릴 수 있었던 것만으로 청문회에서 커다란 성과를 거둔 셈이었다.

"회장님 말씀대로 이번 기회가, 호남자주권 주장의 모멘텀(Momentum)이 될 수도 있을 듯합니다. 이번 일을 발판으로 해서 호남자주권을 목표로 한 지방자치법과 관련 법률들에 대한 개정작업에 본격적으로 나서야 하지 않겠습니까?"

호남회를 기반으로 당선된 민주의 집 호남권 의원들도 이제는 더 이상 호남 민심을 거스를 수 없게 되었다며, 이번이 그 적기라는 의견을 모아갔다.
"저도 같은 생각입니다. 일단 호남회와 민주의 집을 중심으로, 관련 법률에 대한 검토작업을 시작할 소위(소위원회)를 구성해 법적·제도적 장치에 대한 검토작업을 서둘러 주시기 바랍니다. 그리고...그 일과 병행해 이번 청문회에서 나타난 국민의 우호적 분위기를 결집하기 위해, 호남을 외부에 적극적으로 알리며 우리를 지원해 줄 '여론 지지층'을 확보할 수 있는 작업을 해야 합니다. 정·재계(政·財界)는 물론, 언론계, 사회 문화계 등 다방면에 걸쳐 우호적 환경조성에 나갈 '태스크포스(Task Force)'도 구성해 적극 활동해 주시기 바랍니다."
"그런 측면에서, 국제관계에 대해서도 소홀히 하지 않아야 합니다."
"당연하신 말씀입니다. 그중에서도 제일 먼저 유아이와의 연대를 강화해야 합니다. 이번 기회에 아예 유아이에 상주 대표를 파견할 수 있도록 서둘러 주십시오. 그래서 유아이 대표가 책임지고 유아이와 국제여론의 지지를 끌어내도록 하시구요. 그와 더불어... 우리의 호남자주권 주장을 역이용하거나, 전략 전술로 활용할 개연성이 있는 집권층과 정보원, 그리고 북한에 대해서도 면밀한 대비를 해야 할 것입니다. 지난번 선거에서 벌써 '반체제' 얘기가 나왔던 점에 비추어 보면, 우리의 활동을 제지하려는 또 다른 음모들이 만들어질 수 있을 것입니다. 예를 들면, 많이 써먹는 수법이긴 하지만, 호남에 간첩단 사건을 만들어, 호남자주권을 방해할 목적으로 여론조작을 시도한다던가 심지어는 정부 차원에서 호남 자주를 방해하기 위해 북한을 정략적으로 이용할 수 있는 가능성까지도 사전에 염두에 두고 대처할 수 있는 적극적인 대안들을 만들어 가야 할 것입니다. 이 모든 것은 한 회장께서 총괄하시고, 모든 소위와 TF팀도 부회장의 직접 관할하에 두셔서... 실질적인 활동이 보장되도록, 그 독립성과 자율성, 거기에 책임까지를 모두 부여하는, 실질적이고 실효적인 조직 운영을 할 수 있도록 해 주시기 바랍니다."

광주에서 호남자주권확보를 위한 준비작업이 진행되는 동안, 유아이가 있는 스위스에서는 유아이 평화 선언이 있은 후 두 달간의 연말연시 평화가 깃들었다. 그 무렵 호남회에서는 유아이 본부대표로 '이문종'을 선정해 유아이 본부에 파견해 왔다. 그런 가운데 유아이 본부에서도 듀크 공을 중심으로 유아이 평화 선언을 기념하고, 두 달간의 평화 선언을 달성하기 위한 다양한 대안들을 만들어 갔다. 그것은 두 달간의 짧은 기간이지만, 평화 선언이 가져다준 또 다른 그들의 평화가 되고 있었다.

유아이 회원그룹이 연말연시를 보내면서 평화 선언이 위력을 발휘하자, 유아이 평화 선언을 지켜보던 세계 각지의 언론들이 가는 해를 보내고 다가오는 새해를 다루면서, 오랜만에 연말연시에 다가온 평화를 얘기하며, 유아이를 전면에 등장시켜 경쟁적으로 다루어가기 시작했다. 그러면서, 그들이 주장하는 독립과 자주를 자연스럽게 알리는 자리가 되고 있었다. 그래서 더욱 더 유아이 그룹들의 평화 선언에 대한 가치가 높게 평가되고 찬사를 받는 상황이 연출되고 있었다.

하지만, 유아이 회원그룹에서의 평화는 지켜지고 있었지만, 연말연시가 되어 세계 각국에서 전개된 또 다른 테러 사건은 끊이지 않고 발생했다. 프랑스 지하철역에서는 알제리 이민자들이 흑인에 대한 인종차별과 사회적 차별에 항의하는 기습테러가 발생해 새해 첫날부터 프랑스를 긴장하게 만들었다.

그러자 프랑스 경찰 당국은 그것을 기화로 문제 해결을 위한 정책적 대안을 만들기보다는 알제리 이민자들에 대한 검색을 강화하고, 마약 밀거래와 총기 거래 혐의를 추적해 범죄행위를 발본색원하겠다고 나서고 있었다.

한편, 소련 시절부터 소련과 미국에 대항해 온 아프간에서는 '알카에다'가 건재한 채 집권 정부에 강력하게 대응하면서, 아프간 국내는 물론, 미국 본토까지 위해를 가할 수 있는 힘을 또다시 키워 놓고 있었다. 그들은 이미 9·11 테러 사건을 일으켜 미국은 물론, 전 세계를 경악시킨 바 있었고, 그들의 지도자들이 속속 제거되는 수난 속에서도 지속적으로 힘을 키워 또다시 서방세계를 압박하는 거대한 세력으로 등장하고 있기도 했다.

아프간의 알카에다는 그들의 생존을 위해 중화기로 무장하면서 인간을 폭탄으로 이용하는 무자비한 인해전술까지 펼쳐, 그 방법이 가히 상상을 초월한 것들도 있었다. 또한 그들의 무장 병기들은 주로 중국과 쿠바, 러시아 등에서 밀매되거나 북한제 무기까지 등장해, 무기의 각축장이 될 정도까지 되고 있었다.

유아이 자체를 인정하지 않으려 했던 국가간의 연합체인 유엔은 유아이에 대한 국제적 관심이 고조되고, 유아이의 존재가 부각되어 감에 따라, 유아이를 유엔과의 파트너쉽을 갖는 단체로 받아들여야 한다는 논의를 또다시 시작하기에 이르렀다. 하지만, 유아이는 유엔과의 파트너쉽 구축을 거부하고 독자적인 그룹으로서의 독립을 강조하고 나섰다. 그것은 유아이 그룹들이 속해있는 나라가 유엔에 속해있는 마당에 유엔과 파트너쉽을 구축한다면, 유아이가 유엔의 소속 단체나 부속기관으로 전락할 수밖에 없다는 논리가 작용하기도 했기 때문이었다. 따라서 그런 생각은 유엔의 구상일 뿐, 유아이 회원그룹 전체는 독자적 행보를 유아이의 존립 가치로 못 박고 있었다.

이리코바

　아프간과 프랑스에서의 테러가 유아이와 무관한 사건으로 밝혀지고, 유아이 국가들의 평화 선언 의지가 지켜지고 있는 가운데 새해 1월이 무사히 지나고, 2월로 접어들자 전 세계는 또 다른 테러와 폭력에 대한 위기감이 감돌기 시작했다. 그것은 두 달여의 평화기간 동안 그들의 행동강령과 전략들을 차분하게 재정리할 시간을 가졌었고, 그런 것을 바탕으로 대다수 유아이 그룹들이 본격적인 독자적 행보에 나설 것이 걱정된다는 반증이기도 했다.
　그런 가운데 뜻하지 않게 아프간의 테러 움직임을 파악하고, 아프간 세력에 대한 정보를 파악해 나가던 미국 정보부가 유아이 사무총장인 아일랜드의 듀크 공을 만나고 싶다는 비밀 회동을 제안해 왔다. 미국도 아프간에서 주둔했던 미군을 철수시킨 지 오래되었고, 아프간 정부군을 통해 알카에다 조직을 견제하는 데에도 한계를 느끼고 있었던 때였다. 유아이에 대한 존재를 잘 알고 있는 미국 정보부가 유아이를 찾는 것은 무언가 그들이 유아이에 바라는 것이 있다는 뜻이기도 했다.

미국 정보부에서 만나자는 연락을 받은 유아이의 듀크 공은 재단 이사장인 이상철과 이 문제를 협의하기 시작했다.

"이사장님! '미국 정보부가 굳이 우리를 하는 만나고자 이유가 무엇일까요?"

"듀크 공! 아무래도 미국 정보부로서는 유아이의 존재를 공식적으로는 인정하고 싶지 않을 것입니다만... 현실적으로는 아프간이 유엔을 상대로 대화하거나, 미국과 대화할 생각이 없는 지금 상황으로선, 러시아나 중국을 중재인으로 내세울 수도 없고, 아프간 정부군은 알카에다를 통제할 수 없는 상태라 고민이 많겠지요!"

"그렇긴 하겠습니다만, 우리가 나선다고 아프간이 쉽게 우리의 중재를 받아들이려고 하겠습니까? 우리도 실익이 없는 일에 미국의 입장을 대변해 나선다면, 유아이 그룹에서도 논란이 일 것입니다."

"당연한 말씀이십니다. 어쨌든 이번이 우리 유아이로서는, 우리의 존재감을 확실히 알릴 수 있는 기회가 될 수도 있습니다. 그러니 미국 정보부 당사자들을 유아이 본부에서 당당하게 만나십시오. 그것도 비밀이라고 해야 할 이유가 없다면.. 우리의 주요 핵심 간부들이 함께하셔서 우리의 존재도 알리고, 유아이 내에서 있을 수도 있는 오해도 불식시키도록 하는 것이 좋을 듯합니다. 그래서...그 자리에서 미국이 원하는 내용과 우리 유아이에 대한 미국의 생각, 중재에 따른 여러 가지 조건들을 함께 논의하시기 바랍니다."

"이사장님 말씀대로 하겠습니다!"

"가장 중요한 것은 유아이 그룹의 발전과 함께 평화재단 운영의 미래가 담보될 수 있는 방향이어야 한다는 것입니다. 그리고 그들이 여기에 온다는 것은, 공적인 측면에서 우리의 실체와 존재감을 확인하는 자연스러운 일도 될 것이므로, 그런 점들도 포괄적으로 생각해 주셨으면 합니다."

"이사장님의 뜻을 충분히 유념하겠습니다."

미국 정보부 요인들의 만남은 여러 절차를 거쳐 논의되고 결정되었다. 유아이라는 공적인 기구가 미국의 정보당국과 갖는 첫 대화이면서도, 이는 영국의 정보국(I.S.)는 물론, 모든 관련 국가 정보국(정보 관련 부서를 통칭)들의 신경을 한군데로 모이게 하는 효과도 거두는 절호의 기회였다. 그렇게 이루어진 만남은 이틀간이나 지속되었다.

유아이와 미국 정보국 간에 어떤 얘기들이 오고 갔는지는 비밀에 붙여졌다. 그것은 시간이 지나면서 알려지거나 묻힐 수밖에 없는 일들이겠지만, 유아이에서는 아프간의 평화를 이루기 위해서라면, 조건 없는 중재에 나선다는 원칙을 밝히고 나섰다. 다만, 한가지 아프간 정부와 알카에다의 중재 요청이 있어야 한다는 단서를 붙였다. 이는 아프간의 알카에다가 유엔의 중재 요청을 받아들이지 않고 있는 마당에 유아이의 중재 요청 여부는 좀 더 두고 봐야 할 일이었기 때문이었다.

그런 가운데 다행스럽게도 아프간 정부와 알카에다 측 모두에서, 대화의 키를 쥐고 있는 최고 의사결정자들의 허락이 떨어져 유아이의 중재가 시작될 수 있었다. 알카에다가 몇 가지 중재 조건을 달아 유아이의 중재를 받아들이겠다고 했지만, 그 조건에 관한 내용은 자세히 알려지지 않았다. 그렇게 해서 또다시 유아이에 대한 국제적 관심이 집중되고, 미국과 아프간 사이에서는 중재에 따른 조건들에 대한 사전 정지작업과 준비작업을 시작하고 있었다.

그렇게 유아이가 중재에 나설 준비작업을 끝마쳐 갈 무렵, 러시아의 체첸공화국에서 자살폭탄테러가 발생했다. 유아이 그룹들은 그들간의 공통규약에 따른 평화 선언과 같은 공동행동을 위한 것들을 제외하고는 모든 것이 회원국들의 자율로 진행되며, 그것을 본부에서 간섭하지 않는 것이 기본원칙 중의 하나이기 때문에 개별사건이 진행되는 전 과정을 유아이가 보고 받거나 모니터링 할 이유는 없는 것이었다.

그런데 이번 체첸 공화국의 자살테러 사건은 유아이 시티에 와 있는 체첸 본부에서도 그 실체를 파악하기 어려운 사건이 되어, 체첸의 차르체프 장군조차도 정확한 내용을 파악하는데 분주했다. 러시아 정부에서는 체첸 반군이 저지른 사건이라며, 또다시 군인들을 동원해 폭발물이 터진 일대에 비상사태를 선포하고 신속한 사건의 전모를 발표하고 있었다.

체첸의 스므살 된 청년 '이리코바'라는 전사(戰士)가 폭탄을 실은 화물차를 몰고 러시아 경찰청의 체첸지역 지소로 새벽 시간에 돌진해 왔다는 것이었다. 그 경찰 지소는 체첸의 외곽지역 치안을 맡고 있는 지소로서, 10여 명이 야간 당직을 서고 있다가 이리코바의 자살폭탄 공격으로 4명이 죽고, 나머지 인원이 크게 다치는 사건이 발생했다는 것이었다. 그러면서 러시아 당국은 그 이리코바라는 테러범이 체첸 반군에 의해 체계적으로 교육받은 행동대원이라며, 대대적인 보도를 해대고 있었다.

평화 선언을 계기로, 두 달이 지나고 난 다음 얼마 지나지 않아 터진 사건이어서 그 충격파는 엄청난 것이었다. 언론들은 러시아 발표내용의 진위여부를 체첸 대표부에 묻고, 정확한 사건 경위와 요구조건들을 물어 오자, 차르체프 장군이 직접 나서 폭탄테러 사건의 전반에 대한 경위를 설명하게 되었다.

"이번 폭탄테러 사건은 '이리코바'라는 청년이 일으킨 사건임은 확실합니다."

"그렇다면 그 이리코바는 어디서, 어떻게 교육받은 사람입니까?"

"유감스럽게도… 여러분이 궁금해하는 것과는 전혀 다릅니다. 이리코바는 우리가 교육 시킨 적도 없고, 우리의 전사도 아닙니다."

"그럴 수가 있습니까? 그렇다면, 러시아에서 발표한 내용들이 왜곡됐다는 것입니까?"

"폭탄테러 사건과 사건의 진실은 다른 것입니다. 우리가 파악한 사건의 진상은 이렇습니다. 이번 유아이에서 평화 선언을 하고 난 다음, 두 달여 동안 '이리코바'는 우리 대표부에서 평범한 체첸 청년으로 생활하고 있었는데, 불과 얼마 전에 조국인 체첸으로 돌아가야겠다고 했었습니다. 체첸으로 돌아가서 자신이 해야 할 일을 찾겠다는 것이었죠. 이리코바의 어머니, 아버지는, 작년에 러시아군의 체첸 소탕 작전 때 살해당하고 말았습니다. 그런 그가... 러시아에 대한 분노가 가시지 않은 상태라서 귀국을 만류했지만, 강한 그의 귀국 의지를 막지는 못했습니다. 그래서 어쩔 수 없이 우리의 루트를 통해 귀국하게 되었고, 체첸에 가서도 어머니, 아버지가 살던 집이 폐허가 돼 마땅한 곳이 없었던 것 같습니다. 하는 수 없이 밝히기 어려운 우리의 아지트에서 생활하던 중, 간단한 폭발물 지식을 습득하게 된 이리코바가 우리 체첸 조직원들도 알지 못하는 새벽에 지프 트럭을 몰고 나가 경찰 지소에 자살폭탄테러를 일으킨 것이었습니다."

"그럼, 이리코바라는 청년이 일으킨 단독범행이라는 것입니까?"

"이번 사건만 놓고 보면 그렇습니다. 하지만, 그 배경을 살펴보면... 러시아로부터 살해당한 어머니, 아버지에 대한 복수라고 봐야 하지 않겠습니까?"

"그렇다고 체첸 사령부의 책임이 없다고 할 수는 없을텐데요?"

"이리코바를 체첸의 시민으로 성장할 수 있도록 해야 했었는데, 그 부분에 대해 책임을 통감하고 있습니다. 그러나 돌이켜보면, 이것은 체첸의 독립을 원하는 체첸인들의 의지가 아닌가 합니다. 우리는 이리코바의 죽음이 헛되지 않도록 할 것입니다. 반드시 체첸의 독립을 쟁취해, 이리코바의 원한을 기억하게 할 것입니다."

"앞으로도 이런 일들은 계속 일어날 것인데요?"

"러시아의 태도가 변하지 않는 한 우리의 무력투쟁은 멈추지 않을 것입니다."

언제나 그렇듯 러시아는 이번 사건도 체첸을 테러 집단으로 규정하고, 한껏 체첸 탄압의 명분으로 삼아가고 있었다. 유아이의 체첸 대표부는 가끔 체첸 저항 조직과 별개로 이루어지는 이런 사건들이 자신들의 억압 수단으로 사용되고 있다는 것도 잘 알고 있지만, 그들이 감내해 낼 수밖에 없는 일이었다.

이번 이리코바가 일으킨 사건은 다른 사건과 달리 체첸 저항군에게도 사실은 안타까운 측면이 없지 않았다. 이리코바가 유아이 캠프교육을 받았고 체첸에서 추천했던 인재로서, 그가 정상적으로 성장했다면, 체첸을 위해 일할 수 있는 자원으로 기대되는 청년이었다. 그래서 더욱 그의 귀국을 강력하게 만류하지 못한 것을 후회하고 있기도 했다. 이리코바의 이번 사건이 단기적인 관심을 끌 수 있긴 했지만, 체첸의 앞날을 위해선 바람직하지 못한 일이 된 것인지도 모를 일이었다.

러시아는 이 일을 기화로 중국과의 공조를 통해 테러 집단의 도전을 용납할 수 없다는 강경입장을 내세우며, 유아이에 대해서도 더 이상 체첸을 옹호하거나 러시아가 감내할 수 있는 인내의 한계를 벗어나는 활동을 할 경우, 동원 가능한 모든 수단을 활용해 유아이를 무력화 시킬 것이라는 공개적인 언사도 서슴지 않았다. 실제 러시아의 경우, 구소련이 붕괴되자 C.I.S. 국가들이 독립했고, 지금까지도 독립을 요구하는 민족과 지역이 있는 마당에, 그것을 억제하는 시금대가 체첸이어서, 다른 지역과 달리 체첸에 대해선 강한 압박을 가하고 있었다. 그런 사정은 중국과도 크게 다르지 않아 적어도 대 테러(對 Terror)라는 관점에서 소수민족을 억압하는 데에는 이해를 같이하고 있다고 볼 수 있었다.

그런 마당에 러시아와 중국이 서로 연합해 유아이의 재정 운용을 통제해 보려고도 했지만, 중국이나 러시아가 재정지원을 전혀 하고 있지 않아 그 일이 성사되기에는 어려움에 봉착하고 있었다. 거기에 서구자본이 뒷받침되고 있는 유아이 재정에 대해, 그들 민족을 테러단체로 규정하여 압박을 가하는 것 또한 가능한 일이 되지 못하고 있었다. 그래서 유아이에 대한 러시아의 항의와 중국과의 공조를 통한 체첸, 티벳, 신장에 대한 압박은, 그들의 의사와는 반대로 오히려 서구사회와 미국 시민들의 관심을 집중시켜 나가는 역효과를 나타낼 수도 있는 일이 되어 가고 있기도 했다.

이런 일들은 오히려 체첸, 티벳, 신장이 어디에 있는지, 그런 민족이 있다는 것 자체에 대한 인식을 갖지 못했던 서구 시민사회에 그들의 존재를 인식하게 하고, '그들이 독립할 수 있게 지원해 주어야 한다'는 여론이 확산되어 가는 기회가 되기도 했다. 특히, 국가간의 관계와 무관하게 미국 시민사회 일각에서는 체첸에 대한 러시아로부터의 독립을 지원하는 단체가 별도로 만들어지고, 유아이와의 연합을 통해, 독립을 달성할 수 있도록 하자는 논의가 활발하게 이루어지기도 했다. 여기에는 러시아로부터 독립한 C.I.S. 국가인 우즈벡, 키르키즈스탄, 카자흐스탄 등도 동조하여 그 힘을 키워가고 있기도 했다.

전쟁과 평화, 그 갈림길

　체첸 사건의 후유증이 채 가시기도 전에 유아이의 듀크 사무총장이 아프간 사태의 중재를 위한 길에 나섰다. 아프간은 무엇보다도 안전의 사각지대에 있어 걱정이었지만, 산전수전 다 겪은 듀크 공으로서는 그런 것이 별 문제가 되지 않았다. 유엔과 달리 유아이로서는 안전보장 장치도 없고, 따라서 국제조직이라고는 하지만, 그 신분이 민간조직일 수밖에 없는 듀크 공 일행은 그런 위험을 감수할 수밖에 없었다.
　당초 회담을 위한 사전 준비 과정에서 이란과 파키스탄, 그리고 아프간 국내 이렇게 세 곳 중에서 회담 장소를 상의하던 중, 이란은 회교 과격파의 중재 거부로 회담 장소에서 제외되었고, 아프간 국내는 집권 정부를 믿지 못하는 알카에다의 반대로 제외됐었다. 그리고 파키스탄도 알카에다가 파키스탄과 가깝게 지낸다는 이유로 아프간 정부의 반대가 있었지만, 파키스탄 정부가 안전을 보장하기로 해 어렵게 회담이 성사되었다.

　회담 장소는 파키스탄 외곽의 아프간과의 국경도시인 '안차'로 결정되었다.

안차는 도시라고는 하지만 파키스탄과 아프간을 연결하는 아주 작은 소도시에 불과한 곳으로서, 이 모든 과정은 비밀리에 전개되었다.

안차에서의 회담이 쉽게 결말이 날 순 없는 일이었다. 미국이 듀크 공에게 중재를 요청한 것 자체가 심상찮은 일인데다가, 아프간 정부가 그들에게 적대적인 알카에다와 협상테이블에 앉게 할 때는 아프간 정부와 알카에다 모두에게 무언가 줄 선물이 있어야 할 것이기 때문에 그 과정은 지루한 줄다리기가 될 것이었다.

"유아이의 듀크 사무총장입니다. 아프간 정부의 전권대사인 '무스타파'와 알카에다의 '알키에프'장군이 어려운 자리를 만들었습니다. 오늘 이 자리가 한 번의 만남으로 결론을 만들 수는 없을 것이며, 긍정적인 합의가 도출될 때까지 수차례 회담을 이어 갈 것입니다. 그래서 모두 시간에 구애받지 마시고,... 마음의 여유를 갖고 회담에 임해 주시면 감사하겠습니다. 자! 그럼, 무스타파 대사께서... 먼저, 회담에 임하는 자세에 대해 한마디 해 주시기 바랍니다."

모든 회담 내용은 비공개이지만, 만약의 경우를 대비해 듀크 공을 동행한 비서와 통역관이 대화 내용 그대로를 영상 녹음하면서 정리 및 기록해가고 있었다. 그 자료들은 회담이 끝나면 양측에 그 내용 그대로가 전달돼 향후 전개될 상황의 기본 지침으로 사용될 예정이었다.

"저는 무스타파입니다. 아프간 대통령의 전권을 위임받은 특명전권대사로서, 아프가니스탄이라는 국가를 부정하지 않는 한, 어떤 나라 어떤 세력과도 평화를 얘기해 나갈 것입니다..... 그런 측면에서, 지난 수십 년간 우리 아프간 정부를 인정치 않고, 무장투쟁을 벌여온 알카에다와 마주앉아 회담한다는 것은, 우리 정부의 강력한 평화에 대한 의지와 함께, 국제사회의 적극적인 후원에 근거하고 있다는 점을 분명히 밝힙니다.

"훌륭한 말씀입니다. 이 자리는 지난 수십여 년간 이어져 온 아프간 정부와 알카에다 간의 갈등 가운데, 평화를 논의하는 자리입니다. 그런 만큼 쉽지 않은 자리가 될 것입니다. 이번에는 알카에다의 알카에프 장군께서도 회담에 임하는 자세를 한마디 해 주시지요."

"알카에다의 알카에프 장군입니다. 아프간 정부가 어떤 이유에서 회담을 받아들이기로 한 것인지 알 수 없지만, 회담을 진행하기 위해선, 그동안 아프간 정부군이 우리 알카에다에 했던 그 많은 살상에 대한, 분명한 언급과 사과가 전제되어야 할 것입니다. 우리는 오직... 아프간에 알카에다 정부를 만드는 일 외에는 관심이 없다는 점도 분명히 밝힙니다....... 그러나 어찌 됐든 간에, 이곳 안치가 우리의 활동 근거지와 마찬가진데... 이곳을 회담 장소로 결정해 주신 데 대해서 감사 드리고, 우리도 회담에 대한 기대가 크다는 점을 먼저 밝힙니다."

아프가니스탄은 구소련으로부터 침공당한 이후, 한때는 소련의 위성국가와 같은 역할을 했었다. 알카에다는 그때, 아프간의 자유와 평화수호를 위해 결성된 단체였었다. 그러다 소련이 철수하고 미군이 다시 아프간에 주둔하기 시작하면서 '친미(親美)'정책으로 전환한 아프간 정부에 반기를 들면서 '빈 라덴'이라는 사람이 자금과 조직을 장악했고 그 세력을 키워, 인류역사상 전무후무한 9·11이라는 엄청난 테러 사건을 미국 본토에서 일으키기도 했었다.

그런 알카에다를 국제사회는 아프간 정부에 반대하는 세력으로 규정한 것은 물론, 거기에다 세계적 테러단체로 낙인찍어 일방적인 타도 대상으로만 취급해 왔었다. 하지만, 알카에다는 국제사회의 그런 시각과는 달리, 아프간에서 알카에다 정권을 창출하고, 아프간을 지배하는 것이 그들의 목표가 되고 있었다. 알카에다는 그런 그들의 활동이 제대로 알려지지 않고 그들의 계획이 허락되지 않았기 때문에, 아프간 정부에 반대하고 저항하면서 그들의 의지를 국제사회에 알리고자 강한 반발 수단으로서 테러를 해왔던 것이었다.

그런데 그 대상이 세계 최강이라는 미국을 상대로 하는 것이어서, 미국의 테러단체 규정이 곧 알카에다의 성격 규정이 되어 버린 것이었다. 그런 알카에다와 대화를 할 수 없다던 미국이 알카에다와 대화에 나선 것은 극히 이례적이면서도 서두르지 않으면 안 될 이유가 있었는데, 그것들 가운데 중요한 하나가 세계 유일의 국가를 자처하고 나선 중국과 알카에다의 유착 관계 조짐이었다.

알카에다와 아프간 정부 사이의 회담이 쉽게 이루어지리란 예상은 아무도 할 수 없었다. 그런 가운데 이틀간의 팽팽한 줄다리기가 끝나고, 1개월 후 다시 '안차'에서 만날 것을 약속하고 자리를 떴다. 회담 내용 자체는 일체 비밀에 부쳐졌지만, 아프간 정부와 알카에다 사이의 중재 사실이 널리 알려진 듀크 공이 유아이로 돌아오자 유아이에 와 있는 언론들의 관심이 집중됐다. 그 사이에 유아이나 듀크 공이 의도했든 의도하지 않았든 간에 다양한 추측 기사가 보도되고 있었다.

그러나 듀크 공은 '노 코멘트(No Comments)'로 일관하며, 입을 다물고 있었다. 그것은 회담중재자로서 당연히 해야 할 일이었다. 하지만, 평화재단 이사장 이상철과의 단독 만남을 통해 회담 상황을 두 사람만은 공유하고 있었다. 그 회담 내용과 결과가 평화재단의 앞날에도 영향을 미칠 수 있는 일이기 때문이었다.

"듀크 공! 고생하셨습니다. 많이 힘드셨죠?"

"저야... 늘 하는 일이어서 큰 어려움은 없었습니다만, 이사장님께서 노심초사하셨죠?"

"저야... 듀크 공과 사전에 교감이 있어서, 듀크 공을 믿고 그저 쉬고 있었습니다. 어떠셨든가요? 상상하기 어려운 격론들이 있었죠?"

"예, 상상 이상이었습니다. 이사장님! 조만간 알카에다가 유아이에 대표부를 설치하겠다고 했습니다."
"그래요? 그것만 해도 큰 진전 아니겠습니까?"
"그렇습니다. 알카에다가 지금까지... 누구와도 타협하지 않고, 독자노선을 걸어왔었는데요. 이번에 그런 의사를 적극적으로 내비친 것은, 이번 회담의 전망을 밝게 하고 있습니다."
"결국은 미국 생각이 어떻게 회담에서 반영되느냐..하는 것이 관건일 텐데요. 전망은 어떻습니까?"
"지난 1980년대부터, 거의 50여 년을 투쟁해 온 알카에다도 역사적 순리 앞에 무언가 결단을 내려야 할 때가 온 것 같기도 하구요. 아프간 정부 또한 알카에다와 함께 할 수 없다는 결론에서 한발 물러나 있는 듯합니다. 그렇다면, 서로가 전쟁을 통해, 뺏고 빼앗기든지... 아니면, 평화적인 해결을 하든지 두 가지 방법인데, 전쟁에 의한 방법은 서로가 공멸한다는 것도 지난 50여 년간의 싸움이 잘 증명해 주었을 것이겠지요? 결국은 평화적인 해결이 그... 답이 아니겠습니까? 다만, 평화적인 방법을 사용해 해결하는 데 있어 서로간의 명분과 실리가 중요하겠지요... 그래서 아마 알카에다가 우리 유아이 회원으로 들어오려고 하는 것이구요!"
"옳은 지적입니다. 듀크 공께서 양측에 그런 메시지를 잘 전달하시고, 공생할 수 있는 길을 찾아주시기 바랍니다. 이번 일이 제대로만 성사된다면, 우리는 유엔에서도 하지 못한 일을 해내게 되는 것입니다. 표현이 적절한지는 모르겠습니다만, 유엔이 팔레스타인 문제를 해결하는데 수십 년에 걸쳐 다양한 이해관계를 조정한 끝에, 아직 완전한 독립은 요원하긴 합니다만, 그래도... 독립 국가를 성취할 수 있었습니다. 그건... 엄청난 희생의 대가였다고 봐야 하겠지요. 그것에 비하면, 국제적

이해관계가 훨씬 덜 복잡하고, 알카에다와 아프간 정부 모두가 평화적 해결에 기대를 걸고 있는 만큼, 팔레스타인 독립과정을 반면교사로 삼아, 듀크 공이 중재에 크게 성공하리란 생각이 듭니다."

"당연한 일입니다. 이것은 누구누구 개인을 떠나, 저와 우리 유아이가 이룰 수 있는 첫 번째 독립 국가가 될 수 있는 아주 귀중한 일이 될 것입니다. 따라서 어떤 일이 있더라도 이 소중한 기회를 놓치지 않도록 하겠습니다."

"무엇보다도 중요한 것은... 이 일이 아프간 민족의 미래가 달린 것이고, 지난번 미국과의 대화에서처럼, 우리에게도 무언가 중요한 터닝포인트가 될 수도 있을 것입니다. 듀크 공이 잘해 내실 것을 믿고요. 그리고 저도 듀크 공이 2차 회담을 하러 간 사이에 스웨덴 국제펀드 본부를 가봐야 하지 않을까 생각합니다."

"무슨 일이 있으십니까?"

"글쎄요. 무슨 일이라기 보다는, 국제펀드를 보다 확대하고, 그 운영 역량을 키우기 위해선 미국의 힘이 필요하다는 것이 현실 아닙니까? 그렇다고 미국을 대놓고 만나서 돈을 달라고 할 수도 없는 일이고요. 그래서 스웨덴에서의 펀드 협의를 매개로, 스톡홀름에서 그 사람들을 만나려고 합니다. 유아이 평화재단 펀드의 확보, 공채발행 문제, 유아이 국제대학 설립, 유아이 민족교육 문제 등을 포괄적으로 논의해 볼 작정입니다. 또, 유엔과의 관계 설정 문제도 언젠가는 얘기해야 할 때가 올 것 아닙니까? 이번에 그런 문제들을 함께 연계해 생각해 보려고 합니다."

"이사장님! 그렇다면, 이 모든 일들이 하나의 연속선상에 이루어지고 있는 일련의 연계 구조를 가지고 진행된다고 보면 되겠습니까?"

"그렇습니다, 듀크 공! 그래서 듀크 공에게 거는 기대가 크다는 것입니다."

"알겠습니다. 이사장님! 이번 일이 저의 두 번째 임기에서 맞는 최대의 난제이면서도, 최대의 성과를 낼 수 있도록 해보겠습니다"

"하하...그러고 보니 벌써 두 번째 임기가 시작된 지도 꽤 시간이 흘렀네요, 역시 듀크 공은 대단한 분이십니다."

"제가 아니라 이사장님이 그렇습니다. 존경을 표합니다."

"무슨 말씀을요. 유아이가 듀크 공과 저를 이렇게 만든 것입니다."

서로 덕담을 주고받고 있지만 그들에게 닥칠 일은 결코 만만찮은 일들 임을 짐작하고도 남음이 있었다. 아프간에서 1차 중재 회담이 끝나고 한 달 후에 있을 2차 회담이 시작되기 전, 알카에다 대표단이 유아이로 입주해 들어왔다. 그러자 또다시 언론의 관심이 집중되었고, 그들에게 유아이 농장이 배정되면서 사무실 정비 작업부터 곧바로 시작되었다. 그들은 예상 외로 풍부한 자금력을 갖추고 있는 듯 다른 그룹들과는 비교도 안 될 정도로 집중적인 투자로 단시간 내에 사무실을 꾸려 가고 있었다.

그런 가운데 2차 회담이 시작되었다. 회담 장소는 1차와 마찬가지로 '안차'였다. 1차 회담과 달리 아프간 정부는 전략적이든 전술적이든 간에 굉장히 유연한 자세를 보이며, 알카에다를 대하는 듯했다.

"우리는 알카에다와 지난 50여 년 이상, 지리한 싸움을 해왔습니다. 그간의 수많은 죽음과 국가 전복의 위기를 겪으면서도 여기까지 온 것은, 순전히... 우리가 섬기는 '알라'의 뜻이 아닌가 생각합니다. 알카에다도 그렇고 우리도 그렇고, 이슬람이라는 근본은 같습니다. 그러나 이슬람에서 분파된... 믿음이 다른 우리 두 계파는, 같은 민족을 종교적 신념으로 나누고 말았습니다. 그것도 '알라'의 뜻입니다. 지난 50여 년간 한시도 평화를 이룬 적이 없었지만, 이제는 서로가 피의 전쟁이 아닌... 새로운 방향을 모색해야 할 때가 온 듯합니다. 그런 관점에서 우리 아프간 정부는, 이 시간 이후, 알카에다와 함께 아프간의 평화와 미래를 논의 할 것입니다."

아프간 정부의 이런 유화적인 외교적 술사는, 1차 회담 이후 치열하게 전개된 미국과의 협상 결과인 것은 분명해 보였다. 아프간의 평화를 위한 단안을 내릴 수 있는 나라는 미국밖에 없으며, 미국이 아프간 정부를 위해 보이지 않는 지원이 약속되었을 것은 어렵지 않게 짐작해 볼 수 있는 일이었다.

"우리 알카에다도, 이미 유아이에 대표부를 보내 상주할 수 있는 작업에 착수했습니다. 우리도 더 이상 국제사회의 미아나 고립된 곳이 아닌, 적극적인 동참의 길로 나갈 것입니다. 그러기 위해선 이 회담이 우리에게 희망을 줄 수 있어야 할 것입니다."

과거, 알카에다는 '빈 라덴'이 주도하던 시절, 미국 한복판이며, 미국 심장부인 뉴욕과 '펜타곤(국방부)'까지 공격하는 9·11 테러까지 자행했고, 미국은 그 빈 라덴을 수년간 어렵게 추적해 사살하기도 했었다. 그래서 알카에다는 테러 집단으로 규정돼 국제사회에서 배척받는 집단이 되었지만, 9·11 테러 사건이 난 지 수십 년이 지난 지금은, 미국의 배후 조정하에 새로운 민족국가 건설을 타진하는 것이 아이러니한 일이 아닐 수 없었다.

이런 2차 회담의 진행 과정을 지켜보면서, 듀크 공은 알카에다의 독립 국가가 이루어질 수 있다는 희망을 점점 더 크게 키워가고 있었다. 2차 회담 역시 쉽게 결론이 나지 않을 일이었지만, 2차 회담은 3일간이나 진행됐고, 1차 회담과는 달리, 회담 마지막 날 저녁에는 화기애애한 만찬까지 이어졌다. 겉으로 보이는 행사와 달리, 앞으로 3차 회담에서 이루어질 합의 사항을 위한 치열한 막후 협상들이 진행될 것이지만, 평화를 위한 의지가 그들의 얼굴에 드러나고 있었다.

"그동안 고생들 하셨습니다. 그럼, 이번 2차 회담에서 합의된 결과를 발표하도록 하겠습니다. 하나, 3차 회담은 유아이 본부에서 두 달 후에 개최하기로 했다. 하나, 유아이에서 이루어질 3차 회담까지 도출된 양자 간의 합의 안건을 바탕으로 한, 최종 합의는 유엔본부에서 논의하되, 그 일자는 3차 회담 결과에 따라 정한다."

무엇보다 양자 간의 3차 회담이 유엔이 아닌 유아이에서 진행된다는 점에서 모두의 궁금증이 집중됐다.
"유엔이 아닌 유아이가 3차 협상 장소가 된 이유는 무엇입니까?"
"아프간이라는 국가가 알카에다라는 단체와 개별협상을 가지면서, 유엔이 아닌 유아이까지 가야 할 이유는 무엇인가요?"
"유아이의 위상과 실체가 부각되는 기회가 될텐데요... 유아이가 중재 당사자가 된 이유와도 관계가 있는 것입니까?"
아프간 정부와 알카에다 간의 회담임에도 불구하고, 언론들은 유아이와 듀크 공에게 관심이 집중되었고, 더불어 유아이의 위상이 한껏 높아지는 일이 되고 있었다. 그러나 그런 평화에 대한 갈망과 중재가 과연 평화적인 방법으로 전개될지 아니면 어느 한쪽으로 일방적 파기로 인해 또다시 내전으로 이어질지는 아무도 알 수 없는 상황이 전개되고 있기도 했다.

2차 회담이 끝나고 유아이에서 3차 회담이 있기 전, 유아이 평화재단 이상철 이사장과 비서실장 이순기는 모든 것을 듀크 공에게 맡긴 채, 조용히 스위스 유아이 본부를 떠나 스웨덴으로 향했다. 스웨덴의 국제펀드 본부와 기금 운용에 관한 협의를 한다는 명목이었다. 따라서 스웨덴 방문은 특별한 일도 아니고, 통상적으로 이루어지는 일로 포장되고 있어서 그 일로 인한 언론이나 세간의 주목을 받을 일도 없었다. 더욱이 펀드를 관리하는 유아이 펀드 지부장이 동행한 관계로 그 부분에 대한 관심을 별로 두고 있지 않은 듯했다.

그러나 정작 그런 그들이 이루어지는 스톡홀름에서 만난 사람들은 모두 의 생각을 벗어난 미국과 영국의 외교관들이었다. 그 나라들 역시 국가들의 연합체인 유엔이 아닌 각 민족 그룹들이 모인 유아이를 국가가 직접 나서 공 개적으로 만나기에는 아무래도 쉽지 않은 일이었다. 그중에서도 영국(U.K.) 외무부 관리의 입장은, 미국 관리와는 달리 대단히 엄중하게 보일 정도로 경 직된 모습이었다.

"제가 유아이 평화재단 이사장인 이상철입니다"
"저는 영국 외무부의 '존슨'입니다."
"저는 미국의 '맥킨' 입니다."

서로가 간단한 인사말을 주고받자마자, 영국의 존슨이 나섰다.
"이사장님! 유아이에서, 우리 영국(U.K.)의 아일랜드와 웨일스가 주도적 인 역할을 하고 있지요?"
처음부터 기선을 제압하려는 듯 존슨은 아일랜드와 웨일스 얘기를 꺼냈다.
"유아이 사무총장(General Secretary)인 듀크 공이 아일랜드 분이십니다."
"알고 있습니다. 그 듀크가 우리에겐 아주 강경파로 알려진 인물입니다. 그가 아일랜드 공화군의 지도자가 된 후, 우리 경찰이나 보안당국에서 아주 주시하는 인물인지도 잘 알고 계시지요?"

단도직입적으로 묻고 나오는 존슨에게 이상철은, 국제펀드에 대한 여러 가 지 이야기를 나누어야 하는 입장이었기 때문에 대단히 조심스럽게 답을 이 어갈 수밖에 없었다.
"그건 유아이가 잘 알 수 없는 일이지만, 듀크 공이 유아이 사무총장인 것은 확실하고, 또, 유아이 사무총장 자격으로 이번 아프간 평화회담 도, 성공적으로 잘 이끄는 것으로 압니다."

"이사장님! 저는 지금, 아프간 얘기를 묻고 있는 게 아니잖습니까?"

그러자 스웨덴의 국제펀드 이사장이 존슨의 말을 듣고 있다가, 가로막으며 나섰다.

"오늘... 우리 본부에서는 귀한 분들을 모시고, 펀드 운용 전반에 관한 협의를 하기 위해 만난 것입니다. 그런 얘기는 나중에 따로 마련될 개인적인 시간을 활용해 주시고, 지금부터는 펀드와 관계되는 얘기에 집중해 주시면 감사하겠습니다."

"펀드가 누구를 위한 것입니까? 결국 그 돈이... 우리에게 화살이 되어 돌아올 것인데 그런 문제가 먼저 언급되어야 하지 않겠습니까?"

"이사장님! 우리, 미국의 입장에서도 잠시 한마디 드리겠습니다."

"그러십시오. 얼마든지요..."

미국의 맥킨도 유아이에 대해 할 말이 많을 것이지만, 감정적인 것을 억제하는 듯하면서, 아주 기본적인 입장에서 이야기를 시작하고 있었다.

"우리 미국으로서는 솔직히 말해, 아직은 크게 걱정하는 단계는 아니지만, 앞으로 우려할 만한 일이 생기면, 그땐... 영국(U.K.)과 같은 입장이 될 수도 있습니다."

"무슨 말씀이신지요?"

"아마... 알고 계시는 것으로 압니다만, 우리 미국의 인디언과 알래스카 그리고... 괌 등등 말입니다."

"예. 잘 알고 있습니다."

"그럼, 그곳들에 대한 우리 미국의 입장도 이해하고 계시지요?"

"예. 기본적인 입장에 대해선 잘 알고 있습니다."

"아시다시피 우리 미국은... 아메리카니즘을 바탕으로 연방제를 실시하고 있고, 다른 어느 나라보다도 각 지역과 민족들의 자치를 존중하고 있습니다. 그럼에도 불구하고, 그에 반하는 움직임이 발생한다면 그것은 유아이에게도 상당한 부담이 되지 않을까 합니다."

미국의 맥킨은 영국의 존슨처럼 직접적인 표현을 하진 않았지만, 유아이가 미국과 미국령에 있는 지역들을 회원으로 받아들이고 활동하게 한다면, 미국으로서도 결코 가만히 보고 있지만은 않을 것이라는 암시를 주는 것이다.

"그런 부분에 유념해 주신다면, 우리 미국으로서는 이사장님께서 희망하시는 여러 분야의 재정수요에 일정한 기여를 할 그런 준비가 되어 있습니다만... 모든 것은 유아이가 어떻게 하느냐에 달려있다고 봐야 하지 않겠습니까? 영국(U.K.)도 그런 면에서 기본 입장은 같다고 봐야겠지요?"

그러자 영국의 존슨이 나섰다.

"솔직히 말씀드리자면 우리 영국은 지금, 유아이가... 아일랜드와 웨일스가 활동하는 장이 되어 있어서, 자금지원이 어려울지도 모를 일입니다. 물론, 인도적인 차원에서...그리고 국제기금으로 운영되기 때문에, 직접적으로 그 운영에 대해 이렇다 저렇다 할 순 없는 일입니다만, 그런 측면에서 우리가 지원을 늘리거나... 또는 국제적 분담금을 늘린다는 데에는 명분이 약합니다."

영국이 하는 그 말은, 아일랜드와 웨일스가 유아이에서 활동하는데, 자금을 지원하거나 늘리는 것은 곤란하다는 뜻을 표현하는 것이었다.

"영국의 입장에 대해선, 충분히 공감하고 있습니다. 그러나 국제 주권과 인권, 그리고 민족자결주의라는... 세계적 인식과 각 민족의 시각에서 보면, 모든 것은 양면성을 가지고 있다고 봐야 하지 않겠습니까?"

유아이 그룹들의 입장을 옹호하는 말이 이어지자, 스웨덴 국제재단의 '빈치'가 나타나 분위기를 바꿔보려는 듯 말을 이었다.

"자자! 차 한잔씩들 하시고 얘기 나누시도록 할게요. 처음부터 분위기가 너무 달아오른 듯합니다."

잠시 차도 한 잔씩하고, 담배도 피우면서 자유로운 시간이 주어졌다. 그러자 공적인 분위기에서 딱딱했던 것과는 전혀 다른 얘기가 영국(U.K.)의 '존슨'에게서 나왔다.

"이사장님! 스위스의 유아이가 요즘, 국제적 관심이 집중되고 있던데요?"
"관심이라기 보단... 그런 일을 하다 보니까 자연스럽게 그렇게 된 것이지요."
"그래서 공적인 신분으로는 곤란하겠지만, 개인 자격으로 한번 방문하고 싶은데, 가능하시겠습니까?"
"그럼요, 얼마든지요. 다만, 신분이 신분이라서... 혹시나 영국 정부로부터 오해를 사는 일은 없어야 할 텐데요?"
"그런 걱정 마십시오. 사실 저도 영국을 위해 일하고는 있습니다만, 조만간 저도 그만둘 때가 올 것이고... 그렇게 되면 웨일스를 위해 무언가 해야 할 일이 많을 듯합니다."
"웨일스요? 그럼, 웨일스하고 무슨 관계가..."
"저는 할아버지가 웨일스에서 사셨고, 아버지가 런던으로 옮겨 왔습니다. 제가 영국(U.K.)의 외교관 신분이라 어쩔 수 없이 수행해야 하는 것을 제외하고, 저도 웨일스의 피가 흐르고 있습니다."
"그래...요? 그럼 우리 유아이에 와계신 웨일스의 위버 공에 대해서도 잘 아시겠네요?"

그렇게 강경하게 발언했던 존슨이 개인적인 자리에서 그런 얘기를 하는 것은 전혀 뜻밖의 일이었다. 그러자 미국의 '맥킨'이 나서며, 말을 건넸다.

"이사장님! 저는 히스패닉 계열의 미국인입니다. 저도 할아버지 때 미국으로 왔는데... 안데스족 후손입니다."

"안데스...요?"

"예, 안데스 말입니다. 혹시 그쪽에서도 유아이에 관심을 두고 있지 않던가요?"

"안데스요? 말씀드려도 될지 모르겠습니다만, 그렇게 말씀해 주시니까 잠깐 한마디 드린다면... 안데스족은 지금, 여러 나라로 나뉘어 있는 것으로 압니다."

"그렇습니다. 페루, 콜럼비아, 칠레 등등 원류는 같은데, 여러 나라로 분리되어 살고 있습니다."

"예, 알고 있습니다. 그래서 드리는 말씀입니다만, 우리 유아이에 '안데스족 연합'이라는 명칭으로, 유아이 초창기부터 관심을 가져왔었습니다. 여러 가지 사정으로 인해, 유아이에 들어올 입장이 되지 못해서 아직은 들어오지 못하는 것으로 알고 있습니다."

"그렇습니까? 벌써 그런 접촉이 있었는지는 미처 생각지 못했습니다. 이사장님! 저도 나중에, 그 일에 나설지도 모르겠습니다."

"얼마든지요. 그러실 수만 있다면... 얼마든지 활동할 수 있는 공간을 만들어 드리겠습니다."

"감사합니다. 이사장님!"

각자 차 한잔씩 하면서 나눈 개인적인 얘기들은 회의장 분위기를 전혀 다른 모습으로 만들어 놓고 있었다. 회의가 다시 시작되자 미국의 맥킨은 이상철의 아들에 대한 이야기를 꺼냈다.

"아드님이... 우리 미국의 상원의원이신 휴 해밍턴의 사위더군요?"
"어쩌다 보니, 그렇게 됐습니다."
"이 부분은 공적(公的)인 것이니 오해가 없길 바라면서..."
"말씀하십시오!"
"예! 조심스럽긴 합니다만... 아드님이 앞으로 상원의원인 휴의 지역구를 맡을 것이라는 소문이 있는 줄 압니다만,"
"예. 저도 그렇게 듣고 있습니다."
"그래서 드리는 말씀인데요. 아드님의 소수민족을 대하는 입장도, 결국 미국의 가치를 벗어나게 되면... 물론, 저도 안데스인이고, 아드님은 한국인이긴 합니다만, 하지만, 국가라는 것과 그것과는 서로 다른 별개의 입장이라는 것을 충분히 감안하셨으면 합니다."
"그것은...아들이 알아서 할 일이지만, 기본적으로는 맥킨의 생각에 동의합니다."

맥킨은 미국의 입장에서, 펀드 사용이 미국에 불리하게 사용되는 것을 미리 차단하고자 하는 의도를 가지고 있었지만, 노련한 이상철은 그런 것에 일일이 대응하지 않은 채 받아넘기고 있었다. 어찌 되었든 간에 이상철은 그들을 통해, 유아이 평화기금의 전입을 확대하고, 유아이의 다양한 재원을 확보하는 것이 주요 목표가 되고 있었기 때문에 신중한 응대를 하고 있었다.
"이사장님의 고향인 한국의 호남에서도 자주권을 원하는 것으로 압니다만..."
"그렇습니다. 그러나 한국은 남·북으로 나뉘어 있고, 북한이라는 변수도 있습니다. 그리고 미국과 중국이라는 양대 강국의 영향력도 워낙 큰 지역이라 앞으로 어떤 방향으로 나가야 할진 두고 봐야 하지 않겠습니까?"
"우리 미국으로선 과거...한국에서 민주화가 진행되던 당시의 인연도 있고, 특히, 광주와는 다양한 인연들이 있었던 것으로 기억합니다. 그래서 호남에 힘이 되어 줄 수도 있지 않을까도 생각합니다만…"

"그건 무슨 뜻인가요?"

"한국 내에서 어떤 변수가 발생하면, 북한이 이를 이용하려고 할 것이고… 미국이 한국에서 철수를 말하고는 있지만, 아직은 미군의 막강한 군사력이 북한을 억제하는 데 큰 힘이 되고 있다는 현실적인 논리 말입니다."

"그건 그렇습니다만, 지금은 과거와 사정이 많이 달라졌지요."

"거기에다, 중국도… 미국이 있는 한 한국에서 함부로 하지는 못할 것이구요. 호남은 그런 역학적 관계를 잘 이용하면, 좋은 기회가 올 수도 있지 않을까요?"

"그건…"

맥킨이 말하는 것은 그의 개인적인 생각이라기보다는 미국 외교부가 갖는 생각의 상당 부분이 그의 생각과 합쳐져 있다고 보아야 할 일이었다. 그래서 이상철도 더욱 맥킨의 말에 별다른 이의를 달지 않고 열심히 듣고 있는 것이었다.

"유아이 국제대학 설립 건도… 계획을 보니까 향후 5년 정도, 집중적인 투자가 있어야 할 듯 한데요?"

"그렇습니다. 민족교육이라는 것이… 다양한 민족의 언어와 문화, 사회적 요건들이 고려되어야 하고, 또, 보편적 가치를 지닌 세계시민으로서의 기본 교육이 되어야 하기 때문에 여러 가지 어려움이 많이 있습니다."

"아무래도 그럴 것입니다. 대학을 설립해 교육하는 것이야 문제가 되겠습니까만, 설립된 대학이, 각 민족의 미래가치와 충돌을 일으킨다면, 그것이 가장 큰 어려움 가운데 하나가 되겠지요!"

"글쎄요. 그것은 보편적 가치와 교육 기회의 문제이지, 국가와 민족간의 갈등이라는 측면과는 다소 다른 문제가 아닐까... 하는 생각을 조심스레 해 봅니다."
"물론, 그 말씀에 동의 하구요. 옳으신 말씀입니다만, 그러나 그런 것들이 우리 입장에선 다소... 우려되는 부분이라는 것입니다."

그렇게 유아이 대학설립 문제와 유아이 시티 내 각 그룹의 후생 복지 문제, 유아이 자립을 위한 공채발행 문제까지도 허심탄회하게 순조로운 논의가 진행되고 있었다.
"유아이가 유엔과의 관계를 재정립하는 문제에 대해서는 어떻게 생각하고 계시는지요?"

맥킨은 유엔에 관한 유아이의 입장도 알고 싶어 하는 듯했고, 유엔을 실질적으로 배후에서 움직이게 하는 미국의 입장에서도, 유아이의 정체성이 궁금하다고 보아야 할 것이었다.
"우리는 유엔과 대립하거나, 경쟁할 생각은 전혀 없습니다. 현실적으로, 그럴 힘도 없고요. 또, 그래서도 안될 일입니다. 유엔은 말 그대로 주권 국가들의 연합체(United)로서, 회원국들이 분담하는 재원과 막강한 외교, 군사력을 갖춘 세계 최고의 조직입니다. 그에 비하면 우리 유아이는 그저 아주 미미한 민간재원의 지원을 바탕으로, 민간이 세운 개별 민족의 단순한 모임에 불과합니다. 그 어느 분야에서도 감히 비교하거나 견줄 수는 없는 것이지요."
"그렇다면, 유엔과의 협조 가능성에 대해서는 어떻게 생각하시는지요?"
"글쎄요. 그것과 유아이를 구성하는 회원그룹의 입장과는 많은 차이가 있을 듯합니다. 한 국가에 속해있는 민족이... 그 국가의 지배를 거부하거나, 독립하고자 하는 의사를 가진 집단을 구성해 유아이의 회원이 되는 만큼... 유엔과는 근본적인 취지가 다르고, 또, 유아이 회원국이 만약에 독립해서 국가를 만들 경우, 그때는 그 그룹이 유엔의 회원국이 되겠지요. 그것이 순리이고, 우리가 바라는 것입니다."

"그 말은 충분히 이해가 됩니다만, 유엔과 우호적인 파트너쉽을 구축하지 못하면, 유아이의 재원 운용이나, 각국으로부터의 견제에 시달릴 가능성이 크지 않겠습니까?"

"옳으신 말씀입니다. 그것이 우리 유아이로서는 가장 큰 어려움이라고 해도 과언이 아닐 것입니다. 그렇더라도 우리 유아이가 만들어진 목적이 무엇인지를 생각해 보면, 그런 일들은 충분히 극복해 나갈 수 있다는 생각입니다."

그들은 유아이가 유엔과의 협조 관계를 구축하고, 그 속에서 재원 운용의 영역을 넓혀 가기를 바라고 있는 것이 분명했다. 결국, 재원이 전제되지 않는 유아이는 생각할 수 없고, 그 재원을 통해, 유아이를 견제하거나 통제하려고 하는 것이 그들의 생각인 것이었다.

이상철은 그들과의 회동을 마치고, 스웨덴에서 비서실장인 이순기와 함께 오랜만에 단둘이 시간을 가질 수 있었다.

"이 실장! 많이 힘들지?"

"이사장님이 더 힘드시지요! 저야 뭐..."

"오늘 따로 보자고 한 것은, 이 실장이 어디 좀 다녀와야 할 것 같아서요."

"제가요? 갑자기 어디를요?"

"엉. 잘 들어 보게. 일본 후꾸오까를 가봐야겠어!"

"거기는 왜요? 무슨 일이 있습니까?"

"내가 가봐야 할 자리인데... 나는 재단 일을 봐야 하는 입장이 아닌가? 거기에다 우리 유아이에 한국 대표가 나와 있긴 하지만, 내가 한국 대표부만을 따로 볼 수도 없는 입장이라... 이번에 후꾸오까에서 행사가 있고, 마침 그 자리에 한 회장이 간다니까 자네가 나 대신 후꾸오까로 가서 행사에 참석하고, 한 회장도 만나시게! 며칠... 구경도 좀 하고, 한 회장 만난 지도 오래됐으니까 회포도 좀 푸시고!"

"그럼 제가 어떤 이야기를 해야..."

"잘 듣게! 후꾸오까의 요시라 단주가.. 곧 일본의 우익단체들과 정면으로 대치하는 상황을 만들어 낼 걸세. 그 자리에 한국대표단으로 한 회장이 참석해 격려의 연설도 해야 할 것이고..."

"예..."

"그러니 자네가 가서, 내 뜻도 전하고, 그들과 우리 유아이가 함께 하고 있다는 모습을 보여 주면 되는 거야! 무슨 뜻인지 알겠소?"

그러면서 이상철은 비서실장 이순기에게 유아이의 입장과 한국의 상황, 후꾸오까의 입장 등, 이순기가 유아이 재단 비서실장으로서 알고 있는 내용은 물론, 알지 못했던 내용들까지도 소상히 설명해 나갔다.

스웨덴에서 곧바로 이 실장을 후꾸오까로 보내고 난 이상철은 스위스 농장에 있는 부인 송 여사에게 연락해, 뉴욕에서 만나자는 약속을 해 두었다. 오랫동안 유아이의 안방마님 역할을 하느라 지쳐있는 송 여사를 배려하면서, 손주 녀석을 낳았다는 소식만 듣고, 인터넷으로 보기만 했지 한 번도 만나보지 못한 아쉬움도 달래기 위한 것이었다.

뉴욕에 있는 상원의원 휴 해밍턴 내외도 두 사람을 반갑게 맞이해 주었다. 휴는 이상철 부부가 뉴욕에 머무는 동안 자신의 집에서 머물길 바랐지만, 송 여사가 아이들과 조용히 지내겠다는 생각을 가지고 있어, 뉴욕에서 가까운 있는 휴의 별장에서 지내도록 배려 해 주었다. 극히 개인적인 방문이고, 아무리 노출되지 않게 움직인다 해도, 미국 정보부가 그의 행적을 놓칠 일은 없었는지, 휴에게 미국 정보요원이 찾아왔다.

"의원님! 본의 아니게, 국가 안보 차원에서... 의원님께 허락받지 않은 상태에서 우리 요원들을 배치하게 된 점, 양해 바랍니다."

"그건 왜요? 우리 가족들의 모임인데요~?"

"이 문제는 의원님과 저희만 알았으면 해서요... 그래서 특별히 이렇게 찾아뵌 것입니다."

"무슨 문제라도 생겼습니까?"

"아무 문제 없습니다. 다만, 국가적 차원에서 보면, 유아이 평화재단 이사장님이 방문하고 있다는 점 때문입니다."

"그것이 왜요? 개인적인 방문 아닙니까?"

"그렇긴 합니다만... 만약에 어떤 문제가 생기면, 다른 곳도 아닌 미국이라는 특수성과, 유아이 이사장이라는 신분적인 것들이... 우리 안보에 큰 부담을 줄 수도 있다는 국가정보국의 판단입니다."

"그래요? 그건 그럴 수 있다는 생각입니다. 하지만, 가능한 한 드러나지 않도록 해 주시길 부탁드립니다."

"물론입니다. 책임자로서 약속드립니다. 위험한 사건이 발생 되지 않는 한 어떤 경우에도... 드러나지 않게 하겠다는 약속을 드립니다."

아들 구이와 며느리 샐런도 아버지. 어머니가 예고 없이 갑자기 미국에 오는 바람에 오랜만에 덩달아 휴가를 얻은 셈이 되었다. 그렇게 약속 없이 모인 가족들은 그간 하지 못했던 얘기도 나누고, 가족간의 오붓한 시간도 만들어 갔다. 상원의원 휴는 사돈인 이상철 부부를 위해, 귀한 손님을 모실 때 그들이 가끔 하던 바비큐 파티를 가졌다. 모든 사람이 배제된 채, 휴와 부인, 이상철과 송 여사, 영과 샐런 그리고 갓난이 손주, 이렇게만 이었다.

오로지 가족끼리만 별장에서 만날 수 있는 것도 처음 있는 일이었다.

"이사장님! 우리가 스웨덴에서 만나 뵈었어야 했는데, 그때는... 선거가 코앞에 있어서 가지 못했습니다. 그땐 정말 죄송했구요. 결혼식 때도 손님들 치르느라 차분히 얘기할 기회조차 없었습니다. 늦긴 했지만, 이런 자리가 마련되어 정말 좋습니다. 이렇게 와주셔서 너무너무 감사하고요. 앞으로도 언제든지 오셔서 쉬었다 가셔도 좋습니다. 이제 가족 아닙니까..."

"저도 너무 좋습니다. 이 자리가 얼마만의 안식인지 모르겠습니다. 제 집사람도 아주 좋아하구요. 참으로 아름다운 밤입니다."

"그렇습니다. 이게... 우리 사람 사는 세상 아니겠습니까?"

누구랄 것도 없이, 그저 바비큐에 맥주, 그리고 가족간의 대화가 밤늦도록 이어졌다. 송 여사와 사돈인 엘리카는 손주가 옹알이하는 모습에 푹 빠져 시간 가는지도 모르게 웃음을 터뜨리곤 했다.

후꾸오까의 봄

지구온난화가 심화되면서 아열대성 기후로 바뀐 지 꽤 오래된 후꾸오까는 해양성 기후가 갖는 특유의 습기 품은 날씨가 끈적끈적함을 더해주는 7월의 뜨거운 여름을 보내고 있었다. 연일 40도를 오르내리는 기온은 이제 일상화되다시피 해, 뜨거운 한여름의 열기와 더위 속에 아무것도 할 수 없을 것만 같았지만, 요시라 단주가 앞장서고 있는 후꾸오까 독립단은 '후꾸오까'현을 순회하며, 후꾸오까의 정신을 일깨우고 있었다.

"오늘 우리는 후꾸오까의 오랜 숙원인 자치권을 달라고 외칩니다. 우리는 오랫동안 일본의 폭거에 저항해 왔습니다. 이제 우리의 진정한 힘을 보여 줄 때입니다. 후꾸오까가 일본 정부로부터 자치권을 얻는 그 날까지, 우리 모두는 투쟁할 것입니다."

그 자리에 유아이 이사장인 이상철이 보낸 비서실장 이순기가 동참하고 있었다.

"저는 후꾸오까가 자치권을 획득할 수 있도록 지원하고, 여러분들을 응원하기 위해 유아이에서 직접 나온 사람입니다. 이제 때가 왔습니다. 망설이지 마십시오! 여러분이 여러분 스스로를 찾고자 할 때, 후꾸오까는, 일본 속의 후꾸오까가 아닌 '후꾸오까'라는 여러분의 전통과 자존을 지켜내고, 후꾸오까의 새로운 역사를 끌어낼 수 있을 것입니다."

무게차(선거나 유세 때 사용하는 연설용으로 개조된 차량)에 올라탄 후꾸오까 독립단의 핵심 간부들이 교대로 후꾸오까의 자치권 획득의 당위성을 주장하고 있었다.

"저는 한국 광주에서 온 한상연입니다. 제가 여기에 온 것은... 후꾸오까 주민의 오랜 숙원인 여러분 스스로에 의한 자치권 확보 요구가, 우리 호남과 같기 때문입니다. 저는 요시라 단주와 함께, 후꾸오까 시민들과 뜻을 합쳐, 후꾸오까의 자치가 이루어지는 그 날까지 함께 응원하고, 힘을 모아 나갈 것입니다. 이 뜨거운 한 여름날의 태양도, 후꾸오까 시민들이 품고 있는... 자치를 향한 열정보다 더할 순 없을 것입니다. 저는 여러분의 후꾸오까가 자치권을 획득하는 그 날까지... 여러분과 함께 투쟁해 나갈 것을 약속드립니다."

일본 경찰도 그간 후꾸오까 독립단에 대한 여러 가지 정보를 입수해 비교적 상세한 후꾸오까 독립단의 계보까지 파악해 두고 있었다. 그러나 후꾸오까 독립단이 일본 헌법의 테두리를 벗어난 활동을 한 적이 없었고, 일본으로부터의 독립이 아닌 후꾸오까의 고유전통을 지키고, 자신들의 민족적 가치를 키워가며 살 수 있도록 자치권을 달라는 요청을 하는 마당에 그들을 법적으로 제재할 수단이 마땅치 않았다.

그래서 정부 당국에서도, 후꾸오까가 자치를 주장한다고 해서 일방적으로 일본 정부에 반대하는 단체로 몰아, 단체를 해체하거나 활동 못하게 할 수도 없는 일이었다. 그렇게 따지면, 일본 정치를 좌지우지하는 극우단체 또한 마찬가지인 것이기 때문이었다.

그렇지만, 후꾸오까 자치를 주장하는 후꾸오까 독립단은 매번 집회할 때마다 법에 정해진 대로 신고하고 시위했는데, 이상하리만큼 그때마다 극우단체들의 모임이 주변에서 열리곤 했다. 그것은 일본 정부나 경찰 당국이 후꾸오까 독립단 행사를 견제하거나 방해할 목적으로 허가를 한 것으로 보였지만, 그것이 법적으로 문제가 될 순 없었고, 그래서 후꾸오까 독립단의 시위나 행동은 늘 조심스러울 수밖에 없었다. 만약, 일본 극우단체와 충돌하거나 사건이 발생하는 경우, 그것을 빌미로 후꾸오까 독립단에 대한 경찰의 감시가 노골화될 일이기 때문이었다.

그런 시간이 지나고 후꾸오까 독립단에 대한 지지가 확산하면서, 후꾸오까의 자치에 지지를 표하지 않으면, 이 지역을 기반으로 한 정치는 불가능하다시피 해져 갔다. 후꾸오까의 자치를 지원하는 계층의 숫자가 늘어나고, 후꾸오까 독립의 필요성이 중앙정계에까지 퍼져 나가자, 일본 집권당과 중앙정계에서도 그 양상을 주목하지 않을 수 없게 되었다.

후꾸오까의 그런 변화가 확대된다면, 후꾸오까만 아니라, 다른 지역들도 그와 비슷한 요구를 해 올지도 모를 일이어서 일본 정부는 긴장의 끈을 놓지 않고 있었다.

"이제 우리는, 후꾸오까라는 우리가 만든 자치도시에서, 우리 스스로 꾸민 우리 정부 아래 살아갈 수 있도록 해야 합니다. 우리는 일본이라는 국가의 틀 내에서 후꾸오까라는 지역의 독자적 미래를 요구하는 것입니다. 그것이 우리의 가치이고 미래입니다. 지금 일본 정계는 우리 후꾸오까가 어떻게 될지 노심초사하면서 우리가 추진하는 후꾸오까 자주권의 향방에 대해 관심을 집중하고 있습니다. 이제 더 이상 늦출 수 없습니다. 일본 중앙정부에 예속되지 않는, 우리만의 후꾸오까를 만들어 갈 것을 일본 정부에 강력하게 요구하는 바입니다."

후꾸오까 자치권 확보를 위한 일련의 시위가 있곤 했지만, 이렇게 많은 시민이 모인 것은 드문 일이었다. 이번에도 극우단체가 가까운 곳에서 맞불을 놓듯 시위했지만, 후꾸오까 독립단의 기세에 묻혀, 몇 번의 일상적인 반대 구호만을 외치다가 해산했고, 후꾸오까 독립단이 시위를 주도하며 거리 행진에 나섰다. 후꾸오까 자치권 확보와 관련된 피켓과 유인물이 거리를 뒤덮고, 주민들이 나와 격려해 주기도 했다.

그런 시위대 속에서 일장기는 그대로 들고, 행진하면서도 '욱일승천기'는 여기저기서 찢는 일이 벌어졌다. 그리고 또 다른 곳에서는 '욱일승천기'만을 따로 모아 불태우는 행사도 보여주고 있었다. 후꾸오까 독립단도 일본의 국기인 일장기는, 일본의 상징으로 받아들이고 있었다. 그러나 '욱일승천기'는 일본 제국주의 침략의 상징이라며 거부하고 있었다. 그것은 평화를 우선시하는 후꾸오까로서는 당연한 일이었는지도 모를 일이었다.

이와 반대로 극우단체에서는 욱일승천기를 일장기와 함께 신성시하며 다루고 있었지만, 후꾸오까와는 정반대에서 그것을 보는 일본 내의 극단적 시각을 보여주고 있는 듯했다. 일본 정부와 언론들은 집중된 그들의 관심을 반영하기라도 하듯, 정부는 정부대로, 언론은 언론대로 다양한 시각을 노출하고 있었다.

그런 가운데서도 일본이 가장 관심 가지고 있는 것은, 미국이 갖는 후꾸오까에 대한 관심 정도였다. 일본은 2차 대전 후 점령군인 미국에 의해 강제된 일본 평화 헌법과 미군 통치를 기반으로 성장해 왔기 때문에, 정치·경제는 물론, 사회·문화 모든 방면에 걸쳐 미국에 대한 의존도가 거의 절대적이라고 봐야 할 일이었다. 그러다가 2000년을 지나오면서, 중국이 경제 대국의 위치를 점하자, 그런 중국에 밀린 경제 또한 장기간의 슬럼프를 벗어나지 못하고 있어, 유일한 우방국인 미국과의 미·일 동맹도 러시아·중국 등과의 영토분쟁 앞에 무력화 되다시피 해, 그 한계가 노출되기도 했다. 그런 가운데 일본은 독자적 헌법을 개정하고, 자위대를 정규군으로 격상시켜 군 보유를 천명했지만, 아직 그 경계는 분명하지 못하고 주변국들과 분쟁의 소지를 남겨 두고 있는 마당이었다.

일본 정부가 미국의 후꾸오까에 대한 시각을 주시하지 않을 수 없는 이유는 유아이와 후꾸오까, 후꾸오까와 미국 정계 등의 연결고리가 일본의 대외정책과 충돌 가능성이 있고, 그렇게 되면 가뜩이나 위축된 일본 경제와 사회가 또 다른 위험 요인에 직면할 수 있기 때문이었다.

"우리 후꾸오까는 중앙정부의 간섭을 받지 않는 독자적 정부를 원합니다. 군사와 외교권을 제외한, 입법. 사법. 행정권을 포함해 자치경찰권, 자치재정권까지 모든 것을 후꾸오까에 돌려주어야 할 것입니다. 가난하면 가난한 대로, 우리는 우리의 재정에 의해, 우리 주민 스스로가 책임지며, 우리를 관리해 나아갈 것입니다. 필요하다면, 외국과의 통상권이 보장된 자치외교권도 주어져야 할 것입니다."

40도가 넘어가는 뜨거운 여름날, 수많은 후꾸오까 시민들이 자치권을 요구하며 피켓을 들고 구호를 외치고 있었다. 거리를 메우고 있는 시민들 사이로는 어김없이 일본 공안당국이 바삐 움직이고 있었고, 경찰은 경찰대로 신고된 집회의 범위를 방호하면서, 시위 전반에 대한 정보를 취득하고 있었다.

일본 정부는 정부대로 그들의 유인물과 구호를 수집하면서 정보 분석에 바빴고, 외교부는 외교부대로 미국의 반응에 관심을 기울이고 있었다. 외교부로서는 당장에 미국의 반응이 없는 마당에, 함부로 행동할 수 없어 침묵하는 가운데, 후꾸오까 문제는 일본의 국내 일로서, 일본 스스로의 사회적인 문제라는 원론적 입장만을 고수하고 있었다.

일본 국내 정치적으로는 이미 후꾸오까 문제를 그냥 덮고 넘어가기에는 그 도를 벗어났다고 판단한 지 오래되었지만, 일본 정치의 특성상 그것을 공론화시키거나 표출시키지 않으려는 노력이 지속되고 있었다. 그것은 후꾸오까 문제가 공론화되는 모습을 보이면, 일본 전역의 다른 지역들에서도 자치권을 주장해 올 것이 불을 보듯 뻔한 일이어서였다. 후꾸오까가 주장하는 자치권은 일본에서 이미 수행하는 제도인 지방자치와 명칭은 비슷하지만, 내용 면에서는 전혀 다른 것이어서 더욱더 그런 경향이 커질 일이었다.

지금 일본에서 실시하는 지방자치가 일본 정부를 근간으로 하는 지방자치이고, 중앙정부의 관할하에 움직이는 것이라면, 후꾸오까가 주장하는 자치는 일본 중앙정부와는 완전히 다른 독립적 자치를 말하는 것이었다. 그런 관점에서 만약 후꾸오까가 요구하는 자치권을 허용하게 된다면, 일본 중앙정부의 지방정부에 대한 통제와 관할권도 그 범위를 넘어설 개연성이 크고, 그렇게 되면 여러 지방정부에 그것이 파급되어 일본 정치제도의 근간을 흔드는 위기 상황이 올 수도 있는 일이었다.

거기에 한국의 호남과 공조 체제를 구축하고 있다는 것은, 전통적인 한·일 관계의 역사적 관점에서 볼 때, 임진왜란과 일제 36년 압제, 독도의 한국 영토라는 주장의 역사적 사실에 대한 반성과 백제 문화유산의 일본 전수를 인정하고, 백제 유민의 일본 유입을 역사 인식의 바탕으로 하는 후꾸오까는 일본 정부의 입장과 정반대되는 행동 노선을 택하고 있었다. 이는 일본의 역사관과 배치되고 있는 상황에서 한·일 관계의 또 다른 분란을 일으킬 가능성도 크게 보고 있었다.

후꾸오까의 자치권을 요구하는 집회를 마치고 나자 요시라 단주와 호남회의 한상연 회장, 유아이 이사장의 비서실장인 이순기가 조용히 자리를 만들었다.

"요시라 단주님! 오늘 집회는 아주 성공적이었습니다. 유아이의 이 실장님이 참석해 주신 덕분에 언론의 국제적 관심도 끌 수 있었던 듯합니다."

"무슨 그런 말씀을요! 우리 유아이와 후꾸오까는 같은 목표로 가는 동지입니다. 제가 아니라 우리 이사장님의 뜻이기도 하구요. 저는 요시라 단주님과 한상연 회장님을 모시고, 끝까지 함께 할 것입니다. 어떤 일이든지 못할 것이 없질 않겠습니까?"

"그렇습니다. 우리 호남회는 후꾸오까와는 다소 사정이 다릅니다만, 우리 호남의 자주권 획득도 결국은 그 방향성에서 같은 것이라고 봅니다. 물론, 시민들의 지지가 원천이 되어야겠지요."

"알겠습니다. 우리 후꾸오까는... 참의원과 중의원 선거, 그리고 지방선거에서, 우리 후꾸오까 시민의 의사를 대변할 수 있는 인사들을 우선 지방정부에 배출하고, 중앙정계에도 일부 진출시키고 있습니다만, 중앙정계 진출이 아직은 미약합니다. 우리가 그런 제도적인 측면에 대해서는 한 회장님께 많이 배우도록 하겠습니다. 한 수 가르쳐주시면, 많은 도움이 될 것입니다."

"아닙니다. 오히려 저희가... 질서정연하게 이루어지는 시위와 성숙한 시민의식을 배워야 할 듯합니다. 우리 호남 시민들도 이런 질서 있는 주권 의식 표출이 곧 이루어질 것입니다. 그 때 후꾸오까의 도움을 청하겠습니다. 요시라 단주님께서도 반드시 호남에 와주실 것을 원합니다."

"그렇게 말씀해 주시니, 몸 둘 바를 모르겠습니다. 우리 유아이 이 실장님께서도 참석해 용기를 주셔서, 후꾸오까로서도 큰 영광입니다."

"아닙니다. 제가 아니라, 이사장님께서 움직이실 수 없어 제가 대신 온 것입니다. 하지만, 이사장님의 의중과 뜻을 누구보다도 잘 알고 있으니,

후꾸오까에 힘이 될 수 있도록 하겠습니다. 호남도 그렇습니다만... 특히, 일본은 미국의 정치적 압력과 입김에 영향을 크게 받는다는 것도 잘 알고 있습니다. 우리 유아이는 그런 측면에 더욱 주목해, 후꾸오까를 배후에서 지원할 수 있도록 하겠습니다."

"바로 보셨습니다. 우리 스스로가 자치권을 얻을 수 있어야 하지만, 그것이 요원하니... 어쩔 수 없이 미국과 유아이의 지원을 절실히 바라고 있는 것입니다. 그런 점을 양해해 주셔서 감사 드립니다."

"후꾸오까는 그렇습니다만, 우리 호남은 미국의 힘보다는 유아이의 도움이 더 필요할 것입니다. 호남 사람들의 의식에... 미국에 대한 피해의식이 크고, 반미감정이 강하거든요."

"역시 이 실장님이 우리 입장을 정확히 꿰뚫고 계셔서 마음 든든합니다. 우리 모두의 앞날에... 어렵고 힘든 일이 기다리고 있을 것입니다. 건강과 행운을 빌면서, 서로의 협조를 다짐하는 의미에서 건배하시죠, 건배!"

"건배!"

"건배!"

또 다른 길

　유아이에 거점을 마련했던 알카에다가 그간 진행해 왔던 평화회담을 뒤로 한 채, 아프칸 정부를 전복하고 새로운 정권을 창출하는 역사적 사건이 발생했다. 그간 과격 투쟁을 통해 세계의 이목을 집중하기도 하고, 여성과 사회에 대한 폭압적이고 무자비한 이슬람 통치 방식이 각국으로부터 비판과 우려의 대상이 되기도 했지만, 알카에다는 그런 우려와는 별개로 그들의 국가를 만들어 간 것이었다.
　그러자 국가를 만들기 위한 초석을 다지고 있는 유아이 구성원들과 유아이 시티에 대한 관심도 커졌다. 어떤 언론에서는 유아이 특집을 다루며, 초창기 모습부터 지금까지의 모습들을 다루기도 하고, 유아이 재단과 총회의 운영, 스위스 정부가 유아이 시티를 관광 자원화해가는 과정들을 상세히 보도하기도 했다. 또한, 여러 민족이 모인 유아이 시티에 있는 몇 개 나라의 농장과 각 민족에게서만 볼 수 있는 민속품 시장의 모습도 소개하며, 일종의 민속 풍물 시장화되어 사람들의 관심을 끌고 있는 모습도 소개했다. 그렇듯 유아이에서 이루어지는 아프간 평화회담에 대한 기대가 더욱더 커지고 있었다.

그런 가운데 듀크 공이 유아이 초대 사무총장이라는 큰 짐을 벗기로 생각을 굳히고 있었다. 그러나 누구를 후임으로 할 것인지에 대한 구체적인 언급은 없었다. 그러자 이사장인 이상철로서는 후임 사무총장에 관한 얘기를 안 할 수 없게 되었다.

"그러면, 후임 사무총장에 대해선...혹시라도 마음에 두고 계신 분이라도 있으신지요?"

"따로 누구를 염두에 두고 있진 않습니다. 이사장님! 제가 보기엔 우리 회원그룹 누구라도 사무총장이 될 자격이 있다고 생각하고요. 우리 유아이 헌장 정신에 따르면 되는 일이 아닌가 합니다."

"옳으신 말씀입니다만, 혹시라도... 중지를 모을 수 있으면, 그렇게 해 보자는 것입니다."

"알겠습니다. 차기 사무총장은 우리 재단의 재원에 대한 자립 의지가 확고하고, 유아이 전체의 미래에 대한 역량을 키워 나갈 수 있는 인물이라면 좋겠다는 생각입니다. 그것은 우리 회원그룹 모두 잘 인식하는 부분이어서, 회원그룹이 현명한 선택을 해 줄 것으로 기대합니다."

이사장인 이상철은 듀크 공이 초대 사무총장을 그만두게 된다는 것에 대한 아쉬움이 컸다. 그의 유아이에 대한 열정과 그의 조국 웨일스에 대한 사랑이 누구보다도 컸고, 모두에게 귀감이 필요했기 때문이었다.

"듀크 공! 사실은 저도... 유아이 재단 이사장 자리에 대해 많은 생각을 하고 있습니다."

"그것이 무슨 말씀이신지요"

"듀크 공에게 처음으로 말씀드립니다만, 사실은 저도 이제는 이사장직을 벗고... 우리 고향의 자주권 회복에 전념하고 싶다는 생각이지요."

"그건... 이사장님의 거취 문제는 저와는 또 다른 차원이라서, 지금으로

선 절대 안 됩니다. 얘기도 꺼내지 마십시오. 우리 유아이를 위해서도 절대 안 된다는 점을 잘 알고 계시면서요… 다시는 그런 생각 하시면 안 됩니다. 다음에, 다음 임기까지 끝내시고, 그때라면 모를까요… 더 이상 그런 말씀 하시면, 저는 이사장님을 안 볼 수도 있습니다. 저는 이사장님으로부터 그런 말씀에 대해…전혀 안 들은 것으로 하겠습니다. 아시지요?"

"허허, 거참…"

더 이상 말을 꺼내지도 못하게 막는 듀크 공 앞에서 이상철은 할 말이 없어지고 말았다. 두 사람만의 얘기가 끝나고 모처럼 집에서 쉬고 있는데 부인 송 여사가 콧바람이나 쐬자며 유아이 농장들을 모처럼 한 바퀴 돌아보자고 했다. 벌써 유아이 농장에 입주한 그룹이 70여 군데를 넘기고 있어 못 가본 곳도 있고, 한 바퀴 돌아보려고만 해도 한나절은 걸릴 일이어서 엄두를 내지 못하고 있었던 터였다. 송 여사 덕분에 돌아보면서 구경하기로 했지만 모든 곳을 돌아보려면 하루가 모두 갈지도 모를 일이었다.

"송 여사 당신 힘들지 않겠어?"

"그러는 당신이 더 걱정이죠. 나야 쌩쌩합니다요."

"그럼 오랜만에 우리 둘이 손잡고 데이트나 해 볼까?"

"그럽시다. 다들 바쁘겠지만, 예약한 것도 아니고… 그래도 우리가 데이트하는 것 보면서, 자기들도 조금의 여유는 찾겠죠? 혹시나 차라도 한 잔 주는 데 있으면 가서… 얻어먹기도 하고요!"

그렇게 해서 이사장 부부는 유아이 농장을 한 바퀴 돌기 위해 길을 나섰다. 워낙 유아이 동네 자체가 산기슭과 가깝고, 기후가 온화해 꽃들이 사시사철 끊이지 않고 피는 곳이라, 파란 풀들과 형형색의 꽃들은 잊혀 가는 동심을 자극해 내기에 충분했다.

한참 이곳저곳을 구경하며 거닐고 있는데, 아프리카 르완다의 퉁가족 집 문이 열리며 반가운 목소리가 들렸다.

"이사장님! 반갑습니다. 데이트하세요? 그냥 지나치시면 서운합니다. 오셔서 차 한잔하시고 가셔야죠!"

퉁가족 족장의 부인이 송 여사와 이상철을 집으로 안내해 반가이 맞아 주고 있었다. 퉁가족은 아프리카 르완다 정부군에 의해 무참히 짓밟힌 원주민으로서, 정부군에 의해 살해당한 수많은 동족의 원혼을 달래기 위해서라도 퉁가족 국가를 건설해야 한다는 굳은 의지를 갖고 있는 사람들이었다.

유아이 농장에는 각 그룹의 대표단들이 있기 때문에 부인들이 와 있는 경우는 그리 많지 않았고, 평일이나 휴일 구분 없이 풀 가동하고 있어 이렇게 동네를 돌아다닌다고 해도 쉽게 찾아 들어가, 얘기하며 한가한 시간을 보내긴 어려운 일이었다. 그러나 부인이 와 있는 몇 군데에서는 이번과 같이 차 한잔할 수 있는 여유가 만들어지기도 한다.

"이사장님도 그렇지만, 사모님께서 이렇게 귀한 걸음 해주셔서 감사 드립니다."

"뭘요... 우리도 오랜만에 동네 산책 중이었습니다. 그런데 뜻밖에도 부인께서 이렇게 환대해 주시니 너무너무 좋습니다. 바깥 분은 밖에 볼일 보러 가셨는가 보네요?"

"예, 얼굴 본 지가 꽤 됐습니다. 우리 사는 게 이렇습니다."

"힘내세요. 퉁가 뿐만 아니라 다들 그렇습니다. 좋은 날이 오지 않겠어요?"

"그런 희망으로 살지요!"

퉁가 족장 부인은 갓 볶아낸 커피 원두라며, 원두째 볶아 만든 알갱이에 뜨거운 물을 붓자 둥그런 원두커피 알갱이가 잔 위로 떠올랐다. 그런 상태로 부인은 이상철과 송 여사에게 내밀었다.

"잠깐만 다리시면, 커피 맛이 우러납니다. 그러면 원두가 입에 들어가지 않도록 훌훌 불어가면서 살짝 냄새도 맡고, 맛을 음미하며 마셔 보셔요. 아주 색다른 경험일 것입니다."

그러면서, 자신도 한잔을 같이 따랐다. 그러자 송 여사가 그 모습을 보며 물었다.

"보통 원두를 볶아 가루로 만들어 마시거나, 즙 형태로 내려 마시는데, 이 차는 독특하네요. 원두 그대로를 그냥 볶아서 물에 우려내는 건가요?"

"예. 사모님! 우리한테 익숙하게 알려진 아프리카 여러 나라의 커피는 사모님 말씀대로 보통 그렇게들 마십니다. 그러나 우리는 원두 그대로를 볶아서 물에 우려먹는 르완다 원주민의 전통 방식으로 마시고 있습니다. 한번 드셔보셔요. 아주 자연스러운 야생의 맛이 그대로 살아 있을 것입니다."

이상철과 송 여사는 그 커피를 후후 불어 향을 맡으며 살짝 입맛을 다시고 나서, 송 여사가 다시 말을 이었다.

"야... 제대로 된 커피의 맛이 나옵니다."

"그렇게 말씀해 주시니 감사합니다. 이것이 가공되지 않은 천연의 맛입니다. 그런데 세상에 알려지면서 가공되고, 다양한 형태로 변형 돼 가는 것이구요. 우리는 그것이 좀 안타깝기도 합니다."

"그러시겠네요. 우리 한국에도 녹차나 인삼차라는 것이 있는데, 이렇게 나뭇잎 째 아니면 뿌리째로 따뜻한 물에 담가두면 그 향이 우러나고, 그것을 음미하면서 마시는데, 전혀 다른 지구 반대편에서 똑같은 방식으로 차를 마시다니... 참, 사람 사는 것이 놀라울 뿐입니다."

"그래요? 한국도 이렇게 뜨거운 물에 찻잎이나 뿌리를 우러나게 해서 마신다니, 참으로 신기하네요. 우리처럼요... 한국에 한번 가보고 싶네요! 한국은 잘 산다고 얘기 들었는데요?"

"예, 한때는 우리도 엄청나게 가난했었지요. 일본이라는 나라한테 나라도 뺏기고 엄청난 희생도 치렀지요. 거기다가 남한과 북한으로 갈라져 3년간이나 전쟁을 치렀고, 수백만 명이 죽거나 다친 아픈 역사도 있습니다. 그러다 보니 모든 게 폐허가 됐지요. 그렇지만, 전 국민이 똘똘 뭉쳐 피땀 흘린 대가로 이만큼 살게 됐답니다."

"우리도 그럴 날이 오면 얼마나 좋겠어요. 우리 부족들은 너무나 가난하고, 하루하루 연명한다는 것이 그렇게 힘듭니다."

"그럴 날이 올 겁니다. 그래서 우리가 이역만리 여기까지 와서, 이렇게 고생들 하는 거 아닙니까?"

그렇게 서로가 동병상련의 아픔을 나누다, 다시 만날 것을 기약하고 아쉬운 자리를 일어서야만 했다. 그렇게 퉁가족 농장을 나온 이상철과 송 여사가 한참 동안 동네 뒤쪽 알프스 가까운 자락을 향해 걷고 있는데, 이영철이 어떤 여자와 함께 산 위쪽에서 내려오다가 반갑게 맞이하면서 인사를 해 왔다.

"이사장님, 사모님! 어쩐 일로 여기까지..."

"응, 우리는 오랜만에 데이트 중이지! 자네는 여기 웬일인가?"

송 여사가 이영철 옆에 있는 아가씨를 알아보고는 먼저 소리치듯 말을 건넸다.

"안젤라! 이 국장과 데이트하는 거야?"

그러자 이상철도 놀란 듯 한마디 건넨다.

"오, 안젤라! 이 국장과 등산 다녀오는거야?"

그때 이 국장이 농담처럼 말했다.

"이사장님, 사모님! 저는 안 보이고 안젤라만 보이시죠?"

그러자 안젤라가 스스럼없이

"예, 사모님! 우리 데이트했어요!"

라고 대답하고 있었다. 이영철은 유아이의 재정국장으로 있으면서 40대 중반이 넘었어도 독신이었고, 안젤라도 스웨덴에서 와 평화재단 안에 있는 국제기금 일을 보고 있는 아가씨여서 그들의 만남은 하나도 이상할 것이 없었지만, 그들의 만남을 모르고 있었던 이상철 부부에게는 다소 놀라움이었다.

"그럼, 두 사람이 사귀는 거야?"

"예! 그렇게 됐습니다. 미처 말씀을 못 드려 죄송합니다."

"죄송하긴...남·여가 만나는 건 자연스런 일이지, 아암! 그래... 좋은 시간들 보내고. 우린 더 구경하고 갈거니까..."

"예, 좋은 시간 되셔요!"

이영철과 안젤라를 보고 난 이상철이 부인 송 여사에게 말을 건넸다.

"허허... 좋을 때네! 우리도 저런 때가 있었지?"

"기억이나 나요? 당신이 나 쫓아다닐 때 말예요?"

"그럼. 잊을 수 있나? 벌써 우리가 이렇게 됐네."

"그러게요. 세월이 참 빨라요? 아 참, 그럼 쟤네 살림집 준비해야 하지 않겠어요?"

"응, 그래야겠네! 여기서 결혼하고 거주한다면 당연히 농장에 정착할 수 있게 해야지..."

"이 국장도 여기 살고 싶어 하는 눈치 드라구요. 안젤라도 여기를 맘에 들어 했는데... 그러고 보니 그간에 말은 안 했어도... 둘이 사랑하고 있었나 보네요."

"그런가? 그럼 이 참에... 이 국장도 스위스 국적이고, 안젤라와 결혼한다면 여기서 사는 것도 좋은 일이지, 안 그런가?"

"저도 그렇게 생각하네요. 하여튼 둘이 결혼해서 살았으면 해요!"

"응, 나도 그러면 좋겠네. 그건 그렇고... 구야네는 요즘 어떻게 산대?"
"글쎄요? 요즘 바쁜가... 연락이 없네요... 몇 달 전에 통화하기로는... 다음 상원 선거 때 즈그 장인 지역구에서 출마하기 위해 바쁘다고 하드라구요?"
"우리가 뭐 어떻게 해 볼 수도 없는 일이지만, 잘됐으면 좋겠네!"
"잘 할거에요. 샐런이 오죽 똑똑해요? 고것이 잘 챙길 거에요!"
"당신은 며느리 복도 있는 것 같애..."
"또, 그 소리예요? 덕분에 잘 난 며느리 밥 얻어먹긴 평생 틀렸지 뭐에요? 당신은 나한테 잘 보여야 해요!"
"이 잉? 왜 갑자기 나한테 화살이여?"
"아...그렇잖아요. 나 없으면 누가 당신 밥 챙겨주기나 할 거 같아요? 안 그래요?"
"그건 그렇네. 잘 부탁합니다, 사모님!"
"엎드려 절 받기네요. 그나저나 나중에 우리는 어디 가서 산대요?"
"우리가 갈 데가 어딨어? 우리도 유아이 농장에 미리 자리잡아서, 아주 살 터를 준비해야지... 이사장직에서 물러나면, 전임 이사장 자격으로 농장에서 살 수 있으니 별 걱정은 없지 않겠어?"
"나도 여기서 살면 좋겠어요. 스위스가 맘에 드네요. 여기 유아이도 정이 들고요!"
"응, 이젠 우리 둘이 여기서 아웅다웅하면서 나머지 생을 마치면 되지 않겠어? 유아이 발전과 호남자주권이 이루어질 초석을, 이 자리에서 만들어 놓고 보자구! 우리야 그게 할 일 아니겠어?"
"알았네요. 다들 고생이네요... 보람이 있겠지요?"

오랜만에 세상 이야기도 하며, 유아이 농장 이곳저곳을 돌아보는 시간은 두 사람에게 또 다른 삶의 위안이 찾아오고 있었다.

갈등의 증폭

한여름이 지나고 가을이 깊어 갈 무렵 한국 국회에서는 지방자치법 개정과 관련된 논쟁이 가열되고 있었다. 지방자치법과 지방자치 관련 법 일련의 법률 개정은 여·야 간의 유불리에 따라 심각한 갈등 양상으로 번지고 있는 것이었다.

특히, 호남권 국회의원들의 지방자치 관련 법률 개정안은, 호남에 대한 자주권을 목표로 진행되어 마찰 요소가 더 커가고 있었다. 지역구 비례대표를 포함해 300석의 국회의원 숫자가 250석으로 줄어든 상태에서 원내 제1당으로서 129석을 차지한 민주의 집으로선, 제2당으로 99석을 가진 집권 한국당을 상대로 법률 개정작업을 벌여야 하는 힘든 싸움을 하는 것이었다.

그래서 제3당인 민중당과 소수정당, 무소속 의원들과의 연대도 모색하고 있었지만, 그것이 쉬운 일일 리 없었다. 그런 가운데 민주의 집이 주장하는 지방자치법 개정 방향은 우선 광역시·도를 없애는 것을 골자로 하고 있었다.

1990년대에 들어오면서 지방자치를 실시한 이래, 지방자치에서 나타난 병폐를 극복하고, 주민참여와 주민자치의 진정한 가치 실현을 위한 다양한 의견들이 제시되었다. 그중에 대표적인 것이 중앙집권체제의 상징이다시피 한 인위적인 광역시·도의 존치와 폐지 사이의 대립이었으며, 그에 대한 결론을 보지 못한 채 현행 광역시·도 제도를 그대로 시행해 오고 있었다. 그러나 진정한 주민자치를 위해서는 광역시·도를 폐지하고, 몇 개의 시·군·구를 문화적 특성과 생활권 단위로 묶어 재편해야 한다는 것이 지방자치법 개정의 핵심이 되고 있었다.

그것을 위해 기초자치단체인 시·군·구의 경우는 주민투표제에 의해 의견을 물어 통폐합이 가능한 일이지만, 광역시·도의 경우는 국가 체제의 근간이 되는 것으로서 법적 작용이 필요한 것이었다. 법 개정의 필요성을 제안하고 나선 국회 본회의장은 여·야의 극명한 정치적 입장 차이가 있었다. 그런 가운데 호남회 소속의 민주의 집 광주광역시당 위원장인 국회의원 김택수가 연단에 나섰다.

"저와 우리 민주의 집은 지방자치법 개정을 요구하면서, 광역시·도를 폐지하고 지방행정 계층제를 단순화하여... 진정한 주민의 권리를 주민 스스로 실현해 나갈 수 있도록 하는 데 의견을 모아..."

지방자치법 개정을 요구하는 자리임에도 불구하고, 여·야의 입장 차이를 반영이라도 하듯, 여전히 고쳐지지 못한 국회 본회의장에서의 야유와 욕설은 마치 시정잡배들보다 못한 심한 말들이 이어지고 있었다.

"야 야, 개소리 말어... 느그들 맘대로 할라는거 아냐?"
"야, 이 새끼. 느그들이라니? 어디다 대고 막말이야?"
"어떤 놈이 씨부리는거야, 엉?"
"지랄들 하지 말고 듣기나 해... 연설 중이야!"

여기저기서 서로 고성에다 욕설이 오가면서도 연설은 계속되고 있었다. 그런 상황에서 법안이 상정되었고, 법 개정안이 구체적으로 논의되면, 또 다른 몸싸움이라도 이뤄질 듯 거칠게 서로의 감정이 깊게 패어 있는 듯했다.
"이...지방자치 관련 법은 물론, 이와 관련된 법률의 개정은... 대한민국의 미래를 위한 새로운 시도이며, 진정한 자치를 실현해 줄 것으로 믿어 의심치 않습니다......."

연설이 계속되는 한편에서는 의원들 간의 고성도 계속됐다.
"누가 그래? 느그들끼리 하는 소리라니까?"
"호남이 자주 한다고 했잖아? 지방자치라고 강변하지 말고 '호남 자치법'이라고 고치지 그래?"
"그래도 연설을 들어는 봐야할거 아냐?"
"그만둬 짜식들...느그들 속셈 뻔한 거 세상이 다 아는 일인데, 듣긴 뭘 들어, 엉?"

그렇게 거친 말들을 주고받으면서도 연설은 계속되고 있었다. 어차피 법안 개정 필요성이 제기되면, 법안심사 소위에 상정조차 되지 않을 수도 있을 것이었다. 그런 가운데서 굳이 법 개정 필요성을 제기하는 것은, 그것이 국회에서 다루는 공식적인 논의의 시발점이고, 이 과정을 통해 합법적 테두리 내에서 공론화를 시도하는 것에 그 목표가 있었기 때문이었다.

그와 함께 법률개정안 발의에 필요한 정족수는 호남 의원들과 군소 정당의 연합만으로도 가능했고, 그래서 법의 개정은 어렵겠지만, 공론화하는 데에는 자신감이 있기도 했었다. 설령, 법률안이 법안심사 소위에서 아예 논의조차 되지 않는다 해도 그 자체만으로도 공론화의 명분을 삼을 수 있을 것이고, 그런 다루어지고 논란이 된다는 것 자체만으로도 일단 법안 개정 필요성에 대한 공론화는 시작된 것으로 볼 수 있는 일이었다.

광역시·도 폐지는 과거, 현 집권당의 전신이랄 수 있는 집권 여당에서 먼저 발의한 적도 있었지만, 그들의 정치적 이해관계에 따라 폐지 불가로 결론을 내린 이래, 지금까지 광역시·도 폐지 불가 입장은 정치적으로 금기시된 아젠다라고 할 수 있었다. 그런 가운데 야당인 민주의 집이 광역시·도 폐지를 주장하는 것은 집권 여당에 정면으로 도전하는 형국을 만들어 내고 있었다.

그러면서 광주와 전남에서는, 시민단체와 종교단체들이 모여 국회에서 논의되고 있는 광주·전남의 광역시·도제 폐지논의와 함께, 광주·전남 통합논의를 활발하게 거론하고 있었다. 그렇게 될 경우, 기본 전제가 되어야 하는 것은 지방자치법을 개정하거나 헌법을 개정해야 하는데, 헌법 개정은 거의 불가능해 보임에 따라, 우선 지방자치법 개정을 촉구하는 국회 전략을 추진하는 것이었다.

따라서 호남의 자치를 실현하기 위해서는 어떤 경우이든 간에 지방자치법 개정이 국회에서 선행되어야만 그 논의가 가능한 것이었다. 그런 지방자치법 개정을 지원하기 위해서도 겉으로 보기엔 광역시·도 폐지와 정반대된 것 같지만, 실제는 광역시·도 통합을 주장 함으로써 국회에 지역 여론의 압박을 전달하고자 하는 것이었다.

또한, 거기에는 통폐합 의지를 피력하고, 동시에 기초자치단체를 몇 개의 생활권 단위로 재편하겠다는 계획을 동시에 추진하고 있기도 했다. 기존의 전라북도는 군산과 익산을 하나의 권역으로 하고, 전주권, 정읍권으로 양분하며, 전라남도는 전남 서부권, 전남 동부권, 전남 남부권 등으로 묶어 적절히 재편한다는 것이 기본 골격이었다. 여기에 광주광역시는 동부, 서부권으로 나누고, 전남·북의 신안 섬 지역과 어업 권역, 내륙의 농업권은 또 다른 권역으로 분리하여, 광주, 전남·북을 실생활과 일치되는 10여 개의 생활권역으로 통폐합한다는 구상이 거기에 포함되어 있었다.

그렇게 되면, 두 명의 도지사와 광주광역시장은 필요 없게 되고, 수십 개의 기초자치단체장과 기초의원도 필요 없게 되어 행정 계층이 줄어드는 것은 물론, 불필요한 국가 세금의 낭비까지도 줄일 수 있게 된다는 주장을 펼쳐 나갔다. 또한, 읍·면 단위의 행정단위를 기본으로 효율적인 주민행정이 가능해지며, 형식적인 자치경찰제도 또한 근본적인 혁신을 이루게 된다는 것이었다.

경찰은 각 지역의 치안을 담당하는 진정한 주민경찰제로 전환되어, 국가경찰과 지방경찰로 완전 분리되게 되고, 그래서 주민과 밀착된 치안 수요를 각급 시장·군수의 책임 아래 두어, 치안 수요를 감당케 하는 것이 골격을 이루고 있었다. 지금의 경찰제는 형식상으로는 중앙 경찰제와 각 광역시·도 단위로 하는 지방경찰로 구분하고 있을 뿐, 실제적으로는 주민을 위한 경찰이기보다는 지방자치단체와 격리된 중앙경찰의 하부조직과 다름이 없다고 볼 수밖에 없는 구조로 되어 있었다. 이 또한, 시급히 개선되어야 할 일로서 민주의 집이 개혁을 주장하는 것 가운데 하나가 되고 있었다.

자치를 주장하는 근거에 의하면, 군사와 외교 통상은 국가에서 관리하며, 국가와 법률에 의해 일정한 범위 안에서 자치단체 자체의 독자적 외교 통상 행위를 할 수 있도록 계획하고 있었다. 사법부의 경우는 10여 개의 호남권 시·군 자치단체를 통괄하는 1개 지방법원, 1개의 지방고등법원, 1개의 지방대법원을 두고, 법률 수요를 담당하기 위해, 지방법원 내에는 각 기초자치 단체에 분원을 두는 체제로 전환되는 획기적인 전환점을 맞이하게 되는 것이었고, 검찰 또한 조직은 법원 조직과 같은 방식으로 하게 조직되어 있었다.

그것을 위한 지방 재원의 경우도, 현재는 중앙정부에서 지급되는 각종 교부금과 지방세로 구성되지만, 호남이 자주권을 가진 방향으로 재편된다면,

전혀 다른 재정구조를 갖게 계획되었다. 즉, 자치단체별로 자치재정을 위한 세목의 신설과 폐지가 가능해 지고, 국가사업에 필요한 재원은 국가로부터 받지만, 기본적으로 각 자치단체의 재정은 자체 조달해야 하는 구조를 계획하고 있었다.

물론, 그것이 지방재정이 취약한 호남의 자치단체 현실로서는 당장에는 어려운 일이 되겠지만, 중·장기적으로는 적자재정이 되든, 건전 재정에 의한 흑자 재정이 됐든 간에 그것은 각 자치단체가 만들어 가야 하는 몫이 될 수밖에 없는 일이 될 것이었다. 그런 면에서 국가로부터의 간섭이 자유로울 수 있고, 이를 통해 지역감정이라는 망국적 현실도 극복 가능하다는 것이 호남의 주장이었다.

호남회의 간부들과 시민단체들도 광주 금남로의 옛 전라남도청 자리에 세워진 아시아 문화 전당에서 대규모 장외집회를 갖고 국회에서의 법 개정 주장을 뒷받침하고 있었다. 전남도청이 다른 곳으로 옮겨가고 난 이후, 그 자리에 아시아 문화 수도를 자처한 광주가 아시아 문화의 메카를 만든다고 했던 역사적 5·18 현장에서의 집회였다.

정부가 들어설 때마다 아시아의 문화전당을 자처하는 이곳에 예산이 지원되다가 중단되는 일이 반복되면서 원래 계획과 유리되어, 이 지역 주민들의 원성이 큰 것이기도 해서 집회의 명분을 갖기도 적합한 곳이 되고 있었다. 그 모임을 주도한 호남회의 한상연 회장이 연단에 서서 호남자주권의 필요성을 역설하고 있었다.

"우리는 이제 호남의 바로 된 역사 앞에 서야 합니다. 차별과 소외의 역사가 아니라, 우리 가슴에 남아있는 진정한 고향이어야 합니다. '호남의, 호남에 의한, 호남을 위한, 호남의 역사'를 써가야 합니다. 그것을 위해 제도권 내에서는, 호남 출신 의원들을 중심으로 국회에서의 입법 개정

운동을 시작했고, 그와 때를 맞춰 우리 시민들 또한 우리의 자주권 확보를 위한 본격적인 출발선에 서게 되었습니다.... 이제, 호남 자주의 시계를 멈출 수는 없습니다. 우리 스스로 이의 관철을 위해 유아이 회원 그룹에 가입해, 초창기부터 활동해 왔고, 앞으로 일본의 후꾸오까와 함께 자치연대를 강화해 나가면서, 호남 자주의 국제적 여론도 환기시켜 나갈 것입니다. 오늘 우리의 자주권 요구를, 집권 정부에서는 과거와 같이 반국가 단체구성이나 이적행위로 빌미 삼거나, 북한과의 연계 운운하며 또 다른 탄압의 수단으로 사용한다면, 이는 호남의 심판을 면치 못할 것이라는 심각한 경고도 함께 하는 바입니다. 호남의 자주화라는 도도한 역사의 순리는 이제 더 이상 거스를 수는 일이 되었습니다. 우리 스스로가 우리의 자주를 쟁취하는 그 날까지,..."

경찰과 공안당국에서는 호남회의 본격적인 활동에 따른 마찰과 충동을 우려하면서도 정보수집과 분석을 통해, 집권 정부와 여당에 그들의 대처 방향과 대책 수립을 요구하는 것 말고는 달리 행동을 취할 수 없는 어정쩡한 입장에 처하고 있었다. 한때 광주 대교구에서 회의했다가 지방선거에서 호남회를 불리하게 만들 목적으로 선전 선동에 이를 이용했고, 집권 정부 내에서 정보부의 최고위층에 올랐던 민 국장도 이제는 호남회의 핵심 멤버가 되어 함께하고 있었다. 그는 정보부의 국내 정보 최고 책임자로 있다가 해임된 이후, 호남회의 진실성을 깨닫고, 호남회에 합류해 정보 분석과 이에 대한 대책을 만들어 가는 호남회의 브레인으로 활동하고 있었다.

과거 그가 했던 행위를 봐서는 호남회에 와서 또다시 어떤 일을 할지 모른다는 의심의 눈길도 없지 않았지만, 호남회 회장인 한상연은 대승적 차원에서 그를 믿고 받아들여 호남회의 중요 역할을 하는 인물로 만들어 냈다. 그런 민 국장이 호남회에서 핵심 브레인 역할을 하게 되자, 호남회의 불법행위와 이에 따른 시빗거리를 찾던 정보당국이 검찰에 민 국장을 정보원법 위반으로 고소하는 사건이 발생했다. 정보원에서 근무하던 민 국장이 국내 정보를 다루는 최고 책임자인 정보원 1차장을 지냈지만, 오랫동안 민 국장으로 불려왔기 때문에 호남회에서는 그냥 그를 민 국장으로 부르고 있었다.

민 국장의 과거 정보원 근무 시절을 생각하면, 국정원 1차장 같은 경우는 기밀 관리와 유출을 차단하기 위하여 퇴직 후 3년 이내에는 국가기관이나 정보 취급기관에 취업할 수 없도록 되어 있고, 정보취급 관료로서 비밀 유지 의무가 있다며, 정보원의 호남회에 대한 각종 정보 수납 활동을 방해하면서 대응하는 일 자체가 정보 보호 의무를 위반했다는 논리로 민 국장을 고발한 것이었다. 정보원이 자신들 정보기관 최고 책임자였던 1차장을 고발한 사건은 아주 이례적인 것이었고, 그것도 정보원이 검찰에 고소했다는 것은 무언가 정보원과 검찰간의 민 국장에 대한 사전 교감이 있었다는 것을 어렵잖게 짐작할 수 있는 일이었다.

더불어 이번 민 국장에 대한 정보원의 고발사건은 곧 민 국장이 목적이라기 보다는 민 국장에 대한 조사를 통해 호남회의 활동에 제동을 걸고자 하는 것이라는 사실을 누구나 짐작할 수 있는 일이기도 했다. 호남회는 이 사건에 대한 대응책을 논의하기 위한 긴급회의를 소집했다.

"이번 고발사건으로 정보원과 검찰이 노리는 것이 무엇인지 명백해졌습니다. 이번 사건은 우리를 본격적으론 탄압하기 위한 출발점이 될 수도 있습니다."

"그렇지만 이번 검찰 소환을 피할 이유는 없다고 봅니다. 당당하게 나서야 합니다."

"당연한 일입니다. 우리 호남회의 변호인단을 총 동원해 민 국장 변호에 나설 것입니다."

"만약 민 국장을 구속하는 상황이 온다면, 그것은 최악의 상황이겠지만, 그것은 호남을 자극하는 뇌관이 될 것입니다. 당국에서도 그런 점을 잘 알고 있기에 쉽게 건드리진 않을 것입니다."

"이 고발사건이 호남회와의 연결고리를 찾는데 초점이 모여진다면, 당국도 더 이상 회복할 수 없는 길을 간다는 것을 잘 알고 있을 것이기 때문에 당분간 추이를 지켜보는 것이 좋을 듯합니다."

여러 가지 의견들이 분분하자, 한상연이 대응 방향을 제시하고 나섰다.

"이번 사건은 민 국장에 대한 고발사건이 아니고, 현 정부가 호남회를 정면으로 겨냥한 사건으로 규정합니다....... 그런 만큼 호남회 차원에서 정공법으로 대응할 것이며, 유아이에도 이번 사건을 공식적으로 보고하고, 일본의 후꾸오까와도 이런 상황을 공유할 것입니다. 그리고, 국회 차원에서 국정조사 등을 통해 이 사건의 실체를 파헤칠 것입니다....... 이제 호남회가 현 정부와는 돌아오지 못할 강을 건너고 있다는 생각을 지울 수 없습니다. 우리 호남회 모두에게 당부하고자 하는 것은, 이런 과정을 통해, 현 정부가 노리는 것이 호남의 분열이라는 점을 깊이 인식하고, 어떤 경우라도 동요하지 말고, 시민들의 의사를 하나로 결집하는데 최선을 다해 주시기 바랍니다."

민 국장의 검찰 출두는 호남회에서 변호인단을 동원하여 공개적인 변론으로 맞섰지만, 검찰에서는 정보원을 상대로 고소인 조사를 마쳤다며, 민 국장의 범죄행위를 입증하겠다는 자신감을 내비치고 있었다. 그러자 변호인단은 국가기관인 정보원의 고소 사실을, 피고인에 대한 조사가 시작되지도 않은 시점에서 범죄혐의 운운하는 것 자체가, 검찰 스스로가 범법행위를 자행하는 것이라는 반박논리를 전개하며 기 싸움을 시작하고 있었다.

이것을 지켜보는 국민 사이에서도 의견이 분분하기는 마찬가지였다. 퇴직한지 얼마 안 된 정보기관 최고위직 간부가 호남회에서 정보 취급 활동을 하는 것은 분명한 법률 위반이라는 주장이 있는가 하면, 법률 위반 이전에 집권층이 호남자주권 논쟁을 사전 차단하기 위한 정치적 술수라는 반응이 나타나기도 했다. 그 어떤 것이든 간에 정확한 것을 알 수 없는 일반 국민으로서는 그것이 한국 내에서 한국 정부와 호남간에 나타난 파국으로 가는 갈등 양상의 공식적인 표출이라는 인식을 지울 수 없게 되었다.

민 국장이 검찰에서 어떤 내용을 조사받은 것인지 알 수 없었지만, 조사 내용은 일체 비밀에 부쳐졌다. 또, 그것은 검찰의 민 국장에 대한 비밀 준수 요청에 의한 것이었는데, 과거 한 회장이 부회장 시절에 받은 조사와 전혀 다를 것이 없었다. 그래서 검찰 조사의 비밀 유지를 위한 법적 필요성이라는 점을 인식하면서도, 민 국장 본인은 입을 닫은 채 변호인단이 나서 언론 등과의 인터뷰 형식을 빌려 조사 결과를 설명하고 있었다.

"검찰 수사의 필요 요건상 피고인인 민 국장은 수사내용을 언급할 수 없는 입장에 있음을 먼저 양해 바랍니다. 다만, 변호인으로서 법적 허용범위 내에서 말씀을 드린다면, 이번 사건은 범죄행위와 전혀 무관하며, 이번 조사 내용을 검찰이나 정보당국에서 악용한다면, 그때는 우리도 조사 내용 일체를 공개해 정면 대응하겠다는 사실입니다."

"검찰에서는 조사 전에 불법행위를 입증하는데 자신한다고 했었는데요. 조사 후 검찰이나 민 국장 측에서도 일체 함구하는 것은... 양측에 모종의 정치적 담합이 있었던 것은 아닌가요?"

"전혀 사실이 아니고, 그럴 수 없는 일입니다."

"민 국장이 퇴직한지 1년도 안 되었는데, 호남회에서 활동하는 것은 실정법 위반 가능성이 높지 않습니까?"

"그렇지 않습니다. 퇴직 후, 정보기관이나 국제기관 등에 3년간 관여할 수 없다는 것이지 민간단체에서의 자유로운 활동에는 아무런 제한을 받지 않는다는 것이 우리의 입장이고, 실정법상으로도 그렇습니다."

"그렇다면, 실정법 문제가 아닌 다른 정치적 의도가 있다고 보시는 것입니까?"

"저희는 실정법 위반을 법률적으로 변호하는 변호인단이지, 정치적으로 말할 수 있는 정치인이 아닙니다."

"호남회에서의 민 국장의 역할은 무엇인지 말해줄 수 있습니까?"

"호남이라는 자연인으로서 호남회에 대한 열정을 가지고, 개인 자격으로 활동하는 시민이라고 보시면 무리가 없을 것입니다."

"그런데, 호남회 소속의 변호인들이 자연인인 개인의 고소 사건에, 공개적으로 나선다는 것은 이치상 맞지 않는 것 아닙니까?"

"그건 그렇지 않습니다. 정보원이라는 조직이 자연인으로 돌아간 그들의 전직 최고위 간부를 고소한 초유의 사건이고, 호남회 회원인 그를 변호하는 것은 우리가 당연히 해야 할 일이라고 생각하고 있습니다."

언론과의 대화가 집중적으로 이루어지면서, 이 사건에 대한 나름의 분석이 각 언론기관의 입장에 따라 다양하게 이루어지고 있었다. 국회에서도 이 문제를 다루기 위해 여야 간의 대화가 진지하게 벌어지고 있었다. 야당인 민주의 집의 원내대표는 집권 여당인 한국당의 원내대표를 만나 이 문제를 따지고 있었다.

"이럴 수가 있습니까? 이번 민 국장 고발사건은 명백히... 집권 여당의 정치적 음모에 의한 것입니다. 분명한 사과와 재발 방지가 선행돼야 합니다."

"무슨 소립니까? 정보원의 판단에 따라 이루어진 일인데, 우리 집권당이 뭘 사과하고 책임져야 한다는 말입니까?"

"그런 말이 통할 거로 생각하십니까? 지난번 청문회에서... 호남독립 문제를 거론하다, 여론의 질타를 받았던 사실을 잊어버린 지 오래되신 모양입니다. 우리더러 그 말을 믿으라는 것입니까?"
"어쨌든 그 일은... 우리 한국당과는 전혀 무관한 일입니다. 그런 일로 시간 소모하지 않았으면 합니다."
"그런 자세로 일관한다면, 우리 민주당으로서도 더 이상 한국당과 국회 내에서 대화할 수 없다는 점을 분명히 밝힙니다. 그로 인해 발행되는 모든 사태는 한국신당의 책임임을 밝힙니다."

더 이상의 국회 내 대화는 이루어지지 않은 채, 민주의 집 의원 대표단이 검찰총장을 항의 방문했다.
"검찰총장은 이번 사태를 해결할 의지가 있습니까, 없습니까?"
"검찰은 정보원의 고발사건에 대해서, 국가기관인 검찰에 배당해 사건에 관한 조사를 하는 것입니다. 개별사건에 대한 조사일 뿐인데 그것을... 의원님들께서 정치적 사건으로 오인한 결과라는 점을 말씀드립니다."
"검찰총장은... 국회의원인 우리가 그런 법적 논리에 대한 검토도 없이 여기에 찾아왔다는 말인가요? 그럼, 우리 민주의 집 법사위원이고, 동시에 검찰총장 출신의 당신 선배가 법리를 몰라서 지금 이 자리에 같이 와 있다는 것입니까? 이거 왜 이래요?"
"반드시 그렇다는 것은 아닙니다만..."
"이보세요. 검찰총장! 뻔히 아는 얘긴데, 그런 변명이 통할 것 같습니까? 지금...여기에 언론들도 같이 와 있으니까, 오늘 이 내용 그대로 보도가 될 것입니다. 이건 해도 너무한 궁색한 변명 아닌가요?"
"하지만, 검찰총장 입장에서... 개별사건에 대해 일일이 거론한다는 것은 부적절하며, 국가기관인 검찰에 대한 헌법기관의 자율성을 침해하는 것입니다."

"그래요? 검찰이 언제부터 그렇게 훌륭하게 정치적 중립을 지켜왔던가요? 좋습니다! 무슨 뜻인지 정확하게 알아들었으니까, 더 이상 이 자리에 있어야 할 이유는 없네요"

그런 일이 있고 나서 국회 법사위가 열렸다. 하지만, 여당인 한국당의 의원들이 참석하지 않아 의결정족수 미달로 법사위는 개회조차 하지 못하게 되었다. 법무부 장관을 상대로 질의를 하려고 했지만, 법무부 장관도 나타나지 않았고, 법무부 차관만 나타나 자리를 채우고 있을 뿐이었다. 그것은 집권 여당이 이번 사건을 보는 시각을 그대로 보여 주고 있었고, 이번 사건이 정치적으로 악용될 가능성을 사전에 차단하겠다는 포석에 다름 아니었다.

그러자 민주의 집은 일단 국회를 벗어나 서울역 앞에 천막을 설치하고, 집권 여당의 실정을 비판하며, 이번 사건의 정치적 의도를 알리기 위한 대정부 투쟁에 돌입하고 나섰다.

"한국당과 정부는 2, 30년 전이나 있었을 법한 구태의연한 정치적 발상으로 야당탄압을 시도하고 있습니다. 물가는 급등하고, 남남갈등도 심화되고 있는데, 대통령과 집권 여당은 자기들의 논리만을 관철하기 위해 혈안이 되어 있습니다 계층간 소득편중이 심화되고, 중산층이 무너진 지 오래되었어도 정부는 나 몰라라 하고 있습니다. 우리 민주당에 대한 정치적 탄압은 그 정도를 넘어서고 있고 호남에 대한 역차별도 모자라, 민심의 이반을 도모하기 위해 정보원과 검찰이 사이좋게 두 손을 잡았습니다. 이제 국민 여러분이 나서야 합니다. 잘못된 정부를 심판하고, 잘못된 정책을 바로 잡아야 합니다……."

다시 쓰는 역사

매년 연말이 되면, 개인이든 국가든 간에 지나온 한 해를 마감하고, 새로운 한 해를 설계하는 일들로 정신없이 바쁘게 보내기 마련이다. 매년 12월 1일을 평화의 날로 정한 유아이는 올해도 간단히 기념식을 마치고, 평화를 기원하는 유아이 시티 행진을 했다. 그러나 작년과 같이 기간을 정해 테러를 하지 않는다든가 하는 별도의 일은 하지 않았다.

그것은 유아이 그룹이 속한 나라들이 서로의 이해관계에 따라 정보를 공유하고, 공동 대책을 세우기도 하면서, 공개적으로 유아이 관련자들을 수배하기도 해 그들의 국가 내 활동이 위축된 것과도 무관하지 않았다. 국가로부터의 통제가 강화될수록 그들 지도부는 더욱더 깊게 숨어 암약할 수밖에 없고, 그래서 유아이 그룹끼리 동맹을 맺거나 공동전선을 펴기도 쉬운 일이 아니었다. 그런 가운데 12월 1일은 그들 유아이 시티에서의 행사가 이어지고, 그들을 알리기 위한 좋은 기회여서 유아이 회원그룹 모두가 매우 중요하게 생각하고 만들어 가는 축제의 날이 되고 있었다.

유아이 평화 선언일 기념식과 행사를 마친 사무총장인 듀크 공은 그 다음날, 곧바로 유엔 방문길에 나섰다. 개인 자격으로 방문하는 것이지만, 그와 유아이에게는 가장 중요한 의미를 가진 방문이었다.
"이사장님! 잘 다녀오겠습니다."
"그래요. 성공적으로 일이 추진되어 여기까지 온 데 대해, 듀크 공의 노고를 다시 한번 치하합니다."
"제가 하니라 유아이가 해 낸 일입니다. 개인 자격으로 가는 것이 아쉬운 일입니다만…"
"우리 유아이가 일하는데, 그런 것은 중요치 않습니다. 다시 말씀드립니다만, 회원국 누구라도 독립할 수 있도록 돕는 것이 우리의 일이니, 명분 같은 것은 중요하지 않습니다. 그래서 개인 자격이면 어떻고, 다른 방법인들 어떻습니까? 건강히 다녀오십시오."
"유아이와 이사장님께 누가 되지 않도록 일 잘 보고 돌아오겠습니다."

그런 가운데 유아이 총회 회원그룹은 유엔에서의 여러 과정에 대해 듣고 있기는 했지만, 유아이 회원으로서의 알카에다 정권에 대한 듀크 공의 유엔 보고가 이루어졌고, 알카에다 대표도 좌석에서 일어나 답례의 인사를 하고 있었다.
"알카에다는 여러 논란에도 불구하고, 이제 유아이 그룹이 아닌, 신생 독립 국가로서 당당히 유엔의 일원이 되어 국제사회로 나갈 것입니다. 그들이 지나온 투쟁에서 이룬 성공 신화는 오늘 독립으로 이어졌고, 그것은 오늘… 우리 모두 유아이 회원그룹에게 귀한 교훈으로 남을 것입니다. 앞으로…'알카에다'가 국가의 모습으로 정착하게 될 때까지 우리가 힘을 합하고 도울 일도 많이 있을 것입니다. 알카에다가 여기를 떠나는 그 날까지 변치 않는 마음으로 함께 해 주실 것을, 전 회원그룹에 부탁

드리면서,...... 이어서, 알카에다 대표의 소감을 듣도록 하겠습니다."

알카에다 대표가 소감을 말하기 위해 연단으로 향했다. 연단까지 가는 짧은 순간에 얼마나 많은 생각들이 스쳐가는지, 가히 짐작기 어려운 순간이 함께 하는 듯했다.

"감사합니다. 감사합니다. 감사합니다!......"

그렇게 정 중앙과 좌·우에 앉아 있는 유엔 회원국에 정중히 인사를 마치고 단상에선 알카에다 대표의 눈에선, 말이 나오기도 전에 눈물부터 흘러내리고 있었다. 그러자 유아이 회원그룹의 분위기가 숙연해졌고, 이내 격려의 박수가 터져 나왔다. 모두가 이 순간만은 그동안의 모든 것들을 공유하고 있다는 뜻이었다.

"알카에다 대표로서 이 자리에 선 제가, 유엔 회원그룹 여러분 앞에서 약한 눈물을 보이게 돼서, 죄송하다는 말씀부터 드립니다. 저는 평생을...여기 계신 여러분들이 상상하기 어려울 정도로 전장을 누비며 전사로 살아왔습니다. 그런 제가 수많은 동지의 죽음을 뒤로 하고 이렇게 살아 있어, 평화를 보게 될지는 꿈에도 생각지 못한 감격일 뿐입니다....... 지금 이 순간, 독립의 감흥보다는 지난 50여 년간 이름 없이 스러져간 동지들이 그립고, 그들의 마지막 거친 숨결을 한시도 잊지 않으면서 소중한 독립 국가로 성장해 갈 것을 다짐한다는 말부터 드리고 싶습니다."

그의 피를 토하는 듯한 연설이 유아이 회원그룹 모두의 공감대를 이끌어 낸 듯 총회장의 분위기가 숙연해지고 있었다.

"그러나 우리는 이제, 지난날에 대한 회한만으로 이 자리에 머물 수만은 없습니다. 희생이 결코 헛되지 않도록, 종교의 자유가 보장되고, 인권이 보장되며, 자유세계의 가치와 문화가 꽃필 그 날을 위해 한 발 한 발 착실히 우리의 꿈을 키워갈 것입니다. 그 길에는... 어려움도 많이 있을 것이고, 좌절도 있을 것입니다. 그러나 우리의 희생과 독립 정신을 되새기며, 독립 국가로 거듭나 세계평화와 질서에 기여할 것입니다."

그렇게 유엔에서의 독립 국가가 된 소회를 밝혔던 알카에다 대표단은 듀크 공과 함께 유아이로 돌아와 유아이 총회에서 국가를 만들게 된 독립투사의 연설을 다시 이어 갔다. 그들은 아직 끝나지 않은 '전사(戰士)'의 모습으로 유아이 총회에서 그들의 결연한 의지를 다시 한번 표시하며, 독립의 감회를 펼쳐 나가고 있었다. 알카에다의 연설이 끝나자 중요한 발표가 있다며 듀크 공이 자리를 잡고 연단에 섰다.

"여러 회원국의 전폭적인 지지와 성원에 힘입은 저는, 그동안 초대 사무총장에 취임한 이래, 지금까지 회원국 여러분들의 성원에 힘입어 최선을 다해 직무를 수행해 왔습니다. 저는 이 일을 수행하는 동안, 한시도 우리 유아이를 자랑스럽게 생각하지 않은 적이 없으며, 국제사회에 우리를 알리고, 유아이의 발전에 최선을 다해 왔습니다."

사전에 어떤 암시도 없었던 총회장은 듀크 공의 말이 시작되면서, 술렁이는 소리가 들려왔다. 그것은 듀크 공의 말이 심상찮은 뉘앙스를 풍기고 있었기 때문이었다.

"오늘 우리는 알카에다의 독립을 눈으로 목격했고, 그들의 목소리도 직접 들을 수 있어 영광이었습니다. 더불어, 저는 오늘 이 자리에서 우리 유아이의 또 다른 미래를 위한 새로운 길을 모색하기 위해... 새로운 인물에게 우리 유아이의 미래를 맡겨야 한다는 각오를 여러분에게 밝히고자 합니다."

듀크 공의 연설에 총회장은 술렁이면서 여러 소리로 소란스러워지고 있었다.
"제가 유아이 사무총장으로서 할 수 있는 일은 오늘 여기까지라고 생각합니다. 제가 사무총장에서 물러난다고 해서, 유아이를 떠나는 것이 아닙니다. 저는 여전히 유아이 회원그룹으로서 아일랜드를 이끌 것이며, 이 유아이에 남아있을 것입니다. 다만, 유아이가 이제 저의 능력 범위를 넘어, 더 커져야 하고... 국제사회로 나가, 그 지위와 역할이 커져야 하는 만큼, 그 일을 수행할 새로운 리더쉽을 갖춘 리더를, 이 자리에 앉혀야 한다는 생각을 하게 된 것입니다......."

그의 연설이 끝나자마자 여기저기서 질문이 이어졌다.
"갑자기 사무총장을 그만두시면, 후임 선출도 그렇고... 여러 가지로 복잡해집니다. 그러니 1년여 남은 임기를 다 마치시고 그때 가서... 생각해 보시는 것이 어떻겠습니까?"
"무슨.... 심경의 변화를 일으킬 만한 일들이 있으셨는지요?"
여러 가지 질문이 이어졌다. 그러자 듀크 공은,
"그 어느 것도 아니고, 유아이를 위한 순수한 열정이고, 번복할 수 없는 결정임을 양해 바랍니다."
라며 단호한 의지를 펼쳤다. 유아이 헌장 규정에 의한 절차대로 만약 듀크 공이 사퇴서를 제출하는 경우, 다음 회장을 다시 선출해야 하는데, 2대 사무총장 임기 4년 중 3년을 수행했기 때문에, 잔여임기 1년을 수행하는 것이 아니라, 새로 선출되는 사무총장은 새로운 임기 4년을 수행하도록 규정되어 있었다.

초대 사무총장인 듀크 공이 선출된 7년 전만 해도, 회원그룹의 수가 얼마 되지 않았고 이해관계가 복잡하지 않았지만, 70여 개 회원그룹이 있는 현재로서는 선거도 복잡한 양상으로 전개될 수 있는 일이었다. 왜냐면, 70여 개

그룹 가운데, 아주 강성노선을 내걸고 강력한 투쟁을 무기로 독립을 추구하는 그룹이 있는가 하면, 제도권 내에서 대화와 타협을 주장하며 자치권과 자주권을 목표로 하는 그룹도 있고, 그런 두 가지 경우가 아닌 유아이에 대표단 구성도 힘든 어려운 그룹과 유아이에 가입하지도 못한 채 옵서버 형태로 와 있을 수밖에 없는 그룹들도 있기 때문이었다.

그중에서도 옵서버 형태로 와 있는 민족들은 그나마 유아이 사무총장 선거에 투표권을 행사할 수 없어, 실제 투표를 할 수 있는 그룹은 50여 개가 되고 있었다. 유아이 내에서는 사무총장이라는 자리를 차지하기 위한 암투라든가, 그룹 간의 합종연횡은 찾아보기 힘든데, 그것은 유아이 참여 자체가 자기 그룹들의 독립이 목표이고, 그 목표를 향해 함께 가는 공동운명체적 조직이기 때문이었다.

오히려 유아이 내에서 사무총장에 나서는 것보다 더 문제가 되는 것은 유아이를 이끄는 평화재단에 대해, 유아이에 관심을 가진 나라들로부터 유아이 사무총장 선출과 관련된 언급들이 계속되고 있다는 것이었다. 그것은 유아이 민족 그룹이 속한 국가들 가운데 강성그룹에서 사무총장이 나오면, 유아이를 배경으로 더 강경하게 움직일 것을 우려하고 있었기 때문에 평화재단의 움직임에 관심을 가지는 것이었다.

그 가운데서도 미국은, 옵서버 자격도 갖추지 못하는 미국 내 민족 그룹이 유아이에 정식 회원그룹으로 가입하는 사태를 방지하기 위해, 유아이에 대한 미국의 재정지원을 매개로 스웨덴의 국제기금과, 유아이 이사장인 이상철에 대해 다양한 압력들을 가해 오기도 했다. 그런 과정에서 미국은 이상철에게 유아이 평화재단 문제뿐 아니라, 한국의 호남회 문제와 관련해서도 미국적 시각에서 도와줄 가능성이 있을 것이라는 구실로 접근해 오기도 했다.

하지만, 유아이 평화재단 이사장인 이상철은 그런 것은 유아이 평화재단과 무관한 유아이 총회의 문제라며, 국제사회의 일원으로 유아이의 발전과 국제 질서, 그리고 평화에 이바지하는 인물이 뽑힐 것이라는 원론적인 기대만을 표시하는 선에서 그들과 대응할 수밖에 없는 일이었다. 그런 가운데, 새해 1월 셋째 주 수요일에 차기 사무총장선출을 위한 총회가 열리게 되었다.

공정한 선거관리를 위해 유아이 사무국이 바빠 움직였고, 사무총장 후보 등록을 받게 되었다. 사무총장 후보는 3개 민족 그룹 이상의 추천을 받아 후보 등록을 하면 되고, 따로 선거유세는 하지 않되, 선거를 위한 총회가 개최되면, 선거가 실시되기 전, 각 후보가 자신들의 소신을 발표하는 것으로 선거유세를 대신하도록 되어 있었다.

그것은 유아이가 유엔과는 다르게 공적 재원에 의해 움직이고 있고, 불필요한 재원의 낭비와 역량의 소모를 최소화하기 위한 조치였다. 또, 유아이 그룹이 별도의 선거유세를 하지 않아도 그들의 성향이나 유아이가 나아가야 할 방향에 대해, 이미 동의하는 것이기 때문에, 사무총장으로서 그 직무 수행을 위한 의지만 확인하면 되는 일이기도 해서였다.

사무총장 후보로는 스페인의 스피코, 티벳의 라추, 후꾸오까의 요시라 이렇게 세 사람이 등록했다. 서로 이해관계가 없는 것은 아니겠지만, 그것보다는 유아이의 발전을 이끌 인물들이 나섰다는 평가가 우세한 속에 사무총장을 선출하기 위한 총회가 준비되고 있었다.

그렇게 유아이 최대 행사인 사무총장선거를 준비하는데, 중국 티벳에서 중국 공안당국과 국방군에 의한 갑작스러운 대규모 '라싸' 봉쇄 작전이 시작되었다는 급보가 날아들었다. 현지로부터 날아든 동영상 일부에는 군인들의 모습이 섞여들어 오기도 했다.

1월의 티벳은 눈보라와 추운 날씨 때문에 모든 것이 얼어붙어 있고, 교통 사정이 온전치 못해 눈 쌓인 겨울엔 거의 이동이나 움직임이 어려운 지역이었다. 거기에다 티벳 지도자 라추 수반은 중국과의 관계에서 임시정부 문제로 껄끄러워하던 인도를 떠나, 임시정부를 이끌고 이곳 유아이 시티에 완전히 정착해 있었고, 사무총장선거에 후보로 출마하는 상황에서 주민을 동원하거나 특별한 행동을 할 수 있는 시기가 아니었지만, 그런 급보가 날아든 것이었다.

그럼에도 불구하고 갑자기 중국공안과 국방군이 나서 라싸를 봉쇄한 것은, 분명 유아이 사무총장선거에 출마한 라추에 대한 중국 정부의 강한 불만을 표시하기 위한 것이라는 추측을 가능하게 만들었다. 유아이 사무총장 후보등록으로 반드시 사무총장이 된다는 보장은 없는 일이지만, 만약, 라추가 유아이 사무총장이 된다면, 중국으로서는 티벳에 대해 껄끄러운 입장에 설 수밖에 없고, 국가 차원에서도 함부로 할 수 없는 변수가 될 가능성이 있어, 사전에 라추에게 압력을 넣어 사무총장에 도전하는 것에 경고하기 위한 의도적인 행동으로 비추었다.

라추는 중국 정부에 대해, 티벳에서의 일방적인 행위를 즉각 중단하고, 국방군의 철수를 요구하는 성명서를 발표했다. 그러나 중국 정부는 '라싸에서 소요가 발생했고, 경찰에 의한 치안 확보가 불가능할 정도의 폭동으로 번졌다며, 국방군이 나서서 진압할 수밖에 없었다는, 늘상 하는 얘기를 상투적으로 반복하고 있었다.

중국에서의 군대인 국방군은 국가비상사태나 계엄하에서만 움직이는 것이 원칙이지만, 티벳을 포함해 분리독립을 주장하는 소수민족에게는 관행적으로 그런 절차는 무시된 채, 직접 군 병력이 투입되고 있었다. 그중에서도 티벳과 신장 위구르의 경우는 더욱더 그런 경향이 심해지고 있었다. 그것은 그만큼 중국 정부가 그 두 지역의 움직임에 민감하게 반응하고 있다는 것을 반증하는 것이었다.

하지만, 티벳의 '라추'는 중국 정부의 그런 강경책에 맞서, 사퇴하지 않고 끝까지 사무총장선거에 나설 것이라는 점을 분명히 하면서, 중국 정부의 라싸 포위를 철회하라며 맞서고 있었다. 그런 가운데 유아이 사무총장을 뽑는 총회가 개최되었다. 간단한 의식을 치른 다음, 맨 먼저 스피코의 레마 장군이 출마에 따른 연설을 위해 연단에 섰다. 첫 후보로써 연단에선 그에게 모두의 관심이 집중됐고, 언론들의 집중적인 플래시 세례가 이어졌다.

"스피코의 레마 장군입니다. 저는 우리 유아이가 한 단계 더 나은 발전을 위한 기회가 이번 선거라고 생각합니다. 우리 유아이의 기능과 역할을 최대한 끌어 올리고, 유아이 평화재단과의 원활한 협력을 통해, 유아이와 유아이 시티 전체의 조화로운 발전을 이룰 수 있는 인물이 사무총장을 맡아야 한다고 생각합니다. 그런 면에서, 여기 서 있는 본인이 적임자라는 생각으로 사무총장 후보로 나서게 되었습니다. 그런데 우연인지 필연인지 모르겠습니다만, 같은 동지인 티벳의 라추 수반까지도 후보 등록을 하자마자 그가 속한 중국이, 티벳의 수도 '라싸'에 대해 군대를 동원한 대대적인 탄압 작전에 들어갔다는 소식이 들려오고 있습니다. 이 엄동설한에... 가만두어도 누구 하나 움직이기 어려운 날씨에 그렇게 한다는 것은, 누가 보아도 유아이 사무총장에 출마한 '라추' 수반을 겨냥한, 눈에 보이지 않는 중국 정부의 강력한 노림수가 있지 않겠습니까? 라추 수반은 오랫동안 티벳의 독립운동을 이끌어온 달라이라마를 잇는 정통성을 가진 티벳의 정신적 지주로 알고 있습니다. 그래서 그의 인품과 미래를 보는 혜안을 저보다 높이 평가하고, 동시에 중국당국의 불경스러운 의도를 저지하기 위해 저는 이 자리에서 중대 결심을 하게 되었습니다."

총회장의 분위기가 일순 긴장이 돌면서 조용해졌다.

"저는 이 자리에서 사무총장 후보를 사퇴합니다."

조용해졌던 분위기가 술렁이기 시작했다.
"그리고 사무총장 후보를 사퇴하면서, 차기 사무총장에 티벳의 라추 수반을 추천합니다."

아름다운 퇴장을 하는 스피코의 레마 장군에게 총회장은 뜨거운 박수를 보내 주고 있었다. 다음으로 레마 장군에 이어 일본 후꾸오까의 요시라 단주가 단상에 올랐다.
"저는 일본 후꾸오까에서 온 요시라 단주입니다. 제가 먼저 연단에 섰다면, 스피코의 레마 장군께서 했던 말씀을 그대로 하고 싶었습니다. 지금은 우리가 하나가 되어 우리의 공동운명체인 유아이의 미래를 위해 나아가야 할 때입니다. 그리고 중국의 이번 라싸 침공은, 반드시 티벳인의 저항으로 반드시 실패할 것입니다. 더불어 그들이 원하지 않는 라추 수반이 사무총장이 될 수 있도록 저의 최선을 다할 생각입니다. 유아이 회원그룹 여러분! 저 또한 레마 장군에 이어 사무총장 후보를 사퇴합니다. 동시에 유아이 사무총장에 티벳의 라추 수반을 추천하는 바입니다."

총회장에는 모두의 환호가 이어지면서, 커다란 격려가 함께 하고 있었다. 총회 사무국장이 나서 의사진행을 도왔다.
"이렇게 되면... 세 분의 후보 가운데 두 분이 사퇴하고, 티벳의 라추 수반 한 분만이 남게 되었습니다. 이 경우, 총회 규정에 의거 한 분에 대해서 찬·반 투표를 실시해야 합니다. 찬·반 투표에서 과반의 찬성표를 획득하시면, 유아이 총회 의장 겸, 유아이 전체를 대표하는 '사무총장

(General Secretary)'에 취임하시게 됩니다. 그럼, 마지막으로 라추 수반의 사무총장 후보 출마 연설을 들으시고, 곧바로 투표에 들어가도록 하겠습니다."

전통 라마승 복장으로 등장한 라추는 합장으로 인사를 하고는 말문을 열었다.
"저는 티벳의 라추 수반입니다. 보다시피 우리는 라마교를 믿으며, 라마교 아래서 수도하며 살아가는 민족입니다. 그래서 먼저, 회원 여러분께 승려복으로 이 자리에 선 것을 양해 부탁드리면서 이야기를 시작하도록 하겠습니다 스피코의 레마 장군, 후꾸오까의 요시라 단주께 감사의 말씀을 올립니다. 그런데 참... 서운하기도 합니다."

서운하다는 말이 나오자 총회장 분위기가 또 술렁거렸다.
"왜, 서운하냐구요? 제가 첫 번째나 두 번째만 되었어도 먼저 양보하고 사퇴하려고 했는데, 여러분이 보셨듯이 두 분 모두가 나한테 미루고 먼저 사퇴해 버려서 서운하다는 것입니다."

그러자 총회장은 다시 격려의 박수가 터져 나오고 있었다.
"얼떨결에 저 혼자 남게 되어서 저마저 사퇴할 순 없는 일이고, 두 분께서 저를 추천해 주셨는데, 어찌해야 할지 모르겠습니다만, 두 분의 충정을 깊이 새기면서... 앞으로 우리 유아이의 미래를 위해 그분들 몫까지 합하여 열심히 뛰어야 할 듯합니다."

출마의 변을 말하는 자리지만, 취임사와 같은 분위기가 만들어졌고, 그의 각오를 듣는 자리처럼 되어 버렸다.

"저는 우리 유아이 회원그룹의 독립 국가 건설에 최선의 가치를 둘 생각입니다. 그것을 위해 우리 유아이 그룹들의 역량을 모아 나갈 것이며, 유아이 평화재단과 함께 유아이 시티도 키워나갈 것입니다. 뿐만 아니라, 유아이 국제대학이 활성화되면, 우리의 민족교육은 널리 국제사회를 향해 나아가게 될 것이고, 각자의 조국에 남아있는 각 민족에게 희망의 불꽃이 될 것입니다. 우리는 불과 얼마 전 또 다른 희망을 발견했습니다. 그것은 우리 유아이 그룹의 알카에다가 국가로 독립한 것이었습니다. 그렇습니다! 우리는 회원그룹 모두가 그런 희망을 간직한 채, 힘들고 어려운 시간을 잘 이겨나가고 있다는 생각을 하고 있습니다. 독립은 누가 만들어 주는 것이 아니고, 우리가 쟁취해 나가는 것입니다. 제가 속한 티벳도, 여러분이 아시다시피… 중국이라는 거대한 세계국가의 그늘 아래 핍박과 설움의 날들을 보내고 있습니다. 제가 유아이 사무총장 후보에 나섰다는 이유 하나만으로도, 우리 티벳의 '라싸'에는 지금, 이 얼어붙은 겨울의 추위 속에서 중국군이 출동해, 수많은 우리 민족과 동지들을 압살하는 것을, 저도 보았고, 여러분도 알고 있습니다. 이것이 우리의 현실이고, 우리 유아이가 헤쳐 나가야 할 가시밭길인 것입니다. 존경하는 유아이 회원그룹 여러분! 저는 평화재단 이상철 이사장님과 전임 사무총장 듀크 공, 그리고 우리 유아이 회원그룹과 머리를 맞대고 우리의 미래를 위해 상의할 것입니다. 그 길에 여러분 모두 하나 되어 함께 해 주실 것을 기대해 마지않습니다."

취임사라 해도 좋을 만한 사무총장 단독후보인 라추의 말이 끝나자, 총회장은 기립박수와 환호성이 터지고, 언론들의 관심이 계속 이어지고 있었다.

연설이 끝나자 총회장에서는 곧바로 찬·반 투표가 진행됐다. 투표권을 가진 53개 회원그룹에서의 투표 결과는, 기표가 애매하게 표시되어 무효표가 된 1표를 제외하고, 52표 모두가 찬성하여 전원일치의 추대형식과 마찬가지의 결과가 나왔다. 절차상으로 보면, 투표에서 결과가 나온 다음에는 여러 내부 절차와 업무 인수인계 과정을 거쳐 취임하도록 되어있지만, 사무총장이 공석이 되어 있어서 실제로는 곧바로 사무총장의 업무가 시작되었다.

그가 만장일치와 다름없이 사무총장이 되자, 라추의 사무총장 후보 때부터 티벳 라싸를 에워싸며 압박을 가했던 중국이 가장 난감할 수밖에 없게 되었다. 중국은 지금껏 자국 영토 내에서 티벳과 신장 위구르 라는 두 개 지역이 가장 강하게 독립 투쟁해 왔고, 그들이 가입된 유아이에 대해서도 유엔과 달리, 국가가 아닌 반국가 단체들의 모임에 불과하다며, 애써 그 존재를 인정하지 않으려고 해왔던 터였다. 그런 티벳의 지도자 라추가 유아이 사무총장이 된 것은, 중국이 지금까지와 전혀 다른 상황을 맞게 되었다는 것을 뜻하는 것이어서, 중국의 긴장 강도는 거세질 수밖에 없게 되었다.

언론에서는 사무총장이 된 그를 상대로 선출 소감을 묻는 기자회견을 열었다. 그러자 라추는 간단한 보도문을 낭독한 다음, 언론과의 일문일답에 나섰다.
"만장일치로 선출된 것을 먼저 축하드립니다. 취임하시면서 가장 먼저 해야 할 일이 무엇이라고 생각하십니까?"
"티벳 라싸의 지금 상황이 매우 엄중한 것으로 전해지고 있습니다. 라추 신임 사무총장께서는 이 문제를 어떻게 풀어나갈 것인지요"
"유아이 평화재단의 재정자립을 위한 협조방안은 마련되어 있으신지요?"
기자들의 여러 가지 질문에 대해 라추는,
"이제 시작이라서 조금 더 구체적인 계획들이 마련되면, 그때 소상히 알려드리도록 하겠습니다. 궁금한 점들이 많을 것입니다만, 시간을 좀 더 두고 차차 답을 드리도록 하겠습니다."

라는 말을 남기면서 예상되는 여러 가지 질문에 대한 날카로운 예봉을 피해 가고 있었다.

라추는 그의 첫 행보를 그렇게 조심스럽게 시작하고 있었다. 그것은 개인적인 입장보다는 유아이 총장으로서의 행보를 의식하고 하는 일이었다. 그날 저녁 사무총장으로 선출된 라추를 축하하기 위한 만찬 겸 리셉션이 열렸다. 리셉션에 참석한 대표단들은 본국에서 파견된 그룹도 있었고, 유아이 농장에 상주하는 임시정부 대표단이 함께한 그룹도 있었다.

새로운 길

라추의 사무총장 당선이 유아이에게 또 다른 기회가 될 것인지 아니면 험로가 될 것인지는 아무도 예측할 수 없었지만, 독립을 위한 그들의 열정만은 더욱더 크기가 커지고 있었다. 리셉션을 마친 다음 한국대표단으로 참석한 호남회의 한상연이 평화재단 이사장인 이상철의 사저(私邸)로 초대됐다. 라추가 사무총장이 된 만큼, 듀크 공이 있을 때와는 다른 강력한 유아이를 기치로 내걸 것이며, 따라서 한국의 호남회에서도 본격적인 움직임을 가져가야 할 때가 오고 있었기 때문에 그것을 상의하고자 하는 것이었다.

"한 회장, 먼 길 오느라 고생이 많았습니다. 와서 보니 어떻습니까?"

"이사장님, 여기가 이렇게 변할 줄은 상상도 못 했습니다. 초창기에 출발할 때만 해도 여기가 다... 초원으로 둘러싸인 농장이었는데요. 이렇게 큰 도시가 되었다니, 듣고는 있었습니다만... 직접 보니 너무도 놀랐습니다. 정말 대단한 일 하고 계십니다."

"과찬의 말씀을요. 이게 어디 나 혼자 한 것인가요? 모두 힘을 합해 준 유아이 회원그룹과 스위스 정부, 국제펀드 등의 도움이 있었기 때문이지요"

"자제분께서... 미국 상원의원이 되셨다면서요?"
"소식 듣고 계셨습니까?"
"그럼요, 국내에서는 마치 경사가 난 것처럼 떠들어 대고 난립니다."
"예, 그래요? 하지만, 제가 정신이 없어서 통화도 제대로 한번 못 했습니다. 제 집사람만 몇 번 통화했고요!"
"아무튼 축하드립니다. 물론, 미국 국적을 갖고 있긴 합니다만, 그래도 한국인으로서 자랑스러운 일이 아닐 수 없습니다."
"뭐... 그렇게 까지야. 어쨌든, 우리에게는 몇 가지 희망적인 것이 되어 줄 수는 있겠지요."

유아이 사무총장인 듀크 공의 사임에 따라 새로운 사무총장인 라추가 선출되기까지, 평화재단 이사장인 이상철은 아들인 이구(久)의 미국 상원의원 선거와 당선까지의 과정에 전혀 신경 겨를이 없었고, 부인 송 여사도 어쩔 수 없이 머나먼 땅에서 벌어지고 있는 선거를 지켜볼 수밖에 없었다. 한국 출신으로서 미국 각주의 상원의원은 몇 명 나온 적도 있었고, 미연방의 하원의원도 서너 명 배출한 바 있지만, 미연방 상원의원이 된 한국인은 처음이라, 한국에서 이구의 당선에 거는 기대는 과거 어느 한국계 정치인보다 클 수밖에 없었다.

한국에서는 이구의 외증조부가 한국의 독립운동을 이끌었던 애국지사였다는 사실이 크게 부각되고 있었고, 그의 아버지가 유아이의 평화재단 이사장이라는 사실은, 간단한 사실관계만 밝히는 선에서 더 깊은 언급은 하지 않았다. 그것은 한국 정부가 갖는 정치적 부담감 때문이라는 것을 쉽게 미루어 짐작할 수 있는 일이었다.

"한 회장님! 지금, 한국에서는... 호남자주권 요구에 대한 분위기는 어떻습니까?"

"전체적으로는 호남이 떨어져 나가는 것 아니냐, 또, 그렇게까지 되진 않더라도… 호남이 더 이상 한국 정부와 같은 길을 가지 못할 것 아니냐 하는 우려가 있는 것도 사실입니다. 거기에다… 지난번 민 국장 사건에 대해 어떤 결론도 아직 내지 못하고, 호남 민심만을 살피고 있다고 봐야 할 것입니다."

"이번에 또 지방선거가 있지요?"

"예. 그래서 이번 선거에서는 진검승부를 해야 할 듯합니다. 구체적인 것은 돌아가서 호남회와 함께 행동계획을 마련하겠습니다만, 이사장님께서도 적극적으로 도와주시면 감사하겠습니다."

"그렇다마다요! 만약에 결정적인 상황이 와서, 제가 필요하다면, 저를 초청해 주십시오. 저를 적절히 이용해 달라는 것입니다."

"그렇게 하겠습니다. 그리고 주변국들의 여론과 협조 문제도… 이사장님께서 도와주셔야 할 것 같습니다."

"당연히 그럴 것입니다. 우리 한 회장님의 책임이 막중합니다. 세부 계획이 마련되면, 아주 극비리에 저에게도 알려주시고요. 저는 불러 주시면, 언제든지 한국으로 갈 수 있도록, 이쪽 일을 미리 정리해 두도록 하겠습니다."

"감사합니다. 조만간 뵐 수 있는 시간이 오길 바라겠습니다."

그날 오랜만에 만난 두 사람은 많은 얘기를 나눈 다음, 한 회장은 한국으로 돌아갔다. 그에게는 많은 생각이 교차하고 있을 것이었다.

한 회장이 한국으로 가고 나서 얼마 지나지 않아 유아이 평화재단 재무국장 이영철의 결혼식이 유아이 총회 리셉션장에서 열렸다. 유아이가 설립된 이래 최초의 결혼식 이어선지, 관심들이 집중되었다. 이영철의 피앙세는 스웨덴 국제재단 유아이 지부에서 근무하며 사랑을 키워 온 아가씨인 엘리카였다. 이들의 결혼식 주례는 평화재단 이사장인 이상철이 맡았다.

"신랑 이영철 군은… 저와 함께 유아이 설립 때부터 지금까지 함께 일해 온 전도가 밝은 노총각이고, 신부 엘리카는 여러분이 아시는 바와 같이 스웨덴에서 온 국제기금 유아이의 재원입니다. 이제 두 사람이 유아이에서 결혼식을 올리고, 우리 유아이 농장에서 터전을 잡아 새로운 삶을 가꾸어 나갈 것입니다…."

그야말로 50이 다 되어 가고 있는 노총각 이영철은 입이 귀에 걸리며 결혼식을 마쳤다. 신혼 보금자리는 송 여사의 집 근처로 잡았으며, 송 여사와 이상철을 어머니·아버지 삼아 신접살림을 차릴 일이었다. 이들은 결혼식을 마치고 나서 스웨덴의 처가 집 방문을 겸해 스웨덴으로 신혼여행을 떠났다.

그 무렵, 미국 상원의원이 된 구(久)의 부인인 샐런이 둘째 아이를 낳았다는 소식을 전해 왔다. 큰 아이는 아들이었고, 둘째인 이번에는 딸이 태어나 송 여사의 마음이 매우 만족스러운 듯했다.

"영감! 나… 뉴욕에 갔다 오면 안될까요?"

"왜… 가고 싶은가? 나는 어쩌라고… 난 내팽개쳐 두고?"

"그럼, 같이 가면 더 좋지요 뭐… 가자고 해도 못 갈 거면서요?"

"알긴 아네! 나도 가고 싶고, 가서 보고 싶지.. 당신 혼자 잘 다녀와… 나야 인터넷으로 보면 되지 뭐!"

송 여사는 말이 떨어지자마자 여기저기 여행사에 알아보더니 가장 빨리 출발하는 뉴욕행 비행기로 출발해 버리고 말았다. 그 모습을 본 이상철은 혼잣말로 '저렇게나 좋은지 원…'하며 빙긋이 웃음을 지었다.

티벳의 라추가 드디어 사무총장으로 공식 취임했다. 중국은 라추가 사무총장에 입후보했을 때부터 '라싸'에 군병력을 풀어 신경전을 벌였고, 라추가 일방적 지지로 사무총장에 선출되자 티벳에 대한 정보망과 상주 국방군의 병력을 늘리며, 감시체제를 강화해 나갔다. 그러면서 국제사회가 티벳 문제와 더불어 신장 위구르에 까지 또다시 주목하는 상황이 되자, 드디어 중국은 러시아와 공조하여, 반체제 독립운동 단체에 대한 정보와 대책을 공유하는 상호협정체결을 제안하고 있었다.

아울러 유아이에 대해서는 그동안의 관망 상태에서 벗어나 적극적인 국제외교를 펼치면서, 그들이 수십 년간 확보해 온 아프리카 여러 나라에도 영향력을 행사해 유아이에 입주해 있는 자국 그룹들에 대한 적극적 대책을 마련해 달라는, 보다 전방위적 압력을 행사하기도 했다. 이는 유럽이나 한국, 일본 등과는 그 협력의 차원과 방법이 다르고, 유럽이나 한국, 일본이 중국에 쉽게 동의하거나 공조에 협조하지 않을 것이라는 판단이 깔려 있어서 아프리카 쪽에 먼저 협조를 요청하고 있다고 보아야 할 것이다. 즉, 중국으로서는 유아이가 불법단체라며, 인정하지 않겠다는 입장을 견지하고 있지만, 현실적으로는 그들의 실체를 인정하고, 국제공조를 통해 대처하는 것이었다.

라추가 사무총장이 되면서 해결해야 할 과제는 산적해 있었다. 그중에서 가장 넘기 어려운 큰 산은 역시 세계를 주무르는 중국을 상대해야 하는 티벳과 신장 문제였고, 중국과 공조를 추진하려고 하는 러시아와는 체첸 문제가 앞을 가로막았다. 그들 세 곳은 지금 이 시각에도 중국과 러시아로부터 모진 압박과 탄압에 시달리고 있지만, 미국이나 유럽 그 어느 나라도 중국과 러시아의 내정간섭이라는 반발 앞에 제대로 말할 수 없는 처지였다.

라추는 유아이 사무총장에 취임하면서 국제사회를 향해 유아이의 목소리를 내기 시작했다. 그러면서 중국을 향해 더 이상 티벳과 신장을 향한 무력과 폭압을 그만두고, 서로를 위한 대화의 길에 나설 것을 촉구하고 나섰다. 필요하면, 라추 자신이 직접 중국 정부를 방문할 용의가 있다는 의사 표시도 하고 나섰다.

하지만, 중국 정부가 유아이 사무총장인 라추의 협상 제의와 중국방문 요청을 받아들일 리 없고, 그것이 유아이와 라추를 공식적으로 인정할 수밖에 없는 계기가 될 것이라는 점에서 중국이 수용할 리도 없는 일이었다. 그런 가운데 라추는 평화재단 이사장인 이상철과의 협의를 거쳐, 미국 방문 계획을 세우기 시작했다. 이것은 미국과 유아이와의 재정지원 확대 문제를 논의한 적이 있었고, 중국을 견제하려는 미국의 정치적 판단을 이용하면서도, 미국 내 인디언과 알래스카, 괌 등의 가입을 유보하는 상황 자체에 대해, 그들의 유아이 가입을 마냥 거부할 수만은 없어 그 허용범위에 대해 논의도 해야 할 필요가 있는 시점이었기 때문이었다.

라추가 미국을 향해 떠났다. 그는 미국에 가서, 미국의 고위 관료와 정치인들을 유아이 사무총장 자격으로 만날 것이며, 돌아오는 길에 캐나다의 퀘벡에도 들를 것이었다. 그 과정에서 유아이 사무총장이라는 직책으로 활동할 것이지만, 중국은 그의 움직임을 유아이 사무총장으로서가 아니라 티벳의 '라추'로 격을 낮춰 행동반경을 주시하고 있었다.

중국은 미국을 향해 라추의 미국 방문을 허용하면 안 된다는 외교적 압력을 가해 봤지만, 그것이 미국에 먹혀들 리가 없었다. 미국 외교가를 공식 방문하게 된 라추는 미국에서의 주요 일정 상당 부분을 이상철의 아들인 미국 상원의원 '구'와 함께 하며 우의를 과시했는데, 그것은 라추와 이사장인 이상철의 의도되고 계산된 동행이었다. 즉, 미국 상원의원인 '구'와 유아이의 관계를 국제사회에 알림으로써, 한국 정부에도 유아이의 존재를 부각시킴과 동시에 이사장인 이상철의 아들인 '구'가, 미국 상원의원으로서 정책적 조언을 하고 있다는 사실을 부각시키기 위한 것도 있었다.

그렇게 세를 과시하며 미국을 방문한 라추는, 미국 정부 관계자들을 만나는 것은 물론, 유명 대학에서의 특강을 통해, 독립을 향한 티벳의 의지와 유아이를 국제사회에 알리는 데 주력하고 있었다. 그리고 미국을 떠나 캐나다 퀘벡으로 가, 퀘벡주 분리독립 추진위원회 진영의 대표단을 만나, 퀘벡과 유아이의 공조 문제를 협의하게 되었다.

그런 유아이 사무총장 라추의 미국과 캐나다 방문에 예상치 않은 사건이 발생했다. 그것은 '괌'의 자치를 요구하는 피켓 시위였다. 미국에 있을 땐 정보당국의 통제로 의사를 표시할 기회 조차 찾지 못했었지만, 캐나다 퀘벡주가 분리독립을 주장하며, 유아이 라추와 회담하는 과정에 괌이 나타나 그들의 자치권 주장을 펼치고 있었던 것이었다.

미국 정부와 캐나다 정부는 괌의 갑작스런 돌출 시위에 당황하며, 미국에서도 독립과 다름없는 자치를 요구하는 세력이 있다는 사실을 차단해 보려고 애를 써봤지만, 그렇게 막아서 될 일이 아니었다. 국제사회에서 비공식적으로는 미국에서도 자치를 요구하는 인디언이 있다는 정도는 알려져 있었지만, 알래스카와 괌까지도 자치를 요구하고 있다는 사실을 알고 있는 사람들은 별로 없었다. 괌은 그래서 이번 기회를 활용할 때를 노리고 있다가 퀘벡의 유아이와 독립위원회 회담 자리를 그들 의사 표시의 장소로 삼은 것이었다.

캐나다 보안당국도 미국과의 즉각적인 공조를 통해 퀘벡의 독립위원회 자체가 캐나다 연방헌법 위반이라며 강력한 비난과 함께 경찰에 의한 해산이 되지 않으면 캐나다 방위군 병력이 투입될 수도 있다는 위압적 경고를 해 오고 있었다. 캐나다 방위군까지 투입되는 사태는 발생하지 않았지만, 괌의 자치를 요구했던 괌의 쿠오족 대표는 체포됐고, 유아이 사무총장 라추는 퀘벡에서 캐나다 정부에 의해 강제 출국이 되다시피 하면서 스위스로 보내지고 말았다.

미국은 유아이 평화재단 이사장인 이상철에게, 스웨덴에서 약속했던 재단 기금 확충과 공채발행 문제, 대학 재정확충 등에 합의 한 바 있었지만, 이번 괌의 일로 해서 그동안 수년간 추진해 온 협력 방향에 제동이 걸릴 수 있다며 항의를 해왔다. 그러나 이사장인 이상철이 미국의 그런 협박에 흔들릴 이유는 없었다. 오히려 이상철은 미국의 그런 협박을 역이용하여, 국제사회에서의 유아이에 대한 공인과 함께, 각 그룹의 민족 자존감을 키워줄 기회로 만들어 가자며, 각 그룹을 격려해 나가고 있었다.

스위스 유아이 본부로 돌아온 라추는 재단 이사장인 이상철에게 상황을 보고하고 긴급 유아이 임시총회를 소집해, 그간 있었던 상황을 보고하고 있었다.
"이제 우리는 또 하나의 벽을, 정면 돌파해야 하는 어려운 결단을 해야 할 때가 오고 있습니다. 우리는 그간 민족의 독립과 자치를 원하는 각 민족과 지역에 차별 없이 우리의 문호를 개방해 왔고, 우리 모두가 그런 목표를 달성하기 위해 최선을 다해 왔다고 말해 왔습니다. 그런데, 그렇게 말하고 행동해 왔던 우리 유아이가 현실의 벽에 가려 눈감아 버리고만 몇 군데 지역이 있다는 사실을... 부끄럽게도 밝혀야 하는 순간이 왔다는 것입니다. 그것을 밝히는 이 시간 이후, 우리 유아이는. 국제사회로부터의 지원이 축소되고, 스스로 자립하지 않는 한 더 이상 어려움을 이겨 내기 힘든 경영적 위기 상황을 맞이할지도 모릅니다. 그럼에도 불구하고 저는 오늘 이 자리에서, 우리 유아이 회원그룹 모두가 그런 어려움을 감내하며 이겨 나갈 것이라는 각오를 다질 것이라 믿어 의심치 않습니다. 오늘 이 순간 우리는, 밝힐 수 없는 떳떳하지 못한 이유로 인해서, 유아이 회원가입을 희망하는 인디언 부족, 알래스카 원주민, 괌 원주민 등등이 회원 요건을 갖추지 못했다는 이유로, 우리 구성원으로 받아들이지 못했던 점을 사과하고, 그들 그룹에게 이해를 구하는 바입니다. 아시다시피 유아이 회원자격은 유아이 정관에 정한 일정한 기준을 충족시켜야만 합니다. 그러나 회원자격요건이 안되면, 그들이 원하는 옵서버 자격을 부여해서라도, 우리 유아이에 그들이 참여할 수 있도록 할 것입니다. 그런 과정을 거쳐 그들이 원하는 소기의 목표를 달성하도록 보다 적극적인 지원을 해 나갈 것입니다. 다시 한번 더 강조 드립니다만, 우리는 어떤 어려움이 있더라도 유아이의 미래를 열어가는 데 소홀함이 없을 것이며, 힘없고 어려운 우리의 가족 그룹에게 희망이 되어 줄 것을 약속드립니다......."

그렇게 미국과 캐나다 방문을 마치고 온 라추는 총회에서 두 나라 방문 결과를 설명하면서, 미국의 일부 지역이 유아이 회원으로 가입하고자 한다는 사실을 공개했다.

선거와 자주

한국으로 돌아온 호남회 한상연 회장은 4월 지방선거가 호남 자주를 주장하는 분수령이 될 것이라며, 3·1절 기념식이 끝나고 나서 곧바로 3·1 호남 자치 선언을 할 계획을 세우고 있었다. 세부 계획을 밝힐 순 없지만, 3·1절 기념식을 마치고 나면, 그날 곧바로 '3·1 호남 자주 선언'을 발표하고, 다양한 활동을 통해 호남의 의견을 결집해, 그 추이에 따라 3월 말경 최종적으로 지방선거 참여 여부를 결정한다는 것이 주요 내용이었다. 선거에 당연히 참여하는 것이 순리지만 이번 선거는 과거와 달리 선거 참여 여부까지도 3·1 호남 자주 선언에 따른 여론의 흐름에 따라 결정한다는 것이었다.

그와 때를 맞추기라도 한 듯, 그동안 아무런 결정도 하지 못하고 있었던 민 국장에 대한 처리 결과가 나왔다. 처분 결과는 공소사실 변경을 통해 1년을 구형한 것이었다. 그것은 분명 정치적 상황을 고려한 의도적인 처분인 것이 분명했다. 호남회는 그것을 검찰은 물론, 현 집권 세력과 정면 대결로 가는 시발점으로 삼고 있었다. 이번 검찰의 1년 구형은 정치적 사건으로 서, 문제가 되어 있는 사람한테 면죄부를 줄 수 없어, 판사의 선고를 통해 내보내든지 아니면 정치적 고려 등을 통해 알아서 하라는 뜻을 다분히 내포하고 있어, 책임 회피성 검찰의 구형이 확실한 것이었다.

  3.1절 독립 만세운동 기념식 행사가 끝나고, 그 날 오후 2시, 3.1 호남 자주 선언문이 5·18 국립묘지에서 선언됐다. 호남회 한상연 회장이 '3.1 호남 자주 선언문'을 읽어나갔다.

  "오늘 우리는, 일제의 압제와 핍박 속에서도 조국의 독립 의지를 세계 만방에 과시했던 3·1 독립운동일을 맞이했습니다. 그 만세 소리가 아직도 방방곡곡에 울려 퍼지듯 귓전에 생생한 오늘, 우리 호남이, 광주 민주화 운동의 성지인 이곳 5·18 국립묘지에서, 나라를 빼앗아 간 일제를 상대로 한 독립 만세운동이 아닌 대한민국 주권을 빼앗아 간 신군부의 망동에 저항한 광주 영령들 앞에서, 우리 호남의 자주를 외치려 합니다. 우리 호남은, 그간 대한민국을 근간으로, 갈라진 대한민국의 통일을 지향(指向)하며, 그 속에서 호남의 양식과 전통, 문화를 개척해 갈 수 있도록 해 달라는 자주권을 주장해 왔습니다. 그러나 현 정부는, 우리 호남과 호남회를… 정부 전복을 시도하는 반국가 단체로 몰아가려는 파렴치한 짓을 서슴지 않고 있으며, 지금도 호남 자주의 순수한 의도를 훼손하기 위해 혈안이 되고 있습니다. 우리는 오늘 이 자리에서 다시 한번 호남 자주를 천명하며, 이것은 대한민국 국민으로서, 호남지역에 살아가고 있는 호남인의 정당한 권리라는 주장을 하는 것입니다. 지금은 시대가 달라졌고, 우리의 진심을 정부가 자의적으로 정한 유불리 기준에 의거, 이적단체나 반국가 단체로 성격을 규정한다든가, 우리 호남을 북한과 연계시켜 호도하려는 행태를 보인다면, 그것은 국민적 저항과 심판을 면치 못할 것이라는 점도 분명히 밝히는 바입니다. 우리는 오늘, '호남의, 호남에 의한, 호남을 위한 호남의 자주'를 외칩니다. 호남이여 영원하라! 호남인이여 일어나라! 지금이 바로, 그대 영혼을 깨울 때입니다...."

    호남 자주 선언을 하고 나서, 5·18 국립묘지를 돌고 난 시위행렬이 금남로를 향해 거리 행진을 하고 있었다. 당초 집회 신고 자체를 불허하겠다던 경찰은 비정상적이고 법적 한계를 벗어난 경찰의 자의적 법 집행이라는 비난 앞에서 어쩔 수 없이 시위를 허락하고 있었다. 시위대는 한상연 호남 회장을 선두로 이 지역 국회의원들이 맨 앞에 서고, 종교단체와 시민단체가 선두그룹을 형성하면서 시민들의 긴 행렬이 이어지고 있었다.
    호남 자주를 외치는 구호가 행렬을 따라 외쳐지고, 상여를 내갈 때 따라가는 만장을 본딴 깃발 행렬도 갖가지 구호를 적어 색색을 이룬 채 시민 행렬과 함께 하고 있었다. 경찰은 시민들의 행렬을 자극하지 않고, 교통 방해가 되지 않도록 시민 행렬을 유도한다는 명분으로 거리를 감쌌고, 한편에서는 경찰과 정보당국의 정보 채집 활동이 분주히 이루어지고 있었다.

    서너 시간의 행렬이 금남로를 뒤덮은 채 어둠이 내렸고, 옛날 도청 자리에 있는 아시아 문화의 전당 앞은 화려한 불빛으로 장식된 채 시위대를 맞이하고 있었다. 트레일러의 짐 싣는 부분 두 개를 맞대어 만든 임시 연단에는 또다시 호남회와 이 지역 국회의원들이 자리를 잡았고, 낮부터 이번 행사에 동행하고 있던 광주광역시장과 광주광역 의회 의장, 전라남도 지사와 전라남도 의회의장, 전라북도지사와 전라북도의회 의장 등도 함께 자리하고 있었다.
    이들 중 광역시장과 도지사 두 사람은 공무원으로서 국회의원이나 지방의원들과는 달라서, 이렇게 자주권을 요구하는 시위에 참석하는 행위는 불법에 해당하는 일일 수도 있었지만, 이들은 그런 것에 개의치 않았다. 그런 가운데 국회의원 중에서 민주의 집 광주광역시당 위원장인 이판기 의원이 마이

크를 잡았다.

"시민 여러분께서도 잘 아시다시피, 우리는 지난번 국회 청문회 과정에서 정부 여당과 정보기관의 호남 폄하와 지역 차별을 또 한 번 경험하고 확인한 바 있습니다. 이제 우리는 참을 수 있는 한계를 벗어나 지금 이 자리에 섰습니다. 우리 호남은 분연히 차고 일어나 5·18의 역사 정신을 계승하면서, 우리 스스로에 의한 우리의 호남을 가꾸고 지켜나가야 할 것입니다...."

이어 전라남도 지사가 마이크를 넘겨받았다.

"저는 현직 전라남도 도지사로서, 금지된 정치적 행위를 하는지도 모릅니다. 지금 이 행위로 인해... 정치적으로든, 법적으로든 문제가 된다면, 그에 따른 모든 책임을 호남이라는 이름으로 달게 받아 제 어깨에 짊어지고 갈 것입니다. 시민 여러분! 여러분의 호남을 위한 열정과 사랑이, 우리 호남의 미래를 결정합니다. 힘을 모아주십시오! 그리고 다가오는 지방선거에서 여러분의 힘을 표로 보여주십시오. 그것만이 우리가 살길이요, 우리 호남의 자주권을 지켜가는 길일 것입니다."

3.1절의 밤이 뜨거운 열기 속에 밤늦도록 이어지고 있었다. 분위기가 익어갈 무렵 행사를 담당한 사회자가 손님을 소개한다며 나섰다.

"여기 이 자리에, 또 한 사람의 귀한 손님이 우리의 자주를 응원해 주기 위해 와 주셨습니다. 일본 후꾸오까의 자치권 투쟁을 벌이고 있는 후꾸오까 독립단의 요시라 단주이십니다. 통역을 통해 들어야 하는 불편이 있긴 합니다만, 요시라 단주의 메시지를 들어 보도록 하겠습니다."

사회의 소개가 끝나자 곧바로 요시라 단주가 마이크를 잡았다.

"저는 방금 소개받은 일본 후꾸오까의 요시라 단주입니다. 우리 후꾸오까도 일본 속에서, 후꾸오까의 자치권 확보를 위해 일본 정부를 상대로 정치적 투쟁을 벌이고 있습니다. 그런 과정에서, 호남에서 힘을 모아 응원해 주셨습니다. 호남회의 힘을 모아 한상연 회장이 우리 후꾸오까를 방문하셨고, 자치권 확립을 위한 우리의 결의에 힘을 실어주신 바 있습니다. 저는 오늘 이 자리에서 감히, 호남 시민들에게 자랑스럽게 말씀드립니다. 호남의 역사가 우리 후꾸오까에 함께 하고 있으며, 호남인의 피가 우리 후꾸오까에 흐르고 있다고 말입니다. 호남과 후꾸오까는 이제 하나로 똘똘 뭉쳐, 호남의 자주, 후꾸오까의 자치를 위해 한길로 나갈 것을 호소하는 바입니다. 호남 시민이여 영원 하라! 후꾸오까여 깨어나라!…"

요시라 단주의 메시지가 끝나자 이번에는 사회자가 이순기 비서실장을 소개했다.

"또 한 사람의 귀한 분이 우리에 자주 선언을 응원하기 위해 이 자리에 오셨습니다. 여러분이 잘 아시는… 스위스에 있는 독립연합체인 유아이 평화재단의 한국 출신 이상철 이사장과 유아이의 티벳 출신 라추 사무총장의 위임을 받고, 그분들을 대리하여 유아이 평화재단의 이순기 비서실장님이 이 자리에 오셨습니다."

"저는 유아이에서 온 이순기입니다. 호남 시민 여러분! 오랜만에 여러분을 뵙게 되니 감개무량하고, 호남 시민 여러분의 높아진 자주 의식과 자주권 획득을 위한, 뜨거운 열정에 감동한 바 큽니다. 여러분이 여기 호남에서 호남 자주를 외치고, 그것을 실천해 나가는 데 앞장서시는 주역이 되어 주셨음에 든든할 뿐입니다. 저는 그런 우리 호남인들의 열정을 담아, 독립 연합체인 유아이에서 우리 호남의 자주를 위해 국제적 역량을 모으는 일에 최선을 다할 것입니다. 호남의, 호남에 의한, 호남을 위한 자주를 외쳤던 시절이 엊그제 같은데, 벌써 이렇게 호남 자주의 씨앗이 뿌려져 결실을 볼 때가 곧 우리 곁에 다가오고 있는 듯합니다. 이제 우리 모두, 호남의 자주화라는 오직 한 길을 향해 매진해 나갈 것을 다짐하면서,……"

호남회 간부들과 민주의 집 소속 호남회 국회의원, 시·도지사와 시·도 의장, 시민단체, 종교단체들이 주도한 3·1절 호남 자주 선언의 날 행사가 밤이 늦어서야 사고 없이 잘 마무리되고 있었다. 경찰이나 보안당국은 이 행사가 무사히 치러지기보다는 사고로 얼룩진 채 끝나길 바라는 것이 솔직한 심정이었을 것이었다. 그런 사고가 시위나 행사 중에 발생하면, 그것을 명분으로 그들이 개입할 명분이 생기고, 그런 행위를 문제 삼아 법적·정치적 공세를 강화할 근거가 될 것이기 때문이었다.

그런 것을 누구보다도 잘 알고 있을 뿐 아니라 수 없이 당해 본 경험들이 있는 호남회는 자주 선언 과정에서 자체 질서 유도팀까지 결성하여, 질서 정연한 행사를 치러내고 있었다. 하지만, 경찰과 보안당국은 3월 1일 호남 자주 선언 행사가 끝난 다음 날부터, 집회 과정에서 불법행위가 있었다며 해당자들에 대한 조사를 위해 경찰에 출두할 것을 통보해 오고 있었다.

그 첫 번째 대상자는 호남회와 민주의 집 출신의 광주광역시장과 전라 남·북 도지사였다. 그들은 이미 경찰이나 보안당국의 조사가 있을 것이라는 각오를 하고 있었기 때문에 그런 소환에 거리낄 이유도 없었다. 다만, 그 소환이 호남 자주를 위한 정치적이고 상징적인 행위로 이어질 수 있도록, 소환 거부를 명분으로 시민 여론을 살피고 있었다.

그런 시간이 흐르면서, 경찰은 유아이 비서실장 이순기에 대해서도, 방문 목적 외 활동인 정치 행사와 관련된 참여는 불법이라는 취지로 경찰 출두를 요구하고 나섰다. 하지만, 그 소환의 실효성이 있을 리 없었고, 합당하지 않은 이유로 유아이 평화재단의 비서실장을 소환하는 한국 정부가 국제적 여론으로부터의 비난을 견뎌 내기란 쉬운 일도 아니어서, 자연스럽게 이순기가 출국함으로써 문제가 해결되기를 바라고 있었다.

그러다가 결정적으로 문제가 되는 사건이 발생했다. 그것은 검찰로부터 1년 형을 구형 받은 민 국장이 이번 사건과 관련하여 여러 정보를 제공한 혐의가 있다며, 이번에는 경찰이 조사를 시작하게 된 것이었다. 그러나 누가 봐도 구속수감 중인 사람이 이번 일에 배후 조종 혐의로 조사를 받는다는 것은 납득할 수 없는 일이었다. 그것은 다른 사람들에 대한 소환조사가 어려워지자, 경찰이 궁여지책으로 내놓은 경찰 수사임을 자인하는 것이나 다름없는 조치로 받아들여졌다. 그러자 호남회와 시민, 종교단체들은 또다시 경찰서를 항의 방문하고 시위를 벌였다. 그 장면은 언론을 통해 전국으로 퍼져 나갔고, 호남은 물론, 전국적으로도 야당과 호남에 대한 부적절한 처사라는 비난 여론이 확산되어 가고 있었다. 그런 가운데 경찰을 방문한 시위대는 민 국장과 야당탄압을 비난하는 목소리를 높여가고 있었다.

"경찰은 반성하라, 검찰이 못나서니 경찰이 나서냐! 호남 탄압 그만두고, 중앙 경찰 물러가라. 철수하라 중앙경찰! 우리는 원한다! 우리 경찰, 호남 경찰! 호남을 지키는 자주 경찰, 우리 경찰!"

시민들이 광주 경찰청을 에워싸고 구호가 외쳐지자, 경찰업무가 마비될 정도에 이르렀다. 그러자 경찰 내에서는 강제 해산을 검토해야 한다는 강경론이 터져 나오기도 하고, 강제 해산을 하게 되면 돌이킬 수 없는 상황이 초래될 수 있다며, 끈기를 가지고 기다리며 대화와 설득을 병행하자는 주장이 경찰 내부에서도 팽팽히 대립하고 있었다.

그런 가운데 한국에서 스위스로 돌아온 이순기 비서실장은 생생한 광주 현장의 열기를 전하며, 당시에 현장에서 촬영된 행사의 주요 동영상들을 유아이 재단 이사장인 이상철에게 보여줬고, 유아이 사무총장인 라추에게도 이순기가 한국 경찰로부터 소환 통보받은 사건의 전말과 상황을 설명하기에 이르렀다. 그러자 라추는 대변인을 불러, 유아이 차원에서 이번 조치에 대한 해명을 요구하는 성명을 즉각 발표하도록 했다. 유아이 대변인의 성명은 한국 정부를 정면으로 겨냥하고 있었다.

"한국 정부는 한국 내, 호남의 자주 선언과 관련하여, 독립 연합인 유아이 평화재단 이사장과 유아이 사무총장의 위임을 받아 지난 3·1 호남 자주 선언에서 지지 발언을 한 유아이 평화재단의 이순기 비서실장에 대해, 경찰을 통한 소환 요청을 한 배경을 납득할 수 있게 해명해야 할 것이며, 향후 이런 일이 재발하지 않도록..."

유아이의 성명 발표 소식을 전해 들은 한국 정부는, 한국의 내부 문제에 대해 유아이가 왈가왈부하는 것은 적절치 않다면서도, 이것이 국제사회에 미치는 영향을 예의주시할 수밖에 없게 되어 가고 있었다. 그것은 한국 정부가 경찰을 동원해 호남 자주 선언의 관련자들을 소환한 것이 경찰의 과잉 방어이며, 정치적 행위를 경찰에 의해 다스리려는 불순한 의도가 담겨 있다는 국제사회의 비판에 직면해 있기도 해서였다.

집권 한국당에서도 '3·1 호남 자주 선언'을 보는 시각이 극명하게 양분되고 있었다. 하나는 호남자주권 선언이 겉으로는 호남 자주를 내세우고 있지만, 호남이 대한민국으로부터 벗어나 독립하려는 정치적 술수에 불과하다며, 어떤 경우에도 호남 자주를 허용해서는 안 된다는 강경보수적 입장이었다. 또 다른 하나는, 어차피 호남 자주 선언이 있게 된 마당에 지방자치제도 자체를 근본적으로 치유하지 못한 정부에도 그 책임이 있으며, 이번 기회에 야당인 민주위 집과 호남이 요구하는 광역시·도제를 폐지하고, 생활권 중심의 기초 시·군 제도로 지방제도 자체를 혁신하자는 것이었다. 그렇게 되면, 호남의 자치 선언을 수용하면서도 호남뿐 아니라, 우리나라 전체 기초 시·군 자체를 지역 특성과 생활에 적합한 자치제도로 전환할 수 있다고 주장하고 있었다.

그렇게 된다면, 중앙정부는 미국과 같은 느슨한(Loosened) 형태의 연방제도처럼 변화되어, 한국형 연방제도(일명: 한국연방, U.S.K.: United States of Korea)가 될 수 있으며, 이것은 남·북한이 앞으로 통일된다 해도 체제와 무관하게 활용할 수 있는 제도라는 것이 호남회와 민주의 집 주장인데, 그에 동조하는 여당 일각의 생각도 그와 같은 것이었다.

호남 자주를 요구하는 핵심 가운데를 하나도 그것이지만 현실적으로 이것은 한국적 상황과 맞물려, 다소 오해의 소지가 없진 않기도 했다. 그것은 북한이 주장하는 고려 연방제에서 풍기는 비슷한 용어상의 뉘앙스로 인해 오해의 소가가 있고, 실제로 과거 정권들이 반공(反共)을 무기로 '연방제'라는 말을 체제 단속의 근거로 사용한 적도 있었기 때문이었다.

즉, 북한이 주장하는 고려 연방제와 호남 자주에서 주장하는 한국형 연방제도(U.S.K.)는 분명히 다른 것임에도 불구하고, 남·북한의 체제 양분 상태가 오래 지속되면서, 그런 오해와 착각을 불러일으킬 소지가 있다는 것이었다. 또 실제로 오해만이 아니라, 그것이 정치권에서 정략적으로 이용된 아픈 경험도 있어, 그런 주장을 하는 것이 쉽지 않은 것 또한, 한국적 현실일 수밖에 없는 것이 고민이 되고 있었다.

검찰과 경찰에 대한 실질적인 권력분립과 독립을 주장하는 호남자주권이 널리 퍼져 있는 가운데서도 검찰과 경찰에서는 일어날 수 없는 일들이 계속되고 있었다. 그러자 권력의 시녀로 전락한 지 오래된 경찰에 대해선, 아예 검·경 독립 얘기를 꺼내지도 말라며, 검찰의 예속 하에 살라는 비난이 쏟아졌고, 검찰과 법원에 대해서는 권력의 하수인이 된 그들이, 새로운 정권이 들어서면 어떻게 하는지 두고 보자며, 연일 성명전과 시위를 전개했지만, 사법부와 경찰은 요지부동이었다.

경찰과 검찰, 법원의 석연찮은 대응에 변호인단의 항의 방문도 이어지고, 민주의 집 법무장관 항의 방문도 이어졌지만, 법무장관은 회의를 핑계로 만나 주지 않는 등의 작태가 이어지자 또다시 민주의 집은 거리로 뛰어나가 장외투쟁을 벌이기 시작했다. 서울과 수원, 의정부 등지에서 민주의 집 장외집회가 계속되자, 그동안 관망만 하던 수도권 시민들의 관심이 높아지면서 집권 여당인 한국당과 대통령의 입장을 곤혹스럽게 만들고 있었다.

서울·경기에 이어 호남에서는 시위 열기가 폭발 직전까지 갔고, 공안당국에서는 이렇게 가다가는 경찰력으로 시위를 차단하기가 불가능한 상황이 올 수도 있다며, 심각성을 강조하고 나섰다. 더구나 예전에는 호남지역만이 시위를 주도했던 것에서, 충청·대전권으로 시위가 확대되고, 이에 더하여 시민단체와 종교 세력을 중심으로 국가 공권력의 횡포를 규탄하는 집회가 번져가자, 공안당국의 고민도 깊어가기 시작했다.

이렇게 가다간 한 달 후면 치러질 지방선거에서 호남권은 물론이고, 집권 여당인 한국당의 아성인 다른 지역에서도 승리를 장담할 수 없다는 정세분석이 집권 권력층에 전달되었다. 그럼에도 불구하고 권력층에서 모종의 결단을 하거나, 정치적 협상의 돌파구를 만들기보다는 그들의 정치적 입지를 권력 유지를 위한 수단으로서만 그것들이 활용되고 있을 뿐이었다.

심지어는 현직 광주경찰청장을 직위해제해 대기 발령시키고, 그 자리에 광주 출신의 경찰청장을 배치하는 강수까지 두었다. 아마 광주의 민심을 광주 출신 경찰청장을 통해 다스려 보겠다는 발상인 듯했지만, 호남 시민들이 그런 짓에 넘어갈 것은 아니었다.

그러자 호남에서는 경찰에 의한 신공안정국을 조성하려는 행위라며, 신임 광주경찰청장의 출근도 저지해 취임식도 치르지 못하는 사태가 발생했다. 또, 경찰청사를 막고 진을 치는 바람에 몇 일 동안이나 업무를 처리하지 못하는 초유의 사태도 발생했다. 그 과정에서 공무집행 방해와 집시법 위반, 도로교통법 위반 등 여러 가지 법률위반을 들어 80여 명이나 연행되어 조사를 받고도 있었다. 국회에서는 민주의 집 의원을 중심으로 야당 의원 및 무소속 의원들을 규합해 경찰청장의 직위해제를 요구하는 결의안을 제출했고, 광주지방경찰청장의 발령도 동시에 취소할 것을 요구하고 있었다.

그런 가운데도 집권당인 한국신당의 보수 강경파들인 대구·경북의 지역구 출신 의원들을 중심으로 한 권력 핵심부에선 경찰청장 해임건의안 자체가 받아들일 수 없는 사안이라며 반발했다. 이어 광주지방경찰청장 부임을 방해하는 것은 경찰청장의 정당한 인사권에 대한 정치적 간섭으로, 경찰의 정치적 중립을 훼손하는 것이라며, 받아들여서는 안 된다는 입장을 내세웠지만, 그들의 말을 액면 그대로 믿고 받아들이는 세력은 여당이고 야당이고 간에 거의 없는 듯했다. 그에 따라 한국당과 집권 세력에 퍼져 있는 보수 강경파들의 입장이 변하거나 극적인 대 타협이 있게 되기 전까지는 여·야간의 극한적 대립을 피해 가기 어려운 상황이 한동안 전개되고 있었다.

그런 복잡한 양상이 전개되면서도 지방선거가 하루하루 다가오고 있었다. 그러자 호남과 호남세를 업고 당선되거나, 당선 가능성이 높은 서울·경기 지역을 동시에 검토하면서, 이를 선거와 연계시키는 전략을 구사하기 위한 대책 회의가 호남회 주관으로 열리고 있었다. 호남회의 한상연 회장이 전면에 나섰다.

"이제 우리 호남회가 전면에 나설 때가 되었습니다. 더 이상 집권 세력과 호남 자주에 대한 타협은 없으며, 우리의 길을 갈 것입니다. 이 시간 이후부터… 정부·여당으로부터, 우리 호남회는 그들의 제거 대상 단체가 될 것이며, 회장인 본인은 그에 걸맞은 부당한 처우를 받게 될 것이라는 점도, 미리 밝혀두는 바입니다. 제가 호남회를 등에 업고 있다면서, 저에 대해 집권 세력이 법적 처벌 등으로 강제하고 나선다면, 저는 기꺼이 그 처벌을 감수하고 받아들이겠습니다. 우리에 대한 핍박은… 곧 호남의 자주에 한 걸음 더 다가서고 있다는 증거가 될 것입니다. 서울·경기 지역도 중요합니다만, 그곳은 민주의 집에 맡기고, 오늘 우리는 호남권 세 개 지역인 광주·전남·전북의 광역시·도지사와 의원, 기초 시·군의 시장·군수와 기초의원 모두를 호남의 이름으로 공천하려고 합니다. 우리의 공천심사위원들이 객관적 기준으로 공천하겠습니다만, 그 중에서 가장 중요한 것은, 호남 자주의 기치를 잘 이해하고, 그것을 실현해 나가는 데 앞장서야 한다는 것이 시대적 소망이라는 점 또한 시민 여러분께 밝혀두고자 합니다. 공천에는 며칠간의 시간이 소요될 것이며, 공천에 따른 세부 선거전략은 공천 완료 후 별도로 설명하는 자리를 만들 것입니다. 호남 시민 여러분들의 적극적인 지지와 성원을 기대하는 바입니다."

호남회의 한 회장은 긴장과 흥분이 교차하는 듯했지만, 자제하려 애쓰는 모습이 안쓰럽게 비치기도 했다. 그렇게 해서 시작된 호남회의 공천은 그 어느 때보다 이론(異論) 없이 거의 일사천리로 마무리되어갔다. 문제는 공천보다 합법적 테두리 안에서 어떻게 선거 투쟁을 벌여야 할 것인가에 모여졌다.

선거가 본격적인 국면에 들어서면 선거와 관련된 행위들에 대해 현 집권 세력은 선거법 위반 내용들을 모아 한 회장을 구속할 것이었다. 따라서 구속이 되든 안 되든 간에 상관없이 처리해야 할 선거와 관련된 세부 시나리오가 만들어져야만 할 것이었다.

그것을 위해서는 그 지지 세력의 동향을 분석해 수도권과 호남권으로 지역을 크게 양분하고, 수도권의 서울·경기는 민주의 집을 중심으로 정상적인 선거체제를 가동하면 될 일이었다. 수도권은 호남과 달라서 선거 성향이 다르고 호남의 지지를 받는 후보가 당선되는 지역이더라도 지역구에 따른 대결 명분이 비교적 약해, 민주의 집 정강 정책을 기본으로 한 정책대결로 승부를 가릴 수밖에 없는 일이었다.

그러나 호남은 사정이 완전히 달랐다. 호남자주권이 제기되던 초창기에는 광주·전남 지역의 세력만을 우선 결집시킨 후 차차 전북지역을 호남회 영역으로 끌어안는다는 계획이었지만, 전라도도 곧바로 호남 자주에 참여하게 되어, 호남 자주에는 광주·전남·전북이 모두 혼연일체가 되어 참여하고 있었다. 그런 마당에 호남지역에서의 선거는 호남 민심의 지렛대 역할을 하면서도, 동시에 호남 자주를 이루기 위한 제도권 안에서 선거에 의한 자주를 이룰 준비도 완성되어 있다고 보는 것이 맞는 일이었다.

그렇기에 호남 민심을 하나로 담는 방향만 설정되면, 투표는 무서우리만큼 정해진 방향을 향해 쏠리는 현상을 보일 수밖에 없을 일이었다. 이에 따른 지방선거 전략도 크게 두 가지 전략으로 구분해서 대응키로 했다. 이번 지방선거는 국가에서 정한 법률에 따라 시행되는 것인 만큼, 법적·제도적 경계는 지키면서 호남 자주를 실현하는 것이 최고의 목표가 되었다.

그것을 위해 광주광역시장과 시의원, 전라남·북도의 도지사와 도의원을 하나의 단위인 광역 단체로 묶고, 광주와 전남·북의 기초자치단체인 시·군·구 청장과 의원들을 또 다른 단위인 기초단체로 묶어 선거에 대처하기로 했다.

그렇게 해서 광역 단체는 후보자 전원을 공천하되, 선거에서의 투표율을

30% 미만으로 맞추는데 초점을 모아가기로 했다. 여기서 30% 미만이 갖는 의미는 상당한 것일 수 있는 것이었는데, 그것은 법적으로 정해진 선거 의무를 지키면서도 투표율 30%를 기록하지 못하면 선거자체가 원천무효 되는 점을 최대한 활용하자는 것이고, 돌발변수를 고려해 안정선인 25% 미만을 실제 투표율 목표치로 설정했다.

반면, 기초단체인 시·군·구는 모두 정상적으로 투표에 참여해, 높은 지지율로 압도적인 당선을 시킨다는 것이 목표였다. 그렇게 되면, 광역 단체가 구성되지 않는 기형적인 구조가 될 것이고, 그에 따라 기초단체는 그동안 호남에서 생각했던 생활권 중심의 기초단체 통합에 관한 법률에 기초해, 주민투표를 거쳐 통폐합을 자연스럽게 추진한다는 계획을 수립하였다.

그런데 여기서 문제가 되는 것은 기초단체가 아니라 광역 단체의 투표율 25% 미만을 달성할 수 있는 전략이었다. 그에 따른 여러 가지 방법을 논의하다 최종 확정된 것은, 아주 구체적으로 마련된 행동 지침이었다. 그것은 투표할 때 투표장소에서 두 번의 기표 확인을 하게 되는데, 첫 번째 기표 확인하는 곳은 기초단체로서, 이때는 신분 확인을 거쳐 투표용지를 수령해 정상적으로 투표하면 되는 것이라 전혀 문제 될 것이 없다.

그다음 두 번째 광역 단체 기표 장소로 이동해 신분을 확인할 때는, 신분 확인을 거치지 않고, 곧바로 퇴장하면 되는 것이다. 그것은 선거법상 위반이 아닌 자유의지에 의해 광역자치단체장과 의원에 대해 선거하지 않는 것이기 때문에 하등의 문제가 없는 일이었다. 그러나 문제는 이 방법이 완전히 감춰질 수는 없는 일이고, 유권자의 자발적 의지가 아닌 배후 조종에 의한 선거 방해로 엮인다면, 호남회가 선거법 위반으로 처벌받을 수밖에 없을 일이었다.

그러나 그것은 벌써 각오가 되어 있는 일이었고, 더불어서 그렇게 되면, 광역 단체 세 곳의 의원들과 단체의 장이 뽑히지 않는 선거 사상 최초의 일이 벌어질 일이었다. 따라서 그것이 한국 정치에 미치는 파장은 상상을 초월할 것이며, 그에 따른 재선거가 실시될 수밖에 없을 일이었다. 만약 그렇게 되면, 그때 다시 정상적으로 후보를 내고, 또다시 선거에 임하면 되는 일이었다.

그런 선거전략을 마련한 호남회와 민주의 집은 시민단체·종교단체 등과 협의해 광역과 기초단체 후보들에 대한 등록을 마치고, 본격적인 선거운동에 돌입하게 되었다. 선거 때마다 선거 쟁점들이 부각되기도 하지만, 대부분의 경우 식상할 정도로 '정권심판론'만을 제기해 왔던 것이 거의 관행화 되다시피 한 선거였었다. 하지만, 이번 선거는 근본적으로 달랐다. 다른 지역들은 그 지역마다 지역개발이나 발전전략을 지방선거의 캐치프레이즈로 내걸었지만, 이번 선거에서의 호남은, 말 그대로 오직 '호남 자주'만이 유일한 목표가 되어 있었다.

공식 선거운동이 시작되면서 지금껏 보지 못했던 현상들이 곳곳에서 나타나기 시작했다. '호남의 호남에 의한. 호남을 위한, 호남 자주'를 내세우며, 기초단체 선거에는 적극적 선거 참여와 호남 자주를 주장해 나갔지만, 광역단체의 선거에 대해서는 선거관리위원회에서 발간되는 공식적인 선거공보 외에는 일체의 선거운동이 민주의 집 내에서 전개되지 않고 있었다. 지방 언론사들의 광역단체장 후보 초청 토론회에도 호남회와 민주의 집 계열은 일체의 반응이 없었고, 집권 여당인 한국당과 무소속 후보들만이 유세에 나서는 현상만이 나타나고 있었다.

선거관리위원회에서는 선거 초반이 시작되면서 그것을 선거관리 전략으로 해석되기도 했지만, 15일간의 선거 기간 중 7일이 지나면서도 이곳이 텃밭인 민주의 집 계열이 광역 단체 선거유세에 나설 기미가 보이지 않자 긴장하기 시작하는 듯했다.

그러면서, 진원지를 알 수 없는 소문들이 선거관리위원회에 접수되기 시작했는데, 그것은 기초단체 선거에는 적극 참여해 선거를 치르되, 광역 단체 선거에는 참여하지 않는다는 민주의 집 선거전략이 그것이었다. 선관위는 그 소문의 진상을 민주의 집에 확인해 보려고 했지만, 공식적으로 확인될 리 없는 일이었다. 그러자 선관위 차원에서 광주시장 및 전라남·북도지사 출마 후보자들에게 선관위에서 획득된 소문에 대한 해명을 요구하기도 했지만, 여전히 내용을 확인할 수 없는 것은 마찬가지였다.

하지만, 선관위가 근거없는 소문만으로 호남의 광역 단체 선거에 임하는 민주의 집을 압박한다는 인상을 피할 수 없게 되자, 어쩔 수 없이 더 이상 대응하지도 못하고 그저 지켜봐야만 할 수밖에 없는 상황이 선거 막바지까지 전개되고 있었다. 선거와 관련된 소문은 선거유세가 끝나고, 투표일이 다가올수록 보다 구체화 되어 갔다. 기초자치단체 선거에는 적극 참여하되, 광역 단체는 투표 자체를 거부한다는 소문에서부터, 광역 단체 투표율을 25% 미만이 되게 하여 광역 단체 선거를 무효화시키려 한다는 내용까지, 여러 소문이 호남지역 전체에 퍼지고 있었다.

선관위는 이런 소문의 내용을 채집해 중앙선관위에 보고했고, 중앙선관위는 선거와 관련된 긴급담화 형식을 빌려, '선거를 방해하는 행위는 선거법에 위반되며, 정치적 의사 표현의 자유를 보장하는 헌법정신에도 위배된다'며 선거 독려와 기권방지를 위한 담화를 발표하기도 했다. 그것은 다분히 호남에서의 광역 단체 투표 거부와 관련된 행위를 미리 방지하고자 하는 것이었다.

그러나 정치적 의사 표현의 자유를 자의적으로 해석하고, 민 국장 사건을 표면화시킨 것은 집권 여당이라는 비판을 면하기는 어려운 일이었고, 특히, 호남에서는 호남 자주라는 또렷한 명분이 있어, 정부로서는 어떤 대안을 만든다 하더라도 단시간 내에 그런 사태를 방지하거나 개선하기에는 거의 불가능하게 되고 있었다. 중앙선관위와 지역선관위는 선거가 끝나고 투표와 관련된 불법행위가 드러나면 곧바로 사법당국에 고발하겠다며 나섰지만, 유독 민주의 집만이 광역선거에 전혀 응하지 않는 사태에 적절히 대응할 만한 방법은 전혀 없었다. 다만, 그 방법이라고 할 수 있는 유일한 것은 여·야간의 대화를 통한 정치적 해결만이 있을 뿐이었는데, 그 또한 시기적으로 때를 놓치고 난 다음이었다.

선거유세 기간이 끝나면, 보통은 선거유세 마지막 날 밤 12시가 넘어, 전체 회의를 연다든가 해서 선거유세 기간 동안의 노고를 치하하는 자리를 만드는 것이 보통이었지만, 이번 선거에서는 전혀 그런 일조차 하지 않았다. 선거유세 기간 동안 호남권 세 지역에서 발생한 선거유세 없는 선거에 대해, 언론들의 분석과 궁금증도 커져가는 듯했고, 최악의 경우 광역 단체가 구성되지 않을 수도 있다는 조심스런 분석도 내놓고 있었다.

그러자 집권 여당은 그런 일이 일어나지 않을 것이라면서도, 만약에 발생할지도 모르는 그런 사태에 대한 대응책을 마련한다고 부산했다. 하지만, 말만 그럴듯할 뿐이었지 각 세력의 운명이 걸린 선거 와중에 그런 대책을 만든다는 것은 사실상 불가능한 것이나 마찬가지였다.

지방선거 투표가 시작되었다. 선거 시간이 조정되고, 야간 선거가 도입된 지 오래라, 선거는 새벽 5시부터 밤 8시까지 진행된다. 전국적으로 거행되는 대통령 선거와 국회의원선거에서도 투표율은 겨우 60%를 넘기는 것이 관행화 되다시피 하고, 투표율이 높은 경우에도 70% 초반대가 거의 전부여서, 갈수록 정부와 선관위에서는 투표율 높이기에 묘안을 짜보았지만, 일회성 홍보 효과일 뿐, 그 실효성은 담보되지 못하고 있었다. 그런 마당에 지방선거의 투표율은 그보다 관심이 덜해 50~60%대 중반까지가 투표율의 한계로 인식되다시피 하고 있었다. 그래서 투표제도의 근본적인 개선이 논의되고, 국민의 대표성을 높이기 위한 제안들이 쏟아졌지만, 실제 정책으로 이어가지는 못하고 있었다.

호남에서도 그런 현상은 마찬가지여서 호남을 대표했던 DJ 때 거의 표를 싹쓸이하다시피 해 평균 투표율이 80% 상회한 적이 있긴 했지만, 그 이후 정치적 무관심이 증대되어 전국 평균과 별로 다르지 않은 투표율을 기록해 왔었다. 그런데 호남 자주론이 등장·확산되면서 호남은 또다시 선거율 호황을 맞이하고 있다고 봐도 틀린 말은 아니었다. 지난번 대통령 선거와 함께 치러진 총선(국회의원선거)과 지방선거 때부터 이 지역의 투표율이 80%를 넘어 85%에 이르고 있었던 것이었다.

선관위와 여당은 이런 호남의 투표율이 하루아침에 곤두박질칠 일은 없을 것이라는 예상을 내놓으면서도 광역 단체 선거 결과가 어떻게 될지 예의 주시하고 있었다. 아침 5시부터 선거가 시작되었다. 호남에서는 새벽부터 줄을 서는 인파로 투표장의 투표 열기가 가득했다. 투표는 정상적으로 이루어지는 듯했고, 절차상으로 모든 것이 잘 진행되고 있었다.

그런데 투표 시작 1시간이 지나면서 이상한 현상이 참관인들 사이에서 목격되고, 지적되기 시작했다. 그것은 투표에 나온 유권자들이 기초단체 선거 명부에서 신분 확인을 마친 다음, 기표 용지를 받아 기초자치단체장과 기초의원들에게 기표를 하고나서 기표 용지를 투표함에 넣고는, 다음 순서인 광역 단체 선거인 명부를 확인하는 것이 아니라, 곧바로 퇴장하는 현상이 반복되고 있는 것이었다.

처음엔 참관인들이 나서서, 투표 절차를 착각한 유권자들이 실수로 그런 것으로 알고, 광역 단체 선거인 명부 확인을 유도했지만, 새벽 5시부터 6시까지 한 시간 동안 겨우 몇 명을 제외하고는 참관인들의 유도에도 불구하고, 그냥 지나쳐 밖으로 나가거나, 어떤 사람은 투표유도도 선거법 위반이라며, 다른 참관위원들과 선관위 직원에게 항의하기도 했다. 투표를 하라 마라 하는 행위도 분명 선거법 위반이기 때문에, 그 문제를 제기한 사람의 발언을 선관위 직원들이 받아들여, 투표 유도 행위를 중지시키기도 했다.

그와 같은 투표행태를 보고 받은 지방선관위는 선거구별로 긴급통신망을 통해 광역 단체에 대한 투표행태와 경향을 파악해 보고하라는 지시와 함께, 중앙선관위에 이런 사실을 긴급 보고하고 있었다. 중앙선관위도 긴급회의를 열어, 호남에서 발생하고 있는 기초단체 선거에서의 투표참여와 광역 단체 선거에서의 투표 거부 현상에 대한 법리 검토를 벌였지만, 강제에 의하지 않는, 자유의사에 기초한 투표와 투표 불참여는 법적으로 허용된 유권자의 권리라는데 의견을 모았을 뿐, 별도의 대책이 만들어질 리는 없었다. 다만, 이와 관련하여 선거 후 나타날 수 있는 후유증에 대처하기 위한 다양한 사례를 증거와 함께 채집하도록, 긴급통신으로 지시해 두고 있었다.

기표소마다 선거를 관리하는 CCTV가 있고, 기표 장면을 촬영할 수는 없게 되어 있지만, 신분 확인 절차까지는 모든 기표소의 CCTV를 확인할 수 있어, 선관위에서는 몇 군데의 주요 기표소에서 찍힌 CCTV 화면을 입수해 기초단체와 광역 단체의 유권자 명부 확인 과정을 면밀히 비교 분석하고, 선거가 끝나는 시간까지 긴장을 놓치지 않고, 모니터링 할 것을 주문하고 있었다.

지난 3·1 호남 자주 선언이 있은 이래, 어제 지방선거에 따른 유세가 마감될 때까지만 해도 시위에다, 항의 방문에다, 기초단체 선거유세까지 시끌벅적했던 호남이, 오늘은 선거일을 맞이해 언제 그랬냐는 듯이 평온한 하루를 보내고 있었다. 이 하루의 평온이 선거 결과가 나오면, 어떻게 뒤바뀔지 아무도 알 수 없는 일이지만, 고요 속의 평화임은 틀림없어 보였다.

저녁 8시가 되어 선거가 마무리되어갈 무렵, 호남회의 지도자들이 시민단체 협의회 사무실에서 주로 만났던 것과 달리, '천주교 광주 대교구'로 속속 모여들고 있었다. 그것은 선거 전에 예견됐던 것들이 선거 결과로 어떻게 반영되어 나타날 것인지를 검토하고, 천주교 광주 대교구가 갖는 상징성을 바탕으로 지역 민심을 결집하는 중요한 자리라는 인식이 베어 있는 곳이기 때문이었다. 중앙선관위에서 저녁 7시까지 집계된 호남지역의 실시간별 투표율은 기초단체가 85%를 기록했고, 광역 단체는 15% 만을 기록하고 있었다. 1시간여 남은 투표 시간을 감안하더라도 광역 단체의 투표율이 16%를 넘기지 못하는 엄중한 사태가 발생할 것이 예상되어, 다른 지방선거는 관심도 없는 듯, 호남지역 상황을 각 언론이 경쟁적으로 취재해 보도하고 있었다.

　수십 년간 지방자치를 이어 온 과정에서 지역 이슈와 관련된 투표에서 30% 미만의 투표율을 기록해 투표함조차 개봉하지 못하고, 투표 자체가 원천무효가 된 사례는 기초단체에서는 몇 건 있었지만, 광역 단체 투표율이 30%에 이르지 못해 선거 자체가 무효화 된 것은 이번이 초유의 사건으로 기록될 전망이었다. 거기에다 30% 미만의 투표율로 자치단체 구성 자체가 되지 못하는 경우 재선거로 다시 선거해야 하느냐, 아니면 보궐선거를 실시해야 하느냐 하는 법리상의 문제도 함께 제기될 수 있을 일이 되고 있었다. 이와 함께, 광역 단체가 구성되지 못하면, 그 하위체계인 기초단체가 구성될 수 있는지의 여부도 현행법 체계 아래서는 논란거리가 될 전망이었다.

　아니나 다를까 선거가 끝나자마자 이번 선거의 개표가 진행되면서, 개표 결과 보다는 호남의 광역 단체 투표율이 선거법에서 정한 30%에 이르지 못해 원천무효가 되는 최초의 상황에 대한 문제가 집중 부각되었다. 다음날 이른 아침, 중앙선관위에서는 긴급 선관위 전원회의가 개최되었다. 이번 호남지역의 광역 단체 선거와 관련된 법리 해석을 위한 자리였다. 서로의 법적 해석 관점이 다를 수 있어 논란이 예상될 법도 했지만, 전원합의체의 결론은 비교적 쉽게 정리되었다. 광역단체장과 광역의원 지역구 한두 곳이라도 투표율 30% 기준을 밑도는 지역이 나왔을 경우는, 각 경우의 수에 따른 해석이 분분할 수 있는 일이었지만, 이번 선거에서는 어느 한 지역도 하한선인 30% 기준을 충족하지 못한 마당에 별다른 법리 해석의 여지는 없어 보였다.
"중앙선관위의 유권해석 결과를 발표하겠습니다."

호남지역은 물론, 전국이 중앙선관위 발표에 관심을 가지고 있었다.
"이번 지방선거에서... 광주와 전남·북에서 전대미문의 광역단체장과 광역의원 선거 전 지역구에서 투표율 30% 미만을 기록하여, 선거법에 규정된 바에 의거 선거를 원천무효화합니다. 또, 광역자치단체와 기초자치단체는 상·하 자치단체를 이루고 있지만, 선거에 있어서는 선거행위 자체를 별도로 구분하여, 편의상 한 번에 투표를 실시하는 것 뿐입니다. 따라서 기초자치단체인 시장·군수·구청장과 기초지방의원 선거 자체는 그대로 유효합니다. 선거와 관련된 불법행위 여부를 파악하기 위하여, 검찰에 이번 호남 광역 단체 투표와 관련된 일체의 행위에 대해, 수사를 의뢰키로 했으며,......"

원칙적인 몇 가지 문제가 더 거론되었지만, 그런 것은 통상적인 것에 불과했다. 그리고 마지막으로 재선거와 관련된 입장이 발표됐다.
"이번 선거가 무효화 됨에 따라, 재선거로 하느냐 보궐선거로 하느냐 하는데 대해선 법리 재검토가 있을 예정이며, 그에 따른 선거 일정과 제반 문제도 그 이후에 논의될 것입니다."
선관위가 선거 중립을 표방하고 있었지만, 적어도 이번 선거에서의 선거행위를 판단하고, 검찰에 수사 의뢰하는 과정을 지켜보면서, 적어도 호남에서는 선관위가 중립성을 갖고 있다는 주장에 동의하는 사람은 그리 많아 보이지 않았다.

호남회의 한 회장은 긴급 간부회의를 다음 날 새벽, 천주교 광주 대교구에 소집해 두고 있었다. 그는 광주 대교구에서 대책 회의를 소집해 둔 다음 유아이.의 이사장인 이상철과도 연락했었다. 어차피 이번 사태는 국가적 차원이라는 명분으로 수사가 뒤따를 것이고, 그렇게 되면, 많은 호남인이 선의의 피해자가 되어 갈 것이 분명해질 일이었다. 그래서 그는 검찰 수사가 시작되면 그 스스로가 자발적으로 검찰에 나가 조사를 받겠다는 입장이었다.

"고생이 많았지요, 한 회장님!"
"이사장님, 많이 힘드시죠? 지난번 이순기 실장 왔을 때, 걱정 끼쳐 드려 거듭 죄송했습니다."
"아니요! 그건 한 회장 탓이 아닙니다. 그래... 이번 일은 잘되었는가요?"
"예, 우리 계획대로 호남에서 기초단체는 석권했고, 광역 단체는 투표율이 16% 밖에 안 되어서 선거가 원천무효 됐습니다. 재선거든 보궐선거든 어떤 형태로든 다시 치러지지 않겠습니까?"
"그래요. 큰일 했네요! 그런데 이번 선거 결과와 관련해서, 집권 세력이 가만 있지 않을 건데요?"
"물론입니다. 그와 관련해서 상의도 드릴 겸 연락드린 겁니다. 아무래도 정부 여당에서... 사안이 사안인 만큼, 검찰을 동원해 이번 사건 조사에 나설 것인데요~"
"당연히 그럴 것이라고 봐야겠지요?"
"그렇습니다. 그렇게 되면... 상당수에 이르는 사람들이 잡혀가거나 불이익을 받게 되지 않을까 생각됩니다. 그래서... 그럴 바엔 아예 제가 당당하게 제 발로 걸어서 조사받으러 가는 것이 떳떳하고, 모양새도 좋을 듯해서요."

"아주 좋은 생각이긴 합니다만, 만약 그렇게 되면 한 회장의 신상이 매우 중한 상황에 처할 수도 있을 텐데요."

"저는 개의치 않습니다. 오히려 그런 것이 기폭제가 되어 호남회가 이루고자 하는 '호남 자주'의 길로 가는 지름길이 될 수 있다면, 그것도 제가 짊어지고 가야 할 짐이 아닐까 합니다."

"한 회장님 충정은 충분히 이해합니다만…"

"걱정 안 하셔도 됩니다. 그리고 또 한 가지…"

"말씀하세요!"

"제가 만약에 구속되는 상황이 오면, 호남회 3대 회장을 선출해야 하는 경우도 발생할 수 있지 않을까 생각합니다. 제가 2대 회장으로서 임기를 채우지 못할 수도 있다는 사실에, 죄송하다는 말씀을 미리 올리고 싶습니다."

"그런 말씀 마십시오. 한 회장이 판단해서 하신다면, 얼마든지 호남 자주의 기틀이 될 수 있을 것입니다. 그리고 저도… 만약에 이번 일로 검찰과의 문제가 발생하는 경우, 도울 수 있는 길을 찾을 것입니다."

그런 이야기를 나눈 후 잠깐 눈을 붙이고 난, 한 회장은 아침 일찍 천주교 광주 대교구에서 소집된 간부회의 자리에 나섰다.

"이번 선거에서 고생들 하셨습니다. 우리가 애초에 생각하고 계획했던 대로, 소기의 성과를 거둘 수 있어 기쁘게 생각하고, 모두의 노고에 찬사를 드리는 바입니다."

"회장님께서 용의주도하게 계획하고, 실천하게 해 주신 덕분입니다."

"제가 아니고…우리 호남 사람들의 엄중한 민심을 모두가 받든 결과가 아니겠습니까?"

그렇게 선거와 관련된 민심의 흐름과 덕담을 주고받던 한 회장은 여러 가지 생각이 교차하는 듯한 표정을 지으며, 작심한 듯 말을 이었다.

"여러모로 밤새 깊은 생각을 하기도 했고, 스위스에 계시는 유아이 이상철 이사장님께도 연락을 드렸습니다. 그런데 선거와 관련된 중앙선관위의 발표 내용을 보면, 우리에게 상당한 위해 요소가 나타나지 않을까 생각합니다. 그래서 여러분께 저의 각오도 말씀드릴 겸, 향후 대책에 대해서도 상의하고자 이 자리를 만들었습니다. 아마도 이번 광역 단체 선거 무산과 관련해서 법적·정치적으로 책임을 추궁당할 가능성이 많습니다. 문제는 그런 추궁이 문제가 아니라, 그로 인해서 많은 호남인이 다칠 가능성이 크다는 것입니다. 아울러 집권 여당이나 정부에서는 그것을 정치적으로 이용할 가능성이 큰 것도 사실입니다. 그래서...그럴 바엔 제가, 제 발로 걸어서 가겠다는 것입니다. 당당하고 떳떳하게 제가 나서는 것이 많은 사람의... 법적·정치적 희생을 줄이는 일이 될 것입니다. 또, 만약의 경우, 제가 구속되는 사태가 발생하면, 즉각, 제3대 호남 회장을 선출하시라는 것입니다. 단 한 순간도 공백이 있어서는 안 되며, 유아이에 계시는 초대 회장님께도 상황을 알려 도움을 받으시기 바랍니다. 그리고... 이런 상황이 정치적으로 악용되지 않도록 절제하면서 호남 자주를 위해 본격적인 투쟁을 전개해 나가자는 말씀을 드립니다. 당장 어떤 일이 생길지 모르는 일이지만, 분명, 정부나 검찰 입장에서 가만히 있을 리 없을 것입니다. 이런 점을 명심하시고...더욱 분발해 주실 것을 당부드립니다."

선관위의 조사나 고발이 있지도 않았지만, 검찰에서는 민주의 집 광주시당 위원장, 전남도와 전북도 위원장 등 현역 국회의원들에 대한 참고인 조사를 해야 한다며 소환장을 보냈고, 호남의 세 지역 단체장 후보 세 사람에 대해서도 조사해야 한다며 소환장을 보내기 시작했다. 그러자 국회에서는 민주의 집이 나서 그것은 '정치적' 탄압이며, 집권 여당이 치유할 수 없는 길로 가고 있다는 표현을 사용해 원색적 비난을 하고 나섰다. 그러나, 집권 세력은 통상적으로 해 온 집권 여당의 논리 그대로를 판에 박은 듯 되풀이하며, '검찰 수사를 겸허히 지켜보겠다'는 둥, 법의 심판에 따라 법적으로 처리하면 된다는 등의 논리로 일관하고 있었다.

검찰이 소환한 조사 대상자들 모두는 검찰 소환에 불응하고, 호남 국회의원들은 검찰총장을 방문해 항의하기도 했다. 그러면서 호남에서는 또다시 집회를 열어 검찰의 호남 탄압을 거론하며, 시위성 행진을 벌이기도 했다. 하지만, 검찰은 그러거나 말거나 법을 집행하겠다며 2차 소환장을 보냈고, 소환에 응하지 않으면, 강제소환 할 수밖에 없다는 강한 압력을 가하고 있었다. 그러자 호남회 회장이 직접 나섰다. 그는 그를 변호할 변호인단과 함께 언론 앞에서 기자회견을 자청했다.

"저는 호남 자주 선언을 주도한 호남회 회장 한상연입니다. 저는 이번 호남 광역 단체 선거와 관련된 일체의 선거행위 전반을 주도하여 계획했고, 이것이 실행될 수 있도록 하는데 핵심 역할을 한 바 있습니다. 이와 관련하여 검찰에서 소환한 사람들은 아무런 책임이 없으며, 그 모든 것이 저의 책임이라는 점을 밝힙니다. 그리고 검찰이 본인을 소환하지는 않았지만, 저는 이 사건을 주도한 책임자로서 자진 출두해 조사를 받을 것이며, 법적 책임을 질 일에 대해서는 피하지 않고 그 처벌을 받을 것입니다. 사랑하고 존경하는 호남 시민 여러분! 여러분의 호남 자주에 대한 의지는, 앞으로도 꺾이지 않고 훨훨 타오를 것이라 확신하며, 저는 '호남의, 호남에 의한, 호남을 위한, 호남의 자주'를 위해 이 한 몸 헌신할 것을 약속드립니다......."

한 회장은 광주 대교구에서 기자회견을 마친 다음, 변호인단과 함께 검찰청으로 향했다. 그가 탄 차량을, 그를 지지하는 호남인들과 여러 단체가 가로막았지만, 그는 웃으면서 그들과 작별 인사를 나누고 있었다.

검찰에서도 분주하게 움직이고 있었다. 검찰에서는 여러 참고인을 불러 정황 증거들을 보강한 다음, 호남회를 이끈 심장인 한상연으로 조사 방향을 좁혀갈 계획이었지만, 검찰의 계획과 정반대로 한상연이 자수 카드를 들고나와 기선을 제압하고 나서자 다소 당황할 수밖에 없었다. 그러나, 어차피 사건의 몸통인 한상연이라는 것은 이미 파악하는 상태였기 때문에 검찰도 절차에 얽매이지 않겠다는 의지를 보여 주고 있었다.

한상연이 검찰에 나타나자 검사는 수사관들을 배제하고, 직접 한상연을 독대하며 조사를 시작했다. 모든 조사는 영상녹화가 되고 있었고, 검사의 질문과 한 회장의 응답은 검찰 수사관에 의해 기록화되어 조서로 작성되고 있었다. 검찰은 변호사의 입회가 허용된다며 변호사의 조력을 받을 것이냐는 질문을 했지만, 한 회장은 변호사 도움 없이 스스로 답 할 것이며, 법리적으로 필요하다면 도움을 청하겠다면서 변호사 몇 명은 입회만 한 채 조사실에서 대기하도록 해 두고 있었다.

검사의 통상적인 인적 사항에 관한 조사가 마무리되자 검사의 본격적인 심문이 시작되었다.

"호남회를 소환한 것이 아닌데, 호남회 회장인 한상연 피고께서 자진 출두한 것이지요?"

조사를 시작하기 전 변호인과 한상연 회장을 참고인으로 부를 것인지, 피고라 부를 것인지 다소의 논란이 있었지만, 혐의 내용을 두고는 피고로 부르기로 한 검찰의 방침에 따를 수밖에 없었다.

"그렇습니다. 그건..."
"앞으로 얘기할 시간이 충분합니다. 우선은 본 검사가 묻는 질문에 대답해 주시기 바랍니다."
"그렇게 하겠습니다."
"먼저 호남회의 성격에 대해 묻겠습니다. '호남회'라는 단체가 사단법인이라든가 하는... 일정한 법률이나 정해진 기준에 의해 설립 인가된 단체인가요?"
"그렇지 않습니다. 호남회는 호남에 있는 정당, 시민단체, 종교단체 등이 모여서 만든 임의단체 입니다."
"그렇다면 불법단체인가요?"

심문내용을 듣고 있던 변호사가 그 말에 토를 달았다.
"불법단체가 아니고, 임의단체입니다. 불법단체와 임의단체는 다른 것입니다. 임의단체로 불러주십시오!"
"아 아, 그렇습니까? 불법단체가 아니라 임의단체라고요?"
"불법단체는 법에 정해진 불법을 저지른 단체이고, 임의단체는 그와 상관이 전혀 없는 단체들의 연합체이기 때문에, 그 성격은 완전히 다른 것이라는 것이 우리 변호인들의 주장입니다."
"알겠습니다. 임의단체라는 말을 받아들이겠습니다. 좋습니다. 그럼...호남회를 임의단체라고 하겠습니다."
"호남회의 뜻은 무엇인가요?"
"'호남의 미래를 생각하는 모임'입니다."
"그래요? 언제 결성되었지요?"
"지금으로부터 10여 년 전입니다."
"처음부터 회장으로 계셨습니까?"

"아닙니다. 초대 회장은... 독립 연합 유아이 평화재단 이사장으로 계시는 이상철 이사장님이시고, 저는 부회장으로 있다가 제2대 회장으로 선출됐습니다."
"조금 전에 임의단체라고 하셨는데요. 임의단체라고는 하지만, 적어도 호남지역에서 만큼은 막강한 영향력을 행사한다고 하던데, 사실입니까?"
"막강한 영향력이란 표현은 다소 과장되거나 잘못된 표현입니다. 호남 민심을 대변하는 조직이라고 보시면 됩니다."
"그 말은 표현상의 술수에 불과한 것이고, 실제는 호남의 정치권과 사회 전반에... 무시할 수 없는 영향을 미친다고 하던데요?"

그 말에 다시 변호인이 제동을 걸고 나섰다.
"검사님! 그 질문은... 사실관계가 아닌 추측성이나 유도성 질문으로 생각되며, 따라서 그런 질문은 피해 주시기 바랍니다."
"저는 검사로서... 그렇게 생각지 않습니다. 사실관계 파악을 위한 전 단계로서 얼마든지 가능한 질문이라고 생각합니다."

그러자 한상연이 그 질문에 답변하겠다며 나섰다.
"변호사님! 그런 건 상관없습니다. 검사님의 그 질문에는 별도의 답을 드리지 않겠습니다."
"인정한다는 것인가요?"
"아닙니다. 그와 정반대입니다. 그 질문 자체를 인정하지 않는다는 말씀입니다."
"좋습니다. 저도, 사실관계 조사가 쉽다는 생각은 하지 않았습니다만, 곧 밝혀질 사실들에 대해선 쉽게 쉽게 가는 것이 서로를 위해 좋을 듯한데, 어떻게 생각하시는지요?"

"검사님께서... 아니 검찰에서 선입견이나 편견을 가지고 조사하지 않는 다면, 얼마든지 그렇게 하겠습니다."

조사가 시작되자마자 조사에 따른 기 싸움이 치열하게 전개되고 있었다. 조사에 상당한 시간이 소요될 것임은 물론, 긴 싸움이 시작된 것임을 예고하는 상황이었다.
"호남회에 대해서는... 진술한 것을 토대로 우리가 보강조사를 한 다음, 다시 한번 확인 조사하도록 하고... 지금부터는 선거와 관련된 조사를 시작하겠습니다."
"알겠습니다. 얼마든지 말씀하시지요!"
"자진 출두하게 된 이유가 어디에 있으신가요? 우리가 참고인 조사를 마치고 나면, 자연스럽게 한상연 회장을 부를 것이라는 사실은 누구보다 잘 알고 계실 텐데요?"
"그렇습니다. 그렇기 때문에... 불필요한 사람들에게 누를 끼칠 수 없어서 자진 출두한 것입니다."
"우리 검찰 입장에서 보면, 자진 출두해 주신 부분에 대해, 뭐라 말을 해야 할지 모르겠습니다만... 아무튼 우리의 힘을 덜어 주셔서 감사하다는 말씀을 드립니다. 그럼 질문에 들어가겠습니다. 이번 광역단체장 선거에... 조직적으로 개입한 흔적들이 보이는데요, 그런 사실이 있으신지요?"
"조직적인 개입이라는 것이 어떤 의미이신지... 다시 한번 말씀해 주시겠습니까?"
"예를 들면, 선거에 참여하지 못하게 한다든가 뭐... 그런 것 말입니다."
"제가 출두한 마당에...좀더 정확하게 말씀드리면, 선거에 출마한 후보자 선정과정과 선거유세 과정, 투표행위 과정 전반에 걸쳐... 제가 총책임자로서 관여했습니다."

"그래요? 법적단체도 아니고, 정당도 아닌 임의단체가... 선거에 나가는 정당의 후보자 선정에까지 관여했다는 건가요?"

"그렇습니다."

"그렇다면... 그렇게 하게 된 근거는 무엇입니까?"

"호남회가 만들어질 때, 정당·종교단체·시민단체·사회단체 등이 모여 자체 정관을 만들면서... 호남 자주를 위해, 호남 민심을 위임받은 단체로써, 호남회를 만들었고... 호남의 정통성이 그곳으로부터 유래한다는 원칙에 동의했기 때문에 그렇게 할 수 있었습니다."

"임의단체가 정당이나 선거에까지 개입하는 것은... 엄연한 불법행위라는 사실에 동의하십니까?"

"저는 법률가가 아니기 때문에, 법적 행위에 대해서는 알지 못합니다."

그러자 변호인이 그 말에 답변을 추가했다.

"법률적인 부분은 제가 답변을 하는 것이 옳을 것 같습니다. 사님께서는 한상연 회장과 사실관계 확인만을 부탁드립니다."

"저는 검사로서... 법을 집행하는 사람입니다. 법률관계와 사실관계에 따른 답변은 변호인과 피고가 알아서 답변하면 되는 것입니다. 한상연 피고에게 다시 질문하겠습니다. 기초단체와 광역 단체 선거에 출마하는 후보자 전원에 대해서, 공천심사과정에 참여했습니까?"

"그렇습니다. 제가... 우리 호남회의 부회장을 책임자로 하는 '공천심사' 특위를 구성토록 지시했고, 그 공천심사 특위에서 선정된 전체 후보자를 제가 직접 추인했으니, 제가 모든 결정을 한 것입니다."

"좋습니다. 아주 오랜 시간이 걸리는 조사가 진행될 것 같으니까... 오늘은 중요 사안에 대해서만 조사한다는 의미에서, 다음 질문으로 넘어가겠습니다. 기초단체와 광역 단체 선거에서... 기초단체는 적극적으로 선거에 참여해 호남회가 당선되도록 하고, 반대로, 광역 단체에서는 투표율이 30%에 미치지 못하도록 지시한 사실이 있습니까?"

"그렇습니다. 그것이 제가 제시한 핵심입니다."

"그래요? 지금까지의 진술만으로도... 선거법 위반, 정당법 위반, 사회단체 구성에 관한 법률 위반 등의 요건이 충분히 성립된다는 것을 알고 계시지요?"

"구체적으로 어떤 법에 어떻게 위반되는지에 대한 법적인 관점은 잘 모르겠습니다만, 대체로 그런 행위가 법에 저촉될 것이라는 사실은... 짐작하고 있었습니다."

그 사이에 변호인이 나서 검사와 법리적인 문제를 구체적으로 검토하고 있었지만, 한상연은 이미 모든 것을 각오하고 있었기 때문에 그런 것에 개의치 않고 있었다.

"우리 검찰에서는... 사건 조사에 필요한 참고인들을 불러 보강조사를 하고, 그것이 끝나면 보다 구체적 혐의에 대해 다시 확인할 예정입니다. 그리고 지금 이 순간부터는 피고인으로서... 구속수감 상태에서 조사해야 할 필요가 있기 때문에, 구속을 위한 영장실질심사를 청구할 것입니다. 그 점을 양해해 주시기 바랍니다."

구속을 위한 영장 실질심사가 진행되었다. 도주 우려가 없고, 신분이 확실하다는 변호인의 주장에도 불구하고, 영장 전담 판사는 마치 구속해도 되는 것으로 결론이 나 있는 듯 '임의단체 회장'으로서, 법적단체가 아니기 때문에 정상적인 직업을 가진 것으로 볼 수 없으며, 선거 배후에서 선거를 조정했던 점 등등의 요건을 들어 예상했던 대로 '영장'을 발부했다. 어쩌면 그것은 정해진 당연한 수순으로 가고 있는지도 모를 일이었다.

한 회장이 구속되자, 정치권에서는 정치적 행위와 법적 행위는 전혀 다른 것이라며, 이번 기회에 호남 자주를 주장하는 모든 세력을 제거해야 한다는 주장이 제기되면서, 여·야간에 사태의 경과에 따른 복잡한 이해관계가 얽혀 들었다. 그 가운데서도 문제가 되기 시작한 것은 검찰에서의 한 회장에 대한 조사내용이 고스란히 여당 지도부에 보고 되고 있는 듯, 조사 내용을 훤히 알고 있다는 것이었다. 조사 중인 사건은 공개되지 않는 것이 원칙이고, 혐의가 재판에 의해 확정될 때까지는 무죄추정의 원칙이 적용되어야 함에도 불구하고, 조사받는 당사자인 호남회는 조사받은 내용을 발표하지 못하는 마당에, 집권 여당이 그 모든 것을 알고 있는 있을 수 없는 일이 이루어 지고 있었다.

그런 일이 수없이 관행처럼 반복되었고, 이번에도 그런 사태는 예견된 일이었지만, 조사내용이 정치권으로 넘어가는 순간, 그것이 당리 당략에 따라 전혀 다른 해석이 되어 버린다는 것이 큰 문제였다. 검찰이 호남회 한상연의 진술을 토대로 보강수사와 증거들을 수집해 가며 수사를 하는 상황에서 집권당인 한국당에서는 검찰에서 나온 기록을 바탕으로 야당인 민주의 집에 대해 약점을 잡기라도 한 것처럼, 민주의 집을 향해 집중 공격하고 있었다.

한국당은 '우리나라에서 정통 야당을 자처해 온 민주의 집이, 실체도 없는 임의단체인 '호남회'라는 유령단체의 꼭두각시가 되어 놀아났다'고 비아냥거리며, 민주의 집 폄하에 나섰다. 그러면서 호남은 호남회가 공천하지 않으면, 정치고 뭐고 아무것도 할 수 없으며, 호남회의 한 회장이라는 사람 앞에 민주의 집 국회의원들이 머리를 조아리고, 그 한 회장이라는 사람의 구명에 열을 올려 보지만, 오히려 우리 한국당에게 고마워해야 한다며, 큰소리를 쳤다. 그러면서 이번 기회에 한국당이 그런 굴레에서 민주의 집을 벗어나게 해 줄 것이라고 기대해도 좋다며, 한껏 호기를 부리고도 있었다.

그와 함께 호남 자주를 주장하면서, 야당인 민주당이 주장하는 '한국 연방제(U.S.K.: United States of Korea)'라는 것 또한, 북한에서 주장하는 '고려 연방제'와 명칭만 다를 뿐 같은 것이며, 호남회라는 실체 없는 임의단체가 호남 자주 실현을 위한 방편으로써 채택된 전략·전술에 불과하다는 비판을 하고 나섰다. 이는 과거 김대중 정부 시절 북한과 츠 공동선언을 하면서 언급했던, 남·북 연합에 의한 통일방식에 대한 비판과도 전혀 다를 바 없는 것이었고, 한국 연방제가 용공 세력의 주장에 불과하다는 색깔론을 펼치며 정치적·정략적 주장을 해대기 시작한 것이었다.

북한이 주장하는 고려 연방제는, 북한이 중심이 되어 남·북이 두 체제를 유지해 가면서 서서히 통일을 추진해 나간다는 그럴듯한 술사로 포장된, 북한에 의한 남한에 대한 흡수통일 방식이다. 이는 냉전 시대의 산물로서, 지금은 그 누구도 그것을 인식하지 못할 정도로 퇴색된 낡은 주장으로서, 김일성 주체사상을 중심으로 북한이 주장하는 통일방식이었다. 또, 남북 연합에 의한 통일 방안은 김대중 정부 시절, 김대중과 김정일 간의 6·15 공동선언에서 통일을 지향하는 낮은 단계의 남북 연합에 의한 통일 방안으로 제시된 것으로서 남·북이 현재의 체제 유지를 전제로 그야말로 초기 단계의 연합을 말하는 것이었다.

그러나 '한국연방(U.S.K.)'은 그 발상과 내용자체가 '고려 연방제'와 '남북 연합'과는 근본적으로 다른 것이고, 그 정확한 내용이 검찰 조서에 기록되어 있음에도 불구하고, 그 내용이 유출되어 나오면서 집권 여당의 편리대로 전혀 엉뚱한 방향으로 각색되고 있었다. 한국연방은 광역시·도 라는 계층을 없애고, 기초자치단체인 시·군·구를 주민들의 생활권에 맞춰 몇 개로 통·폐합해서 하나의 자치권역을 만드는 것을 기본으로 한다.

그렇게 해서 그것들이 모여 지방자치 연합을 만들면, 그것이 곧 국가가 된다는 것이다. 즉, 몇 개의 시·군·구가 하나의 생활권을 기준으로 자치권역을 만들면, 그것이 기준 자치단체가 되고, 그것들이 모이면 지방자치연합(United)이 되며, 그것이 곧 대한민국(Korea)이 된다는 것이었다. 그것은 미래의 통일한국을 위해서도 가장 효과적인 통일추진 방안 중의 하나가 될 수 있다는 주장이 한상연의 호남 자주에서 주창하는 것이었고, 변호인의 입회 하에 검찰 진술에서 밝힌 내용이었다.

그래서 한국 연방제는 북한의 고려 연방제, 과거 정권의 남·북 연합제와는 전혀 다른 새로운 패러다임(Paradigm)임에도 불구하고, 집권 여당의 정치적 상황 만회를 위한 전술은, 이를 북한의 주장에 동조하는 용공 세력 운운하며, 늘 사용해 왔던 용공 조작이라는 낡은 행태를 반복하고 있었던 것이었다. 야당인 민주의 집은 물론, 야권 전체에서는 몇십 년 전에 사라진 구태 정치가 되살아났다며, 여당을 공격하고, 발언의 취소와 사과가 전제되지 않는 한 한국당과 정치를 함께 할 수 없다며, 국회를 보이콧한 채 장외투쟁에 나서, 정국이 시끄러워지고 있었다.

그런 가운데 북한 정권은 그간 남한의 일에 대해 침묵하고 있었던 것과는 대조적으로, 남한 정치권에서 북한을 직접 거론하고 나서자 남한 내 집권 세력에 대한 불쾌감을 노골적으로 드러내고 있었다. 그들이 주장하는 조평통(조국 평화통일 위원회) 대변인 성명은 대단히 격앙되고 강경해져 있었다.

'남조선 정부는 북조선 인민 민주주의 공화국 창시자이며, 유일주체 사상의 시조이신 김일성 원수를 부정하고, 그 유지를 이어받은 김정일 국방위원장께서 김대중 대통령과 합의한 주창하신 고려 연방제 정신을 훼손하고,……우리 북조선과 일면식도 없고, 우리 북조선의 통일방식과 전혀 다른 한국 연방제를 주장하는 호남회를 북조선과 연계시켜, 북조선 인민의 자존심을 해치는 행위를 자행하고 있으며,…… 남조선 정부에 대해 엄중 사과를 요구하며, 그런 경거망동을 서슴지 않고 퍼트리는 자들을 색출해 처벌할 것을 요구하는 바이다.'

북한은 한마디로 한국의 집권 여당이, 한국 연방제를 마치 북한과 사전에 공감이 있었던 것 처럼 엉뚱한 모함을 하고 있다는 성명을 발표하면서, 정면 대응에 나서고 있었다. 집권 여당으로선 어디까지 북한이 반응하리란 생각을 했는지 알 수 없지만, 북한의 정면 반박에 적지 않게 당황해할 수밖에 없게 되었다.

북한은 2천 년 대에 들어오면서 남한과의 체제경쟁에서 완패했고, 세습 체제 구축과정에서 초기의 우호 관계 설정이라는 희망에도 불구하고, 중국으로부터도 외면당해 국제사회로부터 미아가 되다시피 하고 있었다. 그래서 핵과 미사일에 의존하며, 겨우 체제를 유지해 오고 있었지만, 국가 경제의 발전을 제대로 이루어지지 못해, 경제적인 문제로 인해서 겪는 어려움이 이만저만이 아니었다.

경제적 측면에서는 미국의 경제 제재 속에서 우여곡절을 겪긴 했지만, 개성공단에 대한 파괴 행위와 불신이라든가 정치 경제적 영향을 많이 받는 북한 체제의 특성상, 한국 기업들의 신뢰감이 크지 못하고, 인건비 등의 상승으로 경쟁력이 크게 저하되어 국가 경제적 상황이 대단히 어려운 상황에 내몰리고 있었다.

금강산 관광 또한 북한의 일방적 중단 이후 재개되었지만, 가장 중요한 남북 간의 신뢰성이 낮아져 그 기대 가치가 크지 못했다. 백두산과 함께 북한 내륙의 관광코스가 개발되기도 했지만, 북한 내의 열악한 인프라는 그것들을 제대로 받쳐 주지 못하고 있기도 했다.. 그렇게 경제난이 가중된 북한은 원산지역과 금강산을 묶어 관광특구로 개발해 활성화시키려고 애쓰고 있었고, 남한에서 제기한 비무장지대(DMZ)의 세계평화공원 조성계획 또한 지리멸렬한 상태였다. 한국과 러시아의 가스관 수송을 위한 파이프라인이 묻히면. 그로 인한 일정 수입도 보장될 일이었지만, 그 또한 진척되지 못하고, 서울에서 압록강을 건너는 철도와 고속도로 건설, 러시아를 연결하는 철도 건설도 한국의 지원으로 추진되고는 있었지만, 원래 계획과 달리 더디기만 해 북한의 어려움은 말이 아니었다.

그런 이유로 북한에서는 그간 남한에서 제기된 웬만한 문제는 대꾸도 하지 않았었다. 아마 그런 이유 때문에 집권 여당에서는 이번에도 북한이 크게 반응하지 못할 것이라는 생각에서, 한국 연방제에 대한 얘기를 자기들 편한 대로 써먹은 듯했다. 그래서인지 북한 조평통의 한국 연방제에 대한 비난 성명은 남한 내에서 또 다른 남·남 갈등에 기름을 부은 것이나 마찬가지가 되었다.
야당 또한 여당의 인위적이고, 허위 조작된 정치공세가 이런 사태를 불러일으킨 것이라며, 공격의 끈을 바짝 조이고 있었다. 여당에서는 북한의 이런 태도에 적잖이 당황해하며, 오히려 북한이 호남회를 비난하고 연계시키지 말라며 나선 것이 이상하다며 맞불을 놓았지만, 그것은 명분이 서지 않는 일이었다. 정치권 내에서도 그런 여당의 책임론까지 등장하면서 호남회에 대한 용공 조작 사건의 진상을 밝혀야 한다는 목소리가 커져갔다. 그러자 야당은 용공 발언을 꺼낸 여당 대변인과 정책위의장을 검찰에 고발했고, 그에 대한 진상을 밝혀야 한다는 주장이 강하게 제기되고 있었다.

사태의 심각성을 그제야 깨닫게 되었는지 알 순 없지만, 검찰에서는 호남회의 용공 발언 사건에 대한 진상을 철저히 규명하겠다고 나섰다. 이와 함께, 호남회 한상연 회장이 진술한 진술 내용도 조사과정에서 밝혀 오해의 소지를 없애겠다고는 했지만, 그것으로 사태가 진정되리라고 기대하는 사람은 거의 없어 보였다. 그만큼 정치권과 정부 여당에 대한 믿음은 땅에 떨어져 있었던 것이었다.

그런 여·야의 진흙탕 싸움의 역효과인지는 알 순 없지만, 호남회의 한상연 회장은 이번 구속을 계기로 난데없이 호남지역은 물론 전국적인 유명 인사로 떠올랐다. 또한, 한국 연방제를 주장하는 그의 논리가 남·북을 아우르는 가장 효과적인 통일 방안으로 떠오를 수 있다는 평가와 함께, 다양한 매체의 조회수에 있어서도 한동안 1위를 차지하거나 상위에 랭크되는 기염을 토하기도 했다.

구속상태의 한 회장은 호남회 변호인단과 간부들에게 호남의 미래를 위해, 이 사태가 발생되기 전부터 부탁해 왔던 제3대 회장을 선출해 달라는 요청을 했지만 받아들여지지 않고 있었다.

"회장님, 지금은 때가 아닙니다. 검찰과 정치권이 저 모양이고, 재판이 진행되지도 않았는데... 회장을 그만둬선 안 됩니다. 재판이 끝나고 형이 확정되거나 그런 상황이 오면, 그때 해도 늦지 않고, 그것이 순리입니다."

"하지만, 나 때문에 호남회 전체가 어려움에 빠진다면, 그것 또한 있어서는 안 되는 일 아니겠습니까?"

"그렇지 않습니다. 지금으로서는 부회장님께서 구심점이 되어... 모두가 똘똘 뭉쳐서 흐트러짐 없이 잘 대응하고 있습니다. 회장님께서 이 자리에 계시기 때문에 가능한 일들 입니다. 꿋꿋하고 당당하게 이겨나가셔야 합니다."

"저야 그러겠습니다만... 모두에게 짐을 떠맡긴 것 같아서 더 할말도 없고, 면목도 없습니다."

"아닙니다. 이 자리에 머무르고 계시는 것이 회장님이 하실 일입니다. 그리고 반가운 소식이 있는데요!"

"무슨 일 인가요?"

"유아이 평화재단의 이상철 이사장님 말입니다. 조만간 회장님 뵈러 귀국하실 것이라는 소식입니다."

"그래요? 듣던 중 반가운 소립니다. 하지만, 귀국하시기가 쉽진 않을 건데요…"

"그건 왜요?"

"유아이가 어떤 곳인가요? 이젠 유엔에 버금가는 큰 기구로 성장하고 있지 않았습니까? 그런 기관의 이사장이 움직인다면, 한국 정부로서는 큰 부담일 것이고… 긴장하지 않을 수 없을 것이라 방문을 허락할지조차도 두고 봐야 할 일이지요."

"예. 하지만, 분명히 오실 겁니다. 우리를 위해서도 오셔야 하지 않겠습니까?"

"그래요. 기다려 보자구요!"

혼돈

한국 호남에서 벌어진 호남 자주의 내용과 한국 검찰조사, 그리고 정부 당국의 호남 탄압행태와 함께, 시민들의 궐기, 북한의 반응까지 소상한 보고서가 유아이에 제출됐다. 그러자 유아이는 공식적인 논의를 거쳐 한국 호남 문제에 대한 유아이의 성명을 발표하기에 이르렀다.

"우리 유아이는 오늘, 대한민국의 호남에서 일어나고 있는 호남 자주화 운동과 관련하여, 대한민국 정부의 불법적 탄압 행위에 우려를 표시하며, 국가 공권력인 검찰의 불공정한 조사와 함께, 북한을 이용하려는 정치권의 술수는 반드시 중지되어야 하며,...... 호남회 한상연 회장의 불법적 탄압 조사와 구속을 중지하고, 호남 시민에게 사과할 것을 요구하며, 국제사회의 이름으로 한국을 규탄하는 바입니다."

유아이 대변인이 발표한 성명은 한국 정부에 대한 유아이의 강력한 불만과 상황 개선 의지를 반영하고 있었다. 동시에 유아이 사무총장인 라추가 이런 상황의 개선을 유도하고, 한국 정부의 공식적 입장을 확인하기 위해 한국 방문을 추진하기 시작했다. 한국도 방문하면서 동시에 일본 후꾸오까에 들러 후꾸오까 자치권 투쟁을 독려할 계획도 세운 것이었다.

그러나 한국 정부는 유아이의 성명이 주권국가인 대한민국의 권리를 침해한 중대한 내정간섭이라며 항의하는 반박문을 발표하고, 정면으로 맞서고 있었다. 그러면서 유아이 사무총장인 라추가 한국 방문을 희망해 오자, 라추의 한국 방문을 받아들일 수 없다는 통보를 해 오기도 했다.

그러자 호남에서는 과거 달라이라마의 한국 방문을 환영한 대한민국 정부가 라추의 한국방문을 거부한 것은 국가권력의 외교적 남용이며, 호남 자주의 권리를 침해한 것이라는 논리로 정부의 라추 방문 거부를 맹비난하고 나섰다. 그러면서 때를 맞춰 민주의 집 대표가 국회에서 기자회견을 열고, 라추 방문과 관련된 폭로성 발언을 하기 시작했다.

"저는 오늘 참담한 심정으로 기자회견을 하게 되었습니다. 제가 국회에서 기자회견을 연 것은... 현 정국 상황과 관련하여, 제1야당인 민주의 집 대표로서 중대발표를 하고자 합니다. 정부의 이번 유아이 라추 사무총장의 한국 방문 거부는 유아이가 한국을 내정간섭 한다는 표면적인 정부 발표와는 달리 한반도의 국제관계 속에서, 특히, 중국이 라추의 한국 방문을 허락하지 말도록 압력을 가해 왔다는 정보가 있는데, 만약 그것이 사실이라면, 이는 집권 여당의 중대한 판단 착오며, 국제 사회로부터의 신뢰를 깨버릴 정책적 오류임과 동시에 정치적 반역 행위입니다......."

그의 성명 발표가 끝나자, 기자들의 질문이 쏟아졌다.

"중국이 유아이 사무총장 라추의 한국 방문을 허용하지 말라는 압력을 한국 정부에 했다고 하셨는데요, 그와 관련된 증거가 있으신지요?"

"물론입니다. 그 사실을 제보한 사람도 있고, 그런 대화를 한국과 중국이 주고받은 녹취록도 증거로 갖고 있습니다."

"그렇다면, 검찰이나 수사기관에 먼저 고발하지 않고, 기자회견을 한 이유는 무엇입니까?"

"기자께서는 지금 우리의 정치 상황에서 검찰에 그 자료가 제출되면 객관적으로 공정한 조사가 이루어질 것으로 생각하십니까?"

그의 맞질문에 갑자기 분위기가 어색해지는 듯하더니, 곧바로 질문이 다시 이어졌다.

"그러면... 국회의원 면책권을 활용하실 건가요?"

"사실에 근거했고, 제보자와 녹취록까지 입수하는데 굳이 면책특권까지 사용하고 싶지는 않습니다."

"사실이라 하더라도... 정부에서는 전면 부인할 것이 뻔하고, 유아이 사무총장 라추의 한국 방문을 받아들이기는 어려울 것인데요 그에 따른 대책은 있는지요?"

"정부의 정책 수단과 같은 것을 갖고 있지 못한 야당이 어떻게 이렇다 저렇다 말할 수 있겠습니까? 지금과 같이 독재나 다름없는... 여당의 국민을 무시하는 행위는 근본적으로 타협의 대상이 될 수 없으며, 호남 자주 선언으로 촉발된 문제인 만큼, 그에 대한 근본적인 대책이 강구되지 않는 한, 우리는 다시 국회로 돌아오긴 힘들 것입니다."

"그럼, 민주의 집 의원들의 의원직 사퇴라도 있다는 얘긴가요?"

그 질문에 민주당 원내대표는 윗옷 안주머니의 봉투에서 몇 장의 종이를 꺼내 들었다.

"이것은 조금 이따가... 기자들에게 공개할 예정이었습니다만, 민주의 집 국회의원 96명 전원의 국회의원직 사퇴에 동의하는 연명서와 서명 날인입니다."

기자들의 시선이 집중되면서, 카메라 플래시는 서명 날인된 그 연명서에 초점을 맞췄다.

"이 기자회견이 끝나면, 국회사무처에 이 서류가 제출될 것이며... 민주의 집 외에도 뜻을 같이하는 몇 분이 동참하실 것으로 알고 있습니다. 이제 우리 민주의 집은 대한민국 국회의원직을 버리고, 호남 자주의 대세를 이루기 위해 나선 것입니다......."

언론과의 기자회견 자체는 갑작스러운 것이었지만, 그간 국회에서 이루어진 민주의 집 의원들의 움직임은 심상찮았고, 이번 유아이 사무총장 방문 거부 사건을 계기로 그 일이 터진 것이었다. 한국당과 정치권은 민주의 집 의원들의 의원직 총사퇴가 옳지 않은 것이고, 정국을 파국으로 몰아가는 명분 없고 무책임한 처사라고 둘러댔지만, 정치 보이콧을 선언한 의원들은 각 지역구로 내려가 대 국민 보고 대회를 열고, 여당의 잘못된 정치행태를 비판하고 나섰다. 그러자 정국은 또다시 여·야가 극한 대치 상황으로 내몰리고 있었다.

한국에 들어와 보지도 못한 유아이의 라추 사무총장은 곧바로 후꾸오까로 날아갔다. 한국 내 사정을 곧바로 전해 듣고, 정보를 공유하고 있던 일본의 보안당국은, 한국과는 달리 라추의 일본입국을 제지하진 않았다. 그것은 라추 방문을 제지 함으로써 언론의 관심이 더 커지고, 그에 따라 불리한 여론이 조성될 가능성이 크다는 정보당국의 분석 결과에 의한 것이었는데, 이는 한국에서 그의 입국 거부로 인해 발생한 시끄러운 정치적 상황을 잘 이해하고 있었기 때문이기도 해서였다.

후꾸오까에 들어온 라추는 후꾸오까 독립단의 행사에 참석하기도 전에, 언론들의 기자회견을 열어 그의 일본 방문 목적을 설명하면서 가장 먼저 꺼낸 이야기가 한국 정부에 대한 비판이었다.

"유아이 사무총장인 제가 한국 정부를 방문할 계획이었습니다. 그러나 내가 티벳인이라는 이유로, 티벳의 독립운동을 자극할 우려가 있다는 중국 정부의 외교적 압력에 굴복한 한국 정부는, 제가 한국 땅을 밟는 것 자체를 허락하지 않는 실수를 저질렀습니다. 그래서 한국 방문 후 오기로 했던 후꾸오까를 곧바로 방문했으며, 지금 이 자리에 서 있는 것입니다. 호남의 자주를 인정하지 않으려는 한국 정부의 인식이 개선되지 않는 한, 한국의... 국제사회에서의 그 위상은 손상되고, 얻는 것보다 잃는 것이 더 많은 나라가 될 것입니다. 반면, 저는 일본 정부가 어떤 조건도 없이 저의 일본 방문을 허락해 주신데 대해서 깊은 감사의 말씀을 올리며, 후꾸오까가 요구하는 자치권이, 결코 일본에서 따로 떨어져 나가고자 하는 것이 아니라, 일본 내에서 후꾸오까라는 전통이 계승되고, 일본 안에서 후꾸오까 주민의 역사가 존중되고 보존될 수 있는 자치를 요구하는데 대해 후꾸오까를 응원하고... 그 방법을 찾는데 도움이 될 수 있는 방향을 찾고자 이곳에 온 것입니다."

유아이 사무총장인 티벳 라추의 후꾸오까에서의 행보는 그의 말 한마디 한마디가 언론을 타고 세계에 퍼져 나갔다. 그의 후꾸오까와 일본에 대한 우호적 발언과 대조적으로 한국 정부에 대한 맹비난은 한국 정부를 곤혹스럽게 만든 가운데, 라추는 다시 한국을 가야겠다며 강제출국을 염두에 둔 한국 방문을 시도하겠다고 나섰다. 한국 외교부와 정보당국은 만일의 불상사에 대비하면서도 그의 한국 방문을 허용치 않겠다고 했지만, 라추는 그것을 무시하고 인천공항으로 향했다.

인천공항에 도착한 라추는 예상대로 보안당국과 외교당국에 의해 곧바로 연행되다시피 해 공항 내에서 격리된 채, 대여섯 시간을 머무르다 스위스행 비행기에 강제 추방 형식으로 태워졌다. 라추의 그런 행보가, 사실 그대로 언론에 보도되고 세계로 타전된 것은 당연한 일이었다. 그가 머무는 동안 인천공항 주변에서는 그의 입국을 환영하며, 그를 제지하는 정부를 반대하는 시위가 계속되고 있었다.

광주에서는 민주의 집 의원직 전원 사퇴와 라추의 입국 거부로 더욱 확대된 시위행렬이 거리를 온통 점령하다시피 하고 있었다. 경찰도 더 이상 시위를 방치할 수 없다며, 경찰청 본부에 경찰력 증원을 요청하고 있었지만, 경찰청 본부에서는 호남 시민을 자극할 우려가 있다며, 미온적인 태도로 일관하고 있었다. 경찰도 예전에 시위대를 강제 진압하던 의무경찰이나 전투경찰 제도가 폐지된 지 오래여서 군인이나 다름없는 그들 병력을 이용할 수 없게 되었고, 시위 현장에서도 비상 상황이 아니면, 경찰의 동원이나 경찰병력을 통한 인위적 시위 진압은 불가능해져 있어서, 움직임에 한계가 있을 수밖에 없었다.

그런 가운데 경찰청장은 정부 내에서 주장하는 광주와 호남에서의 시위를 막아야 한다는 주장을 무시한 채, 경찰 독립을 강조하면서, 호남사태는 시민의 자유의지에 의한 자발적 권리 주장 운동으로 본다며 호남을 두둔하고 나섰다. 따라서 시민들 스스로가 질서와 안전을 지키며 의사 표현을 할 수 있는 권리를 보장할 것이라는 발표도 해, 호남 시민들의 호응과 찬사까지 받게 되는 상황이 연출되고 있었다.

시민들은 시위를 하면서도, 그런 입장을 취하는 경찰과 불상사를 일으키지 않았으며, 경찰들도 가능하면 시위대가 교통이나 통행에 지장이 없도록 시위를 안내하는 모습들이 방송을 통해 그대로 전국에 방영되기도 했다. 이번에는 집권 여당과 정부가 나서 경찰청장의 그런 태도는 직무 유기라며, 그를 물러나게 하고 중징계해야 한다는 주장을 폈다. 하지만, 이런 상황에서 경찰청장을 해임한다는 것은 더 큰 파국을 초래할 수 있어, 집권 여당은 쉽게 경찰청장을 경질 할 수도 없는 딜레마에 빠져들고 있었다.

그런 상황을 뒤로하고 스위스로 돌아온 라추는 언론보도와 유아이를 통해 그의 행동을 보고, 알고 있었을 이상철을 찾아 그의 한국 방문에 따른 중요내용들에 대해 다시 설명하고 있었다.

"한국 호남문제를... 호남 시민이 요구하는 자주권 문제로 보기보다는, 한국으로부터 독립을 원하는 불순세력의 불법적 책동이라는 측면에서... 한국 정부가 접근하는 듯합니다. 한국의 집권 세력이 무언가 낡은 생각에 빠져... 호남인이 요구하는 자주권의 실체를 인정하지 않으려는 구태를 벗어나지 못하는 듯합니다."

"라추 사무총장님! 저 자신이 한국인인데...라추총장 뵙기가 너무나 부끄럽고 면목이 없습니다. 몸은 괜찮으십니까?"

"그럼요! 저야 걱정 없습니다. 이번에 저도... 한국에서 쫓겨나오면서 또 다른 생각을 많이 하게 되었습니다."

"어떤 생각이신데요?"

"한국과 같이 민주화되고 잘 산다는 나라가 저 모양인데, 다른 나라들은 얼마나 더 심한 핍박을 받겠는가... 하는 생각에다, 중국이라는 넘기 힘든 거대한 산이 버티고 있는 우리 티벳도, 지금과 같은 방식보다는 무언가 돌파구가 될 수 있는 방법을 찾아야 하지 않겠는가 하는 생각이 그것이었습니다."

"그럴 것입니다. 하지만, 그런 방법이 쉽지 않다는데 더 큰 고민이 있겠지요."

"옳습니다. 참으로 어려운 일입니다. 그러나 포기할 순 없는 것 아니겠습니까? 제가 더 많은 생각을 해야 할 것 같습니다."

"머리를 함께 맞대 보시지요! 그리고 제가 이번 참에 명분을 좀 만들어서 한국 방문을 시도해보면 어떨까요?"

"정말이십니까? 그렇게만 해 주신다면... 제가 나설 때와는 다르게, 한국 정부의 반응과 대처도 달라지지 않겠습니까?"

"글쎄요. 그것까지야 알 수 없지만... 무언가 돌파구가 될 수 있지 않을까 하는 생각이 듭니다."

"유아이 차원에서 적극 추진해 보겠습니다. 이사장님!"

다가온 시간

이상철은 그가 나서야 할 때가 오고 있음을 알고 있었다. 그는 다시 부인 송 여사와 이 문제를 상의하고 있었다.

"나... 한국에 좀 다녀와도 되겠소?"

"네? 갑자기 한국엔 왜요? 호남 자주 때문에...요?"

"응. 그거지 뭐... 내가 가야 힘이 되어 줄 수 있을 것 같애. 한 회장도 구속돼 있고..."

"당신은 괜찮을까요? 한국 정부가 강경하게 대처한다던데..."

"그래 봐야 뭘 어찌겠어. 자기들이 잘못된 거지!"

"그래도... 당신 걱정돼서 그러죠!"

"내 걱정은 말고... 당신 혼자 있을 일이 걱정이지!"

"진짜로 괜찮겠어요? 한국 정부를... 믿을 수 없다고들 하던데!"

"누가 그런 말을 해?"

"누가 그러긴요? 여기 유아이 식구들은 다...들 그래요! 나야 한국 사람이니까 말 않고 있지만, 좀 살게 되었다고... 국제사회에서 신의 없는 짓

한다고, 다들 그래요!"

"그래? 그것 참... 큰일이네!"

"어쨌든 알았어요. 일단은 몸조심하고 다녀오세요. 구야한테는 내가 연락해 둘께요."

"구이는 왜?"

"한국이 어떻게 나올지 뻔한데... 구이는 미국 사람인데다가 상원의원인데, 한국이 당신한테 함부로 하겠어요?"

"그럴 거까지 뭐 있어? 참... 하여튼 내 걱정 말고, 맘 편히 있으소, 응?"

"그리고 이 일도 그래요! 멀리 스위스 땅까지 데리고 와서, 스위스 사람 만들어 놓고는~... 이 나이에 뭐라도 잘못되면 나더러 어쩌라고요?"

"아이구...미안해! 그렇지만, 그럴 일이야 있겠어?"

"나도 이런 말 하고 싶어 하겠어요? 한국이 하는 짓이 저 모양이라서 하도 화가 나서 그렇지요!"

"알았네, 알았어! 그래도 나쁜 일만 있겠어? 다들 잘해보자고 그러겠지..."

"잘해보긴 뭘 잘해요? 솔직히 말하면, 언제...정치하는 놈들이 한국 먹여 살리기나 했대요? 수십년간 쌈박질만 하고... 자기들 잇속만 챙겼지! 덕분에 국민만 고생하고 죽어났지... 안그래요?"

"그만하세! 이러다 싸우것네... 하여튼 혼자 있어야니까, 먹는 거 잘 먹고 있소. 끼니 거르지 말고..."

"알았어요. 당신한테라도 이런 말 안 하면, 내가 어디다 이런 말 하겠어요? 그러니 당신도 한국 정치인들 너무 믿지 말고요! 잘 다녀오기나 하세요, 과부 만들지 말고..."

"알았네, 알았어. 송 여사! 명심하겠나이다."

송 여사의 한국 정부에 대한 불신은 생각보다 커 보였다. 그간 유아이 이사장 부인으로서 입을 다물고 있었을 뿐, 그의 외조부부터 보아 온 한국 정치인들의 모습은 송 여사의 눈에는 별로 달갑지 않게 다가왔던 것도 사실이었다. 이상철로서는 그런 말을 하는 부인 송 여사의 말이 안타깝기도 했지만, 송 여사의 말이 틀림없는 사실인데야 딱히 반박할 말도 찾지 못하고 말았다.

한국 정부는 유아이 이사장 이상철의 방문 허락 여부를 두고 고민하는 듯했다. 라추 사무총장의 방문을 거부해 국내·외적인 비난에 직면하고 있던 한국 정부로서는, 유아이 재단 이사장의 고국 방문을 어떻게 대처할지 결론에 이르지 못한 채, 라추의 방문 때와는 달리 '개인적인 고향 방문'이라면, 아무런 문제가 없을 것이라는 애매한 단서를 붙였다.

그러면서 국제법적으로 스위스 국민인 유아이 재단 이사장 이상철은 한국 내에서 정치활동을 할 수 없으며, 그것은 한국에 대한 내정간섭이라는 의례적인 발표만 해두고 있을 뿐이었다. 이번에도 중국 정부는 중국 티벳 출신의 라추 사무총장에 대한 입국 반대를 해왔던 것처럼, 외교 루트를 통해 한국 정부에 압력을 넣어, 유아이 이사장의 방한을 반대하는 입장을 전달해 왔지만, 라추 방문 때와는 달리 반대 명분도 약했고, 그 정도도 많이 누그러져 있었다.

이상철은 고국 방문길에 오르면서 비서실장 이순기와 함께 했고, 실질적인 여러 가지 문제를 협의하기 위해 재무국장 이영철도 대동하고 있었다. 이상철은 이번 귀국이 몰고 올 여러 가지 파장을 생각하며, 깊은 생각에 잠겨 있었다.

"이사장님! 고향 떠나... 어머님 돌아가실 때 말고는 처음 방문이신데, 심경이 고르지 못하시죠?"

"응! 고향에 가는데, 왜 이렇게 마음이 가시방석인지 모르겠네! 이 실장 자네는 어떤가?"

"저도... 떨어져 사는 가족들 볼 생각하면 기분은 좋지만, 여러 가지 상황들을 생각하면 착잡하기만 합니다."

"그러겟지... 이 국장 자네는 어떤가? 새색시를 놓고 가자고 해서 미안하네!"

"이사장님! 저는 괜찮습니다. 집사람도 흔쾌히 다녀오라고 했구요. 광주에 가면 가족들 모두 계시니까 한 번쯤 뵐 기회도 있을 것 같아서 조금 설레기도 합니다."

"그럴 거야! 이번에 혹시나 무슨 일이 생길 수도 있지만 이 실장이나 이 국장 모두 그런데 개의치 말고, 가족들은 꼭 보고 오셔야 할거야... 외국 생활이라는 것이 그런 기회가 흔치도 않은 것이고!"

"알겠습니다. 이사장님!"

비행기 차창 너머 내려다보이는 인천공항은 청명한 가을 하늘에 하얀 구름이 살짝 덮여, 유럽과는 전혀 다른 그야말로 고향의 하늘 모습을 보여 주고 있었다. 드디어 한국 땅에 도착했다. 가볍게 올 수 있어야 하는 고향 땅의 공항을 내다 보는 이상철의 얼굴엔 불편한 기색이 역력히 배어나고 있었다.

취리히에서 인천으로 오는 국적기라서 그런지, 비행기가 활주로에 도착해 도착 수속을 밟는 곳으로 이동하는 동안 많은 사람이 자리에서 웅성거리는 소리가 들리고, 폰을 꺼내 들어 마중 나온 사람들이나 가족들과 연락하는 목소리도 어울리고 있는 사이에, 비행기가 도착 게이트(Gate)에 서고 해치(문)가 열렸다.

그런데 그 순간 잠깐 자리에서 대기해 달라는 멘트가 나오더니 밖에서 세 사람의 건장한 남자들이 기내로 들어와 이상철 일행에게 신분 확인을 하고는, 먼저 내려야 한다며 밖으로 안내하고 있었다.

"이사장님! 걱정하지 않으셔도 됩니다. 저희는 이사장님의 신변 보호를 위해 경찰에서 나온 보안요원입니다. 이사장님과 두 분 모두 저희가 안

전하게 모시도록 하겠습니다."

"그래요? 고맙긴 하지만... 우리는 경호를 요청한 적이 없습니다."

"예! 그 점은 잠시 후 뵙게 되실 분들과 말씀 나누시고요. 일단, 공항 내 V.I.P 실로 가야 합니다."

"밖에서 우리가 도착하도록 기다리는 사람들이 있을 건데요!"

"알고 있습니다. 일단 가서서 말씀 나누시도록 하시죠!"

"알겠습니다."

이상철 일행의 보안을 책임진다는 그 사람들을 따라간 V.I.P 실에는 두 사람이 대기하고 있었다.

"이사장님! 이렇게 뵙게 돼서 반갑습니다. 저는 외교부 본부의 담당과장입니다."

"이렇게 높으신 분들께서... 바쁘실 텐데 저 같은 사람까지 신경 써 주셔서 감사 드립니다. 그런데 우리를 여기로 데려온 이유가 무엇인가요?"

"별다른 뜻은 없습니다. 국내 정치 사정에 대해서 잘 알고 계시리라 생각합니다만, 이사장님의 신변보호 문제가 걱정되고...해서요! 잠시 차 한잔하시고, 쉬었다가 이동하시는 것이 어떨지 합니다."

"그렇습니까? 이렇게 만났으니.. 그냥 갈 수도 없고... 일단 그렇게 하겠습니다. 다들 앉지?"

이상철은 불편한 심기를 자제하며, 그들의 질문에 응대하면서 상황을 살피고 있었다.

"이사장님! 이번 고향 방문은 몇 년 전 어머님 상 때 오시고는 처음이시지요?"

"예! 그건 알고 계시면서요... 따로 물어보는 이유가 있으신가요?"

"그런 건 아닙니다만, 어머님은 공원묘지에 안치하셨고요?"
"그런 사적인 질문으로 한가한 시간 보낼 일이 아니실 텐데요. 빙빙 돌리지 마시고... 바로, 궁금하신 것 있으시면 말씀해 주십시오! 뭐든 답해 드리겠습니다."
"예, 알겠습니다. 회장님의 외조부께서는 독립운동을 하신 분이시죠?"
"그래서요? 세상이 다 아는 얘긴데..."
"뭐... 그렇다는 것입니다. 그래서 드리는 말씀입니다만, 혹시나 국가에 누가 되는 일은..."
"그게 무슨 말씀이신가요? 국가에 누가 된다는 판단 기준은 누가 세운 건가요?"
"누가 세웠다기보다는... 일반적인 생각을 말씀드린 것입니다."
"그래요? 저는 늘 그렇게 살아왔고, 앞으로도 그럴 것입니다."
"그러시다면... 우리도 안심해도 될 듯합니다. 초면에 딱딱한 말씀만 드려서 죄송합니다. 고향으로 가시면, 어머니 공원묘지부터 찾아보실 건가요?"

그들은 대놓고 얘기하지는 않았지만, 개인적인 일정만을 허락한다는 말을 하는 것이나 마찬가지였다.

"이렇게 좋은 곳에서 맞이해 주셔서 감사합니다. 저희는 곧 가봐야 할 것 같은데요. 밖에 사람들이 기다리고 있어서요!"
"예! 만일의 경우를 대비해서 우리 정부의 요인 경호팀이 세 분을 모시도록 되어 있습니다."
"우리는 경호를 요청하지 않았습니다만..."
"그러나 우리로서는 국가의 지시에 따라, 이사장님 일행을 안전하게 모시도록 할 것입니다."
"누구의 지시입니까? 지시한 분을 만나거나 통화하게 해 주시오!"

"그건..."
"그 사람하고 연락되기 전에는... 여기서 한 발자국도 움직이지 않겠소!"

그들은 잠시, 이상철의 강경한 입장에 다소 곤란한 듯한 표정을 짓더니, 곧바로 외교부 장관과 연결을 시켜 주었다.
"나... 이상철입니다. 장관님! 초면에 결례가 많습니다. 장관님 맞으신가요?"
"그렇습니다. 이사장님! 무슨 문제라도..."

그들은 이미 V.I.P 실에서 주고받은 대화 내용을 모니터를 통해 지켜보고 있었지만, 전혀 모르는 것처럼 말하고 있었고, 이상철도 그런 점은 이미 알고 있는 터였다.
"개인 방문임에도 이렇게 과도한 환대를 해주셔서 감사 드립니다. 이 시간 이후부터는 우리끼리 움직일 수 있도록 양해해 주시기 바랍니다."
"저희도 그렇게 하고 싶지만, 외교적인 문제도 있고 해서... 보안당국과 협의해 볼 문제라, 잠시 후 연락드리도록 하겠습니다."

공항 도착 창구에는 이미 나와 있는 민주의 집 국회의원 몇 명과 호남회 간부들이 이상철을 기다리고 있었지만, 이상철이 V.I.P.실에 있다는 소식이 전해 지고, 혼자 움직일 수 없는 상황이 발생할 수도 있다는 소문이 돌자, 민주의 집 국회의원 서너 명이 공항 V.I.P.실 진입을 시도했다. 그러나 공항 경비대가 가로막고 제지하면서 시끄러운 소리가 들려왔다. 공항 경비대에서도 그들이 국회의원들이란 것을 알고 있긴 하지만, 별도의 지시가 없는 한 막을 수밖에 없는 일이었다.

이상철은 마중 나온 사람들을 먼발치에서라도 봐야 할 것이었지만, 그럴 수 없는 것이 안타까울 뿐이었다. 한참이 지난 다음, 이상철에게는 마중 나온 사람 중, 몇 사람을 선발해 V.I.P.실 안에서 만나는 것만 허용된다는 연락이 왔다.

"여보세요. 외교부 장관님! 그것이 말이나 되는 소리입니까? 차라리 만날 수 없다고 하든지 하시지... 이게 무슨 짓입니까? 저를 스위스 국민으로 대할 것인지, 대한민국 동포로 대할 것인지만 결정하면 간단한데, 뭘 그리 어렵게 하십니까? 말 못할 사연이 있으시겠습니다만, 아무튼 얼굴은 봐야 하니까... 일단 받아들이겠습니다."

그렇게 해서 국회의원 두 사람과 호남회 세 사람 등 이렇게 다섯 명이 V.I.P.실로 이상철을 찾아 반가운 인사를 나누게 되었다.

"이사장님! 건강은 괜찮으신지요? 먼 길 오셨는데, 이렇게 불편한 자리에 계시게 해서 저희가 면목이 없습니다."

"아닙니다. 이렇게 좋은 V.I.P.실을 사용하도록 배려해주었는데요! 제가 대한민국 정부에 감사드려야 할 일이지요."

이상철은 그의 불편한 심기를 그렇게 표현하고 있었다.

"한 회장은 건강하게 잘 계신가요?"

"예, 이사장님! 이사장님께서 오신다는 말씀도 전해 드렸구요. 아마 기다리고 계실 겁니다."

"그래요. 다행입니다! 그런데... 제가 한 회장을 볼 수 있을진 두고 봐야 할 것 같습니다."

"이사장님! 무슨 일이라도?"

"그것이 아니라, 대한민국 정부가... 부탁하지도 않은 저에 대한 경호를 해 주신다고 해서요."

이상철은 V.I.P.실 상황이 실시간으로 그대로 전달되고 있다는 것을 알면서도 일부러 그런 소리를 하고 있었다.

"제 개인적인 일을 보러 한국에 왔는데도 불구하고, 한국 정부가 친절하게도 오늘 이 시간부터 돌아가는 시간까지 모신다고 하니… 틈틈이 시간 나는 대로 보는 수밖에 없을 듯합니다."

그렇게 서로의 아쉬운 만남을 뒤로하고, 이상철 일행을 마중 나온 차량 두 대가 V.I.P.실 내 이동 통로를 따라, 보안요원들이 앞·뒤에서 에스코트를 하며, 기다리고 있던 환영객들을 뒤로한 채 빠져나와 광주로 향했다.

상황이 그렇게 할 수밖에 없기는 했지만, 그의 마음속에는 말할 수 없는 아쉬움과 함께 결연한 의지가 피어오르고 있었다. 민주주의를 한다고 하는 한국도 이러는데, 다른 나라들은 얼마나 큰 어려움과 서러움을 겪고 있을까 하는 생각을 하니, 만감이 교차했다. 실로 오랜만에 차창으로 보이는 노오란 가을 들녘의 정겨운 풍경도 그저 스쳐 지나가는 그리움에 지나지 않고 있었다.

인천공항에서 어머니가 모셔진 광주 공원묘지까지는 네 시간이 걸렸다. 중간에 멋지게 생긴 고속도로 화장실에서 볼일을 본 것 말고는 간단한 음료수를 마시는 일까지 모두 차 안에서 해결했다. 모두가 보안 때문이라는데, 누구를 위한 보안인지 알 수 없었다. 이상철 일행이 도착한 광주 공원묘지에도 연락을 받고 나온 많은 사람이 모여 있었다. 공항에서와는 비교도 할 수 없을 정도로 언론사 취재진은 물론, 그와 활동했던 천주교 대주교, 스님 등 종교 지도자들과 시민단체, 국회의원 등이 그가 도착한다는 소식을 듣고 기다리고 있었다. 보안요원들도 그들 통신망을 통해, 광주 공원묘지의 상황을 주고받고 있는 듯 긴장을 풀지 않고 있었다.

"이사장님! 사람이 많이 모여 있으니 각별히 주의하셔야 합니다. 저희가 보호하겠습니다."

"자네들! 경호하느라 고생들 하는데,... 나는 자네들과 정반대의 생각이네! 오히려 내가 부탁하나 하지! 공항에서는 그렇게 해서 나오긴 했지만, 여기선 다를 거야. 자네들이 시민들 눈에 안 띠는 것이 도와주는 일이 될 걸세! 자네들이 나타나면, 시민들을 자극하는 꼴이 될 수도 있어... 이미 공항에서도 빼돌려진 사실을 잘 알고 있을 텐데!"

"하지만..."

"내 뜻을 윗분들에게 보고하시게. 내 말이 옳을 거야!"

그러자 한참 동안 어디론가 연락하던 경호팀장은 윗선에서 결심을 받은 듯,

"이사장님! 그럼 저 혼자만 이사장님 곁에 수행해도 되겠습니까?"

하며 양해를 구했다.

"그렇게 하게. 내 옆에 꼭 붙어 있게! 자네가 날 경호하는 것이 아니라, 오늘은 내가 자네를 보호해 줄지도 모르니까!"

이상철 일행이 광주 공원묘지 입구에서 내리자, 취재진의 뜨거운 취재 열기가 펼쳐졌다. 또한, 오랜만에 보는 반가운 사람들과 포옹으로 인사를 주고받으며, 일반 시민들에게는 손을 흔들어 반가운 만남을 갖고 있었다. 공원묘지 입구에서 어머니를 모신 납골당까지 가는 200여 미터 거리는 온통 인파와 태극기로 수가 놓여 있는 듯했고, 대통령이라도 이렇게 자발적으로 나온 환영인파의 환영을 받을 수 없을 정도로 인파가 넘쳐흐르고 있었다.

시민들의 환호 소리는 물론이고, '고국 방문 환영', '유아이 평화재단 이사장, 호남의 아들 이상철', '호남 자주의 원조', '호남의, 호남에 의한, 호남을 위한 자주' 등등 헤아릴 수 없을 정도의 글귀가 적힌 플래카드가 시민들의 손에 들려져 있었다.

그렇게 한국에 온 첫날인 이상철은 어머니를 찾아뵙고는 비서실장 이순기와 재무국장인 이영철에게 즉시 고향집에 들러 가족들과의 시간을 가진 다음, 삼 일 후에 보자고 했다. 그들이 함께 있겠다고 했지만, 3일이라고 해봐야 오늘은 다 갔고, 모레 와야 하니 실제로는 내일 하룻밤에 만날 시간이 없고, 모레 이후엔 또 어떤 일이 생길지 알 수 없으니, 다녀들 오라며 길을 재촉시켰다.

그리고 나서 그는 사촌이 살면서 지키고 있는 그가 살던 옛집에서 하룻밤 묵을 계획을 갖고 있었지만, 보안당국의 반대가 심해 옛집에서 쉬는 것을 포기하고, 시민단체와의 협의를 거쳐 호텔에 묵을 수밖에 없게 되었다. 호텔에서 저녁 식사를 하면서 하룻밤을 보내야 하는 이상철에게는 호텔 밖 출입이 허용되지 않았고, 다만, 외부에서 들어와 호텔에서 만나는 사람들은 예약된 사람에 한해 신분 확인을 거쳐 이상철과의 만남이 이루어졌는데, 그 확인 절차는 모두 파견 나온 보안요원들이 담당했다.

이상철은 보안요원들에게, 그렇게 사람들을 골라서 만나야 할 이유도 없고, 그래야 할 이유도 없다며 사양했지만, 그것이 그들이 해야 할 일이라는 말에 더 이상 할 말이 없었다. 그렇게 해서라도 봐야 하는 사람을 만나 볼 수 있다는 사실만이라도 다행이라고 생각하던 그는, 그를 기다리고 있을 호남회 간부들을 만날 자리를 만들어야 했다. 별도의 말이 없더라도 그들은 어떤 형태로든 그런 자리가 만들어질 것이라는 기대를 가지고 있을 일이었다. 그는 광주에 도착했을 때부터 지금까지 그의 곁을 떠나지 않고 그림자처럼 지키고 있는 일선 스님과 상의하기 시작했다.

"스님! 주교님과 목사님 모두... 이 자리에서 뵐 수도 없고, 부탁이 있는데요..."

과거 스님이 계신 중심사에서도 여러 가지 모임을 갖곤 했는데, 십여 년의 세월이 지나서 다시 만난 스님의 모습은 더 인자하고 포근해지셨지만, 세월의 무게는 어쩔 수 없는 일이었는지 주름살이 곳곳에 깊게 패어 있었다.

"말씀하시지요! 무슨 말씀을 하고 싶으신가요?"

"예, 스님! 실은 가장 먼저 호남회를 만나야 하는데요. 보시다시피 사정이 이렇다 보니, 뒤죽박죽이고... 제 맘대로 할 수도 없어서요. 우리 호남회를 어떻게 만나야 하겠습니까??"

"이 시간에요? 우리야 언제든 가능하지만, 문제는 저... 경호팀에서 허락 할 지가..."

"그건 제가 경호팀과 상의 하겠습니다."

경호팀장은 이상철이 호남회를 만나고 싶어 한다는 뜻을 전하자, 곤란하다는 표정을 감추지 못했다.

"왜요~? 본부에 연락해서 허락을 받아야 하는 건가요?"

"당연히 그래야 합니다만, 밤도 늦었고요!"

하면서 경호팀장은 혼자 잠깐 생각을 하는 듯하더니 입을 열었다.

"이사장님! 제가 지금까지는 경호용 초소형 카메라와 녹음기를 작동시키고 무기를 휴대한 채 근무하고 있습니다. 그것이 우리 근무 수칙이기도 하고요!"

"그거야 경호책임자로서 필요하면 해야 할 일 아닌가요?"

"이해해 주셔서 감사합니다. 그런데 문제는, 그런 것을 통해... 실시간으로 보안당국에 우리의 일들이 그대로 전달되고 있다는 것입니다."

"그러면 어떤가? 요즘엔 요인 경호하는데 뭐...당연히 그러것지!"

"하지만, 지금은 제가 껐습니다. 끄고 드리는 말씀입니다."

"왜죠? 특별한 이유라도..."

"제가 경찰이긴 합니다만, 개인적으로 이사장님을 존경하고 있고요. 이런 상황을 솔직하게 말씀드리고 양해를 구하는 것이 도리라고 생각해서요. 잠시 후부터 내일 이 시간까지는 다른 팀이 교대근무 하게 될 것입니다."

"그래요? 고맙습니다. 한국 경찰에도 이런 분이 계시다니 놀랍군요!"

"저뿐 아니라 그런 친구들이 많지만, 경찰이라는 신분 때문에... 어쩔 수 없는 경우가 많습니다.."

"알겠습니다. 고맙고요!"

"또... 호남회 간부들과의 만남이 차단될지도 모릅니다. 아마 틀림없이..."

"그래요? 그건 왜죠?"

"검찰과 현 정부에서는 호남회를 임의단체라고 해서... 법에 신고되지 않은 불법단체로 규정해 가고 있는 듯합니다."

"허허... 거 참!"

"그래서 드리는 말씀인데요. 그분들을 만날 수 있는 방법이 있습니다만..."

"어떤..."

"예. 통화내용도 모두 감청되고 있으니 조심하시구요. 한 가지..."

"말해 보시게!"

"어떻게 생각하실지 모르겠지만, 이사장님께서나 일선 스님께서도 지금 이 시간부터 '호남회'라는 명칭을 사용하지 마시고, 제가 잠깐... 교대근무자 오기 전까지 잠시 자리를 비워드릴 테니까, 그분들 중 한 분과만 통화하셔서 이사장님 옛날 댁으로 다들 오시라고 해 두십시오. 꼭 비밀 지키도록 하시고요. 저는 그 사이에 지금부터 내일 아침 교대 시간까지 오랫동안 통신망을 오래 꺼둘 수 없습니다. 원래 이사장님께서 거기에 묵기로 하셨다가 이 호텔로 옮겨 오셔서, 그쪽은 경호부대가 철수한 상태입니다. 그러니 이 시간에 다들 조용히 모이게 되면, 그때 교대 근무자에게 옛집을 한번 가보고 싶다고 하시면서 스님과 두 분이 옛

집으로 가십시오. 제가 교대 근무하는 팀장에게, 옛집에 가시고 싶다고 하시면... 잠깐 모시고 다녀오라는 얘기를 해 두겠습니다. 그리고 집에 도착하면, 사촌과 잠깐 얘기만 하고 나오겠다며 밖에서 대기해 달라 하시고 스님과 잠깐 들렸다 나오시면 됩니다. 거기까지는 후임 팀장에게 말해 두겠습니다~"

"알겠네! 이렇게 고마울 데가... 고맙네, 감사하고..."

그런 얘기를 하고 난 지 얼마 지나지 않아 교대 경호팀장이 들어와 경호 교대가 시작되었다. 이상철과 일선도 시간을 기다리며 태연히 대화를 나누고 있었다. 그러다가 경호팀장에게 잠깐 옛집을 다녀오고 싶다며 낮에는 이동하기도 쉽지 않고 하니, 잠깐 들러 사촌도 보고, 옛집도 보고 싶다며 양해를 구했다. 경호팀장은 잠깐 고민하는 듯하더니 '잠깐만 다녀오셔야 한다'며, 자신도 동행하여 따라나섰다. 이상철은 사전에 전혀 연락이 없었던 것처럼, 사촌에게 전화를 걸고 나서 호텔을 나섰다. 일선 스님도 동행하고 있었다.

옛집에 도착한 이상철은, 극히 개인적인 옛집 방문이라는 명분을 내세워 경호팀장과 운전 겸 경호를 하던 한 사람을 대문 앞에 기다리라며 양해를 구하고는, 일선 스님과 함께 옛집으로 찾아 들었다. 그들에게 주어진 시간은 30여 분에 불과했다. 그들은 서로 인사 나누기도 바쁜 시간임을 감안해, 단체로 잠깐 간단한 인사만 나눈 채, 곧바로 얘기를 시작했다. 감회를 나눌 겨를도 없이 몇 가지만 설명하기도 모자란 시간이 되고 있었다. 더불어 내일 '한 회장과 민 국장에 대한 면회 일정과 호남 자주 선언을 뒷받침할 집회계획' 등을 상의하고, 여러 가지 경우의 수에 대한 간단한 대처 방향 등만을 얘기한 다음, 조용히 사촌만 따라 나와 아무 일 없었던 것처럼 배웅하고 헤어지는 것으로 짧은 만남을 끝냈다.

간신히 호남회 사람들과 상견한 첫날 밤이 여유롭지는 못했지만, 조용히 지나고 있었다. 통제된 가운데서도 그들과 만날 수 있어 다행이었다. 이 회장은 호텔에 돌아와 잠이 오지 않는 시간을 보냈다, 새벽에 잠깐 깊은 잠을 자는가 싶더니 이내 아침을 맞았다. 일선 스님도 이상철이 며칠 머무는 동안 함께 하겠다며 같이 잠자리에 들었다가 깨어났다.

"이사장님! 가을 아침 햇살이 참 곱죠?"

"예, 스님! 예전에 스님 계신 중심사에서 하룻밤 지낼 때도 가을이었죠?"

"그랬었습니다."

"그때도 아침 햇살이 영롱한 이슬 위에 비추고, 단풍은 낙엽들이 살랑살랑 하늘거리는 가을바람 사이로 몸 부비고 있을 때, 발...갛게 익어가던 감들이 하늘 사이에서 모습을 내밀던, 그런 아침이었습니다."

"야 우리 이사장님! 보기완 다르시네요?"

"왜요?"

"무척, 시적(詩的)이시네요. 청춘 시절에는 꽤나 열정적이셨을 것 같습니다. 새삼스러워 보이십니다!"

"제가 무슨... 그런 주제나 됩니까? 고향 하늘을 떠나 다른 나라까지 가서, 무슨 영화를 보겠다고 이러는지... 고향을 떠난 영혼이 갖는 향수 아니겠습니까?"

"여... 이 말씀도 적어 둬야겠습니다. 꼭 한번은 써먹겠습니다. 하하!"

오랜만에 돌아온 고향 하늘은 그렇게 새 아침이 밝아오고 있었다. 아침 일찍 서둘러 한 회장 면회에 나섰다. 사전에 호남회 부회장인 변호사 김양선이 예약을 해 두었었다.

그런데 면회를 위해 찾아간 구치소에서 문제가 생겼다. 면회 온 사람들 신분을 확인하는 과정에서 이상철은 외국 국적을 갖고 있어서 외무부와 법무부의 허가를 받지 않으면 면회를 할 수 없다는 궁색한 이유를 댔다. 변호사인 김양선이 그런 법이 우리나라에 어딨냐고 따졌지만, 구치소에선 마음대로 결정할 수 있는 일이 아니라며 제동을 걸었다.

김양선과 호남회 사람들의 항의가 이어 졌고, 상급자인 사람이 나타나 누군가와 연락을 주고받더니 '외국인으로서 정치적 견해를 밝힐 수 없다'는 전제를 달아 각서에 싸인을 하게 했다. 하지만, 이상철은 그렇게 할 수 없다며 응하지 않자, 그렇다면 면회를 할 수 없다며 면회를 거부했다.

그러자 이상철은 면회가 가능한 다른 사람들만 면회를 하게 하고는 밖으로 나왔다. 밖에는 그를 따라다니는 취재진이 그 상황을 보고 있었기 때문에, 지금 이 상황에 대해 한마디 해달라는 요청들이 이어지고 있었다.

"기자 여러분들이 보셨으니까? 본대로 쓰시면 됩니다. 제가 입을 열게 되면 또 다른 오해를 불러일으킬 것이니, 말하지 않겠습니다."

그리고 나서 구속되어 재판 진행 중인 민 국장을 만나기 위해 움직이려 했지만, 더 이상의 움직임은 허락되지 않았다. 구치소를 나온 이상철 일행은 민 국장과의 만남이 무산되자, 다른일정 계획을 잡고 있어서 경호팀과 함께 그곳을 향해 움직이기 위해 경호 차량 쪽으로 이동하고 있었다. 그런데 갑자기 이상철이 경호팀과 취재진 사이를 제치고, 어젯밤 모임에서 준비하라고 해 두었던 호남회 차량으로 옮겨 타자, 그 차량은 재빨리 5·18 공원묘지로 달려갔다.

갑자기 일어난 일이라 당황한 경호팀이 이상철을 태운 차량의 뒤를 쫓으려 했지만, 여러 대의 차량이 이상철이 탄 차량을 가로막으며 뒤따르고 난 다음에서야, 그 뒤를 따라붙을 수가 있었다.

5·18 국립묘지에 도착한 이상철과 그 일행은 참배를 위해 안으로 들어섰지만, 밖에서는 경호팀이 들어오려고 하다, 이를 막는 사람들과 실랑이가 벌

어졌다. 그러자 이상철이 다시 나섰다.

"시민 여러분! 그분들이 무슨 죄가 있겠습니까? 여기는 5·18 국립 공원 묘지입니다. 신성한 이곳에서 그분들이 자유롭게 활동할 수 있도록 길을 열어 주십시오. 그것도 우리가 해야 하는 일 중 하나입니다."

이상철의 그 한마디에 웅성거리며 시끄러웠던 5·18 국립묘지 입구가 조용해지며, 경호원 네 사람이 이상철 곁으로 다가왔다.

"팀장님! 아까는 죄송하게 됐습니다. 어쨌든 이 안에 오셨으니까, 나가는 순간까지 별일 없을 것입니다. 그러니 걱정 마시고, 함께 하시지요!"

머쓱해진 경호팀은 이상철과 참배객 뒤에서 방해되지 않도록 행사가 진행되고 있는 것을 지켜보고 있었다. 10여 년 만에 찾은 5·18 국립묘지에서 감회가 새로웠던지 한참을 서서 묵념을 하던 이상철은 자연스럽게 선창되어 부르는 '임을 향한 행진곡'을 따라 부르고 있었다. 많은 사람이 단체로 부르는 그 노랫소리엔 마치 무언가 각오를 다지듯 숙연함이 묻어 나오고 있었다. 물론, 그런 상황까지도 모두 보안팀 카메라를 통해 보안당국에 생생하게 그대로 모니터 되고 있었다.

공안당국에서는 이상철의 움직임이 그들이 용인하는 범위를 벗어났다는 판단이 들었는지 고위층에게 상황을 보고하면서, 그에 따른 행동 방향을 계속 지시 받고 있는 듯했다. 약 30여분간의 5·18 국립묘지 참배가 끝나고 정문으로 나올 무렵, 경호 요원들이 이상철을 에워싸며 자신들의 경호 차량으로 신속히 이동시키기 시작했다. 그러자 이상철의 주변에 있던 인사들과 몸싸움이 일기도 했지만, 일단 그들의 경호용 차량에 이상철을 태울 수 있었다.

그러나 여기에서 문제가 발생했다. 그의 주변에 있던 인사들과 시민들이 차량을 겹겹이 에워싸고 시위를 하며, 이상철을 내놓으라며 압박하는 것이었다. 그러자 경호팀장이 본부에 상황 대처 방향을 알려달라는 요청을 계속하고 있었지만, 별다른 방법이 없이 대치만 계속될 뿐이었고, 경호 차량에 곧 위해가 가해질 듯한 험악한 분위기가 연출되었다. 그때 이상철이 다시 나섰다.

"경호팀 여러분은 가만히 계십시오. 내가 알아서 하겠소! 여러분의 신변에 위험한 일은 없을 것입니다. 걱정 마시고 뒷문을 열어 주시오. 내가 나가서 길을 열겠소!"

하는 수 없이 경호팀이 뒷문을 열어주자, 이상철이 겨우 뒷문을 열고 걸치듯 몸을 빠져나오며 뒷문에 서서 소리쳤다

"여러분! 저... 이상철입니다!"
떠들썩하던 주변이 이상철의 한마디에 조용해졌다.
"어떤 경우에도 경호 요원들과 경호 차량에 위해를 가해선 안 됩니다. 이 시간 이후 이분들은 저와 함께 이 경호 차량에 있을 것입니다. 길을 비켜주십시오. 우리가 예정했던 곳으로 안전하게 갈 것입니다!"

경호팀 본부에서는 그들의 화면과 들려오는 음성을 분석하며, 어려운 상황이 올 수도 있다는 생각을 했지만, 이상철이 나서서 사태가 무사히 정리되자 안도의 한숨을 쉬고 있었다. 경호 본부에서는 경호팀을 지켜만 볼 뿐 더 이상 어떤 명령도 내릴 수 없는 상황이 연출되었지만, 이상철의 말이 있은 이후, 그제야 무선 통신이 들려오고 있었다.

"경호팀, 경호팀! 상황을 자극하지 않도록 일체의 행동을 금하고, 이상철 이사장과 함께 하면서, 안전에 유의하라. 수고!"

다른 행사장으로 가고 있는 차량 안에서 들려오는 하나 마나 하는 소리의 경호 본부 무전이었지만, 그 무전 내용을 깊게 생각하는 사람은 없었다.

오히려 경호팀과 이상철이 탄 경호 차량이 행사 차량의 안내를 받으며, 옛 전남도청의 중심이었던 도청 앞 광장에 도착했다.

수많은 인파가 모여, '호남 자주'와 '이상철'을 연호하고 있었다. 마치 이상철은 개선장군처럼 시민들의 환호를 받으며 연단에 올라섰다.

"사랑하는 호남 시민 여러분! 저는 유아이 평화재단 이사장 이상철입니다. 호남 시민 여러분의 자주가 쟁취되는 그 날까지, 여러분과 함께 할 것입니다......."

이어, 후꾸오까의 요시라 단주가 입국허가를 받지 못해, 어쩔 수 없이 보내온 격려사가 읽혀 졌고, 유아이 사무총장인 티벳의 라추가 보내온 '호남 자주에 보내는 메시지'도 낭독되었다.

그렇게 한 시간여 '호남 자주' 쟁취를 위한 시민궐기대회가 열리고 있는 사이에, 경호본부에서는 안전을 이유로, 궐기대회 현장의 이상철 경호팀을 철수시키고, 새로이 보강된 경호팀을 투입했다. 그리고 이어서 이상철을 시민들로부터 격리시키라는 작전명령이 떨어졌다.

"경호팀, 경호팀! 시민들이 자극받지 않도록 하고, 궐기대회가 끝날 때까지 기다려라. 그리고 궐기대회가 끝나, 다음 동선으로 움직일 때, 이상철 이사장을 에워싸고, 군중들과 격리시켜 약속된 장소로 이동하라!"

경호팀이 과연 이상철을 시민들 속에서 격리시킬 수 있을 것인지는 알 수 없지만, 현장 경호팀은 보강된 인력을 배치하고 이상철 격리 작전에 나섰다. 자칫 잘못되면, 이 일은 격리가 아닌 납치가 될 수도 있고, 그렇게 되면, 그 파장은 호남은 물론, 정치권 전체를 소용돌이칠 수 있게 만들 수도 있는 일이었다. 시민궐기대회에서의 이상철은 고작해야 시민들에게 둘러싸여 있는 상태라, 본격적인 요인 경호와 비교하면, 무방비 상태나 마찬가지여서 경호팀 전문가들이 쉽게 격리 시킬 수도 있는 상황이었다. 그러나 수많은 군중이 그 광경을 목격하거나 경호팀의 움직임이 이상하게 되어 집단행동을 하게 되면, 그것은 감당할 수 없는 폭동으로 번질 가능성이 있다는데 문제의 심각성이 있는 것이었다.

시민들의 궐기대회가 무르익어 가고, 시내 행진을 위해 지도부가 준비작업을 하는 동안 연단 주변에서는 '경찰이다. 경찰!' 하는 소리와 함께 두 사람의 건장한 남자가 양팔을 잡혀 시민들에게 에워싸인 채 연단 옆에 서 있는 모습이 보였다. 시민들은 그 사람들을 향해, 별의별 소리를 다 해대며, 심지어 '죽여라' 하는 험악한 소리까지 외치고 있었다. 시민단체 대표 중의 한 사람이 경호팀에게서 뺏은 초소형 카메라며 마이크, 무전기, 권총까지 단상에 올려놓아 시민들에게 보여 주고, 마이크로 떠들어 대고 있었다.

"시민 여러분! 제 손에, 고성능 초소형 카메라와 마이크도 있고, 무전기와 권총도 있습니다. 우리의 모든 것들이 실시간으로 정보당국에 전달되고 있었습니다. 사랑하는 시민 여러분! 현 정부와 정보당국이 우리 호남에 대해 해왔던 각종 정보전략의 실체가 이것들로 증명되었습니다. 오늘 우리는 분연히 일어나 이 모든 책임을 물을 것이며, 앞으로의 모든 책임은 집권 여당과 정보당국에 있다는 것을 명백히 밝힙니다."

그런 모습을 보면서, 광주뿐 아니라 호남 전역은 마치 기름을 뿌린 듯 시민들의 분노가 거리를 가득 메웠다. 그래도 시민들은 '폭동을 자제하고 질서를 지켜달라'는 지도부의 요청에 따르기 위해 애를 쓰고 있었다. 그것은 광주 민주화 운동 당시의 만행을 기억하는 시민들의 성숙한 모습이었고, 1987년 민주화 운동 당시의 모습들이 떠오르고 있었기 때문인지도 모를 일이었다.

그러자 정치권에서도 집권당인 한국당은 집권당 특유의 몸을 사리면서 상황만 살피고 있었고, 젊은 의원들 몇몇만이 '정치는 정치로 풀어야 한다'며 정치권과 집권 여당이 더 이상 방치하지 말고, 문제 해결을 위해 적극 나서야 한다는 주장을 펼치기도 했지만, 그들의 목소리는 묻히고 말았다. 청와대에서도 긴급대책회의를 열고, 여러 가지 상황을 가정한 대책을 수립하고 있긴 했지만 그 또한 또렷한 결론에 이르진 못하고 있었다.

그러는 사이 경찰은 광주 시민들에게 '불안을 조장하거나, 폭력 사태로 발전하는 경우, 모든 공권력을 동원해 엄단 할 것'이라는, 그야말로 원론적인 발표만을 거듭하며, 광주로부터 들어오는 정보 파악에 분주했다. 한편, 외교 당국에서는 '외국 국적을 가진 유아이 평화재단 이사장'이 국내에서 가진 모든 활동은, 그가 외국인이라는 신분을 망각한 범법행위며, 한국의 국내법에 의해 엄중히 그의 행위를 다스릴 수밖에 없다'는 언론 발표문까지 내놓고 있었지만, 아무도 그런 말에 현혹될 사람은 없었다.

호남 사람들뿐만 아니라, 전 국민에게도 정부와 경찰 당국의 말을 액면 그대로 믿고, 따르는 사람은 거의 없을 정도가 되어 가고 있었다. 적어도 호남 자주 문제에 대해서만은 그만큼 정부의 신뢰가 바닥을 드러내고 있는 셈이었다.

그런 긴박한 상황이 전개되고 있는데, 갑자기 외교 채널이 복잡하게 돌아가고 있었다. 그것은 미국 상원에서, 한국의 광주에서 일어나고 있는 일을 언급하고 나선 것이었다. 워싱턴의 한국대사를 부른 상원의장은 한국 정부가 국민에게 다시는 위해를 가하는 행위를 해서는 안 되며, 유아이 평화재단 이사장에게도 어떤 위해를 가하는 행위를 해서는 안 된다는 사실을 강조하고 나섰다는 것이었다.

미국에서, 그것도 상원이 나서서 한국대사에게 그런 우려를 표하는 것은 극히 이례적인 것이어서, 한국 정부도 미국의 언급에 조심하지 않을 수 없게 되었다. 특히, 상원의원인 '구'의 아버지가 이상철이기 때문에, 한국 정부로서는 더 큰 고민에 빠져들지 않을 수 없었다.

한국 정부는, 한국인 최초로 미 연방상원의원이 된 '구'가, 한국 독립운동가의 후손이라며, 한국의 미래에 중대한 영향력을 미칠 자랑스런 한국인이라 치켜세운 것이 엊그제였다. 실제로 상원의원인 그가 미국 워싱턴 정계에서 한국을 위해 많은 힘을 써준 것도 사실이었다. 그런 그가 직접 말을 한 건 아니었지만, 상원의장을 통해 점잖게 한국 상황을 매우 우려하고 있다는 사실을 강조한 것이나 마찬가지였다.

외교부는 미국 상원으로부터의 압력에 대처할 방법을 찾지 못해 난감해지기 시작했다. 한국과의 공군 전력 강화사업을 추진하고 있었고, 주한미군의 전작권(전시 작전권)이 우여곡절 끝에 한국에 이관되는 것으로 가닥은 잡았지만, 아직 실행은 되지 않고 있었다. 미군의 한국 잔류 문제가 여전히 한·미 간에 쟁점이 되고 있는 와중이라, 이상철 이사장에 대한 대처는 매우 중요한 일이 되고 있었다.

한국으로서는 국방력을 완전히 갖출 때까지 미군이 잔류하기를 바랬지만, 미국으로서는 한국의 중국에 대한 의존도가 커가고, 미국이 그 과정에서 홀대 당하고 있다는 느낌을 받기 시작하면서, 미군이 더 이상 한국에 남아, 한국을 방위해 줄 이유가 없다며 압박을 가하는 실정이었다.

거기에다 사사건건 일으키는 통상마찰은 미국 시장에서 한국의 입지를 넓혀 가는데 커다란 장애요인이 되고 있었다. 그런 것을 종합해서 대응하지 않을 수 없는 외교부는 청와대와 수차례 조율을 거쳤지만, 외교라인의 판단과 국내 정치적 상황에 대처하는 정치권의 인식에는 상당한 차이가 생길 수밖에 없었다.

외교부는 외교적 경우의 수와 통상문제가 불거지면, 한국 경제와 대외적 입지가 좁아질 것을 우려해, 이상철 이사장에 대한 외교적 대우를 강조하며, 경찰의 철수와 그의 자유행동을 보장해 주어야 한다는 주장을 했지만, 청와대는 그의 정치적 행보가 파국을 불러올 수 있다며 경고하고 나섰다. 그래서 정보당국은 이상철의 격리와 조기 출국을 유도하는 방향으로 대책을 세워야 한다는 주장을 했지만, 또렷한 결론을 내지 못하고 있었다. 그렇게 그런 얘기들이 오가는 가운데, 한국당의 씽크탱크(Think Thank)인 정책연구소에서 '정치 문제는 정치로 풀어야 한다'며, 중재안을 제시하기에 이르렀다.

그 중재안의 요지는 호남에서 요구하는 호남자주론의 '대강(大綱)'을 수용해야 한다는 것이었다. 호남이 대한민국이라는 틀 속에서 호남 자주를 주장하는 한, 그들의 명분이 타당하다는 얘기였다. 지금까지 그 어느 정권도 영·호남의 지역감정 문제를 진지하게 해결하려는 노력보다는, 그때그때마다 그냥 덮어 두고 가기 위한 임시대책만 만들어 왔고, 그러다 보니 심화 된 지역감정과 지역차별은 앞으로의 국가백년대계를 위해서도, 바람직하지 않다는 것이었다.

그래서 호남 자주 선언으로부터 촉발되기 시작한 위기의 근본적 해결을 위해서는 '호남 자주론'을 받아들이되, 그 핵심 요지가 광역 단체인 시·도를 해체하고, 기초 생활권 중심의 자치로의 전환인 만큼, 그것을 통해 호남이 요구하는 자치재정, 자치경찰권 요구까지도 이번 기회에 받아들이자는 것이었다.

그렇게 해서 그것을 호남지역에서 시범 실시 해 본 다음, 그것의 타당성과 개선점을 찾아 전국의 행정구역에서 광역시·도를 없애는 혁신적 조치를 해 나가도 늦지 않다는 주장이었다. 어차피 그 대안은 한국당의 전신이었던 여당에서도 오래전에 대안으로 제시한 것이기도 했던 것이기 때문에 마음만 먹으면 큰 어려움은 없을 것이라는 주장이었다.

처음 그 안(案)이 정책연구소에서 언급되었을 때는 집권 여당에서도 반응이 신통치 않았지만, 시간이 가면서 집권 여당에서도 그에 대한 호응도가 커지고 있었다. 그럴 즈음 재선거를 실시하기 위한 광주광역시장 선거와 전라남·북도지사 선거 후보자 등록 기간에 호남의 축인 민주의 집은 아예 후보 등록조차 하지 않았고, 집권 여당의 전북지사 후보 한 사람하고, 무소속 광주시장 한 사람만 후보자로 등록했다가, 민주의 집이 아예 후보 등록을 하지 않자, 그들도 후보를 사퇴해 버려, 또다시 선거 자체가 무산되고 마는 사건이 발생했다. 그러자 그제야 드디어 한국신당 정책연구소의 대안이 서서히 설득력을 얻어 가기 시작하고 있었다.

그러는 사이에 미국 상원의원인 이구가 사전 계획 없이 급거 한국 방문길에 올랐다. 표면적으로는 개인 방문이라고 했지만, 실제는 아버지인 이상철을 만나기 위한 것이었다. 고향인 호남에 내려가서 제대로 활동도 못한 채, 거의 활동이 제한되다시피 한 아버지 이상철에 대한 한국 정부의 부당한 대우에 항의하고, 호남 자주의 방향에 힘을 실어주기 위한 것이었다.

한국 정부 당국자들은 이구에 대해 미국 상원의원으로서의 예우를 갖추길 원했지만, 한국 정부의 그런 예우를 일체 거부한 '이구'는 미국 대사관의 의전과 경호를 받으며, 광주로 내려가 이상철을 만났다. 수년 만에 조우한 아들과 아버지는 반가워할 겨를도 없이 얘기를 나누었다.

"아버지! 험한 일은 안 당하셨어요?"

"응, 나야 뭐... 별거 있겠냐, 멀리까지 안 와도 되는데!"

"아니요. 한국은 아직도 정신 차려야 할 일이 많아요! 아버지는 가만히 계셔요, 제가 알아서 할게요!"

한국의 정부 관리들이 구(久)를 만나 여러 가지 얘기를 하고싶어 했지만,

'구'는 그들을 만나지 않았다. 그리고 미국 상원의원으로서 그의 격에 맞는 집권 여당과 정부의 대표를 직접 만나길 원했다. 그러자 정부는 한국당의 원내대표와 함께 청와대 비서실장, 외교부 장관까지 합동으로 만날 것을 제안해 와, 정부가 제공하는 안가에서 이구와 이상철, 그리고 그들이 극비리에 회동하게 되었다.

그들 사이에 어떤 일이 있었는지 알 수 있는 길은 없었지만, 그 이후 몇 가지 그날의 상황을 유추할 수 있는 일들이 벌어지고 있었다. 법원에서는 민 국장에 대한 수차례의 재판을 열었다 연기하는 것을 반복했지만, 갑자기 검찰의 증거 불충분과 공소권 없음을 이유로, 공소변경을 통해 슬그머니 석방해 주었다. 그리고 한 회장에 대해서도 엄격한 법의 잣대로 처벌하겠다고 벼르면서 영장까지 집행했던 검찰이 갑자기 그에 대한 석방 결정을 내리고 있었다.

그와 때를 맞춰 한국당에서는 정책연구소에서 정식으로 제안한 지방자치법 개정을 통한 광역 시·도 폐지 및 광주광역시와 전라 남·북도에 대한 시범 실시안을 민주의 집에 협상안으로 제시하고 있었다. 그런 협상의 흐름이 급격한 물결을 타자 호남에서 있었던 시위행렬과 자주권 쟁취 운동은 언제 그랬냐는 듯 멈추면서, 향후 대화 과정을 지켜보고, 그 경과에 따라 행동할 것을 선언하고 조용히 사태추이를 지켜보기로 하고 있었다.

그런 가운데서도 중국은 한국에 대해 호남의 그런 움직임이 티벳과 신장에 미칠 영향을 따져 보지 않을 수 없게 되었다. 결과적으로 한국은 아직까지는 중국보다 미국의 영향 아래 있다는 것을 재확인한 중국이, 한국에 대한 견제를 강화해 나가기 시작할 것은 불을 보듯 뻔한 일이었는데, 그중에서도 인도와 동남아, 그리고 아프리카에서의 자원과 에너지 등의 분야에서 한국을 옥죄는 시도가 서서히 커지기 시작할 일이었다. 중국이 현실적으로 한국을 견제할 수 있는 수단은 그들이 확보한 자원에 의한 견제가 가장 확실하고 효과적이기 때문이었다.

그 일이 있은 후 얼마 지나지 않아 미국 상원의원인 아들로 인해, 한국 정부로부터의 압력에서 자유로울 수 있었던 이상철이지만, 한국 정부의 이중성과 실추된 국제적 신뢰를 확인하는 안타까움을 간직한 채, 스위스 유아이 본부로 돌아왔다. 유아이 시티에서도 이사장인 이상철에 대한 걱정이 컸던지, 사무총장 라추가 이상철을 반갑게 맞이해 주었다.

"이사장님! 고생 많으셨습니다. 아드님 덕분에 아무 일 없이 오실 수 있어서 다행한 일입니다. 아드님 신세를 톡톡히 보셨네요!"

"예, 우리 유아이와 아들 덕이 컸습니다. 사무총장께 심려를 끼쳐드려 죄송합니다. 그간 우리 유아이에도 일이 많으셨죠?"

"그렇습니다만, 이사장님 만큼이야 했겠습니까? 어찌됐든 간에 한국이 이사장님의 뜻을 받아들인 것은, 최대의 성과가 아니겠습니까? 그것이 우리 유아이의 존립 근거가 되는 이유이기도 하구요."

"맞습니다. 이렇게 이번 한국처럼만 될 수 있다면... 세계 어느 지역에라도 가서 힘을 보탤 수 있을 것 같습니다."

"어쨌든 일단은 좀 쉬시고요! 지금 당장에 신장 위구르가 급박하게 돌아가는 것 같습니다."

"걱정이군요... 현재로선 우리 유아이가 도울 수 있는 방법은... 현실적으로 없을 건데요!"

"안타깝지만... 그저 지켜보는 수밖에 없을 것 같습니다."

"그러게요. 참, 답답하기만 한 일이네요."

그렇게 스위스 유아이 농장 집으로 돌아온 이상철은 부인 송 여사와 오랜만에 시간을 가질 수 있었다.
"당신... 걱정 많이 했지?"
"제가요? 걱정 안 했어요! 날 버리고 간 영감을 내가 왜...뭐 하러 걱정한대요?"

아들 구(久)에게 급히 한국에서의 상황을 알리고, 아버지가 위험한 것 같으니 한국에 가서 아버지를 구해오라고 했던 송 여사지만, 이상철 앞에선 아무렇지도 않은 듯하고 있었다.
"그런 사람이 아들을 보내셨수? 왜? 영감이 도통 믿기지 않던가?"
"왜요? 아들이 오니까 든든하든가요?"
"그걸 말이라고 해? 그래도 다...늙어빠진 영감이라도 걱정이 되긴 했나 보네?"
"그럼, 걱정이 되지 안된대요?"
"미안하네. 고맙고!"

송 여사에게는 늘 미안하고 고마운 것이 이상철이었다. 평생을 살면서 밖의 일 한다고 늘 걱정만 하게 만들었기 때문이었다.
"그런데, 이번에는... 다른 데로 가봐야 할지도 몰라!"
"예? 그게 무슨 소리예요?"
"신장... 신장 위구르 말이야!"
"거긴... 당신은 재단을 책임지고 있고, 각 민족과 지역의 일들은 라추 총장님께서 전적으로 책임을 지고 계시지 않은가요?"
"그거야 그렇지만... 라추 총장이 할 수 있는 일이 있고, 우리가 해야 할 일도 있는 거야!"
"그래도... 아무튼 당장은 아니죠? 이것저것 생각도 좀 해보고 결정하세요. 당장에 뭐가 어떻게 될 것도 아닐 거잖아요?"
"알았습니다요. 송 여사님! 또..."
"또 뭐요? 오늘은 고만하시지요! 피곤하실 텐데 쉬었다가 다음에 얘기합시다!"
"그래, 그래! 알았습니다요. 송 여사님!"

송 여사는 이상철이 쉬어야 한다며, 말을 가로막았다. 누구든지 간에 궁금한 것들을 듣고 싶지 않은 사람이 어디 있을까만은, 송 여사는 이상철이 지쳐있는 것을 보고는 일단 쉬게 하고 싶어서 더 이상 듣고 싶지 않다며, 말을 막고 일어선 것이었다. 미국으로 돌아간 아들에게서도 안부를 묻는 전화가 왔고, 덕분에 화상으로지만, 샐런과 목소리도 듣고, 얼굴도 볼 수 있는 시간이 되기도 했다.

떠나가는 배

"이 실장 자네가 재단 살림은 누구보다도 잘 알고 있으니, 구석구석 잘 챙겨 보세요!"
"이사장님! 갑자기 왜 그런 말씀을요?"
"갑자기라니? 평소에 자네가 하는 일들 아닌가... 그런 것들을 한 번 더 챙겨 보자는 거지!"
"그런 말씀하시는 뉘앙스가 평소와는 좀 다른 것 같아서요."
"그렇게 들린가? 허허... 그렇게 들리기도 하겠네!"
"무슨 일 있으십니까?"
"무슨 일은? 이제 자네가 이 일을 맡아서 할 때가 온 것이라는 말이지..."
"무슨 말씀이신지요, 제가 어떻게요?"
"충분해! 자네만 한 적임자가 어딨다고..."
"이사장님은 어쩌시고요. 임기가 아직도 많이 남아있는데요!"
"임기가 문젠가... 박수칠 때 떠나야 하는 거야!"
"그래도..."

"이렇게 우리 유아이가 커졌으니, 내가 할 일은 여기까지가 아닌가 싶어… 이제부턴 자네 몫이야, 알겠는가?"

"……"

"내 말 명심하고… 그리고 이영철 국장도 자네와 호흡이 잘 맞으니까, 자네 일 맡겨서 잘 키워보도록 하고…"

"그거야 당연합니다만, 이사장님! 아직은 때가 이른 것 같은데요!"

"때가 이른 것이 어딨는가? 다만 한가지, 나와 우리 송 여사가… 유아이 농장에서 농사짓고 살 수 있게는 해줄 거지?"

"무슨… 그런 당연하신 말씀을요!"

"농담이 아니고, 진담일세… 우리 유아이 시티도 이만큼 커졌으니, 유아이 상표를 단 유아이 우유도 만들고, 몇 가지 농산물들도 특화시켜 만들 수만 있다면…"

"그것 참 좋은 아이디어 입니다. 적극 밀어 드리겠습니다."

"하하, 이 사람… 하여튼 흔쾌히 받아 줘서 고맙네. 이사장을 맡은 것에 동의한 것으로 알고, 차근차근 준비해 봄세! 두어 달 후에 한국에 한 번 더 다녀올 거야… 그리고 나선, 그 다음부턴 자네가 알아서 하게! 표시 나지 않게 준비하고…"

"알겠습니다. 회장님! 겸손하면서도 소홀하지 않게… 준비하도록 하겠습니다."

유아이 사무총장 라추가 유아이 사무총장 자격으로 신장을 방문하려 했지만, 중국 정부로부터 또다시 방문이 거부되었다. 어쩌면 중국 정부 입장에서는 당연한 것이었는지도 모를 일이었다. 그러자 이상철은 한국을 다시 방문하고 돌아올 때에 맞춰 자신이 직접 티벳과 신장을 방문하기로 하고, 일단 한국 방문길에 올랐다.

티벳과 신장 방문은 중국이라는 거대 국가와 상대하는 어려운 문제지만, 사무총장이 티벳의 라추이기 때문에 중국이 그를 거부하고 나선 것은 당연한 일인지도 모를 일이었다. 그래서 이상철은 라추를 대신해 유아이 평화재단 이사장 자격으로 중국을 방문한다면, 중국 정부도 적당한 명분을 내세워, 무작정 거부할 수 만도 없을 것이라는 중국 정부 고위 관료들의 말도 듣고 있었던 참이었다.

이상철이 한국을 다시 방문한다는 말에 송 여사의 걱정이 컸지만, 지난번과는 사뭇 다른 여유가 느껴졌다. 이제는 한국 정부에서도 호남 자주 논의가 공식화되었고, 따라서 이상철을 거부하거나 경계 대상으로 봐야 할 이유가 없었기 때문이었다. 이번 한국 방문에는 이순기와 이영철 모두 유아이 업무 파악과 인수인계 준비를 하라고 해 둔 상태라 이상철 혼자 한국 방문에 나설 계획이었다. 그런데 부인인 송 여사가, 이번 기회가 아니면 언제 한국에 갈 수 있을지 알 수 없다며, 같이 갈 것을 요구해 함께 한국으로 향했다.

그가 다시 돌아 온 인천공항에는 마치 올림픽에서 금메달을 따고 금의환향하는 사람처럼, 환영인파들이 모였고, 언론사 기자들의 플래시도 쉴새 없이 터져 나오고 있었다. 외교부에서는 의전과장이라는 사람이 나와 유아이 이사장으로서의 예우를 해주었고, 경찰이나 보안당국에서는 간접경호와 신변 보호만을 해줄 것이라며, 이번에는 아무런 간섭도 하지 않았다. 몇 달 사이에 이렇게 변할 수 있을까 하는 마음이 들 정도로 이상철에 대한 대우가 달라져 있었다.

하지만 모든 절차를 마다한 이상철은 유아이 재단 이사장이 아닌 개인 방문으로서 조용히 지내고 싶다는 의견을 피력함에 따라 경호팀이 신변안전만 신경 쓸 뿐, 나머지 모든 일정은 이상철의 자유의사에 맡겼다. 그것이 이상철에겐 편했고, 그래야 마음대로 활동할 수 있을 것이었다.

그들은 제일 먼저, 그들이 살던 옛집으로 달려갔다. 송 여사는 옛날 모습 그대로인 옛집에 들어서자 감회가 새로운지 눈물부터 닦아 내고 있었다. 정부 당국에서 이상철을 대하는 분위기도 완전히 바뀌어 그의 자유로운 행동이 보장되었고, 누구를 만나도 제한이 없었다. 그럴수록 이상철은 대외적 활동을 자제했다. 그것은 지금까지의 경험으로 보아 그의 행동으로 인해 어떤 문제가 발생하거나 사태가 발생하면, 그것을 핑계 삼아 모든 것을 수포로 돌릴 가능성도 전혀 배제할 수 없다는 것을 잘 알고 있었기 때문이었다. 몇 달 전 방문 때에는 정국이 시끄럽고 복잡한 이해관계가 얽혀 한 회장을 만나지 못했지만, 이번에는 조용히 한 회장과 단 둘이서만 이상철의 옛집에서 만났다.

"이사장님! 사촌 분께서 사신다던데, 옛날 그대로입니다."

"예. 너무 고마운 일이지요, 이렇게 잘 보존해 줘서요!"

"저도 고맙습니다. 아마 우리 호남의 자주가 실현되면, 이 집은 호남의 성지(聖地)가 될 것입니다. 제가 사촌 분한테 한번 부탁드려야겠습니다."

"무슨 그런 과분한 말씀을요. 지난번 뵙지도 못하고 나간 것이 아쉬웠는데요. 그땐 참 미안했었습니다."

"이사장님 덕분에 제가 풀려나고, 우리 호남회도 보람을 갖게 되었습니다. 드디어 진정한 자주권을 가진 호남 자치가 실현될 것입니다."

"그래요. 수십 년간 고생해온 여러분들 덕이지요!"

"원조는 이사장님이시지요. 이사장님께서 초석을 다져주셨고, 또, 유아이를 만들어 오늘의 우리를 만들어 주신데다가, 지난번 방문으로 결정적인 점을 찍으셨으니, 그것이 화룡점정(畵龍點睛) 아니겠습니까?"

"아뇨 아뇨... 그건 제가 한 것이 아니라 호남 시민이 해낸 것 뿐입니다."

"하여튼 호남 시민들 모두는 이사장님을 영원히 기억할 것입니다."

"과분한 말씀을요. 이럴 때일수록 일희일비(一喜一悲)하지 마시고, 정치권에서 논의되는 것들을 잘 지켜봐 주시고... 큰 틀에서... 원칙에서 벗어나지 않으면, 미래를 위해 수용하고 타협해 가면서, 차근 차근 이루어 가려는 노력이 절실할 때입니다. 한 회장님께서는 특히 그 부분에 유념하셔서, 일을 추진해 나간다면 큰 무리가 없을 듯합니다."
"명심하겠습니다. 이사장님! 그러시면, 여기서 만나보실 분들은요?"
"여기서 잠시 머무르면서, 여야 대표를 만나고... 기회가 되면 대통령도 만나 볼 생각입니다. 유아이 평화재단 이사장 자격이든, 개인 자격이든 가리지 않고요."
"예, 계획대로 잘 되면 좋겠습니다."
"일정이 안 맞으면 어쩔 수 없는 일이지만.. 두고 봐야겠습니다!"
"나누실 얘기들은... 정해진 것이 있으신가요?"
"그럴 필요 없죠, 뭐? 그냥 호남 자주를 위해, 호남 자치권을 부여하는데 중지(衆知)를 모아 달라는 자리면, 더 이상 바랄 것이 없습니다."
"그럼, 일정을 마치고 나서는요?"
"아직 확정된 건 아닙니다만, 중국 신장으로 가야 하지 않을까 생각합니다."
"그래요? 위험하지 않겠습니까?"
"위험하다고 해서 우리 유아이가 해야 할 일을 포기할 순 없죠. 그것이 제게 주어진 일이고, 해야 할 소명이니까 최선을 다해 봐야지요. 앞으로 여기 계시는 한 회장님의 어깨가 무겁습니다. 호남 자주는 이제 한 회장님에게 달려있습니다."
"예, 이사장님! 회피하지 않고 제 책임을 다하겠습니다."
"기대 하겠습니다! 아마 이번 일이 잘되면, 다른 자치단체들도 우리 호남을 따라올 것입니다. 그 점도 항상 염두에 두시기 바랍니다."
"그러겠습니다. 이사장님! 큰일 하시는데...언제나 건강하시고요. 유아이의 우리 대표단에게도 힘을 실어 드릴 것입니다. 그리고...대한민국 전체가 독자적 자치권을 갖는 자치가 이루어질 때까지 온 힘을 다하겠습니다."

그렇게 호남이 주장하는 자치가 완성의 길을 향해 달려가면서, 호남 전체가 동요됨없이 '호남 자주'의 방향을 지켜보는 가운데, 한국에서의 모든 일정을 마친 이상철은 부인 송 여사와 함께 조용히 한국 땅을 떠나고 있었다.
비행기 차창 너머로 내려다보이는 산하에는 어느새 푸르른 생명이 대지를 덮고 있었다.
"한국을 떠나자니 마음이 착잡하신가요?"
부인 송 여사가 슬쩍 이상철을 떠봤다.
"내가 죽으러 가나? 당신은 어때? 당신도 좀...맘이 그렇지?"
"그걸 말이라고요? 내 집, 내 고향인데..."

이상철은 나란히 앉은 부인 송 여사의 손을 잡았다.
"당신도 많이 늙었네!"
"나만 그런가요? 팽팽했던 청년이 할아버지가 돼서 쭈글쭈글해졌으니 참, 세월이 무상하네요!"
"그러지? 그래도 우리가 전쟁 하나는 잘 치르지 않았는가?"
"전쟁이요?"
"음, 세계 최초로... 피 흘리지 않고 치른 '독립전쟁' 말여 호남 자치가 그것 아닌가?"
"그렇네요. 늙은 독립투사는 조국을 떠나고요?"
"늙은 독립투사? 허허...그래도, 다시 올 날이 있겠지! 아니면 이번에 신장을 다녀올 수 있을진 모르지, 그다음은 아프리카에서 또 다른 독립을 외치다 최후를 마칠지도 모를 일이고!"

구름 사이를 차고 오른 비행기 차창 너머에는 뜨거운 태양이 눈부시게 스며 들고 있었다. 부인 송 여사의 손을 지긋이 잡은 이상철은 송 여사의 손등을 다독거리며 많은 생각이 스쳐가는 듯 살짝 눈을 감고 있었다.

예쁜 모습의 첫사랑 여인이었던 젊은 날의 송춘희가 빙그레, 엷은 미소를 띠우며 세월의 흔적만을 남긴 채 그의 어깨에 기대어 있었다.

발간
후기

가장 소중한 가족들의 이야기를 담아 발간후기에 남깁니다.

394 분열